Les Folles Années

Un viol sans importance, roman, Sillery, Septentrion, 1998

La Souris et le Rat, roman, Gatineau, Vents d'Ouest, 2004

Un pays pour un autre, roman, Sillery, Septentrion, 2005

L'été de 1939, avant l'orage, roman, Montréal, Hurtubise HMH, 2006

La Rose et l'Irlande, roman, Montréal, Hurtubise HMH, 2007

Les Portes de Québec, tome 1, *Faubourg Saint-Roch*, roman, Montréal, Hurtubise HMH, 2007, format compact, 2011

Les Portes de Québec, tome 2, *La Belle époque*, roman, Montréal, Hurtubise HMH, 2008, format compact, 2011

Les Portes de Québec, tome 3, *Le prix du sang*, roman, Montréal, Hurtubise HMH, 2008, format compact, 2011

Les Portes de Québec, tome 4, *La mort bleue*, roman, Montréal, Hurtubise, 2009, format compact, 2011

Haute-Ville, Basse-Ville, roman, Montréal, Hurtubise, 2009 (réédition de *Un viol sans importance*)

Les Folles Années, tome 1, *Les héritiers*, roman, Montréal, Hurtubise, 2010 ; Hurtubise compact, 2013

Les Folles Années, tome 2, *Mathieu et l'affaire Aurore*, roman, Montréal, Hurtubise, 2010 ; Hurtubise compact, 2013

Les Folles Années, tome 3, *Thalie et les âmes d'élite*, roman, Montréal, Hurtubise, 2011 ; Hurtubise compact, 2013

Les Folles Années, tome 4, *Eugénie et l'enfant retrouvé*, roman, Montréal, Hurtubise, 2011 ; Hurtubise compact, 2013

Félicité, tome 1, *Le pasteur et la brebis*, roman, Montréal, Hurtubise, 2011

Félicité, tome 2, *La grande ville*, roman, Montréal, Hurtubise, 2012

Félicité, tome 3, *Le salaire du péché*, roman, Montréal, Hurtubise, 2012

Jean-Pierre Charland

Les Folles Années

tome 4

Eugénie et l'enfant retrouvé

Roman historique

Hurtubise

Catalogage avant publication de Bibliothèque et Archives nationales du Québec et Bibliothèque et Archives Canada

Charland, Jean-Pierre, 1954-

Les folles années

Éd. originale: 2010-2011

Sommaire: t. 1. Les héritiers – t. 2. Mathieu et l'affaire Aurore – t. 3. Thalie et les âmes d'élite – t. 4. Eugénie et l'enfant retrouvé.

ISBN 978-2-89723-084-5 (v. 1)   ISBN 978-2-89723-086-9 (v. 3)
ISBN 978-2-89723-085-2 (v. 2)   ISBN 978-2-89723-087-6 (v. 4)

I. Titre. II. Titre: Les héritiers. III. Titre: Mathieu et l'affaire Aurore. IV. Titre: Thalie et les âmes d'élite. V. Titre: Eugénie et l'enfant retrouvé.

PS8555.H415F64 2013   C843'.54   C2012-942272-X
PS9555.H415F64 2013

Les Éditions Hurtubise bénéficient du soutien financier des institutions suivantes pour leurs activités d'édition:

- Conseil des Arts du Canada;
- Gouvernement du Canada par l'entremise du Fonds du livre du Canada (FLC);
- Société de développement des entreprises culturelles du Québec (SODEC);
- Gouvernement du Québec par l'entremise du programme de crédit d'impôt pour l'édition de livres.

Conception graphique: René St-Amand
Illustration de la couverture: Marc Lalumière
Maquette intérieure et mise en pages: Folio infographie

Copyright © 2013 Éditions Hurtubise inc.

ISBN: 978-2-89723-087-6 (version imprimée)
ISBN: 978-2-89723-151-4 (version numérique PDF)
ISBN: 978-2-89723-152-1 (version numérique ePub)

Dépôt légal: 1er trimestre 2013
Bibliothèque et Archives nationales du Québec
Bibliothèque et Archives Canada

Diffusion-distribution au Canada: Diffusion-distribution en France:
Distribution HMH   Librairie du Québec / DNM
1815, avenue De Lorimier   30, rue Gay-Lussac
Montréal (Québec) H2K 3W6   75005 Paris FRANCE
www.distributionhmh.com   www.librairieduquebec.fr

Imprimé au Canada
www.editionshurtubise.com

Liste des personnages principaux

Buteau, Marie : Jeune fille née dans le quartier Saint-Roch, veuve d'Alfred Picard, mère de Mathieu et Thalie, elle dirige un commerce. Elle épouse Paul Dubuc en 1919.

Caron, docteur : Médecin des familles Picard et de la famille Dupire, père d'Élise.

Caron, Élise : Fille du docteur Caron. Elle revient vivre chez lui avec ses enfants, Estelle et Pierre, au moment du décès de son époux, le docteur Charles Hamelin.

Dubuc, Paul : Député libéral de Rivière-du-Loup, père de deux filles, Amélie et Françoise. Il épouse Marie Picard, née Buteau, en secondes noces en 1919.

Dugas, Gertrude : Servante dans la maisonnée de Marie Buteau.

Dupire, Fernand : Notaire, époux d'Eugénie Picard, il a trois enfants : Antoine, Béatrice et Charles.

Girard, Jeanne : Après avoir été domestique chez Fernand Dupire, elle reprend du service auprès d'Élisabeth Trudel.

Létourneau, Jacques : Fils naturel d'Eugénie Picard. Il a été adopté par Fulgence Létourneau et sa femme, Thérèse.

Picard, Eugénie : Fille de Thomas Picard, elle a épousé Fernand Dupire, dont elle a trois enfants : Antoine, Béatrice et Charles.

Picard, Mathieu: Fils de Marie Buteau et de Thomas Picard. Alfred Picard en a toutefois assumé la paternité. Il pratique le droit à Québec. Époux de Flavie Poitras, il a un enfant, Alfred.

Picard, Thalie: Fille de Marie Buteau et d'Alfred Picard, elle pratique la médecine à Québec.

Poitras, Flavie: Ancienne employée du magasin PICARD, elle épouse Mathieu Picard, dont elle a un enfant, Alfred.

O'Neill, David: Ingénieur, époux d'Amélie Dubuc, la fille cadette de Paul Dubuc.

Trudel, Élizabeth: Seconde épouse de Thomas Picard; devenue veuve, elle acquiert une maison de chambres.

Chapitre 1

L'escalier se révélait un peu trop étroit pour que les employés puissent manœuvrer à leur goût. Quelques jurons étouffés avaient souligné le début de leur ascension. Un beau jeune homme âgé de dix-neuf ans s'arc-boutait contre le lourd buffet en chêne lui écorchant les doigts. Il remarqua, à l'intention de son compagnon de travail :

— Les ventes de l'année 1928 paraissent excellentes. Nous en sommes à livrer notre troisième ensemble de cuisine complet depuis ce matin.

Sa détermination à parler d'ensemble et non de *set* le distinguait de ses collègues. Si Jacques Létourneau se trouvait au magasin PICARD un peu contre sa volonté, à exécuter une tâche aussi pénible, il préférait faire contre mauvaise fortune bon cœur. Puis, en réalité, son sort ne s'avérait pas si pénible : les hommes du service lui réservaient plutôt un accueil sympathique grâce à sa bonne humeur.

— Pour ça, le patron doit ramasser une jolie fortune, répondit Napoléon, trois marches plus haut.

Depuis cette position, le chef d'équipe pouvait laisser son assistant supporter la majeure partie du fardeau. Après tout, se situer plus haut à la fois dans l'escalier et dans la hiérarchie de l'entreprise valait bien de petits avantages... et au moins un inconvénient : il gravissait les marches à reculons.

— Nous passons nos journées à aller chercher la marchandise à la gare pour l'apporter directement du wagon au salon d'un acheteur, continua-t-il. Ça ne nous laisse pas une minute pour souffler. Chaque fois, de l'argent lui tombe dans la poche.

— Mais si nous avions trop de temps pour souffler, ironisa Jacques, Picard nous mettrait tout bonnement à la porte.

Grand, mince, il arrivait à paraître élégant même dans ses habits de travail faits en toile épaisse. Surtout, ses cheveux blonds un peu ondulés, ses yeux bleu clair et ses traits réguliers faisaient une excellente première impression. Et sa détermination à faire sa part de la tâche levait les dernières réserves.

Tout de même, l'autre le contempla un moment d'un œil méfiant, comme si évoquer la logique patronale le rendait suspect à ses yeux. Pour se justifier, l'étudiant se devait de faire amende honorable.

— Et dans ce cas, comme je suis le dernier arrivé dans le service, je serais le premier parti, conclut-il d'un ton un peu désenchanté.

— Ça, c'est la cruauté de l'existence. Tu ne peux tout de même pas être jeune, beau comme un cœur et expérimenté en plus !

Jacques accueillit la remarque sur son apparence physique et le brin de philosophie avec une moue des lèvres ressemblant à un baiser. Ils arrivaient sur le palier du second étage. Son collègue posa l'extrémité du buffet sur le plancher, puis se tourna à demi pour frapper à la porte de l'appartement.

Une femme d'une trentaine d'années vint ouvrir, un petit garçon dans les bras.

— Vous voilà enfin, dit-elle en guise d'accueil.

— Exactement à l'heure annoncée sur votre facture, rétorqua l'employé.

Il mentait un peu. Déjà, depuis le matin, ils avaient accumulé un léger retard.

— Vous expliquerez ça à ce jeune homme, rétorqua la ménagère en désignant son enfant des yeux. Le faire manger assis dans le salon, sur le chesterfield, nous expose à de gros dégâts.

Le bambin ne broncha pas devant cette accusation, comme s'il acceptait déjà d'être responsable de la plupart des dégâts pour de nombreuses années encore.

— Mais il ne fallait pas vous débarrasser si vite de vos vieux meubles, remarqua le livreur, philosophe.

Son interlocutrice ne jugea pas utile de lui expliquer que dans le processus de réaménager son intérieur, deux opérations se révélaient également gratifiantes : faire le vide de ses vieilles choses, et recevoir les nouvelles. Idéalement, les deux devaient se succéder très vite, mais les services de livraison en décidaient souvent autrement.

— Vous faites souvent la conversation aux clientes en laissant votre collègue porter seul tout le poids d'un gros buffet ? demanda-t-elle plutôt, une pointe d'ironie dans la voix.

Son charme valait toujours au nouvel employé des remarques attentionnées de la part des clientes. Chaque fois, il répondait d'un sourire.

— Le poids porte sur le plancher, madame. Ce jeunot pourrait lâcher prise sans risque. Mais si vous nous dites où le mettre, la manœuvre ira plus vite.

De son bout du buffet, Jacques se priva du plaisir de préciser que sans sa présence attentive, l'assemblage de planches en chêne dévalerait l'escalier. La ménagère coinça la porte de l'appartement avec une grosse chaussure masculine traînant dans l'entrée, puis elle se dirigea vers la cuisine en disant :

— Suivez-moi.

L'étudiant se résolut à devoir porter seul à peu près tout le poids du fardeau, le temps de monter les trois dernières marches. Une fois sur le palier, la répartition devint plus équitable. Excepté les portes et les couloirs, toujours un peu trop étroits, transporter le meuble dans la cuisine ne posa aucun problème.

— Vous pouvez le mettre là, dit la cliente en désignant le seul mur libre d'un mouvement de la tête.

Les deux hommes obtempérèrent, puis descendirent chercher la table. Moins lourd, l'objet s'avérait toutefois plus encombrant. Quand ils revinrent dans la pièce, la femme avait posé son enfant sur le plancher pour commencer à placer sa vaisselle dans sa nouvelle acquisition. Un trajet supplémentaire leur permit de monter quatre chaises.

— Va chercher les deux autres, pendant que je fais signer à madame le bon de livraison de son beau *set* de cuisine.

Au bout de la journée, Jacques aurait fourni largement plus que sa part de l'effort physique.

— Monsieur Létourneau, cria une voix pour couvrir le vacarme d'une quarantaine de machines à coudre, c'est encore cassé.

L'homme leva la tête de sa commande de tissu. Il se trouvait dans un petit cubicule vitré à l'extrémité d'un grand atelier. Papiers et échantillons y encombraient les classeurs, la chaise des visiteurs, le bureau et même le plancher. Le tout donnait une impression de négligence. En réalité, l'homme ne suffisait tout simplement plus à la tâche.

Il quitta son siège pour se diriger vers l'employée, une grosse matrone dans la quarantaine.

— Que se passe-t-il, madame Champagne? demanda-t-il.

— La machine a fonctionné pendant tout l'avant-midi. Mais après dîner, elle a tourné tout au plus dix minutes.

— Qu'avez-vous fait?

La question contenait un soupçon implicite. L'autre éleva encore un peu la voix pour rétorquer, sur la défensive:

— Qu'est-ce que j'ai fait? Coudre des robes, comme tous les jours. Enfin, tous les jours où cette maudite machine veut bien fonctionner.

La pauvre dame avait raté la moitié de la semaine de travail précédente à cause d'un premier bris. Ceux-ci étaient si fréquents que Fulgence avait développé une petite expertise. Il se pencha sur l'appareil, fit tourner la roue, secoua un peu la courroie. À l'origine, ces moulins à coudre étaient actionnés par un engin à vapeur. En 1909, cet équipement capricieux avait été retiré. Depuis, de petits moteurs électriques équipaient chacun des postes de travail. La tige devant communiquer le mouvement rotatif s'était cassée net.

— Il va falloir faire venir le mécanicien pour réparer, déclara le chef d'atelier d'une voix chargée de dépit.

— Et moi? interrogea la grosse femme.

— Nous n'avons pas d'autres moulins. Vous devez rentrer chez vous.

— Mais j'ai déjà perdu des jours la semaine dernière! Si je ne couds pas, je ne gagne pas.

Comme dans toutes les entreprises semblables, on la payait à la pièce. Pour pouvoir couvrir le coût de son taudis et nourrir ses enfants, elle devait pouvoir se fier à un équipement solide.

— Madame Champagne, vous le voyez tout comme moi, c'est cassé. Je ne peux rien y faire.

— Vous pouvez en parler au vrai patron. Ces machines datent de Mathusalem. Il faut en acheter d'autres.

Elle exagérait un peu. Cet atelier avait ouvert ses portes en 1897, soit trente et un ans plus tôt. Si la bâtisse avait été reconstruite une décennie plus tard, le matériel demeurait, la plupart du temps, d'origine.

— Soyez assurée que je n'ai pas attendu votre conseil. Voilà des années que je demande à monsieur Picard de tout changer. Il ne peut se le permettre.

Les couturières les plus proches tendaient l'oreille. Toutes connaissaient des interruptions de travail à cause de ces problèmes techniques répétés. Leur frustration montait au fil des mois.

— Alors, je dois partir…

La travailleuse semblait incapable de croire à un pareil acharnement du sort. Elle se résolut à prendre le sac en papier brun lui servant à apporter son repas et quitta les lieux sans se retourner. Son après-midi ne serait pas gâché en vain : la couturière passerait par tous les ateliers de couture de la Basse-Ville afin d'offrir ses services.

Fulgence Létourneau prit le temps de couvrir la machine défectueuse avec une large toile, comme si l'air ambiant pouvait l'abîmer davantage. Les ouvrières, depuis leur poste, le surveillaient discrètement avec un sourire chargé de sens. Plusieurs, parmi les plus anciennes, ressentaient un peu de pitié pour le pauvre homme se démenant depuis plus de trois décennies pour faire fonctionner ces ateliers. Les autres éprouvaient surtout du mépris pour un directeur aussi inhabile à mener son affaire.

Quand il eut terminé, le gérant se redressa, contempla la grande pièce avec les machines alignées, cinq de front, huit de profondeur. Toutes faisaient face au petit bureau aux parois de verre. Entre autres tâches, il devait surveiller le personnel et assurer le maintien de la cadence.

Dans une autre salle de la même grandeur, une trentaine de personnes, pour la plupart des hommes, s'occupaient à confectionner des manteaux de fourrure. Ceux-là formaient des équipes bien rodées, aussi payées à la pièce. Ils se passaient sans mal de sa présence.

Tout cet effectif s'affairait dans des locaux mal entretenus, sales, torrides en été et glacials en hiver. En ce second jour de juillet, dans cet espace confiné, le thermomètre s'élevait au-dessus des quatre-vingt-dix degrés à midi. L'homme n'eut pas le cœur d'aller constater si la petite colonne de mercure s'était allongée encore. À en juger par la sueur malsaine qui lui collait la chemise au dos des omoplates aux reins, cela était bien probable.

Pourtant, Fulgence s'entêtait à garder sa cravate serrée autour de son cou trop maigre et les poignets de ses manches bien attachés. Souvent, il lui semblait que seul ce code vestimentaire témoignait encore de son statut de patron. En regagnant son cagibi encore plus mal aéré que le reste de ces aménagements, le directeur sortit un mouchoir de sa poche pour s'éponger le front.

Dans le travail de livraison, couvrir une longue distance devenait une bénédiction. Le trajet sur la banquette du petit camion Ford se muait en période de repos payé. Napoléon conduisait, un autre privilège de l'ancienneté. L'été précédent, Jacques Létourneau avait bien observé comment son compagnon d'alors s'y prenait. Il ne doutait pas d'avoir l'occasion de s'asseoir derrière le volant avant la fin de son engagement, avec la ferme conviction de se tirer d'affaire sans trop de mal.

Le garçon apprenait facilement, autant les élucubrations intellectuelles des philosophes païens ou chrétiens figurant au programme du cours classique que les tâches manuelles. Surtout, il gardait l'assurance de toujours pouvoir maîtriser les difficultés, cela en toutes circonstances. Pareille attitude tenait un peu de l'inconscience, mais la vie ne l'avait encore jamais détrompé.

— Tu vas toujours à l'école? demanda son compagnon de route.

Tout le monde au magasin connaissait son statut. La question ne servait qu'à amorcer la conversation.

— Je suis étudiant au Petit Séminaire. En septembre, je commencerai ma dernière année.

— Encore à l'école à ton âge… Tu es plus grand que moi.

En réalité, Jacques était plus grand que la plupart des hommes. Cela le prédisposait à regarder les autres de haut.

— Même si j'ai cessé de pousser, comme dit ma mère, je vais entrer à l'université dans un an. Il me reste encore cinq ans d'études.

— C'est comme être encore un enfant, avec des soutanes qui te disent comment vivre ta vie.

De prime abord, le ton de son interlocuteur paraissait méprisant. Le jeune homme ne s'en offusqua guère, car il devinait surtout une immense envie.

— Les gens de la paroisse Saint-Roch ne sont pas en reste, rétorqua-t-il. Monseigneur Buteau raffole de dire aux autres comment mener leur existence.

— Ah! Ses sermons sont interminables, comme un long carême. Et à confesse, il n'en finit plus de vouloir des détails.

J'ai goûté à son traitement deux ou trois fois, et maintenant je m'arrange pour aller déballer mes fautes à un des vicaires, celui qui est aumônier au syndicat catholique.

L'idée de ne rien dévoiler de sa vie intime ne l'effleurait même pas, tellement l'emprise du clergé sur les esprits demeurait forte. En évoquant le prélat domestique, Jacques avait moins en tête ses discours fleuve du haut de la chaire que ses écrits. D'un côté, il signait des articles tonitruants dans *L'Action catholique*. De l'autre, sa version soigneusement éditée du journal de Raymond Lavallée poussait sa carrière dans tous les établissements d'enseignement de la province. Cela lui valait une réelle notoriété.

— Et à l'université, que feras-tu? demanda Napoléon pour relancer la conversation.

— Je ferai des études de droit.

— Ça ne te tente pas de devenir curé? La grosse maison, les domestiques…

— Mais les prêtres doivent faire le sacrifice d'un petit quelque chose. À mes yeux, leur grosse maison et leur ménagère, ils les paient un peu trop cher.

L'allusion au célibat valut un ricanement au chauffeur. Lui non plus n'aurait pas accepté cette castration.

— Avocat, murmura-t-il. Ça peut rapporter gros aussi. Si jamais je fais une bêtise, tu me consentiras un bon prix pour tes conseils, j'espère… En souvenir du bon vieux temps.

— Je vais t'en donner un tout de suite, et sans te demander un sou. Si tu fais une bêtise, arrange-toi pour ne pas te faire prendre. Ce sera plus simple.

L'autre accueillit la répartie avec bonne humeur. Cet étudiant se montrait un compagnon de travail agréable. Quand le répartiteur lui avait annoncé qu'il ferait équipe avec lui tout l'été, il s'était imaginé un boutonneux malingre et pédant. Celui-là portait des meubles sans se plaindre et adaptait plus ou moins son langage à celui de son interlocuteur.

Pendant que le camion approchait du pont Dorchester, Jacques demanda :

— Arrête un instant, je vais descendre. J'habite tout près d'ici.

— Mais tu dois pointer…

— Tu le feras à ma place.

Le jeune homme disait cela avec un sourire charmant.

— Si le répartiteur me voit, j'aurai peut-être besoin d'un avocat pour la première fois de ma vie. Ils nous défendent de puncher pour un autre.

— Tu lui diras que j'ai quitté le camion quinze minutes après six heures, mais que je ne réclamerai pas de temps supplémentaire.

— Édouard Picard ne paie jamais le surtemps.

Tout en protestant mollement, Napoléon avait tout de même garé le véhicule près du trottoir. Son compagnon en descendit en disant : « À demain matin. »

Debout sur le trottoir de la 3ᵉ Avenue, Jacques étira ses muscles. Il allait se mettre en marche quand une petite voix dit derrière lui :

— … Monsieur Létourneau.

Il se retourna pour voir une vendeuse du rayon des vêtements pour enfants du magasin PICARD.

— Mademoiselle Germaine, votre journée de travail est terminée aussi ?

— Depuis six heures.

La jeune femme devait avoir dix-huit ans, peut-être un peu moins. Ayant habité tous les deux la même paroisse depuis leur naissance, ils se connaissaient sans se connaître. En réalité, l'homme se souvenait d'avoir eu l'un de ses frères dans sa classe tout au long de ses études primaires. Ce compagnonnage lui avait permis de côtoyer les membres de la famille Huot à quelques reprises. Cette connivence les amenait à se saluer si par hasard ils se croisaient sur le parvis de l'église.

Machinalement, ils se mirent en marche d'un pas égal, côte à côte. Un peu intimidée, Germaine reprit la parole :

— Vous travaillerez au magasin encore tout l'été, je pense. Vous avez commencé ce matin ?

— Oui. Les cours se sont terminés le 22 juin, mais je me suis accordé une semaine de repos.

— … Je comprends, ces longues études doivent être fatigantes.

Elle n'en était pas tout à fait certaine. Ses quelques années au couvent Saint-Charles lui paraissaient, avec le recul, bien plus faciles que la station debout dans le commerce, pendant huit heures, une fois les pauses soustraites.

Jacques suivait sans peine le cours de ses pensées.

— À côté du transport de meubles dans des escaliers, le cours classique n'est pas bien difficile. D'ailleurs, je ne dois pas sentir très bon, présentement.

La sueur marquait sa chemise sous les aisselles.

— Non, pas du tout… Je veux dire, je ne sens rien.

Sa compagne rougit soudainement, surprise de sa propre audace. Commenter l'odeur corporelle d'un garçon ne se faisait pas. Elle eut envie de préciser que son père et ses frères se dépensaient eux aussi physiquement toute la journée. Malgré les ablutions préalables dans le lavabo, l'odeur, quand tout le monde prenait place à table pour le repas du soir, ne rappelait guère le petit étal de parfums du magasin PICARD.

Ils atteignirent bien vite l'intersection de la 3ᵉ Rue et de la 3ᵉ Avenue. Jacques s'arrêta en disant :

— J'habite tout près.

— Et moi, deux rues plus loin…

Un bref moment, elle espéra le voir la raccompagner jusque devant sa porte, puis se trouva sotte.

— Je vous souhaite une bonne soirée, mademoiselle.

— … Bonsoir.

— Nous aurons peut-être le plaisir de faire route ensemble de nouveau.

Le jeune homme se surprit d'avoir prononcé ces paroles. Il s'agissait d'une jolie fille, mais tout de même…

— Tous les matins, je quitte la maison à huit heures trente précises.

La précision lui rappela l'habitude de Raymond Lavallée. Son camarade s'arrangeait pour se trouver toujours dans le même tramway que lui. Voilà deux fois que le souvenir de l'enfant saint lui revenait dans la même journée. Il ferait disparaître son *Journal*, un cadeau reçu de sa mère lors du dernier Noël, dès son retour à la maison. Cette triste histoire lui laissait un trop mauvais souvenir.

Germaine attendit vainement une réponse, puis après un nouveau « Bonsoir » murmuré, elle se remit en route. Un bref instant, Jacques regarda s'éloigner la jolie petite silhouette. Bien que très mal payées, les vendeuses jouissaient d'un avantage sur les autres employées de leur âge. En pouvant se procurer des vêtements au prix coûtant, elles affichaient toujours une élégance modeste.

Après un moment d'hésitation, Jacques aussi se décida finalement à rentrer à la maison, une résidence unifamiliale un peu perdue dans un environnement où dominaient les immeubles locatifs de deux ou trois étages. Il se dirigea vers la cuisine où sa mère s'affairait devant un gros poêle à bois.

— Bonjour, mon petit, dit une grosse dame dont les cheveux blonds attachés sur la nuque se marquaient maintenant de gris. Tu as eu une bonne journée ?

— Tout à l'heure, nous sommes allés à Beauport pour livrer un piano. J'ai l'impression de l'avoir reçu sur le dos depuis un troisième étage.

La mère abandonna un moment la préparation du repas pour lui faire la bise. Elle lui caressa ensuite la joue du bout des doigts en disant :

— C'est triste de te faire travailler comme un esclave, mais tes études nous coûtent très cher. Si on ajoute en plus le costume, les livres…

— Je comprends très bien. Le salaire de ces deux mois couvrira mes petites dépenses pour toute l'année.

Le garçon se montrait bien optimiste. En réalité, au fil des semaines, il lui demanderait régulièrement un dollar pour ses sorties. Au mieux, sa rémunération de l'été lui permettrait de s'acheter des vêtements un peu élégants, susceptibles de flatter sa silhouette, et des livres.

— Ah ! Si ton père avait plus de courage. Ça fait trois ans que Picard lui refuse une augmentation. Tu as une idée, toi, de l'évolution des prix depuis trois ans ?

Jacques s'épargna la peine de faire le calcul. À lui aussi, en regard de l'inflation, il semblait que le revenu familial tendait à décroître au fil du temps. Un sursaut de pudeur empêcha Thérèse de préciser que depuis avril de l'année précédente, le versement de la somme couvrant toutes les dépenses du garçon avait cessé. Elle avait eu beau plaider de toutes ses forces, jamais Fulgence n'avait accepté de protester auprès du notaire de la Haute-Ville.

«Nous avons signé un contrat, rappelait-il. Selon ce document, le paiement se terminait le jour des dix-huit ans de Jacques. Le bienfaiteur a respecté son engagement, maintenant c'est à nous de respecter le nôtre.»

Par ces mots, Fulgence signifiait sa détermination de payer les études de son fils jusqu'au terme de sa licence en droit.

— Ce soir, si tu veux, je te mettrai du liniment, reprit la mère en revenant près du poêle.

— Non, ce ne sera pas nécessaire.

Un moment, le garçon imagina Germaine Huot lui offrant la même attention. Dans ce cas, la réponse aurait été différente.

— Papa n'est pas encore rentré? demanda-t-il encore.

— Non, comme d'habitude, il nous fait attendre.

Que cela soit pour faire vivre sa famille ne lui procurait aucune circonstance atténuante aux yeux du magistrat domestique. Le garçon se décida à passer par la salle de bain afin de se laver un peu avant le repas.

En cette saison, le soleil se couchait tard, et le ciel bleu tournait lentement à l'indigo. Limoilou formait une banlieue besogneuse située juste au nord de la rivière Saint-Charles. À neuf heures, des familles entières s'alignaient sur les balcons donnant sur les rues, évoquant déjà le désir d'aller dormir, car demain, comme aujourd'hui et tous les jours de l'année, la journée serait longue, plus de dix heures de labeur pour la plupart.

Jacques Létourneau préférait se tenir seul à l'arrière de la maison, assis sur la troisième marche du petit escalier donnant dans la cour. Toutes les demeures jouissaient d'un espace assez vaste à l'arrière. La nature ayant horreur du vide, ces terrains encadrés par des clôtures improvisées, construites en planches récupérées à la décharge publique, servaient parfois de potager. À l'odeur, on devinait que certains autres devenaient des dépotoirs domestiques, parfois au point de mériter une intervention des autorités municipales après les plaintes de voisins au nez plus sensible.

Le plus étrange dans ces arrière-cours était les hangars branlants, construits avec des matériaux récupérés. Dans le cas des maisons d'habitation de trois étages, les hangars s'empilaient à la même hauteur. On y trouvait un bric-à-brac indescriptible… et parfois aussi des habitants. Des personnes particulièrement démunies trouvaient là un logis sans eau courante ni électricité. Des cultivateurs ruinés attirés par la promesse d'un emploi en ville s'y terraient pendant les quelques semaines de leur premier été. Les citadins particulièrement misérables allaient y passer leurs derniers mois, le temps d'une agonie.

— Jacques… murmura une voix.

Il fallut un moment au garçon avant de distinguer la silhouette de la jeune fille de seize ans dans la ruelle, entre les planches espacées de trois ou quatre pouces de la clôture. Seules la tête et les épaules apparaissaient au-dessus.

— Bonsoir, Juliette. Je ne t'avais pas vue.

— Tu rêvais éveillé, je suppose.

Elle devinait juste. Quand l'étudiant n'occupait pas son esprit à la lecture, il le laissait s'éloigner de ce cadre de vie médiocre. Sans pouvoir se l'expliquer, il se sentait étranger à cet environnement où il vivait pourtant depuis toujours. Cela tenait sans doute à sa mère qui lui distillait ses rêves de grandeur à l'oreille depuis sa plus tendre enfance.

— Tu ne m'invites pas à m'asseoir près de toi ? continua la petite voix.

Elle se contenta d'un long silence pour toute réponse. Enfin, pour en atténuer la cruauté, son interlocuteur fit un geste vague vers la maison derrière lui, comme s'il devait rentrer tout de suite. Cette attitude aussi, il la devait à Thérèse Létourneau. Les filles de Limoilou s'avéraient sans doute jolies, gentilles, mais elles n'étaient pas pour lui, répétait-elle.

« Tu peux trouver infiniment mieux qu'une employée de manufacture ou de magasin », lui répétait-elle depuis sa prime adolescence.

Comme toutes les autres jouvencelles se tenaient hors de sa portée, cela revenait aussi à dire qu'elle entendait le garder pour elle. Jacques n'était pas dupe des manigances maternelles, et sagement il ne retenait de ses directives que celles lui convenant très bien. Les beautés de la Basse-Ville lui donneraient satisfaction d'ici la fin de ses études. Après, il verrait bien où la vie le mènerait.

Le garçon gardait les yeux fixés sur la silhouette fragile. Dans l'obscurité croissante, il devinait les traits du petit visage – il lui avait toujours trouvé une ressemblance avec une souris –, les cheveux très fins descendant un peu sous les oreilles. Comme à son habitude, elle devait porter une petite robe toute simple, taillée et cousue par sa mère dans le tissu le moins cher sur le marché.

Intimidée, elle changea de position à quelques reprises, comme pour trouver une contenance, puis risqua :

— Tu viens jouer ?

De la tête, d'un geste bien vague, elle désigna les hangars de part et d'autre de la cour arrière des Létourneau. Ils n'abritaient pas que des meubles branlants, des matelas envahis de vermine et parfois des miséreux, mais aussi des conciliabules dont le récit troublait fort le bon curé de la paroisse Saint-Charles.

Les jeunes filles de la Basse-Ville représentaient un divertissement agréable, Jacques en convenait volontiers. Mais donner une trop grande préséance dans ses jeux à la même compagne conduirait celle-ci à se faire des idées.

Un bruit venu de la maison lui offrit une dérobade.

— C'est à cette heure-ci que tu reviens, fit une voix dans la cuisine.

Cela agit comme un signal sur le garçon. Il se leva en disant :

— Je dois rentrer.

Le «Bonsoir, Jacques» de la jeune fille se perdit dans son dos, imperceptible. Elle demeura un moment immobile, à se mordre nerveusement la lèvre inférieure. Les jeux de mains partagés avec ce garçon, poussés au point que ni l'un ni l'autre n'ignorait plus les mystères de l'anatomie de l'autre sexe, ne lui avaient pas permis de mettre le grappin dessus. Ses collègues de l'atelier devaient avoir raison : si l'on accordait trop de liberté à un garçon, celui-ci cessait de vous respecter. Mais bien sûr, aucune d'entre elles ne s'était retrouvée seule dans un hangar désert avec un aussi beau jeune homme.

— J'aimerais bien les y voir, ces saintes-nitouches ! cracha-t-elle avec dépit en s'éloignant de la clôture.

Chapitre 2

De retour dans la maison, surtout afin de mettre un terme aux récriminations maternelles, Jacques fit remarquer à l'intention de son père :

— Tu as travaillé très tard.

— Nous avons encore eu un bris de machine. Avec un matériel pareil, nous ne pouvons faire de la qualité, ni de la quantité.

— Les moulins sont là depuis l'ouverture.

Tout en parlant, Jacques avait pris l'assiette dans le réchaud au-dessus du poêle. Comme le feu s'était éteint près de deux heures plus tôt, elle était froide. La pièce de viande dans la graisse figée lui paraissait à peine mangeable. Il la déposa tout de même à la place du chef de famille à la table, pour s'installer ensuite sur la chaise voisine. Avant de s'asseoir aussi, l'homme enleva sa veste pour l'accrocher à un clou, il desserra un peu sa cravate, détacha les boutons de ses manches pour les retrousser sur ses avant-bras.

— Ce soir, dit-il en prenant la fourchette dans une main, le couteau dans l'autre, je suis resté si tard pour préparer un plan d'affaires pour les ateliers.

La justification était surtout destinée à sa femme, assise sur une chaise berçante près de la fenêtre. La matrone resta sans réaction, comme si cela ne pouvait en rien excuser son retard.

— Tu comprends, poursuivit-il, si nous ne fournissons pas des investissements suffisants, les ateliers tourneront bientôt à perte. Mais une action énergique permettrait de les sauver.

— C'est-à-dire acheter un tout nouvel équipement, dit Jacques.

L'homme avala une bouchée, mastiqua sans plaisir.

— Cela permettrait de repartir à neuf, comme au début. Dans le temps, nous produisions de la qualité à bon prix.

— Remplacer les machines progressivement, disons deux ou trois par année, ne pèserait pas trop sur un budget d'opération, commenta le jeune homme. Mais tout le parc en même temps, c'est une autre histoire.

Le père contempla son fils un moment, admiratif. Quelques visites aux ateliers et des conversations le soir lui permettaient de bien comprendre les enjeux.

— J'ai parcouru les revues spécialisées. On peut en trouver de seconde main à des prix raisonnables. Je vais consacrer toutes mes soirées cette semaine à fignoler un plan. Picard ne pourra pas dire non…

— Moi je vais me coucher, décréta Thérèse en se levant.

Le sujet s'avérait sans intérêt pour elle, mieux lui valait regagner sa chambre. Elle se pencha pour faire la bise à son fils.

— Tu es certain, tu ne veux pas que je te frotte le dos ?

— Non, maman. Bonne nuit.

Elle se tourna à demi pour dire à son époux :

— Ne me réveille pas en venant me rejoindre.

L'homme ne l'avait pas réveillée depuis des années. Incapable de tomber enceinte, elle avait décrété bien vite que les rapprochements, dans ces circonstances, ne servaient plus qu'à satisfaire la concupiscence masculine. Jamais Fulgence n'avait osé réclamer ses droits d'époux.

Quand les pas lourds se turent dans l'escalier, le fils remarqua :

— Le gars qui vend un moulin à coudre usagé cherche avant tout à se défaire de ses problèmes. Celui qui l'achète en hérite.

— Avec des machines neuves, ce serait impossible, l'amortissement prendrait des années. Aussi je travaille avec les prix de matériel de seconde main. Bien sûr, il faudra avoir aussi une stratégie pour l'achat de nouvelles machines, afin de tout renouveler sur une période de vingt ans, quinze au mieux.

— C'est sans compter les améliorations à la bâtisse. Après vingt ans…

L'homme secoua la tête, dépité.

— Nous n'en sommes pas à penser au confort. Quand les gens cesseront de crever en été et de geler en hiver dans cette grande cabane, les os ne me feront plus mal depuis des années.

Fulgence avalait comme par devoir son repas, simplement pour s'assurer d'être capable de se lever le lendemain afin de livrer une autre journée de travail interminable. Cette façon de s'alimenter et le surmenage l'obligeaient à vivre sans cesse avec des brûlements d'estomac. Depuis des semaines, il endurait un poids sur la poitrine.

— Et Picard, comment crois-tu qu'il recevra ton plan de redressement ?

L'homme eut l'impression qu'une main se refermait sur ses côtes.

— Il n'a pas le choix. Les profits des ateliers déclinent depuis des années. Bientôt, ils fonctionneront à perte.

Bon fils, Jacques hocha la tête, sans dire un mot. Afin de ne pas ajouter au fardeau de son père, il se priva de formuler le fond de sa pensée. Si Édouard Picard avait laissé la situation se dégrader, cela tenait à son désintérêt total.

Après un long silence, l'homme préféra changer de sujet :

— De ton côté, comment s'est déroulée cette première journée ?

— Mieux que l'an dernier, car je savais à quoi m'attendre. Tout de même, demain je me sentirai raide partout. Les premières heures seront pénibles.

— Ce n'est pas trop lourd pour toi ?

— On a livré un piano en fin d'après-midi, mais cela allait encore. Le pire, ce sont les poêles. Une masse de fonte de ce genre à monter au troisième nous laisse complètement épuisés.

De la main, il désignait la grosse cuisinière Bélanger, le long du mur. Ce geste suffit à faire jouer ses muscles sur ses avant-bras. Sa force ne faisait pas de doute. Le père ne put s'empêcher de baisser les yeux sur les siens, posés maintenant de part et d'autre de son assiette vide, deux membres d'une blancheur de lait, très minces.

— Demain, on fera un bout de route ensemble ? demanda-t-il.

— Si cela ne te dérange pas, une vendeuse de chez PICARD désire parcourir ce trajet avec moi, répondit-il avec un parfait naturel.

Le père hocha la tête, peu désireux de priver son fils d'un tête-à-tête agréable le temps de se rendre au travail. Comme le hasard avait curieusement fait les choses ! On ne pouvait imaginer deux hommes plus dissemblables. Pourtant, l'affection entre eux demeurait bien visible.

— Tu acceptes de partager une bière avec moi ? demanda Jacques.

— Avec plaisir. Nous pouvons même aller la boire derrière. À cette heure, personne ne nous verra.

Les partisans de la prohibition sévissaient encore dans la province, malgré l'existence de la Régie des alcools. Être vu depuis la voie publique une bière à la main, même sur le perron de sa demeure, exciterait les grenouilles de bénitier. Il en résulterait nécessairement une remontrance lors de la prochaine visite au confessionnal.

Armés de deux verres et d'une grosse Dow bien fraîche, le père et le fils prirent place côte à côte sur la plus haute marche de l'escalier. À cette heure, quelques étoiles scintillaient dans le ciel. Jacques regarda en direction de la clôture, au bout du terrain. La petite souris ne s'y trouvait plus. Bientôt, elle cesserait de le relancer.

La boutique de vêtements pour femmes, créée par Alfred Picard plus de trois décennies auparavant, continuait d'attirer la clientèle. Et dans l'appartement situé au dernier étage, la vie suivait son cours. Paul Dubuc occupait depuis peu le poste de ministre de l'Agriculture. Cet honneur était peut-être dû à sa naissance dans une ferme, ou alors le premier ministre le récompensait-il de ses trois réélections sans opposition depuis la fin de la guerre.

Marie, de son côté, gérait son commerce avec l'aide d'Amélie et de deux jeunes vendeuses. Tôt ou tard, sa belle-fille déserterait elle aussi pour donner naissance à son premier enfant. Mais ce dénouement prévisible ne la troublait guère ce jour-là. Une question plus pressante la bouleversait jusqu'au fond du cœur.

— La maison me paraît déjà si grande, si tu t'en vas toi aussi…

La voix semblait si triste qu'un moment, Thalie perdit son sourire et pensa changer d'idée. Puis elle se ressaisit :

— Maman, j'ai vingt-huit ans.

— La maison ne se trouve pas moins accueillante pour autant.

— Tu ne penses pas qu'il est temps que je sorte de tes jupons ? Je ressemble à une véritable sotte, toujours à la maison à mon âge.

— La vie de famille n'a rien de sot…

La femme s'arrêta là, puis elle ne put réprimer un éclat de rire, elle même sensible au ridicule de la situation.

— Je fais un peu sotte moi-même, n'est-ce pas ?

— Plutôt, oui.

Le ton donnait une dimension affectueuse au mot utilisé. Thalie s'adossa confortablement dans son fauteuil, soulagée de voir sa mère abandonner son rôle de femme malheureuse dans une mauvaise comédie. Toutes les deux se tenaient dans le salon, après le travail, en attendant d'aller souper.

— Je vais terriblement m'ennuyer, avoua Marie.

— Pendant un certain temps, sans doute. Et toi, tu me manqueras. D'un autre côté, je serai fière de me comporter comme une grande fille. Et toi, tu te consoleras avec Paul.

— À mon âge, tu sais…

— Mais tu oublies que je suis ton médecin ! Vous me paraissez tous les deux des amoureux en assez bonne santé, si tu comprends ce que je veux dire.

Les confidences dans le cabinet du docteur Picard étaient une chose, y faire allusion à la maison, une autre. La marchande s'efforça de changer de sujet.

— Tu manqueras aussi à Gertrude.

— Je n'en doute pas. Mais je ne m'en vais pas vivre à Tombouctou. Vous me reverrez bien souvent, toutes les deux.

— Elle n'est pas en très bonne santé, n'est-ce pas ?

Thalie hocha la tête de haut en bas. Elle admit en baissant la voix, car la domestique se tenait dans la pièce voisine :

— Son corps est usé. Elle a commencé à travailler à douze ans, il y a cinquante-cinq ans de cela. Puis la douleur dans sa jambe devient de plus en plus cruelle.

— Je lui dis de ralentir un peu, mais…

La maîtresse de maison haussa les épaules, comme pour signifier son impuissance. Gertrude n'en faisait qu'à sa tête. L'âge ne la rendait guère plus conciliante.

— Je suis mal à l'aise de parler ainsi d'une patiente, confessa le médecin.

— Voilà une louable discrétion. Dans ce cas, revenons à notre premier sujet. J'admets que tu veuilles ton chez-toi. Mais cet appartement minuscule te coûtera la peau des fesses.

— Maman, épargne à mes chastes oreilles ces expressions osées.

Elle fit mine de mettre ses mains de chaque côté de sa tête.

— Arrête de te moquer. Cet immeuble de luxe est hors de prix. Tu pourrais facilement trouver plus grand, très confortable, un endroit où prendre tes aises. Et si jamais la bonne personne se pointe à l'horizon…

— Je suis un peu comme Gertrude, je suis devenue un porc-épic. Quand les bonnes personnes se trouvent sur mon chemin, elles changent de trottoir, je pense.

Devant son frère, Thalie se comparait aussi à Gertrude pour expliquer son célibat, mais avec une explication plus cynique : « Pour chasser les hommes, elle a sa patte folle, moi j'ai la médecine. »

— Puis, continua-t-elle, je parie que cet appartement plus grand dont tu rêves pour moi se trouve situé dans la rue Saint-Cyrille, juste au-dessus de celui de Mathieu.

— … L'un de ses locataires doit partir. Ça vous rendrait service à tous les deux.

— Non, maman. Passer de tes jupons à la surveillance bienveillante de mon aîné, non merci. Je veux un appartement tout petit, très chic, pour me donner l'impression que je mène la grande vie.

La femme acquiesça, un peu déçue de voir ses plans tourner court. Laissée à elle-même au moment de sa jeunesse, Marie rêvait de voir les siens former un bloc compact contre les avatars de l'existence.

— Es-tu certaine de pouvoir faire face à la dépense ? demanda-t-elle encore.

— Mon carnet de rendez-vous est bien rempli depuis au moins un an, et depuis 1925, j'ai accouché assez de femmes pour être longtemps occupée par les maladies infantiles de leurs rejetons. Ne t'inquiète pas. En plus, avec l'augmentation des cours de la Bourse, je continue à tirer un revenu de la petite rente que papa m'a laissée.

La mère hocha la tête. Après les années de misère de sa propre jeunesse, puis le travail acharné dans la boutique, la marchande voyait sa fille emménager à l'une des adresses les plus prestigieuses de la ville. Certains jours, le chemin parcouru lui donnait un petit vertige. Cela maintenait ses inquiétudes bien vives.

— Tu parles à ton frère fréquemment, je pense.

— Très régulièrement. Nous nous entendons toujours aussi bien, tu sais, même si je ne veux pas qu'il devienne mon propriétaire.

Son petit sourire visait à rassurer sa mère.

— Que penses-tu de son idée d'acheter cette part du magasin ?

Depuis deux ans et demi, elle posait la même question avec une lassante régularité, et sa fille donnait la même réponse sans faillir :

— À sa place, je me serais concentrée plutôt sur l'immobilier, mais nous savons toutes les deux que Mathieu n'est pas moi. C'est le fils de Thomas. Les circonstances de sa naissance lui donnent l'impression d'avoir un compte à régler avec l'existence.

— Je n'aime pas ça.

Thalie haussa les épaules, comme si son opinion, ou celle de sa mère, ne comptait pour rien. Pour rassurer cette dernière, elle ajouta toutefois :

— Mais le commerce se porte très bien. Mathieu reçoit des dividendes significatifs en janvier. Ils lui permettent de rembourser son emprunt, et ses honoraires suffisent à faire vivre sa petite famille.

Marie hocha la tête, à peine rassurée cependant. Elle se leva en disant :

— Gertrude est silencieuse depuis trop longtemps. Je vais aller voir dans la cuisine.

— Un instant, veux-tu ? Quand tu vois Mathieu seul à seul, lui poses-tu aussi des questions sur moi ?

— Mais bien sûr, ma petite. Tu crois que je t'aime moins que lui ?

— Non, maman, je n'ai jamais pensé cela.

Curieusement, la réponse l'avait tout de même rassurée.

Fulgence avait été fidèle à la mission qu'il s'était lui-même imposée : préparer un plan de redressement des ateliers de confection Picard. Le travail très soigné sous le bras, il se présenta le samedi suivant en après-midi pour le remettre à son patron.

Lorsqu'il rejoignit les locaux administratifs, plus nerveux que le soir de ses noces, il eut une première surprise. Depuis la guerre, une charmante jeune femme le recevait avec un sourire, et s'informait de sa santé et de celle de sa famille. Il gardait le meilleur souvenir des années de Flavie Poitras. Sa remplaçante, Georgette, se montrait aussi empressée. Mais son habitude de mâcher de la gomme, son incroyable audace de se teindre les cheveux et de les friser au point de ressembler à un mouton, sa grosse poitrine même : tout en elle lui paraissait insupportablement vulgaire.

Son étonnement de ne pas la trouver devant lui fut si grand qu'il prononça :

— Madame, je ne vous connais pas.

— Moi non plus, monsieur. Mais comme vous arrivez à l'heure où j'ai placé un rendez-vous pour un certain Létourneau, je présume que vous êtes cet individu.

Elle ne manquait pas d'un humour caustique. Il s'agissait d'une grande femme de quarante ans environ, très maigre. Son nez pointu, sa bouche mince et comme pincée ne plaidaient pas en sa faveur. Pourtant, personne ne doutait du caractère irréprochable de son travail.

«Édouard doit vieillir, songea le visiteur. Il préfère maintenant la compétence à la beauté physique.» D'une certaine façon, cette réflexion allégea un peu sa nervosité.

— Vous avez bien deviné, dit-il après un silence. Je suis Fulgence Létourneau. Nous aurons à nous croiser souvent, je dirige les ateliers.

Elle se priva du plaisir de dire «Je sais». Déjà, les noms et les fonctions des principaux employés de l'entreprise lui étaient familiers. Elle accepta la main tendue en se levant.

— Je suis Rita Faucher, la secrétaire de monsieur Picard depuis la semaine dernière.

Ils restèrent empruntés pendant un instant, debout de part et d'autre du bureau.

— Il est là ? demanda Fulgence.

— Bien sûr, je vais voir s'il est prêt à vous recevoir.

Bientôt, il s'avança dans la grande pièce de travail de son patron, accepta de s'asseoir sur la chaise qu'il lui désignait après une poignée de main. Il paraissait si mal à l'aise qu'Édouard demanda :

— Vous semblez avoir des ennuis...

— Une autre machine à coudre est tombée en panne lundi dernier. Le mécanicien a eu bien du mal à la remettre en route.

« Et depuis, garda-t-il pour lui, la couturière a eu la bonne idée de se trouver un emploi ailleurs. » Comme le délabrement du matériel était connu des travailleuses de la ville, le recrutement du personnel devenait difficile. Dans ces conditions, le travail payé à la pièce se révélait trop aléatoire. La rémunération moyenne de ce secteur d'activité atteignait les treize dollars par semaine pour six jours de travail. Or, personne ne recevait une telle somme en travaillant aux ateliers PICARD, même en allongeant les horaires.

— Je me demande s'il vaut encore la peine de faire réparer ces vieux moulins à coudre, déclara le patron.

La remarque parut pertinente, aussi le gérant s'empressa de dire :

— Je suis bien de votre avis. C'est pour cette raison que je me suis donné la peine de préparer ceci. Vous ne me trouverez pas présomptueux, j'espère.

Personne ne pouvait soupçonner ce petit homme effacé de présomption. Édouard réprima un sourire moqueur en acceptant le texte. Comme il faisait mine de le mettre dans son porte-documents, le visiteur poussa un peu plus loin l'audace :

— Si vous voulez bien en prendre connaissance tout de suite. Quelques minutes suffiront. Nous pourrons en discuter ensuite.

Ce fut en scrutant son employé avec un regard sévère que l'homme posa la dizaine de feuillets devant lui. Puis le titre sur la page couverture le fit ciller : «Plan de développement». Le document s'ouvrait sur un tableau montrant le déclin du taux de profit des ateliers depuis le début de la décennie. Ensuite, il se contenta de lire les intertitres : «Délabrement des machines», «Opportunité du marché de l'usagé», «Rythme de remplacement». En moins de cinq minutes, il complétait sa lecture du tableau financier, à la dernière page.

Un moment, le marchand demeura songeur. Il regarda finalement son interlocuteur dans les yeux pour dire :

— Monsieur Létourneau, voilà un bilan très lucide. Je vous en félicite.

Un bref instant, Fulgence eut envie de sourire. Puis les yeux de son vis-à-vis le glacèrent, une main se referma sur son cœur.

— Mais je ne partage pas du tout vos conclusions. Nous avons obtenu tout ce que nous pouvions de ces machines. C'est comme avec un vieux cheval épuisé : à la fin, quand on ne peut plus rien en tirer, on le cède à un fondeur pour deux dollars. Celui-là en fait une excellente colle.

Le sens de la remarque paraissait échapper à son visiteur.

— Ces machines valent leur poids de métal, rien de plus, précisa Édouard. Autant les vendre toutes et en rester là.

— Justement, comme vous pouvez le voir, j'ai fait une estimation du coût de quarante appareils d'occasion…

— Une dépense qui serait amortie en quinze ans, selon la part du taux de profit que vous entendez consacrer au paiement de la dette. Il faut ajouter à cet investissement un programme de remplacement étalé sur des années. Il ne restera pas un sou…

L'homme voulait dire : « Pas un sou à me mettre dans la poche. » Il savait apprécier très vite un plan d'affaires.

— Chaque nouvelle machine engendrera une hausse des profits…

— Vous me demandez de mettre des milliers de dollars d'argent neuf dans un projet qui ne rapportera guère. Bien plus, votre projection des profits à venir est exagérée. Un placement en Bourse d'une somme équivalente à ce que vous évoquez serait d'un meilleur rendement. Et même l'investisseur le plus peureux ferait aussi bien que vos projections en achetant des obligations émises par une municipalité, ou même par une congrégation religieuse. Cela sans encourir le moindre risque.

Ces institutions finançaient leurs grands projets de cette façon, en promettant des taux de trois et même quatre pour cent.

— La bâtisse et le terrain valent aussi quelque chose, plaida le visiteur, une pointe de désespoir dans la voix.

— Vous avez raison. Avec le développement des affaires, quelqu'un voudra y établir une manufacture ou un atelier…

— Nous avons déjà un atelier, l'interrompit Fulgence.

— Le plus sage pour moi est donc de tout liquider et de mettre l'argent dans un secteur susceptible de me rapporter un peu, ou beaucoup si je me révèle habile.

Cette fois, Fulgence sentit la main autour de son cœur se refermer tout à fait. Il s'affaissa sur sa chaise.

— Je crois qu'il est avisé de vous verser un cognac bien tassé, fit une voix devenue lointaine.

Le marchand quitta son siège pour se diriger vers une armoire.

Un peu plus tard, Fulgence Létourneau tenait un verre vide dans la main droite. Le coup de fouet de l'alcool, surtout pour quelqu'un qui n'en buvait jamais, lui mettait un peu de rose aux joues.

— Vous ne pouvez pas faire ça, fermer une réalisation de votre père.

À l'évidence, il demeurait plus attaché au labeur de Thomas Picard que son propre fils.

— Vous me demandez de prendre mon argent, je le souligne, mon argent, pour l'investir à perte. Les grands magasins ne fabriquent pas les produits qu'ils vendent, ils les achètent aux fournisseurs les moins exigeants. Dans tout ce qui se trouve sur nos étagères, seuls des vêtements bas de gamme et des manteaux de fourrure viennent de la Pointe-aux-Lièvres. Tout le reste, je l'achète aux meilleurs manufacturiers.

Il voulait dire à ceux demandant les prix les plus bas.

— Nous avons encore près de quatre-vingts employés…

La voix du visiteur devenait geignarde. L'allusion au personnel amena le marchand à réaliser la véritable inquiétude de son interlocuteur.

— Dans un instant, nous parlerons de vous. En ce qui concerne les autres, bien sûr, la situation s'avère très triste. Certains de nos coupeurs de fourrure sont avec nous depuis vingt ans. Mais comme ils sont compétents, très vite quelqu'un les recrutera. Tiens, si cela se trouve, on les reverra tous chez les entrepreneurs auprès desquels nous nous approvisionnerons à compter de l'hiver prochain.

— Votre décision était prise avant ma visite.

— Si vous n'étiez pas venu, je vous aurais convoqué dès la semaine prochaine, avec à la main un document posant le même constat que le vôtre. Comme je le disais tout à l'heure, seules mes conclusions diffèrent. L'argent du terrain et de la bâtisse sera mieux investi ailleurs.

En réalité, près de dix ans plus tôt, Édouard avait souhaité se départir des ateliers. Seule la nouvelle des véritables origines de Jacques l'avait conduit à changer ses projets. Il n'avait pas voulu réduire au chômage le père adoptif de ce dernier. Aujourd'hui, sa résolution était inébranlable.

— Les couturières… s'efforça encore de plaider Fulgence.

— Les meilleures trouveront à s'employer dans d'autres ateliers de la ville, ou alors elles travailleront à la maison.

Après avoir évoqué le sort des autres, le pauvre directeur osa enfin formuler :

— Comment les mises à pied se dérouleront-elles ?

— Vous avez commencé à préparer les livraisons de l'automne. Chaque fois que vos travailleurs termineront une tâche, vous les mettrez dehors.

Fulgence grimaça devant la cruauté de l'exercice. Quand un lot de vêtements serait complété, il devrait réduire le personnel. En septembre, il ne resterait plus personne. Et tout au long de l'été, il aurait l'impression de mourir lentement, comme si son sang se retirait de son corps.

— Je vais mettre tout de suite un agent sur la vente du terrain et des installations, continua le propriétaire. À la fin de l'été, vous pourrez revenir travailler au magasin. Vous agirez comme chef de rayon.

— Chef de rayon…

Le ton désespéré témoignait de son désarroi.

— Ne le prenez pas mal, dit Édouard d'une voix un peu exaspérée. Vous gagnerez tout autant que maintenant, au total. En plus d'un salaire, vous toucherez une part des profits.

Si c'était vrai, cela prouvait seulement combien il touchait peu comme directeur des ateliers. Et bien sûr, les profits déclinants au fil des ans l'avaient empêché de demander la moindre augmentation.

— En septembre, vous prendrez le rayon des produits pour fumeurs, mais très vite, ceux des vêtements pour hommes et des meubles se libéreront. À Noël, vous dirigerez le rayon le plus rentable du magasin, si c'est votre choix.

Les paroles touchaient à peine l'oreille du pauvre homme.

— Vous allez tout de même lire soigneusement mon plan de redressement, insista-t-il. Je suis sûr que ma proposition est réaliste.

Son patron demeura interdit, puis il essaya de se faire très clair :

— Vous savez, Fulgence, je vous fais cette offre parce que vous avez été un employé fidèle pendant plus de trente ans, un collaborateur précieux pour mon père…

L'homme enregistra que le fils ne portait pas le même jugement.

— Ces postes que je viens de faire miroiter devant vous sont très convoités. Des vendeurs d'expérience comptent les obtenir. Mais je veux bien vous en réserver un, même si cela fait des vagues à l'interne. Si toutefois, vous préférez tenter votre chance ailleurs, faites-le-moi savoir très vite. Après tout, vous avez une longue expérience de direction d'un atelier. Sans doute trouverez-vous un nouvel emploi.

L'homme se raidit sous la menace à peine voilée. Son interlocuteur avait raison : son expérience lui permettait de faire fonctionner une petite entreprise, ou un service. Mais la seule pensée d'un pareil changement de routine l'accablait. Au sortir de l'Académie commerciale des Frères des écoles chrétiennes, son premier emploi lui était venu de Thomas Picard. Aller frapper à la porte d'un nouvel entrepreneur pour lui offrir ses services lui paraissait au-dessus de ses forces.

— Non, non, monsieur, plaida-t-il très vite. J'accepte votre offre tellement généreuse.

La main glaciale sur son cœur se resserra brutalement. Sans y penser, il frotta son bras gauche de sa main droite.

L'entrevue se terminait. Le visiteur eut envie de demander de récupérer son plan de redressement, mais n'osa pas.

— Si nous abordions un sujet plus gai, commença Édouard en se servant un cognac à son tour. Votre garçon trouve-t-il son expérience positive?

— Les deux ou trois premiers jours, ses muscles paraissaient tout raides, mais maintenant tout rentre dans l'ordre.

— À son âge, moi aussi, j'ai travaillé au service de livraison. Bien sûr, cela change un peu des études, mais en même temps, c'est une bonne école. C'était en 1907.

Certains jours, la fuite du temps lui donnait un véritable vertige.

— Je me souviens de votre présence, tous les étés, dit le visiteur, même si j'étais déjà chef des ateliers, dans ce temps-là.

Édouard craignit un instant de le voir revenir à son plaidoyer larmoyant, aussi il s'empressa d'ajouter:

— Le chef du service me dit le plus grand bien de Jacques. Il est robuste, il s'entend bien avec le reste du personnel. Ce n'est pas facile pour un étudiant comme lui. Parmi tous ces hommes, il se trouvera toujours des gros bras désireux de le tester.

— Oh! Sa force lui vient sans doute de sa mère.

Fulgence s'exprimait comme si Thérèse et lui étaient les parents naturels du garçon. Édouard ne s'y trompait pas. Un bref instant, la frêle silhouette d'Eugénie passa dans l'esprit du marchand. Si Jacques tenait sa constitution d'un membre de la famille de sa mère, il fallait regarder du côté de Thomas. Mais plus vraisemblablement, elle venait du père, cet officier tout juste entrevu au moment des festivités du tricentenaire.

— Je ne veux pas vous chasser, déclara-t-il après une pause, mais si je veux régler quelques dossiers avant de rentrer à la maison…

— Bien sûr, dit le visiteur en se levant précipitamment. J'ai déjà pris trop de votre temps.

Lorsqu'il reconduisit Fulgence à la porte de son bureau, Édouard lui mit la main sur l'épaule.

— Je sais combien vous êtes attaché à ces ateliers, mais croyez-moi, j'agis pour le bien de l'entreprise.

— Vous avez sans doute raison, monsieur.

— Alors, ne faites plus réparer les machines à coudre. Chaque bris vous permettra de réduire le personnel. Espérons juste qu'elles résisteront en assez grand nombre pour compléter les commandes. Il est maintenant trop tard pour nous adresser ailleurs, il faut les terminer. Le 1er septembre, il ne restera plus personne là-bas, et vous, vous viendrez ici. Ce matin-là, vous serez derrière le comptoir de la tabagie et vous tiendrez à l'œil les employés qui en dépendent.

La date était tombée. À ce moment, souhaitait le marchand, la bâtisse et le terrain de la Pointe-aux-Lièvres auraient changé de main.

Chapitre 3

Les deux derniers matins, Jacques Létourneau avait fait faux bond à Germaine. La jeune femme avait dû marcher seule en direction du magasin PICARD. Puis, le samedi, il lui réserva une petite surprise. À six heures, le jeune homme se tint à la porte principale du commerce lorsque les employées sortirent. Il la vit en grande conversation avec deux collègues.

— Mademoiselle Huot, quel plaisir de vous revoir!

La voix paraissait un peu moqueuse. Le trio de jeunes femmes se consulta du regard, puis l'une d'entre elles dit:

— Bonne soirée, Germaine, nous nous retrouvons lundi...

— Je ne vous chasse pas, j'espère? demanda le nouveau venu.

— Non, non, nous devons rentrer à la maison.

Les deux vendeuses tournèrent les talons pour se diriger vers l'ouest de la rue Saint-Joseph. Jacques les regarda s'éloigner.

— Je ne vous ai pas vu hier, ni ce matin, dit sa compagne d'une voix déçue.

Depuis une semaine, le garçon la mettait à l'épreuve. Si les premiers matins, il l'avait attendue au coin de la 3e Rue et de la 3e Avenue, ensuite, il avait brillé par son absence.

— Parfois je pars un peu plus tôt, parfois un peu plus tard.

Au cours des dernières années, il avait appris qu'une trop grande assiduité amenait ces jeunes filles à le tenir pour acquis. Afficher une certaine indépendance les conduisait à consentir de petits efforts pour le retenir. Ces petits efforts constituaient ses menus plaisirs.

— Mais ce soir, puis-je marcher avec vous ? demanda-t-il avec son meilleur sourire.

— Oui, bien sûr.

Son empressement à lui répondre contenait déjà une petite promesse. Lui offrir son bras, surtout dans cette rue achalandée, parut prématuré à son compagnon. Celle-là ne s'enfermerait pas avec lui dans un vieux hangar avant de nombreuses semaines. D'ailleurs, si quelqu'un lui faisait cette proposition, elle répondrait «Jamais!» de la voix la plus assurée. Avant les grands froids, il s'attendait tout de même à la voir renoncer à certains de ses engagements d'Enfant de Marie.

— Comment se fait-il que je vous trouve ici ce soir ? questionna-t-elle pour rompre le silence. Vous me disiez terminer toujours après six heures, la dernière fois que je vous ai vu.

Elle parlait du jeudi matin précédent.

— Le directeur du service s'arrange toujours pour nous voler un peu de temps en plaçant les destinations les plus éloignées en après-midi. Mais le bonhomme doit cacher une âme charitable, car il ne nous fait pas le coup le samedi.

— C'est un peu comme pour nous. Le chef de rayon nous épargne les corvées de rangement ce jour-là. Les patrons sont sans doute pressés de rejoindre leur famille pour le souper, eux aussi.

Évoquer la sensibilité des grands de ce monde parut l'inciter à la réflexion. Elle ne reprit la parole que dans la rue du Pont.

— Comment avez-vous trouvé votre semaine ?

— Éreintante. La prochaine sera plus facile. La dernière, en août, représentera une partie de plaisir.

Son ironie ne la trompa pas. Le salaire lui manquerait sans doute – les hommes de la livraison touchaient un peu plus du double de sa maigre pitance –, certainement pas les longues heures avec un meuble dans les bras.

— Et en ce qui vous concerne, continua Jacques, monsieur Picard ne vous fait pas trop de misère ?

— Lui ? On ne le voit jamais… Enfin, on le voit le matin, car il fait le tour de tous les départements en arrivant, mais on ne lui dit jamais un mot.

— Il ne parle à personne ?

Pourtant, en passant au service de livraison, le propriétaire échangeait toujours quelques mots avec les employés les plus âgés.

— Un "Bonjour", sans plus, aux vendeuses. Puis, il se met dans un coin pour entendre le compte rendu du chef. De toute façon, ces temps-ci, il doit avoir d'autres chats à fouetter.

— Que voulez-vous dire ? Les affaires marchent mal ?

Le garçon songea brièvement à son père.

— Les affaires ? En réalité, je ne le sais pas vraiment… sauf que les prix montent et que la caisse enregistreuse du rayon fait sans cesse entendre sa clochette.

— Alors, sur quels autres chats notre bon patron s'acharne-t-il à coups de fouet ?

Si, dans l'entreprise, le sport principal consistait à murmurer des commérages sur les vicissitudes de l'existence des chefs de service et du grand patron, on ne s'y livrait pas avec des personnes de sexe opposé.

— Il a embauché une nouvelle secrétaire, il y a dix jours. L'autre est partie en sanglotant, un mouchoir roulé en boule plaqué sur la bouche.

— Il a dû la renvoyer. Cela arrive aux gens qui font mal leur travail.

— Ce n'est pas ça, murmura-t-elle, soudainement un peu intimidée. Selon les filles du rayon des vêtements pour femmes, il y avait quelque chose entre elle et… lui.

Le garçon eut un rire bref. Il se souvenait avoir vu cette Georgette à quelques reprises : une grosse poitrine et un maquillage un peu outrancier.

— Mais voilà qui n'est pas bien joli, dit-il. Une histoire comme celle-là peut valoir une condamnation en chaire de la part de monseigneur Buteau.

L'ironie du garçon indiquait que le péché lui paraissait bien véniel.

— Selon mes amies, il aurait même quitté son domicile.

— Certainement pas pour se mettre en ménage avec elle, si elle pleurait comme ça.

Germaine trouva ce constat bien raisonnable. Toutes ces rumeurs étaient peut-être fausses. D'un autre côté, les filles du rayon des vêtements pour femmes se tenaient tout près des locaux administratifs. On avait même percé le mur afin de permettre une communication facile entre le vieil édifice, celui érigé en 1876, et le nouveau datant de 1891.

Ils restèrent silencieux jusqu'à l'intersection de la 3e Rue. Avant de prendre congé, le garçon demanda :

— Vous aimeriez marcher un peu dans le parc Victoria, tout à l'heure ?

— Je ne peux pas être libre avant huit heures, le temps d'aider ma mère à faire la vaisselle.

— Je passerai donc devant chez vous à huit heures. Au revoir !

Un sourire de satisfaction sur le visage, elle le quitta bien vite. Il la regarda s'éloigner. Il lui semblait que son pas se faisait un peu dansant.

Ce soir-là, tout au long du chemin vers la maison, Édouard se remémora sa conversation avec Fulgence Létourneau. Depuis l'adolescence, quand sa présence au grand magasin de son père était devenue régulière, il l'avait trouvé médiocre. Même son désir si visible de toujours bien faire s'assimilait pour lui à la faiblesse. À ses yeux, il s'agissait d'un être pusillanime, incapable de prendre la moindre initiative importante.

— En fait, le petit bonhomme aurait dû demeurer secrétaire toute sa vie, grommela-t-il.

Cette remarque voulait tout dire. Depuis vingt ans, des jeunes filles tout juste sorties de l'école jouaient ce rôle avec compétence, ou alors des vieilles filles incapables de trouver un époux. Il le voyait dans une occupation réservée au sexe faible.

Machinalement, Édouard tourna le volant quand sa petite Chevrolet toute neuve arriva à la hauteur de la rue Scott. En voyant une énorme McLaughlin rangée près de la maison, il ne réprima pas sa surprise.

— Christ! gronda-t-il à haute voix. Combien me faudra-t-il de temps pour me rentrer ça dans la tête. J'ai déménagé il y a plus de deux mois!

Pour ne pas embêter le nouveau propriétaire en tournant devant la demeure, il descendit un peu plus bas dans la rue, utilisa l'entrée du notaire Dupire pour faire demi-tour et reprendre la Grande Allée. Il s'engagea vers l'ouest sur l'avenue élégante, dépassa la maison des Paquet en songeant à son fils, Thomas junior. Un peu plus loin, du côté sud, une allée de cent verges environ conduisait à une bâtisse haute de onze étages. En version bien modeste, il s'agissait de la variante québécoise d'un gratte-ciel.

Comme à son habitude, Édouard stationna devant, entra dans un hall très élégant, tout en marbre. Derrière un bureau, un homme en uniforme l'accueillit :

— Bonsoir, monsieur Picard.

— Bonsoir, Arthur.

La réponse s'accompagnait toujours d'un sourire amusé. Au cours de la dernière année, sa femme Évelyne lui avait réservé une réception moins attentionnée que celle-là. Parfois, quarante-huit heures se passaient sans un mot prononcé. Même pas « Passe-moi le sel », à table. À la place, elle préférait se lever pour aller le chercher elle-même.

Cet édifice locatif avait été construit par un groupe d'investisseurs libéraux, parmi lesquels se trouvait un avocat de bonne réputation, Louis Saint-Laurent. Bien sûr, l'appartenance au parti ne représentait pas une absolue nécessité pour se joindre à un tel projet. Mais les conservateurs devenaient si rares dans la province de Québec… On n'en voyait plus guère.

Le marchand monta dans l'ascenseur en saluant les locataires qui en sortaient et appuya sur le bouton marqué d'un « 9 ». Il arriva dans un couloir feutré, doucement éclairé. Les portes, épaisses et pleines, ne laissaient passer aucun son. Le confort ambiant rendait les bouleversements de son existence moins abrupts.

Dans son appartement, Édouard posa son porte-documents sur son bureau. Une chambre lui fournissait une version bien exiguë de son ancienne bibliothèque. En réalité, toutes les pièces s'avéraient d'une dimension convenable. La difficulté tenait au fait que l'homme avait emporté des meubles de la maison, au moment de la vente. Dans un espace plus réduit, ils conféraient aux lieux une désagréable impression d'étroitesse.

Le locataire passa ensuite dans la cuisine et ouvrit la porte de la «glacière électrique». L'association des deux mots témoignait de la nouveauté de la chose. Le réfrigérateur du marchand était un General Electric, une grande boîte en métal recouvert de porcelaine, couronnée d'une curieuse petite tour rappelant un champignon. La clientèle pour une nouveauté aussi onéreuse se montrait encore bien réduite. L'innovation permettait de protéger les beaux tapis de l'appartement des dégâts d'eau attribuables aux énormes blocs de glace livrés toutes les semaines.

— Bon, que nous reste-t-il à manger, grommela-t-il, plié en deux.

Avec son nouveau célibat venaient la manie de parler seul et l'usage du pluriel. Ce soir-là, comme trop souvent au cours des dernières semaines, ce serait une omelette, cuite sur une autre petite merveille : une cuisinière électrique. L'homme mangea assis dans son fauteuil au salon, un whisky déposé sur un guéridon. Pour tromper sa solitude, il écoutait la voix d'André Arthur, un nouvel annonceur de la station CHRC tout récemment arrivé de France.

La petite promenade dans le parc Victoria s'était révélée agréable. Offrir son bras à Germaine Huot paraissait un peu prématuré pendant le trajet entre la maison et le magasin, surtout quand il portait encore son bleu de travail et répandait l'odeur aigre de sa sueur. Cela lui parut un geste tout naturel sous les arbres, parmi des couples identiques au leur.

Elle posa sa main sur le pli de son coude. Pendant quelques minutes, le rose aux joues à cause des émotions se bousculant, elle resta silencieuse. Puis, ils évoquèrent les menus événements de la semaine, ces sujets sans importance utiles pour meubler le silence. Enfin, il la reconduisit chez elle.

La jeune fille habitait dans la 5ᵉ Rue. Dans la paroisse, il s'agissait d'un endroit enviable. La chaussée était large, bordée d'arbres. Et à son extrémité est se dressait l'église Saint-Charles, majestueuse avec ses deux clochers. Devant la maison de trois étages abritant trois logements de bonne dimension, ils s'arrêtèrent un moment face à face, de nouveau muets.

— Je vous remercie de m'avoir accompagné, mademoiselle Germaine.

— … Je vous remercie de m'avoir invitée.

— Alors, bonne nuit.

Le garçon n'évoqua pas une rencontre dans un futur rapproché. La situation la laissa songeuse. Elle murmura :

— Bonsoir, monsieur Létourneau.

Elle avait gravi quelques marches pour se rendre à l'étage quand son compagnon dit encore :

— À bientôt.

« Les garder toujours en déséquilibre », se dit-il. Quand elle se retourna pour lui parler, il avait tourné les talons pour rentrer chez lui. Avait-elle vraiment entendu ces derniers mots, ou se les était-elle imaginés ?

En arrivant dans la petite maison de la 3ᵉ Rue, Jacques trouva sa mère dans le salon, concentrée sur l'édition du jour de *L'Action catholique*.

— D'où arrives-tu ? demanda-t-elle en levant les yeux.

« Elle ferait un bon policier », songea-t-il. Pourtant, il répondit avec bonne volonté :

— Je suis allé faire une marche dans le parc Victoria.

— Tu n'étais pas seul.

En utilisant l'affirmatif, elle le mettait au défi de nier. Il fut pris de l'envie de le faire, juste pour voir sa réaction. Sans doute mènerait-elle une enquête sur le parvis de l'église le lendemain pour tirer l'affaire au clair. De nombreuses paroissiennes ne faisaient rien de mieux, pour s'occuper, que de passer la journée sur la galerie à surveiller les agissements de leurs semblables.

— J'étais avec la petite Huot, admit-il. Germaine.

— Son père est plombier, je pense.

En d'autres mots, la jeune fille était indigne du fils du directeur des ateliers PICARD. Elle pouvait donner ainsi sans faillir les origines de tous les partis, bons ou mauvais, de Limoilou.

— Que veux-tu, les filles d'avocat ou de médecin sont plutôt rares dans les parages. Je parie qu'il n'y en avait aucune dans le parc Victoria, ce soir.

La grosse femme se montra insensible au sarcasme. Elle renchérit plutôt :

— Et elle travaille comme vendeuse, je pense.

— Chez PICARD, comme papa et moi.

— Mais toi, tu es là seulement pour l'été…

— J'ai bien pensé épouser la fille du grand patron, mais il n'a qu'un garçon, trop jeune pour le mariage en plus.

Cette fois, la moquerie calma un peu la ménagère. Le fils en profita pour demander :

— Papa n'est pas rentré ?

Un peu avant huit heures, alors que le garçon quittait la maison, le père n'était pas encore revenu du travail.

— Il a encore passé la soirée là-bas. À son retour, il a refusé de manger. Il est dans la cour avec une bière.

L'homme se lassait sans doute des repas froids. L'épouse n'avait pas proposé de rallumer la cuisinière pour le réchauffer. En plein été, elle s'en abstenait. Lorsque Jacques fit mine d'aller le rejoindre, elle dit encore :

— Il ne me semblait pas bien. Crois-tu qu'il peut être malade ?

En formulant la question de cette manière, elle semblait lui contester ce droit. Le garçon continua son chemin sans répondre, il prit un verre dans la cuisine et sortit. De nouveau, la silhouette un peu repliée sur elle-même assise dans l'escalier, si fragile, le toucha au cœur.

— Il en reste pour moi ?

Quand Fulgence se retourna à demi pour le regarder, il précisa :

— De la bière.

— Pas tellement. Tu peux en prendre une autre dans la glacière.

— Non, une gorgée me suffira, juste pour me rincer la gorge.

Surtout, ouvrir une seconde bouteille leur vaudrait des commentaires acerbes. Les hommes de la maison devaient mesurer leurs plaisirs.

— Tu es resté à l'atelier jusque tard en soirée, remarqua le fils. Un samedi, c'est inhabituel.

— J'ai voulu retravailler un peu mon plan de redressement, pour en faire un plan d'affaires…

— Je ne comprends pas vraiment la différence entre les deux.

Avant d'expliquer, l'homme vida son verre pour le poser sur le perron. Ce délai lui permit de mettre un peu d'ordre dans ses idées.

— Cet après-midi, j'ai présenté mon plan à Picard. J'ai eu la très nette impression que mon portrait de la situation lui faisait plaisir. Il ne mettra pas un sou dans les installations. Au contraire, le salaud projette de fermer l'endroit avant septembre. Je passerai l'été à mettre des gens à la porte, huit ou neuf par semaine, au gré de la fin des commandes.

La première pensée de Jacques, à l'évocation de la cessation des opérations, fut de s'inquiéter pour la poursuite de ses études.

— Mais toi, que feras-tu ?

— Pour me récompenser de mes bons services mal rémunérés au cours des trois dernières décennies, le digne héritier de son papa consent à me nommer chef de rayon des produits du tabac.

Le terme désignait toute une série de produits essentiellement destinés à des hommes.

— Tu te rends compte ? J'ai eu jusqu'à cent cinquante employés sous ma direction pendant la guerre, plus de deux cents en comptant les couturières travaillant à la maison. Et voilà que je me retrouverai à diriger trois gamines et à vendre des pipes à de vieux messieurs.

L'homme disait vrai. Sa résignation l'avait empêché de profiter de son expérience pour chercher un nouvel emploi dans une maison susceptible de mieux le traiter. À la place, pendant dix ans, il avait été témoin de la décrépitude croissante de l'affaire.

— Au moins, cela te permettra de continuer de recevoir un salaire pour un travail sans doute bien moins exigeant. La maison ne te coûte plus que les taxes et l'entretien… Tout pourra continuer comme avant.

« Y compris le paiement de ma scolarité », songea-t-il encore. Une vague inquiétude le tenaillait maintenant.

— Les hommes de mon âge arrivent d'habitude au sommet de leur carrière, moi je me fais donner un travail de débutant.

Tout à sa déception, il dissimulait la vérité à son fils. Avant Noël, avait dit Picard, il aurait le meilleur rayon.

— Ces ateliers, Thomas Picard me les a confiés dès le premier jour de leur existence. Je connais chaque clou, chaque planche de la bâtisse. Je pourrais te raconter l'histoire de chacune des machines à coudre. Je ne peux pas laisser tout cela disparaître parce que le jeunot s'amuse à jouer à la bourse.

— Alors, le plan d'affaires dont tu parlais tout à l'heure…

— J'avais préparé un document très pessimiste, pour le convaincre de mettre de l'argent pour relancer les ateliers. Là, j'en fais un plutôt optimiste, pour qu'un investisseur accepte de me prêter la somme.

— Je ne comprends pas… Tu ne peux pas investir dans une propriété qui ne t'appartient pas.

— Donc je serai obligé de l'acheter. Elle est à vendre. Évidemment, il refusera sans doute de me faire un prix.

— Avec le renouvellement des équipements, cela représentera une somme folle.

L'homme se tenait toujours un peu replié sur lui-même. Ses yeux effleurèrent la bouteille de bière vide, l'envie d'en prendre une autre le tenaillait. La brûlure à l'estomac le retint tout autant que la crainte des reproches du Cerbère de la maison.

— Bien sûr, ce sera cher. Mais je ne peux pas laisser les choses se terminer de cette façon. Tu me comprends, n'est-ce pas? C'est l'œuvre de toute ma vie.

L'étudiant hocha la tête. Très tôt, il avait perdu toute admiration pour ce représentant du sexe fort. À douze ans, il ne le voyait déjà plus comme un petit potentat dans son univers de couturières. Lors de ses visites à l'atelier, Jacques percevait bien les ricanements de ces femmes. Il avait entendu l'une d'elles l'appeler «notre petit caporal». Pour la coupe des manteaux de fourrure, les maîtres artisans dirigeaient seuls leur travail et discutaient de préférence directement avec Picard.

— Tu ferais mieux de monter dormir, déclara Jacques. Toute la semaine, tu as fait des journées de plus de douze heures.

Ses yeux creux et son visage émacié trahissaient une grande fatigue. D'abord, Fulgence ne bougea pas, puis il se leva lentement, marcha d'un pas vacillant jusqu'à la porte de la maison.

— Bonne nuit, mon gars. Avec ta mère… tu ne lui diras rien de la situation, n'est-ce pas?

— Compte sur moi. Bonne nuit, papa.

Pendant de longues minutes, Jacques ne bougea pas de la marche de l'escalier, toujours vaguement inquiet. Si Juliette lui avait alors offert de partager ses jeux dans un hangar, il aurait accepté sans hésiter.

Chapitre 4

Le lendemain, un dimanche, Eugénie cogna à la porte de l'appartement du Château Saint-Louis un peu avant midi. Lorsque son frère lui ouvrit la porte, elle remarqua :

— Tu es sous bonne garde. Le type, en bas, doit te protéger des visites de ta femme ?

Au rez-de-chaussée, le gardien lui avait demandé son nom et l'appartement où elle désirait se rendre.

— Évelyne ne viendra sans doute jamais ici, et c'est tant mieux, déclara Édouard en fermant derrière elle.

— Alors, toute cette enquête, en bas ?

— Il y a des douzaines d'appartements. Personne ne veut voir des inconnus errer dans les couloirs.

— Surtout ceux qui pourraient s'intéresser d'un peu trop près aux possessions des locataires.

— Tu as tout compris.

Peut-être à cause de son célibat tout récent, l'homme embrassa sa sœur sur la joue. Un tel épanchement n'était pas habituel entre eux.

— Veux-tu visiter ?

— Pourquoi pas ? Qui sait, l'endroit me donnera peut-être envie de suivre tes traces.

Si la remarque suscita sa curiosité, l'homme n'en laissa rien paraître. Il guida la visiteuse dans sa bibliothèque, puis dans la chambre à coucher. Machinalement, Eugénie chercha la trace d'une présence féminine. Maintenant libre de ses faits et gestes, son frère ne se privait certainement pas, à ce chapitre.

Dans la cuisine, elle regarda avec indifférence les nouveaux appareils électriques. Édouard expliqua, en ouvrant la porte de son réfrigérateur :

— Réalises-tu que cet appareil coûte le prix d'une petite voiture ?

— Si tu comptes m'impressionner, c'est peine perdue. Autant d'argent pour tenir au frais des œufs, du beurre et du lait…

En réalité, une seule caractéristique de ce logis laissa la femme bouche bée. Les fenêtres donnaient sur le Saint-Laurent. À cette hauteur, le point de vue s'avérait magnifique.

— Alors, qu'en penses-tu ?

— Tu as là un joli refuge, dont tu sauras certainement profiter. Mais ces meubles…

— Je sais. Lors de mon déménagement, j'étais un peu à court d'argent. Je vais remplacer les plus encombrants au fil des mois… Veux-tu un verre de vin ?

Elle accepta d'un hochement de la tête, tout en continuant de profiter du point de vue. À son retour dans le salon, elle s'installa dans un fauteuil près de celui de son hôte.

— Je ne veux pas paraître une invitée exigeante, mais tu as évoqué un repas… Même très bon, ce verre ne remplacera pas un dîner.

— Si tu patientes encore un peu, tu pourras constater que je fais un amphitryon parfait. Ma cuisine se compare avantageusement à celle de ton ancienne employée venue de la Gaspésie.

Eugénie grimaça un peu à ce mauvais souvenir. Elle admit, après un silence :

— Nous en avons eu pour deux ans à manger de la morue tous les jours, ou presque. Remarque, Fernand et les enfants ont perdu un peu de leur embonpoint. À quelque chose malheur est bon, selon le vieux dicton.

— Qu'est devenue cette brave dame?

— La nostalgie du vent du large, ou des forêts profondes, va savoir. Elle m'a donné sa démission pour aller faire la cookerie dans un chantier. Je me retrouve maintenant avec une Hortense un peu mal embouchée, mais elle connaît son métier.

L'homme s'esclaffa en entendant cela.

— Cette bonne veuve de pêcheur a appris à cuisiner assez bien chez toi, à tes dépens, pour en faire profiter ensuite une cinquantaine de bûcherons.

— Si tu tiens à présenter les choses comme ça, se renfrogna Eugénie… Disons que ce fut ma bonne action en faveur des classes laborieuses.

Un bruit discret parvint à ses oreilles.

— On frappe à la porte, je pense.

Édouard se leva pour aller ouvrir. Un homme vêtu d'un tablier et d'une toque blanche entra en poussant devant lui un chariot monté sur des roulettes.

— Monsieur Picard? demanda-t-il.

— C'est bien moi. Si vous voulez me suivre.

Tous les deux s'occupèrent un moment dans la cuisine, puis l'inconnu quitta les lieux. Le locataire revint dans le salon en disant:

— Madame est servie!

La visiteuse haussa les sourcils, intriguée. Elle découvrit bientôt la petite table recouverte d'une nappe blanche, deux couverts et deux assiettes posés de part et d'autre.

— Si tu veux t'asseoir, dit Édouard à sa sœur.

L'instant d'après, il enlevait les deux couvre-plats en métal brillant.

— Je n'ai pas pensé à ta cuisinière en fuite, sinon je n'aurais pas demandé du poisson.

— … Quelqu'un fait la cuisine pour toi? demanda la visiteuse sans dissimuler sa surprise.

— La publicité de l'édifice dit "Vivez comme à l'hôtel". Il y a une salle à manger en bas, on peut se faire monter un repas, quelqu'un vient faire le ménage… Bien sûr, chacun de ces petits services coûte quelque chose, en plus du loyer mensuel.

— Mais tu peux te le permettre.

Au sourire narquois, Édouard comprit qu'elle faisait allusion au salaire généreux qu'il se versait à titre de directeur général du magasin.

— Ne surestime pas ma prospérité. Cette séparation m'a éreinté.

— Tu n'auras plus à payer pour ta femme et ton fils, désormais.

— Bien au contraire, cela me coûte dix fois plus. Elle a obtenu une séparation de corps. Cela me laisse toutes mes obligations de mari et de père, tout en rendant les choses plus compliquées. En réalité, la seule différence est que nous ne partageons plus le domicile conjugal.

Dans la province de Québec, le divorce était très difficile à obtenir. Il fallait chaque fois une loi privée du Parlement fédéral. Et pour les plus tenaces qui choisissaient cette voie, l'ostracisme s'avérait certain. La séparation de corps faisait en quelque sorte office de divorce chez les catholiques. Si le lien du mariage demeurait intact, au moins les conjoints ne supportaient plus une cohabitation déprimante.

— Mais Évelyne et ton fils sont chez ses parents, insista Eugénie.

— Je dois tout de même pourvoir aux besoins de ma femme jusqu'à sa mort, et à ceux de mon garçon jusqu'à ses vingt-cinq ans.

— Tu verses une annuité ?

— Même pas. Ma belle-famille a convaincu le juge de mon manque de sens des responsabilités. En conséquence, j'ai dû lui constituer une rente. Tout le produit de la vente de la maison a dû y passer, de même qu'une partie des actions de mon portefeuille.

En réalité, l'homme sortait de l'aventure endetté… et même pas tout à fait libre.

— Tu as payé la maison de papa à Élisabeth, pour ensuite la perdre aux mains d'Évelyne.

Eugénie appréciait toute l'ironie de la situation.

— Tu ne pouvais pas te défendre ? questionna-t-elle.

— Beau-papa a enfin obtenu le poste de juge tant convoité, le beau-frère est avocat, le mari de la belle-sœur aussi. En fait, toute la parenté des Paquet gagne sa vie vêtue d'une robe, dans un tribunal. J'aurais passé des années à enrichir un procureur, sans grande chance de gagner ma cause.

La situation était plus simple. Au fil des ans, ses beaux-parents avaient entendu les lamentations de leur fille sur son mari débauché. En entamant les procédures, ces gens possédaient un nombre suffisant d'informations sur ses frasques pour faire rougir les habitants de la Haute-Ville les plus libres de mœurs. Même les confidences de sa secrétaire, Georgette, à une amie avaient trouvé leur chemin jusqu'à l'oreille de l'honorable juge Paquet. Dans ces circonstances, payer devenait la seule façon de réduire les dégâts.

Eugénie hocha la tête pour signifier sa compréhension des événements. Ces rumeurs sur la vie de son aîné atteignaient aussi la demeure du notaire Dupire. Ses très rares relations estimaient nécessaire, ou même généreux, de la mettre au courant.

— Mais tout à l'heure, demanda-t-il après un silence, tu as évoqué le désir d'en faire autant… Je veux dire, de te séparer aussi.

— Je blaguais, tu le sais bien. Même si ton cuisinier est visiblement supérieur à Hortense, je n'oserais pas.

Elle devinait que dans un tel scénario, elle hériterait d'un petit appartement, tandis que les enfants et leur père continueraient d'habiter la demeure familiale. Sa seule faute de jeunesse ferait froncer plus de sourcils dans les prétoires que les infidélités de son mari.

— Avec Fernand, comment cela se passe-t-il ? commença l'homme.

— Comme tu le devinais dès le départ, j'ai fait une sottise en l'épousant… Mais à bien y penser, je suppose que je le ferais encore. Restée vieille fille, je serais demeurée rue Scott avec Élisabeth quand papa est mort. D'un autre côté, en me mariant, je me suis retrouvée bien vite avec un homme qui préférait coucher avec la bonne.

Si Édouard connaissait maintenant un peu les détails de la vie conjugale de sa sœur, elle avait concocté pour lui une version lui donnant le beau rôle. Bien sûr, les protagonistes de cet autre drame domestique lui étaient familiers : il savait bien faire la part des choses. Dès la naissance de Charles, chacun des Picard savait que Fernand n'approcherait plus jamais de la couche conjugale. Pour un homme dans la jeune trentaine, c'était un régime invivable.

— Depuis le départ de Jeanne de votre demeure… commença-t-il.

— Oh ! Je ne doute pas qu'il l'ait remplacée. Il a fait grise mine quelques mois, puis tout d'un coup, un sourire de contentement n'a plus quitté sa face. Il s'absente de la maison plusieurs fois par semaine pour se livrer à de grandes promenades…

Eugénie ne savait pas où elles le conduisaient, mais la destination devait être bien agréable. Elle garda le silence un moment, puis rugit :

— Son air satisfait, je le lui effacerais à grands coups de poêle à frire !

Édouard la contempla un long moment. Combien elle lui rappelait sa mère Alice, confinée dans une chambre malodorante, consumée par la rage. Ces deux femmes, la mère et la fille, ne se contentaient pas d'être malheureuses. Elles se consacraient à supprimer toute joie autour d'elles.

Le mouvement d'humeur fut suivi d'une longue pause. Tous les deux terminèrent le plat principal. Un dessert occupant encore le chariot, l'hôte fit le service.

— Veux-tu que je te serve un café ?

Elle acquiesça. Afin de ne pas avoir à s'activer près du comptoir, il en avait préparé dès le matin et l'avait conservé dans une bouteille Thermos. Pendant qu'il avait les yeux baissés, elle admit :

— Je ne devrais pas m'énerver de cette façon. Au fond, je ne désire qu'une chose, ne plus l'avoir dans les jambes. Alors, que Fernand se trouve une putain pour supporter son gros corps sur elle, ou plusieurs, cela ne me regarde pas vraiment. Il a les moyens de se les payer.

Des témoins se seraient montrés abasourdis de la voir utiliser un langage si ordurier. Avec son confesseur, ou devant les rares voisines autorisées à monter dans son petit boudoir, elle incarnait la plus grande correction.

— Tu vois, continua-t-elle, quand je lui ai dit désirer venir ici, il a tout de suite proposé de rester à la maison, pour nous laisser échanger en toute intimité. Mais si j'allais dans la pièce à côté pour lui téléphoner, penses-tu que le salaud répondrait? Les enfants sont déjà à Saint-Michel, alors il doit en profiter.

— Ne le fais pas.

Devant le regard interrogateur de sa sœur, Édouard précisa:

— Appeler à la maison. Ne le fais pas.

— Oh! Bien sûr, entre mâles, vous vous serrez les coudes.

— Ce n'est pas cela, je t'assure. Tu ne l'as jamais caché, tu ne veux plus de lui... au lit, précisa l'hôte en baissant la voix. Tant mieux pour toi s'il trouve ailleurs de quoi combler ses besoins. Ta vie domestique se déroule sans accroc, c'est déjà autant de gagné.

Celle d'Édouard avait présenté l'allure d'un champ de bataille, au cours de la dernière année. Il ajouta après une pause, un peu mal à l'aise:

— À moins bien sûr que tu préfères utiliser un endroit comme ici afin de... jouir de ta liberté.

Depuis des années, leurs échanges se déroulaient en présence de témoins. Ce premier véritable tête-à-tête depuis qu'elle avait quitté la maison paternelle prenait une allure étrange. Lorsqu'Eugénie comprit le véritable sens des dernières paroles, le rouge lui monta aux joues.

— Tu te souviens, cette liberté-là, je me la suis accordée une fois seulement. Je n'exagère pas en disant que cela a gâché ma vie. Jamais je ne céderai de nouveau à un homme, mon mari ou un autre. Plutôt mourir.

Cette mauvaise expérience, ils l'évoquaient pour la première fois depuis l'automne 1908. Lentement, Édouard hocha la tête. Sa sœur était passée de ses rêveries d'adolescente naïve à une grossesse susceptible de la mettre à tout jamais au ban de la société. Marquée au fer rouge à ce moment, jamais elle ne s'engagerait dans une aventure illicite. Quant à l'amour conjugal, par dépit à l'égard d'un conjoint méprisé, elle y avait renoncé.

— Dans ce cas, continua son frère, que Fernand retrouve un peu de sa bonne humeur allégera le climat de la maison. Cela compte un peu, dans le confort. Si Évelyne avait eu la sagesse de s'offrir cette même satisfaction, je n'en serais pas là.

Eugénie préféra serrer les dents plutôt que de se mettre à hurler. Elle souhaitait se délecter de voir son mari aussi malheureux qu'elle. Cela lui semblait une juste punition pour lui avoir offert ce mauvais mariage, en 1914.

Pendant une heure encore, leur conversation porta sur des sujets plus légers. Quand elle s'apprêta à quitter les lieux, Édouard lui posa les deux mains sur les épaules en disant :

— J'aimerais que tu viennes de nouveau me visiter. Après tout, nous sommes tous deux seuls, à présent.

— Tu ne vois plus Élisabeth ?

— Pour contempler sur son visage un reproche toujours présent pour le fiasco de mon mariage ?

En réalité, jamais cet homme ne renoncerait tout à fait à sa relation avec la femme qui l'avait élevé. De toute façon, elle ne lui adressait jamais de véritables réprimandes. Toutefois, sa propre honte l'avait incité à prendre ses distances depuis une année. Puis la jolie veuve semblait avoir remplacé Thomas par un « bon ami ». Il lui en voulait un peu.

— Si tu m'autorises à libérer un peu de la pression accumulée, comme à midi, je reviendrai, concéda la femme.

— Essaie seulement de ne pas mettre le feu à mon joli appartement avec des propos incendiaires.

Sur ces mots, ils échangèrent des bises. En sortant, elle demanda encore :

— Tu vas rester là tout l'après-midi ?

— Non, je dois aller chercher junior pour l'emmener faire une longue marche dans le parc des Champs-de-Bataille.

Homme séparé, Édouard faisait l'apprentissage de ce mode étrange des relations père-fils.

Le lendemain matin, un lundi, la routine aux ateliers se poursuivit, plus lugubre encore que précédemment. Fulgence Létourneau réunit les couturières dès l'ouverture pour une déclaration débitée d'une voix hésitante :

— Le grand magasin PICARD ne nous fera plus de commande. Au fur et à mesure que nous en terminerons une, il me faudra licencier certaines d'entre vous.

Les quarante femmes parurent d'abord hébétées. Elles se regardèrent, afin de reconnaître celles, dans le groupe, qui ne termineraient pas la semaine. Chacune connaissait très bien les lots restant à assembler.

— Picard, il veut les coudre lui-même, ses caleçons ? cria une voix.

— La plupart des produits en vente viennent de divers fournisseurs, choisis un peu partout dans la province.

Certains produits de luxe venaient d'Europe, mais la plupart du temps, le Québec procurait la marchandise.

— Dorénavant, conclut-il, aucun des vêtements écoulés dans le grand magasin ne viendra des ateliers Picard.

— Le malpropre, grommela quelqu'un entre ses dents.

Si le directeur n'en pensait pas moins, entendre ce terme le mit mal à l'aise. Il leva les mains pour faire revenir le calme.

— Alors, pourquoi ne faites-vous pas la même chose ? demanda une voix.

— Que voulez-vous dire ?

— Vendre notre production à d'autres magasins. Devenir fournisseur, comme vous dites. Il y a le Syndicat, le magasin Thivierge…

La dame fit la nomenclature des commerces vendant des vêtements rue Saint-Joseph. Le directeur eut envie de hurler : « C'est exactement ce que je ferais, si je possédais cet endroit. » À la place, il conclut :

— Comme notre atelier appartient à Édouard Picard, lui seul peut décider de la stratégie à prendre. Il désire le fermer. Maintenant, si vous voulez reprendre vos postes… Comme nous sommes tous de bons employés, nous continuerons de notre mieux jusqu'à la fin.

— Compte là-dessus, fit une voix avec un ricanement sinistre.

Fulgence Létourneau alla répéter son petit discours du côté des fourreurs. Ces hommes élevèrent plus volontiers la voix, pour dire la même chose que leurs collègues. À compter de maintenant, chacun commencerait à chercher ailleurs. Le meilleur coupeur de peaux de l'atelier terminerait la matinée, puis se rendrait chez Laliberté afin de lui offrir ses services.

Peut-être le directeur ne renverrait-il personne. Dans un navire prenant l'eau, l'équipage cherche à se mettre à l'abri.

La journée s'allongeait pour Thalie. Si son carnet de rendez-vous avait mis du temps à se remplir trois ans plus tôt, elle pouvait maintenant compter sur une clientèle stable, composée exclusivement de femmes et d'enfants. Et toutes les semaines, quelqu'un s'ajoutait à la liste.

— Madame Dupire, commença-t-elle pour la nouvelle venue, je suis heureuse de vous connaître. Vous avez été la patiente du docteur Caron, je crois.

L'introduction s'avérait purement formelle : le dossier soigneusement annoté de la grande écriture de son collègue était ouvert sous ses yeux.

— Oh ! J'ai commencé à le voir enfant, puis ce fut son gendre, Hamelin, puis lui encore.

Elle n'ajouta pas : « Et voilà qu'il se débarrasse de moi en me jetant dans votre cour. » Ce n'était pas nécessaire, l'omnipraticienne comprit très bien.

— Pouvez-vous m'expliquer ce qui vous amène aujourd'hui ?

— Vous avez été formée à l'Université McGill, je pense.

— Comme vous pouvez le constater sur le diplôme affiché là, sur le mur.

La visiteuse plissait les yeux afin de bien distinguer l'écriture sur le parchemin.

— Votre frère a été clerc dans l'étude de mon mari, continua-t-elle.

— Vous avez raison.

Un instant, Thalie faillit lui dire que son temps était trop précieux pour échanger des renseignements biographiques. Elle se retint, comprenant que l'échange d'informations très intimes nécessitait parfois ce genre de préambule.

— C'était un gentil garçon, très bien élevé, commenta encore la patiente.

Puis, de but en blanc, elle confia :

— Mes règles sont très douloureuses, avec des pertes de sang importantes.

— Le mieux est de passer à côté. Je vais vous examiner.

Une toile accrochée à des anneaux séparait le bureau de la salle de consultation proprement dite. Et une autre permettait aux malades de se dévêtir en se dissimulant aux regards. Eugénie connaissait les usages, elle disparut un moment, puis revint vêtue de sa camisole assez longue pour couvrir ses parties honteuses. Débarrassée aussi de la ceinture, ses bas lui tomberaient bientôt sur les mollets.

— Si vous voulez vous étendre.

Le fait de se trouver dans cette tenue lui enlevait toute son arrogance, un peu comme un chevalier devenant pusillanime sans son armure. Étendue sur le dos, les joues roses de gêne, elle ferma les yeux à demi en sentant les mains sur son bas-ventre.

— Cette douleur lors de vos règles, c'est nouveau ?

— Non, depuis aussi loin que je me souvienne… Je prends des aspirines, mais cela ne change pas grand-chose.

— Oh ! Cela change certainement une chose : le flot sanguin. Vos saignements importants tiennent peut-être uniquement à cela.

— Caron ne m'a jamais dit…

Elle s'arrêta, afin de ne pas commettre une injustice, puis se reprit :

— Mais si je ne prends rien, la douleur devient insupportable.

— Malheureusement, aucun médicament n'existe pour soulager cette condition.

— Vous voulez dire que cela aussi relève de la malédiction divine.

Thalie palpait le ventre pour reconnaître le contour des différents organes. Comme la visiteuse était très maigre, cela ne posait aucune difficulté.

— Je ne comprends pas votre allusion à une malédiction, dit-elle.

— Dans la Bible, le "Tu enfanteras dans la douleur". Cela comprend l'accouchement proprement dit, et tout ce qu'il y a autour, je suppose… Il n'a pas lésiné, en nous punissant toutes pour le péché d'une seule. Les descendantes d'Ève ont eu un sort peu enviable.

La visiteuse frôlait le sacrilège. Selon le dogme, Dieu s'avérait infiniment juste. Mettre cela en cause horrifierait son confesseur. Le médecin préféra ne pas commenter.

— Vous avez eu quatre enfants, je pense.

— Non, trois !

La véhémence de la protestation surprit la praticienne. Même si elle se rappelait la petite note laconique du docteur Hamelin au moment du « premier » accouchement – « Elle a enfanté déjà » –, elle n'insista pas. Son travail n'exigeait pas qu'elle sache tout.

— Pardon, je dois confondre avec un autre dossier, murmura-t-elle. Il serait important que je sache si vos règles sont régulières. Vous êtes trop jeune pour que ce soit déjà la ménopause.

Devant les sourcils levés de sa cliente, elle eut envie de se reprendre en parlant du retour d'âge. Mais elle se rendit bien vite compte que la difficulté ne tenait pas au vocabulaire utilisé.

— Je ne peux tout de même pas noter cela dans mon journal personnel.

— Vous devriez. Le mieux serait de prendre un livret de rendez-vous, de noter tous les symptômes en fonction du jour, et de revenir me voir assez vite. Diverses maladies de l'utérus ou des ovaires peuvent entraîner une hémorragie importante.

En disant cela, du bout des doigts, elle palpait de chaque côté de l'utérus, sans percevoir de masse étrangère.

— Je ferai ce que vous dites. Mais aujourd'hui, je suis venue à cause de la douleur.

— Nous reparlerons plus tard de cela. Avez-vous remarqué une envie plus fréquente d'uriner ?

— Non.

— Des douleurs au dos, un gonflement du ventre ?

La patiente secoua la tête de gauche à droite.

— Vous sentez-vous anormalement fatiguée ?

— Je me sens toujours très fatiguée, sans énergie.

— Quand ce symptôme est-il apparu ?

L'autre souleva les épaules pour signifier son ignorance.

— Je dirais depuis toujours, mais ce genre de réponse est sans doute trop vague pour vous.

— Savoir que ce n'est pas récent s'avère déjà important.

— Ma mère était de faible constitution. Elle est morte quand j'étais encore une enfant. Je crois avoir hérité de sa pauvre condition. Mais depuis que j'ai eu mes enfants, ma situation s'est détériorée.

En réalité, elle aurait dû dire depuis son mauvais mariage.

— Si vous voulez maintenant mettre vos pieds dans les étriers, je vais regarder de plus près.

En disant ces mots, Thalie orienta une lampe posée au bout d'un bras articulé, tout en évitant de regarder la visiteuse dans les yeux. Même avec des femmes de cet âge, cet examen entraînait toujours un grand malaise. La rougeur soudaine sur les joues de la patiente lui fit penser à une jouvencelle.

L'introduction du speculum avait entraîné de petites plaintes douloureuses, malgré l'ajout de gelée à deux reprises. Le médecin ne put s'empêcher de songer à tout ce qu'elle savait de la vie conjugale de cette femme, à cause des confidences entendues de tiers.

— Je ne vois rien de particulier, dit-elle pour rompre le silence devenu un peu trop lourd. Je veux dire, aucun signe d'une anomalie. Si je connaissais mieux votre cycle, j'aurais une meilleure idée de la situation.

— Ce n'est pas la peine de me faire la leçon, je ferai ce que vous avez dit tout à l'heure : prendre des notes, et tout cela.

Bien sûr, un instrument de métal planté dans un endroit sensible n'améliorait la bonne humeur de personne, aussi l'omnipraticienne ne se formalisa pas du mouvement d'impatience. Elle retira l'objet en disant :

— Si vous voulez maintenant vous asseoir, je vais écouter votre cœur.

Thalie promena le disque de métal de son stéthoscope sur la maigre poitrine, découvrit un battement très rapide, peut-être un peu irrégulier. D'un autre côté, les poumons paraissaient complètement dégagés.

— Vous pouvez remettre vos vêtements et venir me rejoindre à côté, dit-elle après avoir noté le pouls sur un bout de papier.

Assise à son bureau, elle enregistra rapidement ses observations dans le dossier. Quand la cliente revint, elle désigna la chaise en face d'elle.

— Madame Dupire, je n'ai pas observé de problème grave quant à votre santé. Vous avez évoqué un sentiment de fatigue. Cela peut tenir à votre mauvaise condition physique. Vous tireriez sans doute le plus grand profit de faire de l'exercice.

L'autre lui adressa un regard tellement lassé que mieux valait ne pas insister.

— Si je me souviens bien, votre famille se retire à la campagne pendant l'été. Je crois avoir entendu mon frère évoquer la chose.

— … Mes enfants se trouvent à Saint-Michel-de-Bellechasse depuis une semaine. Je dois les rejoindre demain.

— Il s'agit d'un beau village, je pense. Vous pourriez faire de longues marches le long du fleuve, ou alors dans la campagne. En cette saison, l'endroit doit être magnifique.

La visiteuse la regarda comme s'il s'agissait d'une demeurée.

— Je vous ai dit que je me sentais fatiguée, et vous me proposez de m'épuiser davantage.

— Je vous suggère d'augmenter progressivement votre résistance. Je vais vous parler franchement, madame. Je reçois ici des femmes de soixante-dix ans dont l'état général se trouve meilleur que le vôtre. Vous ne pouvez être en forme si vous vous confinez à votre chambre...

Thalie s'interrompit, mal à l'aise. Elle venait de répéter là des constats évoqués par son frère Mathieu, lors de son année de cléricature, ou plus récemment par Élise. L'autre ne parut pas s'en formaliser.

— Comme je me sens épuisée, je me repose. Ma mère vivait dans la même condition, elle en est morte prématurément.

— Je ne peux pas faire un diagnostic pour elle. En ce qui vous concerne, marcher tous les jours, prendre l'air, vous fera le plus grand bien.

Son interlocutrice hocha la tête, mais elle n'en ferait rien.

— Vous prendrez en note tous les détails relatifs à votre cycle menstruel, puis vous me montrerez cela dans deux mois, à votre retour de la campagne. Des saignements abondants, et surtout irréguliers, peuvent nous mettre sur la piste d'un fibrome dans l'utérus. Je n'ai rien senti tout à l'heure, mais mieux vaut être prudent. Cela peut aussi être plus grave...

L'allusion fit sortir la visiteuse de sa morosité, le temps de demander :

— Grave comment ?

— Comme un cancer. Rien ne me permet de conclure à cela maintenant, mais vous comprenez l'importance d'en avoir le cœur net.

Cette fois, Eugénie hocha lentement la tête. La peur ferait en sorte qu'elle ne négligerait pas cette dimension des directives.

— Maintenant, au sujet de vos douleurs menstruelles, il n'existe pas de médicament spécifique. Je vais tout de même vous prescrire un opiacé à utiliser avec une grande prudence. Cela réduira les symptômes les plus tenaces. Par exemple, et seulement si c'est absolument nécessaire, vous pourriez en prendre en vous couchant, afin de pouvoir vous endormir.

En parlant, Thalie avait pris son bloc de prescription pour griffonner quelques mots.

— Je vous le répète, cependant, faites attention. Ce produit peut entraîner une dépendance.

La jeune femme hocha la tête en prenant le papier.

— Cela fait penser à l'opium que des hommes vont fumer dans des bouges répugnants, commenta-t-elle. On en parle parfois dans le journal.

— Vous avez raison, le produit vient de la même plante. Aussi, dans la mesure du possible, essayez de vous en passer. Maintenant, puis-je faire autre chose pour vous ?

L'autre secoua la tête avant de murmurer :

— Non, je vous remercie.

— Dans ce cas, remettez ceci à Élise. Elle vous dira le prix de la consultation.

Toutes les deux se levèrent en même temps. Le médecin accompagna sa cliente à la porte, tendit la main en disant :

— Je vous souhaite un bel été à Saint-Michel, madame Dupire. Essayez de marcher un peu. Je vous assure, cela vous fera du bien.

— … J'essaierai. Merci.

Elle s'en alla comme une élève ayant été convoquée chez la directrice d'un pensionnat pour une réprimande.

Élise occupait son poste à une extrémité de la salle d'attente, comme presque tous les jours. Elle reçut la note du médecin et annonça le prix de la consultation d'une voix un peu gênée. Depuis des années, elles ne se rencontraient pas sans éprouver un certain malaise.

— Tu vas bien, j'espère ? demanda-t-elle en recevant l'argent.

— Oh ! Me voilà aux prises avec des problèmes de femme. Rien qui sorte de l'habituel. Et de ton côté, que se passe-t-il ?

— Comme tu vois, la routine.

Un silence emprunté suivit ce court échange. La patiente allait sortir quand la réceptionniste demanda encore :

— Tu dois être sur le point de quitter la ville pour la campagne.

Elle marqua une pause avant de poursuivre :

— À tout le moins, je suppose. Ces dernières années, toute ta famille a disparu fin juin pour revenir au début de septembre.

— Tu as raison. Fernand est certain que les enfants tirent le plus grand bien de ces semaines passées au bord du fleuve.

— En tout cas, tous les trois paraissent en bonne santé. Je devine que cela te fait du bien aussi.

— Tu ne vas pas t'y mettre toi aussi ! Me retrouver dans une ferme à respirer l'odeur du fumier ne fera certainement pas de bien à mon état de fatigue.

— Tout de même ! Du fumier…

Le visage de la visiteuse trahit un mouvement de colère.

— Tu devrais aller plus souvent à la campagne. Les bâtiments sont collés sur les maisons. Les habitants ne peuvent rater ni les beuglements, ni les odeurs.

— Tu sais, si j'avais comme toi la chance de passer du temps dans la nature, je pense que j'en profiterais.

Comme un homme entrait dans le cabinet, Eugénie remit ses gants en disant :

— Dans ce cas, je te souhaite de tout cœur d'en avoir l'occasion. Bon, je ne veux pas t'empêcher de faire ton travail.

Elle s'esquiva sur ces mots, alors qu'Élise adressait son meilleur sourire au nouveau venu.

— Monsieur Trépanier, je suppose que vous venez voir mon père.

— Et si je vous disais que je viens pour vous ?

L'homme de quatre-vingts ans au moins lui adressait un sourire amusé.

— Vous seriez bien déçu de mes services médicaux !

L'autre eut le bon goût de ne pas préciser qu'il n'avait pas cela en tête, à ce moment précis. Certaines des joies du mariage lui manquaient terriblement.

Chapitre 5

Le lendemain matin, Eugénie montait dans la Chevrolet, une petite valise à la main. Fernand se tenait derrière le volant. Il avait remis un rendez-vous afin de se rendre disponible ce jour-là.

— Tu parais bien heureux de me voir partir, grommela-t-elle en fermant la portière.

— Si tu préfères passer la semaine avec moi, cela ne pose aucun problème. Cela m'évitera d'aller manger au restaurant tous les soirs.

— À ce compte, tu ferais mieux de garder la cuisinière ici.

— Je ne voudrais pas vous en priver. Et puis tu as acquis une certaine expérience lors du passage dans la maison de notre charmante Gaspésienne.

Les mots s'accompagnèrent d'un sourire ironique. Les compétences culinaires de son épouse se limitaient toujours à la préparation de sandwichs, d'œufs durs et d'omelettes.

Cet échange représentait déjà pour eux une longue conversation. L'exiguïté du véhicule de même que la proximité physique prédisposaient aux confidences.

— Tu ne m'as pas parlé de ta rencontre avec le médecin, hier.

— Quelle affreuse petite prétentieuse elle fait ! Bien sûr, en sortant ainsi de sa condition…

— Parles-tu du fait qu'elle soit devenue médecin, ou de sa mère marchande ?

— Les deux.

Le véhicule s'engagea dans l'avenue Dufferin. La gare du Palais se trouvait dans la Basse-Ville.

— C'est une façon de voir les choses, glissa le gros homme. Je ne commenterai pas le statut des femmes en médecine. D'un autre côté, son beau-père est devenu ministre du cabinet Taschereau. Sa mère, que je connais un peu pour l'avoir eue comme cliente, présente des qualités certaines. Sa condition me semble en conséquence aussi noble que la tienne, cela d'autant plus que c'est ta cousine !

Eugénie se renfrogna d'abord, puis accepta de répondre à la question première :

— Elle m'a dit de marcher un peu. Pour soigner ma fatigue, elle conseille de me fatiguer davantage.

— Cela ne me semble pas une mauvaise idée. J'essaie de parcourir un mille ou deux tous les jours, parfois un peu plus. Je ne m'en porte que mieux.

Fernand disait vrai. Surtout, il affichait une sérénité tranquille, celle de l'homme qui a trouvé le moyen de redonner un certain équilibre à sa vie.

— Mais toi, tu ne ressens pas toujours cet épuisement. Pour ceux qui ne l'éprouvent pas, cela devient impossible à comprendre.

— Oui, bien sûr.

Il ne désirait pas la contredire sur ce sujet, ni sur aucun autre. Depuis deux ans, l'absence de Jeanne entraînait une certaine détente dans la maison. Mieux valait prolonger cet étrange armistice, ne rien changer à leurs rapports.

Après un long silence, elle commença :

— Il y a toutes ces années, je suppose que cette fatigue a entraîné notre… mode de vie. Après les grossesses répétées, je me trouvais si fatiguée.

Depuis le moment où elle avait décidé de faire chambre à part, Eugénie abordait le sujet pour la première fois.

— Je garde un autre souvenir des événements. Alors, tu invoquais bien sûr des motifs de santé, en citant le docteur Hamelin, mais il y en avait d'autres aussi, bien différents.

— … Je ne savais peut-être pas très bien ce que je faisais. Cette fatigue, justement. Puis ensuite, il y a eu ton histoire avec cette…

La femme préféra s'interrompre, faute de trouver le bon mot.

— Je me demande pourquoi tu as envie de parler de ce sujet de nouveau, dit Fernand. Tu as eu ta petite victoire en chassant celle que tu ne peux même pas nommer.

Des larmes perlaient à la commissure des yeux de sa compagne. Elle les refoula car, après toutes ces années, son mari y serait totalement insensible.

— Selon mon confesseur, je pèche gravement en te refusant les avantages du mariage.

— Et pour sauver ton âme, tu voudrais m'accueillir de nouveau dans ta chambre… Il y a des motifs plus romantiques pour faire des avances à un homme.

— Nous sommes mariés. Maintenant que cette femme…

— Jeanne. Elle s'appelle Jeanne.

Eugénie hocha la tête puis, vaincue, elle recommença :

— Maintenant que Jeanne n'est plus dans la maison, nous pourrions reprendre les choses où nous les avons laissées.

La surprise fut si grande que l'homme réduisit la vitesse de son véhicule, perdu dans ses pensées. Il pesa ses mots avant de rétorquer :

— Tu pourras expliquer de ma part certaines réalités de la vie conjugale à ton confesseur. D'abord, tu lui raconteras sans cachette nos relations depuis la période avant notre mariage.

— Il le sait… Au sujet de l'enfant, en 1909, je lui ai tout dit.

— Tu lui as raconté aussi ton dédain à l'égard de mon corps ? Le mépris que tu exprimais, que tu exprimes encore aujourd'hui pour le gros homme que je suis.

Devant son frère, trois jours plus tôt, elle disait encore tout son dégoût, sa haine même. Elle ne comprenait même pas son propre changement d'attitude. Fernand avait maintenant stationné sa voiture près de la gare du Palais. Le va-et-vient des voyageurs animait tout le quartier. Il se tenait tourné vers elle, un sourire ironique sur le visage.

— J'ai changé, je t'assure, plaida-t-elle.

— Alors, une dernière information pour ton directeur spirituel. Un homme ne revient pas dans le lit de sa femme pour lui permettre de réaliser son salut. Cela manque un peu de romantisme. Et tu sais, avec ce que tu m'as fait endurer, je ne banderais pas, même si tu exécutais la danse des sept voiles, ou même si tu te mettais à genoux pour me le demander.

Elle le regardait, un peu interdite. Fernand consulta sa montre, puis dit en ouvrant la portière de la voiture :

— Bon, toi tu as un train à prendre. Comme je suis le meilleur gars du monde, je vais porter ta valise jusque sur le quai.

Un instant plus tard, il se tenait de l'autre côté de la voiture, attendant qu'elle descende. Il lui prit son bagage des mains et la guida dans le grand édifice en pierre grise. Quand ils arrivèrent près des rails, après l'achat du billet, l'homme conclut leur conversation :

— Tu sais, je ne suis pas un imbécile. Je te semble heureux sans toi, alors tu cherches un moyen de gâcher ma vie de nouveau. Mais je suis immunisé maintenant, avec le meilleur vaccin. Je ne ressens plus que de la pitié à ton égard.

— Tu es cruel. Je reconnais que j'ai eu mes torts, mais toi…

— Même Jeanne est infiniment plus heureuse que toi. Le savais-tu, elle s'est mariée l'an dernier ? Elle m'a envoyé un mot pour me le dire.

La locomotive se trouvait déjà près du quai. Un employé cria « *All aboard* ». Dans cette ville française, l'anglais dominait encore les transports ferroviaires.

— Une fois à Saint-Michel… commença-t-elle.

— Il y a toujours deux ou trois cultivateurs à la gare à l'heure d'arrivée des trains, pour prendre des passagers. L'un d'eux te conduira à la maison pour une misère.

Sur ces mots, il l'abandonna sur le quai.

La famille Caron passait somme toute peu de soirées réunie. Le père recevait souvent des clients jusqu'à dix heures du soir, tandis que sa fille restait derrière le bureau pour accueillir les malades et encaisser le prix des consultations. Ce mardi, Chouinard et Thalie Picard assuraient la permanence, et Estelle occupait la réception. Cela permettait à tous les autres de se rassembler au salon, pour profiter de la musique de la radio. Les conversations à voix basse s'interrompaient souvent, pour que chacun puisse mieux goûter ce moment de repos.

À la fin de la soirée, Estelle vint rejoindre ses proches. Sortie du couvent un an plus tôt, elle traversait l'étrange purgatoire des jeunes filles, dans l'attente du bon parti. Celui-là ne paraissait guère pressé de se présenter.

— Alors, ma grande, demanda le grand-père, tout s'est bien passé ?

— Sous ma poigne de fer, les deux médecins se sont montrés très dociles.

Elle disait cela avec le sourire, en prenant place dans un fauteuil à côté de lui. Il s'agissait d'une belle jeune fille brune, plus grande que sa mère, plus mince aussi.

— Je suis heureux de l'apprendre. Le premier des deux se montre désagréable parfois.

— Moi, je préférerais qu'il essaie un peu moins de se montrer agréable avec moi.

Le visage du vieux médecin exprima la surprise.

— Tu sais, s'il t'embête, je peux lui parler.

— Ce ne sera pas nécessaire.

Elle montrait une grande assurance, celle d'une fillette devenue raisonnable très jeune, à la mort de son père.

— Ma petite sœur n'a pas peur des vieux messieurs, commenta Pierre en quittant son siège pour aller lui faire la bise.

Le garçon aussi affichait la taille et la carrure d'un adulte.

— Ce médecin a à peine trente ans, commenta Élise.

— C'est ce que je dis, un vieux monsieur.

Si la remarque se révélait un peu rude, son sourire restait affectueux.

— Mais toi, maman, et aussi mes grands-parents, vous appartenez à un monde à part. Le temps ne vous touche pas.

Elle tendit la joue pour recevoir ses lèvres. Le jeune homme se pencha sur le vieux couple pour lui présenter ses souhaits de bonne nuit. Il venait à peine de monter à l'étage quand Estelle se livra à un cérémonial identique. Pendant quelques minutes, les trois adultes reprirent leur conversation. Puis, Élise présenta une mine soucieuse.

— Je pense avoir oublié quelque chose dans le bureau de la salle d'attente. Je reviens bientôt.

Ses parents échangèrent un regard quand elle quitta la pièce.

Dans l'obscurité, un peu comme une criminelle, Élise s'installa à son bureau, décrocha le cornet du téléphone et demanda la communication avec la maison du notaire Dupire. À cette heure, l'homme pouvait tout aussi bien être déjà au lit. Il décrocha à la sixième sonnerie.

— C'est moi, murmura-t-elle dans l'émetteur.

— Je m'en doutais. Un peu plus tôt dans la soirée, j'ai eu ta fille au bout du fil.

— Que lui as-tu dit ?

Une pointe d'inquiétude teintait la voix. Comme elle tenait à garder leur relation secrète !

— Qu'elle avait une aussi jolie voix que sa maman.

— Voyons… tu n'as pas fait cela.

— Bien sûr que non. J'ai tout simplement plaidé un faux numéro.

Il y eut un silence gêné, puis Fernand annonça à voix basse, bien que personne d'autre ne se trouvât dans sa maison :

— Elle est enfin partie. Je l'ai conduite à la gare ce matin.

— Je sais, elle me l'a dit hier, après la consultation. J'étais si gênée de lui parler. Elle a dû me prendre pour une sotte.

— Je comprends. Ni toi ni moi ne sommes des experts à ce jeu.

En réalité, l'homme tolérait bien mieux la situation délicate que sa compagne. Cette nouvelle étape de sa vie affective se montrait plus facile que la précédente.

— Rien ne s'oppose à ce que nous nous voyions demain, dit-il. Je veux dire, ailleurs que sur la terrasse Dufferin ou sur les plaines d'Abraham.

— Je crois que je peux me libérer. Mais où ?

— Tu pourrais venir chez moi.

— C'est trop dangereux.

La protestation était venue très vite. Pendant l'été, elle se rendait parfois dans la grande demeure de la rue Scott, toujours avec la peur au ventre.

— Je te l'ai déjà dit, je reçois tous les jours des clients à la maison, et des femmes parmi le lot.

— Je ne veux pas attirer l'attention sur moi.

La Haute-Ville de Québec offrait peu de cachettes pour les amours illicites.

— Bien sûr, venir toutes les semaines poserait problème, mais une fois de temps en temps…

— Tout le monde me connaît dans le quartier.

À ce sujet, elle avait raison. Elle croisait tous les dimanches à l'église Saint-Dominique les habitants de cette belle rue voisine de la sienne.

— Nous ferons comme tu veux. Je peux tout de suite louer une chambre à l'hôtel.

Cela ne lui semblait guère plus discret. Elle céda :

— Non… Je vais aller chez toi. Après tout, la dernière fois, c'était l'année dernière.

— Ce sera le plus simple. Je m'occuperai au cours de la semaine de nous trouver un petit refuge.

— À neuf heures ? suggéra-t-elle.

Une fois le rendez-vous convenu, la femme avait hâte de le voir se concrétiser.

— Je t'attendrai avec une impatience de collégien.

Cela tenait de la figure de style. À l'époque de ses études classiques, Fernand était encore enfermé dans un univers de bondieuseries et ses rares désirs d'amours coupables le plongeaient dans la plus profonde morosité.

— Alors, à demain.

— À demain.

Élise raccrocha doucement, elle aussi maintenant impatiente.

La jeune femme revint dans le salon familial les mains vides, le visage un peu rose d'émotion. Elle souhaita une bonne nuit à ses parents, puis monta à l'étage pour rejoindre sa chambre sous les yeux inquisiteurs de sa mère.

— Ne dis rien, intervint le père. Laisse-la tranquille avec cette histoire.

— Elle risque de ruiner tout à fait sa réputation.

— Ils ne s'affichent pas, tu le sais bien. Tout au plus, les gens les voient se promener dans le parc. Nous-mêmes, nous les avons déjà croisés.

— Ne joue pas à l'innocent avec moi, s'impatienta la mère.

Le docteur ferma son journal, posa les yeux sur sa compagne des trente-cinq dernières années. La pauvre femme n'avait que cette enfant, aussi l'accablait-elle de toute son attention.

— À l'âge de notre fille, certaines activités sont naturelles. Même son confesseur ne doit pas trop sourciller. Les dominicains semblent un peu plus conscients de la nature humaine que le personnel de la cathédrale. Puis Dupire est un homme bien.

— Il est marié.

— Oh! Son choix de conjointe laisse à désirer, j'en conviens. Tu te souviens quand elle fréquentait la maison, il y a vingt ans : une affreuse pimbêche. Mais on ne peut pas lui en tenir rigueur toute sa vie.

Madame Caron n'arrivait jamais à se mettre en colère contre son mari. Au mieux, elle faisait semblant.

— Il est marié, répéta-t-elle avec l'ombre d'un sourire.

— Je sais. Mais visiblement, il aime ma fille et cela semble être réciproque. Alors, j'ai envie de lui pardonner ce petit défaut.

— Elle risque de perdre sa réputation.

— Je ne pense pas. D'un côté, ils sont discrets. De l'autre, nos voisins ne sont pas de parfaits imbéciles. Élise est veuve depuis dix ans. Elle n'a pas repoussé une douzaine de bons partis pour le plaisir de donner des coups d'épingle dans le contrat de mariage d'un autre. Elle n'a pas eu de chance, tout simplement. Et la situation de Dupire n'est pas meilleure.

La chose relevait du mystère, ou peut-être des bavardages des domestiques. Dans le quartier, tout le monde semblait au courant des déboires conjugaux du gros notaire.

— Ce que je crains le plus, finit par admettre la bonne dame, c'est que la situation nuise à la réputation d'Estelle. Tu sais combien les gens peuvent être cruels, dès que les mœurs d'une personne prêtent à la critique.

— Voyons, notre grande fille est irréprochable. Tu l'as entendue tout à l'heure, à propos de Chouinard.

— Ça, je le sais très bien. Mais quand il s'agit de critiquer la moralité de quelqu'un, certaines vieilles dames sont capables de remonter trois générations.

— Je pense que tu t'en fais pour rien.

Tout de même, en se couchant, le docteur Caron tournerait quelques fois sur lui-même dans son lit. Cette évocation le troublait un peu.

Chapitre 6

La succursale de la Banque nationale se situait dans la 3e Avenue, près de l'intersection de la 6e Rue. Il s'agissait d'un petit édifice d'un seul étage, au recouvrement en brique d'un rouge foncé. Sur la façade, de fausses colonnes en relief s'avéraient du plus mauvais effet. L'imitation de la grandeur confinait toujours à la médiocrité.

Fulgence Létourneau arriva à l'heure convenue. Une employée lui permit de passer le portillon pour accéder à l'antichambre du bureau du directeur. Elle revint ensuite très vite à son guichet, auprès de sa collègue.

Après quelques minutes passées à tourner son chapeau de feutre entre ses doigts pour réduire son impatience, le visiteur put enfin passer dans le saint des saints.

— Je m'excuse de vous avoir fait attendre, déclara Gérard Langlois en désignant la chaise vide devant son bureau, mais je n'avais pas encore eu le temps de terminer de lire votre plan d'affaires.

Depuis l'époque où il courtisait Françoise Dubuc tout en pestant contre l'ombre de Mathieu Picard toujours présente entre eux, il avait pris une certaine assurance. Jeune directeur de succursale, il se tenait bien droit, élégant dans son veston tout récent.

— Vous avez fait un très bon travail, très précis, avec une estimation raisonnable de tous les coûts, commença le banquier en reprenant son siège. Maintenant, j'aimerais vous entendre me parler de vos projets.

— Comme je vous le laissais entendre au téléphone et dans le document, monsieur Picard veut vendre ses ateliers.

— À vous lire, on comprend pourquoi. Les profits sont en baisse depuis des années.

— Mais seulement parce qu'il a cessé de faire les investissements nécessaires.

Gérard contempla son visiteur. L'homme ne payait pas de mine. Petit, maigre au point de paraître émacié, des tics nerveux agitaient ses lèvres. Les emprunteurs paraissaient toujours un peu honteux devant lui ; celui-là l'était plus que les autres.

— Visiblement, il s'est totalement désintéressé de cette affaire, conclut le banquier. Une chose m'intrigue : pourquoi ne pas s'en être départi plus tôt ? C'était comme laisser dormir un petit capital, en quelque sorte.

Ce constat n'avait rien d'encourageant pour le client. Fulgence réussit à dire :

— Avec un prêt, je serais en mesure de tout relancer.

— La propriété, les machines, cela représente une très forte somme. Vous avez des garanties ?

Comme son interlocuteur demeurait silencieux, il dut préciser :

— Des valeurs, des propriétés… quelque chose pour garantir l'emprunt.

Le chef d'atelier découvrait l'un des mystères de la conduite des affaires : si l'on n'en avait pas besoin, la banque se montrait disposée à avancer de fortes sommes. Dans le cas contraire, commençait-il à deviner, les choses se présentaient différemment.

— Vous connaissez le solde de mon livret d'épargne. Je possède aussi une maison dans la 3e Rue.

— Je sais, je suis passé devant à midi, en revenant au bureau.

Gérard Langlois ne négligeait rien pour juger de la pertinence d'une opération. Cela lui valait de bonnes notes de la part de ses supérieurs.

— En comparaison avec la somme demandée, ce ne sera pas suffisant. Aucune action, aucune obligation d'épargne, aucune hypothèque sur des édifices, des terrains ?

Au fil de l'énumération, le visiteur secouait la tête de droite à gauche.

— Écoutez, monsieur Létourneau, je ne peux pas vous prêter la somme demandée. Même si nous imaginons que vous doublerez le taux de profit moyen des trois dernières années, cela ne suffira pas. Et si une faillite survenait, la banque aurait du mal à retrouver son compte.

— Mais je sais que je peux faire fonctionner ces ateliers. Voilà trente ans que j'en suis le responsable…

L'expérience, le travail acharné, tout cela ne pesait pas bien lourd dans la balance d'un homme d'argent. Cela n'enlevait rien à l'empathie dont pouvait témoigner Gérard Langlois.

— Lors de la fermeture, que vous arrivera-t-il ?

— Picard m'offre un poste de chef de rayon.

— Mais c'est très bien, cela. Acceptez.

— Vous ne comprenez pas. Je veux laisser quelque chose à mon fils.

Surtout, lui laisser l'image d'une petite réussite. Tout jeune, son garçon ouvrait de grands yeux devant la grande bâtisse de la Pointe-aux-Lièvres. Il se souvenait surtout de la déception dans son regard quand il avait découvert qu'il ne possédait pas tout cela.

— Je comprends très bien, je vous assure, car j'en ai deux. Alors pourquoi ne pas troquer votre demeure pour l'un de ces édifices de trois étages ?… Cela se paie tout seul, et au moment de votre retraite, vous en tirerez un revenu. Ce serait un héritage plus que convenable.

L'image de Mathieu Picard passa dans l'esprit du banquier. Il venait de répéter exactement les arguments de celui-ci.

— Si vous ne voulez pas vous engager, dit Fulgence, vous pouvez sans doute me conseiller une autre source de fonds.

— Je ne comprends pas…

— Dans votre métier, vous savez qui a de l'argent à prêter.

Une pareille naïveté ne s'inventait pas. Langlois secoua la tête de droite à gauche. Le quémandeur demeura un court instant immobile, puis il se leva en disant :

— Je ne prendrai pas plus de votre temps. Je vous remercie de m'avoir reçu.

Le banquier quitta son siège pour le raccompagner à la porte.

— Ce n'est rien, je vous assure. Je vais vous rendre cela.

Il lui rendit le plan d'affaires. Inutile de le garder. Même après dix relectures, sa décision demeurerait la même.

— Je vous souhaite bonne chance, monsieur Létourneau.

L'habitude de Fulgence de s'attarder au travail presque tous les soirs l'amenait à consulter les journaux avec quelques heures de retard. Aussi, à son lever le samedi matin, il s'absorba dans la lecture de l'exemplaire de la veille du journal *La Presse*. Dans la rubrique « Occasions d'affaires », des annonces de prêteurs, tout comme celles d'individus disant rechercher des « partenaires pour une entreprise prometteuse », le firent rêver un moment.

Thérèse s'activait devant la cafetière. Peut-être ne se serait-elle pas donné cette peine pour son époux, mais Jacques devait lui aussi profiter d'un petit déjeuner hâtif

avant de se rendre au service de livraison du magasin
PICARD. Elle ne comptait jamais ses gentillesses.

— Tu crois que c'est sérieux, ce genre de proposition ?
demanda le garçon en se penchant sur l'épaule de son père
afin de voir ce qu'il lisait.

— Je ne sais pas.

De la main, l'homme lui fit signe de se taire. La maîtresse
de la maison ignorait toujours ce qui se passait du côté de
la Pointe-aux-Lièvres. Ils terminèrent leur repas en silence,
puis se levèrent en même temps pour se diriger vers la porte
avant, tout en adressant des souhaits de bonne journée à
Thérèse.

Ils allaient sortir quand celle-ci vint les rejoindre, une
enveloppe décachetée à la main.

— Comme je ne te vois à peu près jamais, j'oubliais.
C'est le compte relatif aux assurances de la famille. Tu
trouveras le temps de t'en occuper, j'espère.

— Bien sûr, dit son mari en plaçant la facture dans la
poche intérieure de sa veste.

Après de nouvelles salutations, les deux hommes se
mirent en route.

Jacques attendit qu'ils aient parcouru une trentaine de
verges avant de dire :

— Tu ne pourras pas garder la situation secrète bien
longtemps encore. Au magasin, hier, tout le monde discutait
de la fermeture des ateliers. Depuis que tu as annoncé la
chose aux employés, la nouvelle est commentée dans toute
la Basse-Ville. Comme de raison, quatre-vingts futurs
chômeurs, cela ne peut pas demeurer inaperçu.

— Non, pas tout de suite.

— Si elle l'apprend par hasard…

Le garçon n'alla pas plus loin. Bien sûr, si elle constatait avoir été tenue dans le secret d'un pareil développement, cela entraînerait une révolution domestique.

— Je ne veux pas lui parler du problème sans avoir une solution. Là, je devrais lui dire que je vais perdre mon emploi…

— Papa! Il t'en a offert un autre.

— Chef de rayon! Je le lui dirai quand je pourrai ajouter que je deviendrai propriétaire de ma propre entreprise.

Peut-être si vive parce qu'elle lui venait tardivement, cette ambition naïve le tenaillait jour et nuit depuis maintenant deux semaines.

— La banque?

Le jeune homme devinait que la démarche de la veille avait échoué, même si son père ne lui avait rien dit encore. Dans le cas contraire, Fulgence se serait précipité pour se confier.

— Pour obtenir un prêt, je devrais posséder plus que je ne demande.

Le dépit marquait sa voix.

— Tu te rends compte… J'étais prêt à supplier un gars presque deux fois plus jeune que moi de me donner une chance.

Le découragement… Non, plutôt la crainte du changement l'amenait à tout dramatiser.

— Ces histoires dans le journal, reprit le garçon, ça n'a pas de bon sens. On ne trouve pas de quoi acheter une entreprise dans les petites annonces.

— Je te l'ai dit, je n'en sais rien. M'informer sur certaines propositions, ou bien publier la mienne ne pourra pas me faire de mal.

— Toutes ces histoires doivent être frauduleuses.

Le garçon craignait que, sur un coup de tête, son père transforme une rétrogradation difficile en une situation désespérée.

— Ne peux-tu pas me faire un peu confiance ? Je ne suis pas un total abruti, tu sais.

Sur ces mots, ils se séparèrent bientôt, le père bifurquant vers la Pointe-aux-Lièvres, le fils continuant vers le magasin PICARD, de l'autre côté du pont Dorchester. Aucun des deux n'avait remarqué la présence de Germaine Huot au coin de la rue. Elle espérait faire le trajet avec Jacques, mais en le voyant absorbé dans une conversation, elle n'avait pas osé signaler sa présence.

Après avoir rencontré des patients en matinée, Thalie abandonna le bureau au désagréable docteur Chouinard pour descendre vers la Basse-Ville en empruntant un escalier débouchant tout près de l'extrémité de la rue de la Couronne. Elle apprécia au passage l'ampleur des tout nouveaux locaux du journal *Le Soleil*. Le soutien du Parti libéral lui donnait les moyens de jouir de bureaux fastueux.

Même si de nombreux commerces se situaient dans la rue Saint-Jean, ceux de la rue Saint-Joseph demeuraient les plus importants. Son périple commença au magasin Légaré, une grande bâtisse sise à l'est de l'artère commerciale. Si l'entreprise vendait des instruments aratoires grâce à un catalogue distribué dans les campagnes, l'édifice de la Basse-Ville offrait à peu près tous les produits destinés à la maison. Après avoir parcouru le rayon des meubles quelques minutes, un commis d'une vingtaine d'années vint vers elle.

— Madame, comment puis-je vous aider ?

Son métier exigeait un sens aigu de l'observation. Il se corrigea très vite :

— Mademoiselle, plutôt. Je m'excuse.

À cette heure de la journée, le médecin s'autorisait à ne pas mettre de gants. Sa main gauche trahissait son statut matrimonial.

— Ce n'est rien. Je regardais ces ensembles de salle à manger. Cela ne me convient vraiment pas. Mon nouvel appartement sera tout petit.

L'autre continuait son examen à la dérobée. Pour une femme de cet âge, la jolie silhouette cadrait mal avec le célibat. D'un autre côté, elle évoquait son logis en utilisant le singulier. Il accrocha son meilleur sourire à son visage pour dire :

— Nous avons là-bas des tables plus petites, avec seulement quatre chaises. La taille du buffet est à l'avenant…

— Je les ai vues. Cela ne convient pas.

— Ce sont nos modèles les plus… modestes.

— Vous voulez dire les moins coûteux, comme je l'ai remarqué au passage. Mon problème ne concerne pas le prix, mais la taille. J'ai vraiment peu de place.

L'autre apprécia la précision. Elle portait des vêtements simples, mais le tissu paraissait d'une qualité irréprochable.

— Si vous me disiez combien cet endroit est petit, je saurais mieux vous conseiller. Quelles sont les dimensions de la salle à manger ?

— Il n'y en a pas.

Comme son interlocuteur levait les sourcils, intrigué, elle précisa :

— Je vais emménager au Château Saint-Louis à la fin du mois.

L'homme émit un petit sifflement admiratif et rangea son sourire séducteur. Cette personne de la Haute-Ville risquait de terminer la conversation en disant « Mon brave garçon ». Sa fierté ne résisterait pas à cette marque de condescendance.

— En réalité, je peux mettre une petite table et deux chaises soit dans la cuisine, soit dans le salon. J'incline pour la première solution.

— Aucun buffet ?

Comme elle hochait la tête, il continua :

— Où mettrez-vous la vaisselle ?

— Pour le peu que je garderai avec moi, les armoires murales dans la cuisine suffiront.

Elle évoquait un aménagement de l'espace lui étant peu familier. Le vendeur se souvenait de photographies publiées dans des revues américaines.

— Coûteux ou pas, je n'ai pas grand-chose à vous offrir. Nous avons bien de petites tables rondes que les dames utilisent pour prendre le thé…

— Deux couverts y logeraient à peine. Cela ne peut convenir.

De la tête, il indiqua en venir lui aussi à la même conclusion.

— Nous vendons aussi des chaises à l'unité.

— Qui, nécessairement, ne seront pas harmonisées à la table que je devrai trouver ailleurs.

De nouveau, l'homme hocha la tête. Non seulement ne lui ferait-il pas les yeux doux, mais il n'ajouterait pas une vente à son palmarès.

— Maintenant, nous pourrions regarder les ensembles de salon, et ceux de chambre à coucher. Rappelez-vous toutefois que les pièces…

— Sont toutes petites, compléta-t-il.

Dans une province où dominaient les grandes familles, elle constata que les meubles les moins envahissants offraient une qualité médiocre. Puis, le vendeur passa par les appareils de cuisine. Les énormes poêles au charbon et au bois ne représentaient aucun intérêt pour elle. De toute façon, au Château Saint-Louis, on ne la laisserait certainement pas percer les murs pour installer une cheminée destinée à renvoyer la fumée à l'extérieur. L'homme s'arrêta devant un appareil posé là où passait le plus grand nombre de personnes.

— Voilà un réfrigérateur électrique.

Thalie se pencha pour voir le prix sur l'étiquette.

— Vous pensez vraiment en vendre?

— Même pas un seul, sans doute. Mais les gens s'arrêtent pour le regarder. Qui sait, un jour nous en aurons peut-être tous un à la maison.

La jeune femme hocha la tête, très sceptique. La modernité des idées la fascinait plus que celle des appareils ménagers.

— Je vous remercie, monsieur. Je garde en mémoire tout ce que vous m'avez montré et je continue ma tournée. Peut-être viendrai-je dépenser mes économies ici samedi prochain… mais certainement pas pour un… Comment avez-vous dit, déjà?

— Un réfrigérateur.

Elle hocha la tête, tout de même résolue à apprendre le nouveau mot, lui serra la main puis se dirigea vers la sortie.

— Toi, ma belle, grommela le vendeur en appréciant encore la silhouette fine, la jupe serrée à la taille, tenue par une petite ceinture en cuir, tu ne reviendras jamais ici.

Sa déception ne dura pas. Déjà, une grosse matrone de la Basse-Ville tournait autour d'un poêle Bélanger.

Thalie entendait régler ses achats d'une façon méthodique. À peine sortie de chez Légaré, elle entrait chez PICARD. Ne partageant pas les motifs de sa mère pour éviter cet endroit, elle monta dans l'ascenseur en même temps que d'autres clients et se laissa conduire par un liftier de treize ou quatorze ans affublé d'un ridicule habit rouge chargé de dorures.

— Tu dois bien être colonel, avec tous ces galons, déclara-t-elle, amusée.

Insensible à l'ironie, l'œil vif, il rétorqua, gouailleur :

— Au moins général, mademoiselle. Au-dessus d'un général, il y a quoi ?

Il arrêta sa machine au premier, annonça les rayons. Des passagers descendirent, d'autres montèrent.

— Je ne sais trop, dit Thalie. Maréchal, peut-être.

— Alors, je suis maréchal.

Il retrouva sa voix « officielle » pour annoncer :

— Vêtements pour dames et petites filles, chaussures pour dames et petites filles.

Des yeux, il interrogea Thalie.

— Non, je t'accompagne encore un peu.

Il lui adressa son meilleur sourire. Même à son âge, lui aussi s'essayait à la séduction.

— Ameublement pour toutes les pièces de la maison, annonça-t-il à l'arrêt suivant.

— Bonne fin de journée, maréchal, dit-elle en sortant, amusée de son attitude.

— Bon magasinage, mademoiselle, salua-t-il avec la même bonne humeur.

« Celui-là fera un vendeur redoutable », se dit-elle en se dirigeant tout de suite vers les tables et les chaises. Un employé la rejoignit bien vite et vanta les articles qu'elle avait sous ses yeux. Elle trouva des produits aux lignes simples, des adaptations pas trop mal réussies de l'art déco, débarrassées de la surcharge d'ornements habituelle pour favoriser la fonctionnalité.

De nouveau, elle quitta les lieux en promettant de prendre une décision bien vite. Son visage montrait assez de satisfaction pour que le vendeur la regarde partir avec la certitude de la revoir. Après un arrêt un étage plus bas pour regarder les vêtements et acheter une petite provision de Kotex, un produit relativement nouveau et dont la publicité disait qu'il « protégeait à la fois des infections et des mauvaises odeurs », elle regagna le trottoir.

Nonchalamment, Thalie s'attarda encore devant quelques vitrines. Au début de juillet, l'affluence nombreuse donnait à la rue un air affairé. Tous ces gens, dont beaucoup de ruraux venus en ville pour affaires, se rendaient là pour gagner de l'argent ou le dépenser. Tout le monde participait au même optimisme. Les prix et les salaires grimpaient sans cesse, et de nouveaux produits venaient rendre la vie plus facile.

« Tout de même, se dit la jeune femme devant les fenêtres de la Quebec Power où elle voyait son second réfrigérateur électrique de la journée, les grandes entreprises exagèrent. Les gens ne sont pas sots au point d'acheter cela ! »

Elle entra malgré tout dans les locaux de cette société productrice d'énergie, responsable de l'éclairage des rues et des maisons, de même que de l'alimentation du tramway de la ville de Québec. L'entreprise mettait aussi en marché un éventail de produits « électriques ». Non seulement cela lui procurait un profit immédiat, mais leur multiplication dans les foyers gonflait à coup sûr la facture d'électricité mensuelle.

Comme il arrivait souvent, constata la jeune femme, ce détaillant avait ajusté le prix de la « glacière sans glace » à celui de Légaré.

— Vous êtes attirée par cette merveille ? commença le vendeur en s'approchant d'elle.

— Si je me laisse attraper par une merveille, ce ne sera pas celle-là. Ma glacière aura de la glace quelques années encore.

— Dans ce cas, que puis-je vous montrer ?

— Pourquoi ne pas commencer avec ce poêle ?

De la main, la jeune femme désignait un appareil de cuisson. D'un côté, à la hauteur de son genou, se trouvait une surface plane avec trois cercles composés d'un matériau étrange, comme un très long ressort enroulé sur lui-même.

— Ce sont les éléments chauffants, expliqua l'homme. L'électricité les porte au rouge. Le plus grand peut servir pour un chaudron, ou une poêle à frire. Les deux autres…

— Pour des chaudrons, ou des casseroles plus petites.

L'ironie n'échappa pas à l'employé qui se résolut à mettre moins de condescendance dans sa voix, dorénavant.

— Et à gauche, cette espèce de boîte avec une porte, c'est le fourneau.

— Cela fonctionne ? Je veux dire, on ne passe pas son temps à réclamer un technicien et les gâteaux acceptent de cuire ?

— La chaleur est plus régulière que celle des poêles habituels. Bien sûr, il faut changer les éléments une fois de temps en temps. Vous pouvez venir les chercher ici et les poser vous-même…

— Soyez assuré que j'y arriverai.

Le vendeur la crut sur parole. Cette fois, la consommatrice sortit un petit carnet de sa poche pour noter la marque, le numéro du modèle et le prix.

— Que voulez-vous voir maintenant ?

— Les appareils radio.

— Ah ! Je viens de recevoir un nouveau modèle…

— Merveilleux, je suppose.

— Je vous laisse juger.

Il la conduisit vers le mur du fond du magasin et s'arrêta devant un cabinet en noyer haut de cinq pieds environ, large de trois et profond de deux. Il tourna le bouton situé devant, à la gauche de la section centrale de l'appareil, se privant de préciser : « Il faut donner le temps aux lampes de se réchauffer. » Une ampoule à l'intérieur donna une couleur ambre à une fenêtre située au milieu. Il tourna un moment le syntonisateur juste sous celle-ci et regarda les fréquences affichées sur un disque. Le son d'une clarinette se fit entendre. Lorsqu'il tourna le bouton de droite, la musique envahit la salle de montre. De grands haut-parleurs occupaient la droite, la gauche et le bas de la radio proprement dite.

— L'illusion est parfaite, commenta-t-il. On se croirait dans la salle de concert.

— Une personne n'ayant jamais assisté à un concert pourrait le croire, en effet.

Le petit homme se renfrogna un moment, le temps qu'elle ajoute :

— Mais je vous le concède, je n'ai jamais entendu mieux.

L'appareil de Paul Dubuc, surmonté d'un horrible cornet en cuivre, émettait autant de grincements que de musique. Celui de Mathieu, avec de vrais haut-parleurs, donnait une meilleure qualité sonore, mais rien de comparable à cela.

— Vous ne trouverez pas mieux dans toute la ville de Québec. Il s'agit du modèle Nocturne, de Crosley. La meilleure fidélité, comparée à tout ceci.

De la main, il désigna des appareils un peu plus petits, certains montés aussi sur quatre pieds, d'autres destinés à être posés sur une table.

— Pour atteindre cette performance, vous devez aussi avoir la meilleure antenne de la ville, dit la jeune femme. L'un va avec l'autre.

— Nous pouvons vous en installer une semblable à la nôtre.

— L'édifice où je vais emménager à la fin du mois en a déjà une.

— Où irez-vous ?

Devant le regard agacé de la cliente, il ajouta bien vite :

— Si je peux me permettre de le demander.

— Au Château Saint-Louis.

Calculant bien vite la commission qu'il pourrait tirer de cette bourgeoise, le commis afficha son sourire le plus mercantile.

— L'antenne posée là-bas vaut la nôtre. Nous l'avons conçue. Vous avez sans doute remarqué le fil dans votre salon. Vous n'aurez qu'à le relier à l'appareil, et à le brancher au mur. Vous entendrez aussi bien qu'ici.

Maintenant, une sonate se répandait dans la pièce.

— Trois cent quatre-vingt-quinze dollars, murmura la cliente en se penchant sur la boîte en noyer. Presque le prix d'une Ford T, et la moitié de celui d'une grosse Essex.

— Bien sûr, nous avons des appareils moins chers. Voyez celui-ci, pour un peu plus de deux cents dollars.

Le vendeur s'approcha d'un appareil de table.

— Ce General Electric, le Radiola 18, a une boîte en acajou…

— Pour tout de suite, je vais réfléchir à mes moyens. Si je conclus que je dois réduire mes attentes, je verrai.

La qualité sonore du premier appareil, toujours ouvert à un volume élevé, la séduisait. Pour une fois, elle rêvait d'être déraisonnable.

— Je peux vous montrer autre chose ?

— Vous venez de passer tout près de me provoquer une syncope, avec ce prix. Vous ne devriez le révéler qu'en présence d'un médecin. Alors, je m'arrêterai là pour l'instant.

L'autre marqua une pause, faisant semblant d'apprécier son humour, avant de s'enquérir :

— … Vous prenez ces appareils ? Je veux dire la cuisinière et la radio.

— Je me donne les sept prochains jours pour y penser.

En apprenant l'adresse, l'employé avait pensé améliorer sa prochaine paie.

— Dans une semaine, dit-il d'un air faussement inquiet, nous ne l'aurons peut-être plus en stock.

— Dans ce cas, vous m'aurez fait faire une belle économie. Je vous remercie, monsieur, pour toutes ces explications.

Le « À bientôt » se perdit dans son dos. Un peu plus tard, Thalie montait dans une des nouvelles voitures du tramway de la Quebec Power. Décidément, tout devenait nouveau, inédit, moderne. D'un beau rouge vif, un liséré beige en rehaussait l'élégance. À l'intérieur, des banquettes recouvertes de cuir remplaçaient les anciennes, sans aucun rembourrage.

Tout au long du trajet jusqu'à la rue de la Fabrique, le médecin compta combien lui coûteraient toutes les « merveilles » vues au cours de l'après-midi. Le total la laissa un peu troublée. Pour arriver à tout payer, elle devrait se convertir en une chaude partisane de la revanche des berceaux pour accumuler les accouchements, ou alors compter sur une terrible épidémie de coqueluche.

Chapitre 7

Inauguré au tout début du siècle, aménagé au fil des ans, le parc Victoria recevait tous les jours une grande affluence de visiteurs. Dans une section de la ville où les murs des maisons confinaient aux trottoirs, où les arrière-cours, dans le meilleur des cas, contenaient un potager et quelques animaux de basse-cour, et au pire présentaient des allures de dépotoir privé, il offrait un bel espace vert, un kiosque où des musiciens amateurs se produisaient, et même des lieux de loisir.

Un aréna permettait de se dégourdir les jambes les jours de patinage libre. Surtout, des matchs de hockey réunissaient les amateurs. Bien sûr, le niveau du jeu demeurait bien modeste, comparé à celui offert par les Bulldogs pendant le court passage de l'équipe dans la Ligue nationale.

— Je suis désolé, mais je ne me sens pas l'envie de voir *The Wind* ce soir, expliqua Jacques Létourneau.

Le couple s'engageait à ce moment dans une allée bordée d'arbres. Germaine Huot se tenait à son bras, certaine d'attirer sur elle les regards jaloux de toutes les femmes qu'ils croisaient.

— Cela ne fait rien. Selon une amie, ce film m'aurait empêchée de dormir.

En réalité, la jeune vendeuse s'était un peu inquiétée à l'idée de voir ce film, l'histoire d'une femme tuant un homme pour se défendre d'une tentative de viol, et qui, par la suite, était hantée par l'image du cadavre sommairement enterré, sans cesse découvert par le jeu du vent sur le sable.

Ce long métrage figurait certainement sur la liste des spectacles immoraux régulièrement fustigés à l'église par le père François.

— Nous pourrons y aller une autre fois, proposa son compagnon. Ne serait-ce que pour voir Lilian Gish.

Machinalement, Germaine porta la main à sa coiffure. Devrait-elle se friser les cheveux afin d'offrir une tête chargée de bouclettes comme la comédienne d'Hollywood ? Les permanentes faisaient rage depuis un moment et les jeunes filles sacrifiaient souvent des heures sous un appareil effrayant pour ressembler à un mouton.

— Mais aujourd'hui, continua le jeune homme, même sa petite bouche en cœur ne réussirait pas à me distraire.

Si ces mots témoignaient d'un manque de savoir-vivre, Germaine ne s'en formalisa pas trop. La compétition des écrans argentés s'avérait bien moins menaçante que celle des jeunes beautés de la paroisse.

— C'est à cause de la fermeture des ateliers ? Tu parais tellement morose depuis quelque temps.

— Tu es au courant ?

Elle haussa les épaules comme si la question était un peu absurde.

— Lundi de la semaine dernière, ton père a annoncé la nouvelle aux couturières. À midi, tout le monde en parlait au magasin. Cela a semé l'inquiétude parmi les vendeuses.

— Comment cela ?

— Si le patron éprouve des ennuis, cela peut se répercuter sur nous. Déjà, il n'est pas bien rapide pour ajuster les salaires à la hausse des prix.

Afin de réduire les dépenses, l'homme pouvait rêver de licencier du personnel, ou alors réduire les salaires comme cela était arrivé en 1925-1926, dans le secteur de la chaussure. À l'époque, la mesure n'avait d'ailleurs pas permis de consolider les emplois.

— Je pense que le magasin se porte très bien, dit son compagnon. Nous ne cessons pas de livrer des meubles coûteux. Si tu voyais les châteaux où nous allons parfois à la Haute-Ville…

Le ton trahissait plus qu'une pointe d'envie. Depuis deux étés, le jeune homme nourrissait son ambition de ces visites dans l'intimité des bourgeois, un buffet ou un canapé dans les bras.

— C'est aussi notre impression, sur le plancher. Les caisses enregistreuses ne cessent pas de sonner pendant la journée.

Elle s'arrêta un moment, puis demanda en appuyant sur son bras :

— Que va devenir ton père ?

— Picard lui a promis un emploi de chef de rayon.

— C'est bien. Il y en a quelques-uns âgés de soixante ans et plus, certains se rapprochent des soixante-dix. Ils doivent penser à la retraite.

Le garçon l'incita à s'arrêter devant le cours boueux de la rivière Saint-Charles. Les ateliers se dressaient tout juste de l'autre côté de la rive. Il les contempla une courte minute.

— Cela ne lui plaît pas du tout. Tu comprends, là-bas, il est le patron.

Sa compagne hocha la tête. Pour elle, parce qu'ils portaient veston et cravate, les responsables des rayons se qualifiaient aussi parmi les *boss*.

— Il a dirigé jusqu'à deux cents personnes pendant la guerre, expliqua Jacques en suivant le cours de ses pensées. Plus de monde que dans le magasin au complet. Cet automne, au mieux, il aura dix employés.

Elle hocha la tête en se remettant en marche à ses côtés.

— Pour toi, cela changera quelque chose ?

Elle connaissait déjà assez son compagnon pour deviner que le sort des autres ne suscitait pas de bien grandes inquiétudes chez lui.

— Je me demande si je pourrai me rendre au terme de mes études. L'université coûte très cher. Si son revenu connaît une chute importante…

De sa main gauche, elle caressa son bras, comme pour le rassurer.

— Tu es déjà très instruit, plus que la plupart des garçons de la paroisse.

Il eut envie de répondre que ces garçons se révélaient d'une ignorance crasse, au point de rendre la comparaison insultante pour lui. Mais cela ne servirait à rien, elle ne comprendrait même pas.

— Je veux devenir avocat, se contenta-t-il de dire.

Après un autre tour de la presqu'île, le jeune homme s'arrêta près d'un bosquet un peu plus dense.

— Nous allons de ce côté ? demanda-t-il.

Germaine rougit un peu dans la pénombre. Pour la première fois de sa vie, un garçon lui proposait de se sous-traire aux regards des autres. Des compagnes de travail un peu plus âgées avaient évoqué à mots couverts ce genre d'expérience. Elle hocha la tête, le bas-ventre un peu lourd tout d'un coup.

Le couple passa sous les frondaisons. Il se trouvait à peine hors de vue quand le garçon effectua un demi-tour devant elle, puis se pencha pour poser ses lèvres sur les siennes. Elle se raidit, songea à protester, mais s'abstint de peur de passer pour une petite sotte.

La bouche masculine demeura un moment immobile, puis amorça un mouvement pendant que les deux mains se posèrent sur sa taille. La tête un peu rejetée en arrière, elle sentit ses jambes sur le point de se dérober. C'était cela, le fruit défendu, le péché de la chair, l'obsession de tous les confesseurs, tout comme celle des animateurs de retraites fermées. La jeune femme hésitait entre le désir de s'abandonner et la conviction de devoir se révolter, gifler ce tentateur et prendre la fuite pour ne jamais le revoir.

«Un baiser ne peut pas être péché mortel», se dit-elle.

Mais il n'y avait pas que le baiser. Les mains sur ses flancs aussi amorçaient un mouvement caressant, de ses hanches jusque sous ses bras. Elle sentait les pouces effleurer doucement les côtés de ses seins…

— Non, refusa-t-elle en posant ses mains sur la poitrine du garçon pour le repousser, le corps maintenant rigide comme un morceau de bois. Il ne faut pas, c'est mal.

Son compagnon garda ses mains sur ses côtés. Pour arrêter la caresse, elle dut saisir ses poignets et les tenir fermement.

— Voyons, tout le monde fait ça, ce n'est pas bien grave.

Elle avait senti son érection contre son ventre.

— Ne fais pas ta rabat-joie, insista-t-il. Nous ne sommes plus au temps de tes parents, avec les crinolines, les corsets et la morale guindée.

— Les femmes respectables ne font pas des choses comme ça, protesta-t-elle, la voix un peu chevrotante.

Insister ne servait à rien. Un bruit dans les buissons amena une véritable terreur dans l'âme de sa compagne.

— Il y a des gens. Je m'en vais.

Elle fit trois pas pour rejoindre l'allée. Jacques s'empressa de la rattraper.

— Ne le prends pas comme cela. Tu es si jolie. Je ne peux pas résister.

Il saisit son bras, elle se raidit au contact, mais ne tenta pas bien fort d'y mettre fin.

— Je te croyais un peu plus mature, commenta-t-il encore.

Elle se sentit piquée au vif, comme s'il faisait insulte à sa féminité. Quand ils rejoignirent les rues éclairées, elle se détendit un peu. Tout de même, quelque chose était changé. Il avait placé leur relation sur une base nouvelle, où son désir s'exprimait sans vergogne.

Jusqu'à la maison de la 5e Rue, ils demeurèrent silencieux. Il lui tenait le bras légèrement, à la hauteur du coude. Elle aurait facilement pu se dégager et, elle en était certaine, il n'aurait rien tenté pour la retenir. Cette pensée l'effraya plus que tout.

En arrivant devant l'immeuble où ses parents habitaient au premier étage, il se tourna vers elle pour dire :

— Bonne fin de soirée, Germaine.

Dans la lumière du réverbère, elle le trouva si beau, plus que toutes les vedettes de cinéma.

— Bonsoir… murmura-t-elle.

Sans rien ajouter, sans lui adresser un sourire, il tourna les talons. Quand elle s'engagea dans l'escalier, elle se retourna. Cette fois, l'homme ne s'arrêta pas pour lui adresser un dernier salut de la main.

Mentalement, elle répétait déjà sa confession du prochain dimanche, juste avant la messe. Elle mourrait de honte quand il faudrait évoquer ce mauvais toucher. Devrait-elle dire comment la sensation dans son ventre l'avait troublée ?

Surtout, Germaine se demandait si Jacques voudrait la revoir. Après tout, il avait raison, elle était jeune et sotte, pensait-elle.

Selon une habitude vieille de deux ans maintenant, Thalie s'arrêtait systématiquement chez son frère au lieu de rentrer directement à la maison en sortant du Jeffery Hale. La régularité de sa présence amenait Flavie à la traiter comme une grande sœur, la timidité des années passées envolée.

— Occupe-toi du petit pendant que je termine de préparer le souper, demanda-t-elle tout naturellement.

De toute façon, la visiteuse tenait déjà l'enfant dans ses bras, serré contre sa poitrine. Le nez dans son cou, Alfred s'imprégnait du parfum et de la tiédeur de sa peau. Elle lui fit ensuite quitter cette position pour l'asseoir sur ses genoux et commencer une conversation :

— Mon beau, si tu attendais un héritage de ta marraine Thalie, c'est trop tard. Demain, elle va mettre tous ses sous dans l'achat d'une radio grosse comme ça.

Continuant à le tenir d'une main, elle décrivit un arc de cercle de l'autre, comme pour désigner un objet de la taille d'un camion. Mathieu leva la tête de son journal, convaincu d'être le véritable destinataire de ces confidences.

— Tu vois, ta tante est une vieille fille maintenant, continua-t-elle. Au lieu d'avoir de jolis bébés comme toi, elle va écouter de la musique pendant toutes ses soirées.

Elle entonna un air de Mozart tout en commençant à lui chatouiller le ventre du bout des doigts, provoquant un éclat de rire du bambin.

— Tu sais, si tu étais toujours comme cela, murmura Mathieu, tu serais mariée dans un mois.

Elle le regarda un moment, mais préféra répondre en s'adressant à l'enfant :

— Tu y crois, toi, à la théorie de ton papa ? Tu penses que si je fais cela aux messieurs, je vais bien vite me trouver un mari ?

Du bout de ses dix doigts, elle lui chatouilla les côtes au point de l'amener à se tordre sur ses genoux, riant à gorge déployée.

— Moi, je pense que si je fais cela aux patients que je croise au cabinet, j'aurai peut-être un magnifique bébé en 1929, mais pas nécessairement un mari.

Pour échapper aux doigts inquisiteurs de sa marraine, l'enfant se colla de nouveau contre elle, mais bien vite dégagea un espace suffisant pour lui permettre de recommencer.

Elle n'hésita pas à lui rendre ce service en disant encore :

— Imagine dans les journaux : une dame de la Haute-Ville ruinée par l'achat de sa grosse radio fait des chatouilles aux passants.

Alfred se colla encore contre son corps pour arrêter les doigts fouineurs.

— Ta tante fait semblant de ne pas comprendre, commença Mathieu en feignant lui aussi de s'adresser au bambin. Je ne parle pas des chatouilles, mais de son sourire. À la voir en ce moment, on jurerait que jamais elle ne se sent investie de la mission de convertir chacun à la cause de l'Alliance canadienne pour le vote des femmes.

— Mais cette cause est excellente, déclara Thalie en se tournant vers son frère.

— Tu vois, Alfie, dès qu'elle pense à des choses comme ça, son visage devient tout sévère. Même toi, tu ne la reconnais plus.

Cela ne semblait pas vraiment le cas, car le bébé se reculait en riant d'avance du retour des doigts contre ses flancs.

— Vous deux, intervint la mère, pouvez-vous vous parler directement et ne pas trop perturber ce garçon ? Quand il commencera l'école, il croira que les conversations doivent toujours passer par un tiers.

Personne ne sembla prendre au sérieux l'avertissement, pas même son auteur.

— Ton papa ne comprend rien, continua Thalie de sa voix enjouée. Le problème, ce n'est pas moi, mais les hommes. Si jamais j'en rencontre un avec de tout petits cheveux très doux, seulement trois dents dans la bouche et de la bave sur le menton, je vais lui chatouiller la bedaine comme à toi, avec ce sourire que Mathieu trouve si séduisant.

— D'abord, Alfred a plus de trois dents, dit Flavie en posant une assiette sur la table devant sa belle-sœur. Ensuite, des messieurs comme tu as décrit, il y en a tous les jours dans le cabinet du docteur Caron. Je le sais, j'en ai vu lors de chacune de mes visites. Alors, si tu cherches un parti de soixante-dix-neuf ans, libre à toi.

Avec l'autorité que lui conférait la maternité, elle récupéra ensuite son enfant et le posa sur sa hanche en disant encore :

— Ce que Mathieu veut dire, c'est combien il te trouve charmante. Je suis d'accord avec lui. Si tu le montres un peu, quelqu'un le remarquera.

— Bon, me voilà rappelée à l'ordre. Demain, j'essaierai de me montrer moins casse-pieds avec le vendeur de la Quebec Power.

— Il en vaut la peine ?

La visiteuse essaya de se remémorer l'employé, pour se rendre compte que son image se confondait avec celle des deux autres.

— En réalité, je ne m'en souviens pas vraiment.

— Et cette radio ? demanda Mathieu.

— Magnifique. Un peu encombrante, mais avec une sonorité de salle de concert.

Elle avait rabroué le vendeur pour avoir dit la même chose. Une petite culpabilité la toucha. Elle devenait vraiment irascible. À jouer ainsi les vieilles filles, elle le resterait sûrement. De l'autre côté de la table, Flavie regardait son époux avec un pli soucieux au milieu du front.

— Nous nous sommes contentés d'un modèle assez modeste, dit-il. Avec l'hypothèque et l'emprunt pour la part du magasin, nous demeurons prudents.

La maîtresse de la maison retrouva son sourire. Elle craignait toujours que son mari ne s'aventure dans des dépenses excessives.

— Que se passe-t-il avec le loyer d'en haut? demanda Thalie.

— Je l'ai loué dix pour cent plus cher. Les prix montent sans cesse.

— Si tu continues d'augmenter tes loyers, bientôt je penserai avoir fait une économie en allant au Château Saint-Louis. Tu sais que maman m'imaginait à l'étage?

— Je sais. Elle m'a demandé de te faire un bon prix.

La visiteuse se pencha vers Alfred pour dire, en reprenant la voix haut perchée avec laquelle elle s'adressait habituellement à lui:

— Je te souhaite d'échapper à l'amour excessif de tes parents quand tu auras mon âge.

La jeune femme regarda ensuite la mère pour quémander:

— Tu veux me le redonner? Il me manque déjà.

— Quand tu auras fini ton assiette. Tu ne me parais pas manger beaucoup.

Visiblement, les personnes seules s'exposaient à attirer l'intérêt bienveillant de tous leurs proches. Cela suffisait à la convaincre d'offrir désormais un sourire béat à tous les hommes croisés dans la rue, qu'ils aient trois dents ou non.

Le lendemain, Thalie reprit la direction de la rue marchande de la Basse-Ville, pour regarder une nouvelle fois les meubles ou les appareils ayant retenu son attention la semaine précédente, et conclure les transactions. Sa première destination fut le magasin PICARD, où elle effectua la plupart de ses achats.

À la Quebec Power, si le vendeur se refusa tout à fait à lui consentir une réduction sur la radio et l'appareil de cuisson, il lui offrit un grille-pain tout à fait gratuit. Résolue à se montrer un peu moins acide, elle le récompensa de son meilleur sourire.

Au terme de sa conversation avec lui, elle sortit par l'arrière, pour ne pas s'exposer de nouveau à la tentation en passant devant les vitrines. Dans la rue Desfossés, la menace devenait moins grande, l'arrière des commerces se montrait plutôt rébarbatif. Les affaires allaient suffisamment bien pour entraîner un ballet de camions, les uns pour livrer des marchandises, les autres des matériaux de construction. Partout, on bâtissait de nouveaux édifices, ou alors on agrandissait et réaménageait les anciens.

Alors qu'elle était tout à ses réflexions sur l'aménagement de son nouvel appartement, ses yeux captèrent une grande silhouette dans la boîte d'un camion. Le propriétaire devait avoir omis d'enclencher le frein à main, car le véhicule commença à reculer. Il s'immobilisa soudainement quand les roues arrière cognèrent une butée en ciment.

Le travailleur dans la boîte fut déséquilibré. Si en s'accrochant à des arceaux en métal, il évita de chuter vers le sol la tête la première, il se retrouva tout de même étendu sur le dos, totalement sonné. Au pas de course, Thalie s'engagea dans l'arrière-cour du commerce de matériaux de construction.

— Monsieur, êtes-vous blessé ? demanda-t-elle.

L'autre secoua d'abord la tête en essayant de s'asseoir, puis il laissa échapper un cri.

— Ma jambe…

La voix était un peu rauque, comme s'il avait du mal à retrouver son souffle. Un employé sortit du commerce, soucieux de venir aider au déchargement de la cargaison.

Toute l'attention du médecin se portait maintenant sur le membre inférieur gauche. Le camion transportait de fines tiges d'acier utilisées pour armer le béton. En tombant, l'homme en avait heurté une. Elle avait déchiré la chair à l'intérieur de la cuisse.

Une artère avait été atteinte, à en juger par le flot de sang s'échappant de la blessure. D'un geste énergique, Thalie agrandit considérablement l'ouverture dans la jambe du pantalon de velours côtelé, les mains déjà poisseuses de sang. La coupure, longue de quatre pouces peut-être, ne semblait pas trop grave en elle-même. Le danger venait de l'hémorragie. À l'aveugle, elle enfonça le bout des doigts de sa main droite dans la chair ouverte, chercha le vaisseau pour le pincer énergiquement. La mort viendrait bien vite si elle ne pouvait interrompre le flot.

L'homme grogna de douleur et fit mine de la repousser. Elle l'arrêta d'un regard autoritaire.

— Vous, dit-elle à l'employé debout dans le cadre de la porte arrière de la quincaillerie, allez appeler une ambulance.

Maladroitement, de la main gauche, elle cherchait à détacher la boucle de sa petite ceinture en cuir. L'employé restait immobile, les yeux fixés sur la scène.

— Bon Dieu! Vous êtes sourd, ou quoi? Allez téléphoner à une ambulance, si vous ne voulez pas le voir crever sur place!

Les derniers mots le sortirent enfin de sa torpeur. Il disparut dans le commerce.

— Vous, vous avez une belle façon de me rassurer, grommela le blessé.

Pour la première fois, elle porta les yeux vers la tête de son interlocuteur. Trente ans tout au plus, grand et robuste, il avait noué un foulard rouge autour de son cou, pour empêcher la sueur de couler dans l'encolure de la chemise. Si le visage présentait des traits réguliers, elle en remarqua tout de même la pâleur.

— Pour faire bouger ce genre de curieux, on finit par dire des sottises.

En parlant, elle avait enfin réussi à défaire la boucle de sa ceinture. Elle tirait sur le côté afin de la sortir des ganses. Mais à genoux dans la poussière, penchée vers l'avant contre les cuisses masculines écartées, les doigts serrés sur l'artère, elle n'y arrivait pas.

— Aidez-moi à l'enlever. Je dois faire un garrot.

L'homme avança une main un peu tremblante et saisit la parure en cuir pour tirer un peu.

— Vous pouvez certainement y mettre un peu plus de force.

— C'est que je n'ai pas l'habitude de dévêtir les femmes que je ne connais pas.

Thalie porta les yeux vers ceux du blessé, appréciant le petit sourire ironique sur ses lèvres.

— Il faut tout de même une première fois, sinon vous n'en connaîtrez pas une seconde.

De nouveau, elle évoquait son décès. Cela convainquit l'homme d'y aller sans ménagement. Il tira de toutes ses forces, à tel point que la jeune femme tomba à demi assise dans la poussière. La main masculine se déplaça dans son dos pour dégager la pièce en cuir. Puis, d'un coup, il la libéra en déchirant la dernière boucle de tissu.

— Voilà, dit-il en lui remettant la ceinture.

— Je vais devoir lâcher prise, le temps de l'attacher.

La main droite abandonna l'artère. Tout de suite un jet de sang gicla, décrivant une ligne écarlate sur son chemisier blanc, à la hauteur des seins. Ses mains poisseuses réussirent à placer le lien en cuir autour de la cuisse, quelques pouces au-dessus de la blessure. Sans se lever, elle attrapa un bout de bois d'un pied de long. Elle le passa sous la ceinture, lui fit décrire un cercle afin de serrer la courroie contre le membre. Avec soulagement, elle vit le flot de sang se ralentir, puis s'arrêter tout à fait.

Puis elle regarda de nouveau son curieux patient. L'homme avait posé sa tête contre le sol, sans doute pour ne plus voir le flot de vie se répandre. Son teint pâle rappelait un peu trop la mort.

— Ça va ? demanda Thalie.

— Oh ! Je me suis déjà porté mieux, pour être franc.

— Si l'idiot de tout à l'heure a déniché un téléphone, l'ambulance devrait arriver dans un instant.

— Cet idiot est l'un de mes amis, ricana le blessé.

Thalie se répéta qu'elle avait bien du mal à contenir sa langue.

— Tout de même, admit l'homme d'un ton moqueur, je reconnais que Pierre est un peu lent.

L'employé de quincaillerie choisit ce moment pour revenir.

— Les gens de l'Hôtel-Dieu seront là dans une minute.

Par un curieux instinct, les badauds si rares quelques minutes plus tôt s'agglutinaient maintenant près de la scène.

La poitrine et le giron tachés de sang, les mains gluantes, la jeune femme avait un air un peu étrange. En voulant écarter une mèche de cheveux de ses yeux, elle avait laissé une marque écarlate sur sa joue.

— Pouvez-vous tenir cela un moment?

Des yeux, elle désignait le morceau de bois servant à tenir le garrot bien serré. Il obtempéra, et leurs mains s'effleurèrent. À genoux, elle se déplaça pour se rapprocher de son visage, se pencha pour poser le bout des doigts contre la carotide. Le pouls était un peu rapide, mais fort et régulier.

— Dommage que je vous rencontre de cette façon. Vous êtes bien jolie.

— Et vous, bien audacieux de conter fleurette à une inconnue qui, il y a une minute, vous tenait l'artère du bout des doigts.

— Justement, cela crée des liens.

Dans les circonstances, son attitude la rassura un peu. À l'article de la mort, il se serait plutôt préoccupé de ses prières. Un véhicule de marque Ford pénétra dans la cour, deux hommes vêtus de blanc descendirent.

— L'artère a été déchirée, dit-elle au plus âgé des deux. J'ai pu arrêter le sang, mais un chirurgien devra recoudre au plus vite.

Comme l'homme posait successivement les yeux sur son visage et la blessure, elle jugea bon de préciser, pour établir son autorité:

— Je suis le docteur Picard. Apportez votre civière, au lieu de rester planté là.

L'information convainquit le nouveau venu de passer à l'action. Un peu plus tard, à deux ils arrivèrent à transporter le blessé jusqu'à l'arrière du petit véhicule. Thalie tint le morceau de bois pendant tout ce temps, relâchant un peu la tension pour ne pas arrêter trop longtemps la circulation.

— Vous pouvez contrôler la situation ? demanda-t-elle encore au plus âgé.

— Ce genre de blessure n'est pas si rare, nous allons nous débrouiller.

— Là-haut, on devra faire vite.

Le médecin voulait dire à la Haute-Ville, là où se trouvait l'hôpital.

— Il y a un docteur de garde. On le prendra en charge tout de suite.

Ils allaient faire glisser la civière dans l'ambulance quand elle dit au blessé :

— Ne vous inquiétez pas trop. Un chirurgien pourra réparer les dégâts sans difficulté.

— Comme cela, vous êtes médecin. Je comprends mieux votre compétence.

Elle apprécia le compliment et le remercia d'un sourire. Ses vêtements tachés de sang, de même que sa joue droite, ajoutaient au caractère dramatique de la situation.

— À cause de moi, vous avez gâché votre tenue.

Il levait la tête pour l'examiner. Même ses bas de soie avaient souffert du long moment à genoux dans la pierraille.

— Si vous vous rétablissez, cela en aura valu la peine. Maintenant, allez.

Les derniers mots s'adressaient aux ambulanciers. La civière glissa dans le véhicule avec un bruit métallique, le plus âgé monta à l'arrière, l'autre se plaça derrière le volant. Quand la voiture démarra, Thalie regarda ses mains collantes. Elle récupéra son sac et chercha un mouchoir pour les essuyer un peu. Pour les vêtements, elle ne pouvait rien faire. Plantés là, les badauds gardaient les yeux sur elle, partagés entre le dégoût et la fascination.

— Si personne parmi vous n'a l'intention de me reconduire à la maison, allez-vous-en.

Personne ne bougea, ni ne proposa de se transformer en chauffeur. Pourtant, surtout afin d'éviter de se trouver souillés de rouge, ils s'écartèrent pour la laisser passer.

Elle regagna la rue de la Couronne, puis se dirigea vers la prochaine intersection vers le nord, où se dressait l'hôtel *Saint-Roch*. Des taxis se tenaient toujours devant la porte. Après avoir fait le tour des magasins, certaines consommatrices préféraient rentrer chez elles de cette façon. Quand Thalie ouvrit la portière arrière, le petit homme se tourna à demi pour lui demander où elle allait. La vue des vêtements souillés l'amena à protester :

— Hé ! C'est d'un médecin dont vous avez besoin, pas d'un taxi.

— Je suis médecin.

— … Une ambulance, alors.

— Ce sang n'est pas à moi. Rue de la Fabrique, en face de l'hôtel de ville.

Sans plus de façon, elle s'installa sur la banquette, en faisant tout de même attention de ne toucher à rien. Le sang risquait de salir le tissu de recouvrement. En jurant entre ses dents, le chauffeur obéit. Le meilleur moyen de la faire descendre était de la mener au plus vite à destination.

Chapitre 8

Contre un loyer conséquent, Thalie habiterait dorénavant un petit appartement du sixième étage du Château Saint-Louis. Devant la fenêtre du salon, elle disait :

— Bien sûr, la vue du côté du fleuve demeure bien plus impressionnante… mais le loyer est fixé en conséquence.

— Je ne sais pas quel est le point de vue du côté sud, commenta Élise, mais vers le nord, tu ne peux tout de même pas te plaindre.

La jeune femme éprouva une pointe de jalousie, mais sa bonne nature reprit tout de suite le dessus. Elle pivota sur elle-même en ajoutant :

— Puis, tu as ici une belle grande pièce.

Le salon devait faire douze pieds sur quatorze. En y plaçant une table et des chaises, elle l'aurait amputé de la moitié. Pour cela, elle avait décidé de mettre son coin dînette du côté de la cuisine.

— Je vais mettre des étagères pour couvrir tout le mur du fond, et devant, un bureau. Je pourrai travailler ici. Puis, il me restera tout de même la place pour mettre des fauteuils, la radio, un petit meuble pour mes bibelots. Je pourrai recevoir mes amies. La liste est bien courte, j'espère que tu feras partie de mes visiteuses régulières.

La brunette la récompensa d'un sourire. Malgré la différence d'âge, elles s'entendaient fort bien. Chacune comblait un peu la solitude de l'autre.

— Mais aujourd'hui, je ne peux même pas t'offrir un siège. Tout est encore vide.

— Tu as terminé tes achats, toutefois.

— Oui. J'ai demandé les livraisons au début du mois d'août. D'ici là, es-tu certaine que tu pourras consacrer quelques heures à la surveillance des lieux ?

Thalie avait embauché un vieil homme pour fabriquer les étagères où s'entasseraient ses livres. Elle ne les remplirait pas toutes au moment de son aménagement, mais lentement elle se faisait à l'idée de passer bien des années seule dans ce petit appartement. La lecture deviendrait son principal loisir.

— Maintenant que je me vois supplantée par ma fille au cabinet, répondit Élise, j'ai bien peur d'avoir tout mon temps.

— Voyons, Estelle ne te supplante pas. Elle se rend utile afin de te donner un peu de temps libre.

— … Tu as sans doute raison, mais tu sais, quand une mère voit sa fille devenir une femme, cela donne un petit coup au cœur.

— Elle aimerait travailler ?

Tout en parlant, Thalie s'était dirigée vers la chambre. La pièce, d'une grandeur acceptable aussi, avec une garde-robe, lui assurait un certain confort. Après son examen, Élise répondit très indirectement à la question.

— Comme moi, mes enfants sont à peu près complète-ment à la charge de mon père. Nous essayons tous de nous rendre utiles. Comme tu le sais, les assurances de Charles et la vente de la maison m'ont permis d'avoir une petite somme, de quoi payer la scolarité des enfants, certaines autres dépenses. Mais pour le reste…

De la main, elle fit un geste vague.

— Cela nous gêne tous les trois. À son âge, papa devrait penser à se reposer… et il doit encore nous faire vivre.

— Le docteur Caron ne me paraît ni fatigué, ni si pressé de laisser son travail. De toute façon, il a diminué le nombre de ses heures de consultation, récemment.

— Car il tire un petit revenu en vous louant un bureau, à toi et à Chouinard.

Elles étaient toutes les deux passées dans la cuisine, une pièce assez grande pour y installer une petite table carrée et deux chaises. Tous les murs de l'appartement étaient peints en blanc, ou alors recouverts d'un papier peint très pâle, avec de petits motifs floraux. Cela donnait aux pièces une impression de grandeur, de fraîcheur.

— Tu seras très bien ici, conclut Élise. Tu n'as pas pensé à prendre une pièce de plus pour loger ton cabinet ?

— Les propriétaires ne paraissaient pas chauds à l'idée. De plus, je me demande si confondre la maison et le lieu de travail est bien sain.

— Papa vit cette situation plutôt bien.

— Avec sa famille tout à côté. Cela l'aide certainement à se détendre un peu.

Toutes les deux revinrent dans le salon pour se planter de nouveau devant la fenêtre.

— Je ne vais pas le laisser tomber d'ici quelques années. Ensuite, je verrai. Mais tu ne m'as pas répondu tout à l'heure. Estelle aimerait-elle occuper un emploi ?

— Je crois que oui… En fait, elle voudrait certainement gagner de quoi payer ses dépenses quotidiennes. Tu sais, il y a quelque chose de très gênant dans le fait de demander à papa de quoi aller au cinéma, ou alors dans un café. Mais d'un autre côté, son grand-père serait un peu peiné de la voir s'astreindre à cela.

Thalie hocha la tête. À certains égards, le docteur Caron se montrait très moderne. À d'autres, son attitude demeurait conservatrice. Ses valeurs exigeaient qu'il subvienne à tous les besoins des femmes habitant la maison.

— Les affaires vont très bien pour tout le monde. Maman saurait sans doute utiliser ses services.

— Voyons, elle a tout son personnel.

— Des jeunes filles qui vont d'un emploi à l'autre, avec l'espoir de trouver mieux… Depuis plus de dix ans, la boutique ALFRED se fait une spécialité de recruter des filles de notables pour vendre ses dentelles. Une de plus ne la rebuterait pas, je t'assure. Amélie la quittera dès sa première grossesse.

— Je me demande comment papa prendrait la chose…

Un moment, Élise essaya d'imaginer si cet emploi ne lui conviendrait pas plutôt à elle. L'idée la fit sourire.

— Écoute, précisa Thalie, je ne suis pas en service commandé. D'un côté, j'entends maman se plaindre de ces jeunes vendeuses qui désertent après quelques mois, tout au plus un an. De l'autre, je ne pense pas qu'Estelle rêve d'attendre le bon parti en brodant au coin du feu.

— Papa…

— Son image auprès de ses voisins de la rue Claire-Fontaine l'inquiète peut-être : sa petite-fille dans un magasin… Si cela peut le rassurer, maman embauche la fille d'un ministre du cabinet Taschereau.

— Sa belle-fille.

Son interlocutrice lui présentait un sourire moqueur.

— Bien sûr, dans la discussion, ne commence pas par présenter cet argument. Bon, allons-y. Moi, je n'ai fait que soumettre l'idée.

En quittant l'appartement, Thalie détacha une copie de la clé d'un anneau et la tendit à son amie.

— Comme cela, tu pourras entrer et sortir à ta guise. Dans un instant, je vais avertir le gardien. Il se souviendra de toi et te laissera passer.

Au rez-de-chaussée, elle fit comme prévu. Au cours des prochains jours, quand son amie serait au Jeffery Hale, elle se chargerait d'accueillir le menuisier à son arrivée et fermerait dans son dos en fin de journée.

La famille Dupire résidait à Saint-Michel-de-Bellechasse depuis six semaines déjà. Fernand avait prévu de passer une dizaine de jours avec les siens. Au début d'août, une grande proportion de ses clients partait en vacances et l'étude fonctionnait au ralenti.

La grande maison offrait toujours le même niveau de confort un peu rustique. Les enfants s'en arrangeaient fort bien. L'éclairage avec des lampes à pétrole et les latrines au fond de la cour pimenteraient leurs récits de l'été lors de leur retour en classe.

Comme les années précédentes, Antoine disparaissait tôt le matin pour ne revenir qu'après la traite des vaches. Les deux autres enfants passaient leurs journées en longues promenades, ou alors à des jeux sans cesse réinventés autour de la maison.

— Nous allons manger des cerises? demanda Charles après le petit déjeuner.

— Tu viens tout juste de sortir de table.

— Ça ne compte pas, des cerises.

— Bon, dans ce cas…

L'homme décrocha le vieux chapeau de paille d'un clou. Il portait une veste en lin défraîchie, un peu usée aux manches. Cet accoutrement lui donnait l'allure d'un peintre à la recherche de beaux paysages. Il ne lui manquait que le chevalet et la mallette pleine de couleurs. Depuis le début de la décennie, des artistes en quête d'authenticité canadienne parcouraient les campagnes et les forêts.

Béatrice ouvrit la porte d'une armoire pour prendre un pot en verre, tout en disant à la bonne, déjà occupée à faire la vaisselle :

— Je vais t'en rapporter un peu, Gloria.

La domestique tout en maigreur remercia la jeune fille. Les trois autres femmes de la maison avaient déclaré un peu plus tôt dans la semaine leur dégoût pour ces petits fruits qui laissaient la bouche pâteuse et la langue brunâtre.

— Je vous accompagnerais bien, déclara la grand-mère depuis son poste de vigie, la chaise berçante près de la fenêtre, mais ces jeux ne sont plus de mon âge.

En posant la main sur la poignée de la porte, Fernand se tourna vers Eugénie pour demander :

— Et toi, souhaites-tu te joindre à nous ?

— Oh ! Non, je ne suis pas en état de le faire.

Elle tenait sa main posée sur son bas-ventre, la voix un peu traînante. Si le médicament du docteur Picard calmait sa douleur, il la maintenait dans un état de somnolence toute la journée.

— Repose-toi bien.

L'homme exprimait une sollicitude nouvelle. Peut-être à cause de son état de santé, ou parce qu'elle craignait vraiment pour le salut de son âme, elle devenait moins cassante qu'au cours des années passées. Une tension moins grande dans la demeure profitait à tout le monde.

Dehors, le trio se dirigea vers l'extrémité sud des champs, au-delà du chemin public. Charles marchait, courait plutôt loin devant les autres.

— Elle semble plus gentille, remarqua Fernand à l'intention de sa fille.

— … Oui, tu as raison.

Béatrice convenait un peu à contrecœur de l'adoucissement de sa mère.

— Elle ne joue pas plus avec nous, mais…

Elle n'arrivait pas à décrire exactement le changement d'attitude. De toute façon, il demeurait bien subtil : moins de plis soucieux au milieu du front, moins d'impatience dans la voix ; plus de tolérance pour les jeux, les cris. Il en résultait une plus grande propension à sourire chez les enfants.

— Pour cet automne, ça ne changera rien ? demanda la fillette, un peu inquiète.

— Non, cela ne changera rien. Je sais combien la situation te pèse. Mais ton désir de quitter les ursulines me surprend, tu sais. Elles aussi tiennent un pensionnat.

L'enfant de onze ans baissa un peu la tête. Sous les larges bords de son chapeau de paille dépassaient ses cheveux d'un blond doré, ondulés. La robe bleue soulignait la couleur des yeux, la pâleur de la peau. Il s'agissait d'une jolie petite fille. Pourtant, elle portait déjà la blessure des railleries de camarades sur son poids. S'éloigner un peu de celles-ci lui ferait du bien, pensait-elle.

— Elles ne donnent pas le cours classique, répondit-elle, un peu rougissante, incapable d'avouer son véritable motif.

— Tu tiens à ce point à faire du latin ?

— Tu en as fait, à mon âge.

— Sans grand plaisir, tu sais. Mais je m'en tiendrai à notre entente, ne crains rien. Et qui sait, si un jour nos lois deviennent moins idiotes, peut-être viendras-tu me rejoindre dans mon étude. Ce serait bien.

En disant ces mots, il posa une main légère sur son épaule. Un cri leur parvint de la droite. À deux ou trois arpents, un garçon blond leur adressait de grands signes de la main.

— Voilà Antoine ! cria Charles.

Le bambin agitait les deux bras, comme un naufragé sur une île déserte désespéré d'avoir de nouveau des contacts humains. Fernand et Béatrice se montrèrent un peu plus réservés dans leurs salutations.

— Que fait-il aujourd'hui? demanda le père.

— Il doit aider à redresser une clôture. Tu ne trouves pas ça étrange qu'il entre au Petit Séminaire en septembre, et se passionne pour les travaux de la ferme?

— Ce sera peut-être le premier diplômé du baccalauréat ès arts à élever des vaches.

Elle lui jeta un regard interrogateur et reconnut son sourire en coin.

— Il y en a certainement eu d'autres, dit-elle sur le même ton.

— Tu as raison. Et oui, ça me paraît un peu étrange, en effet. Mais il a trouvé une activité qui le rend heureux, sans nuire à personne. Au contraire, il se rend utile. Alors, pourquoi l'en empêcher?

— C'est aussi pour cela que tu acceptes que je sois pensionnaire cet automne.

L'homme hocha la tête en la prenant de nouveau par l'épaule pour la rapprocher de lui.

— Si faire du latin te fait plaisir, je ne ferai rien pour t'en priver.

Le geste, tout comme la douceur de la voix, la toucha au point de faire monter des larmes à la commissure de ses yeux. Ils arrivaient en bordure d'un boisé. Quelques cerisiers formaient un buisson sur leur gauche.

— Comme tu vois, papa, elles sont bien mûres, dit Charles en tendant les mains.

Les petits fruits se trouvaient encore trop haut pour lui. L'homme tira sur le tronc de l'un des petits arbres pour le faire ployer au point de rendre les grappes accessibles. Le garçon semblait résolu à en avaler assez pour se donner un bon mal de ventre. Cela aussi faisait partie des plaisirs de la vie à la campagne.

À l'heure du souper, Antoine brillait par son absence. Le reste de la famille Dupire se tenait réunie autour de la grande table, devant un rôti de porc. Par cette chaleur, un tel repas demandait de solides appétits.

— Il lui arrive souvent de manger chez le fermier ?

— Quand sa journée de travail s'allonge un peu trop, expliqua la grand-mère. Il ne gagne pas vraiment au change, le même animal doit garnir leur table de fortune.

Depuis des années, la famille de cultivateurs abandonnait sa grande maison aux bourgeois de la ville pour camper dans une petite bâtisse de planches. Les enfants dormaient à même le foin, dans l'étable.

— Parfois, après le travail, ils vont se baigner dans le fleuve, ajouta Charles, heureux de rendre des comptes sur les mœurs de la campagne. Tout nus.

— Cela vaut mieux que de mouiller tous leurs vêtements, non ?

— Mais ils sont tout nus !

Visiblement, les Frères des écoles chrétiennes entretenaient longuement les enfants de dix ans des risques du péché de la chair, pour que la chose lui semble si répréhensible.

— Y a-t-il des dames avec eux ? demanda la grand-mère Dupire en se penchant vers lui.

— ... Non.

— Dans ce cas, cesse de t'inquiéter pour le salut de leur âme.

Contrairement au reste de la famille, Eugénie jouait avec ses aliments du bout de sa fourchette, presque sans rien avaler. Elle participait peu aux conversations, encore moins pendant les mauvais jours du mois.

Après le repas, la famille déplaçait les chaises sur la longue galerie afin de profiter un peu de la douceur du soir et s'éloigner du poêle à bois encore chaud. Quand Antoine arriva enfin, un peu passé huit heures, il portait des traces évidentes de sa baignade.

— Aujourd'hui, j'ai planté les piquets de clôture, annonça-t-il avec fierté.

À douze ans, il affichait un corps robuste, de bonne taille. Les paysans parlaient déjà de lui comme d'une « pièce d'homme », un compliment pour ces gens habitués à devoir compter sur la force physique dans les tâches quotidiennes.

— Même si tu es fatigué, tu veilleras un peu avec nous ? demanda la vieille dame.

— Je ne suis pas si fatigué. Puis, j'aime ce travail.

Le garçon s'installa sur le bord de la galerie, les jambes pendant dans le vide, près de sa grand-mère. Celle-ci alternait son regard entre ses enfants et le soleil déclinant. Sa vieille domestique, depuis longtemps totalement inutile, occupait une chaise voisine de la sienne. Elles échangeaient quelques mots comme de vieilles amies. À les entendre, personne n'aurait deviné la véritable nature de leurs rapports depuis cinquante ans.

Les enfants furent les premiers à monter à l'étage pour dormir, les adultes les suivirent bientôt. Fernand demeura un long moment seul, tenaillé par l'envie de descendre la côte abrupte pour aller marcher près du fleuve. Chaque fois, ses conciliabules avec Jeanne lui revenaient en mémoire. Surtout, il regrettait de ne pouvoir répéter ces promenades avec Élise.

Il n'entra pas avant que le ciel se colore d'un bleu très sombre. Eugénie se tenait encore dans la chaise berçante placée près de la fenêtre, endormie. Il lui toucha doucement l'épaule, tout en disant :

— Tu seras mieux dans ton lit, je pense.

Elle se réveilla lentement et dit d'une voix hésitante :

— Tu as raison.

Elle paraissait tellement somnolente qu'il lui tendit la main pour l'aider à quitter la chaise. Quand elle s'engagea dans l'escalier, il aperçut la tache sombre, sous les fesses.

— Eugénie... derrière.

Elle parut un moment ne pas comprendre, puis passa la main sur sa robe, reconnut la trace humide et examina le bout de ses doigts. La serviette hygiénique n'avait pas suffi. Elle continua à monter péniblement, le visage inquiet.

L'homme humecta un linge sous la pompe, essuya le siège de la chaise berçante avec soin. Le lendemain, il lui offrirait de la conduire chez un médecin des environs.

L'horaire de travail un peu fantaisiste de Thalie lui permettait tout de même de se rendre à son appartement assez fréquemment dans la semaine. Déjà, au gré de ces visites, elle y avait déposé quelques livres et le tiers de ses vêtements. Bien sûr, pas question pour elle de s'y installer encore, puisqu'elle ne pouvait ni s'y asseoir, ni s'y étendre... à moins de se contenter du plancher.

Justement, ce jeudi, elle s'y trouvait pour remédier définitivement à cette difficulté. Déjà, la radio agrémentait les lieux. Très vite, elle avait fait le tour du disque indiquant les fréquences. Une demi-douzaine de stations émettrices pouvaient être captées avec une qualité inégale. Celles de la ville de Québec s'avéraient des plus claires. D'autres, des

États-Unis pour la plupart, «entraient» de façon bien irrégulière en fonction des vents et de l'heure.

Le téléphone sonna bientôt. L'appareil encore posé par terre obligea la jeune femme à se mettre à genoux pour répondre.

— Un camion de livraison attend devant la porte, mademoiselle.

— Alors, laissez ces hommes faire leur travail. Je ne vais pas aller chercher les meubles moi-même.

Après avoir remis le cornet en bakélite sur son crochet, elle alla à la fenêtre, écarta un peu le rideau afin de voir en bas. Un véhicule identifié au commerce PICARD stationnait bien là. Quelques minutes plus tard, des coups contre la porte attirèrent son attention.

— Un lit pour vous, madame, annonça un petit homme au visage barré d'une moustache.

— Si vous n'avez que cela, me voilà bien avancée.

— Oh! Ce n'est que le début.

Elle s'écarta pour les laisser passer. En entrant, un jeune homme grand et blond salua:

— Madame.

Elle répondit d'un signe de la tête, frappée par la beauté de ses traits. Après avoir effectué un autre aller-retour, les diverses parties du lit furent assemblées. Une petite commode toute simple le rejoignit bientôt.

— Il nous reste encore le matelas, puis nous en aurons fini avec la chambre, annonça le chef d'équipe.

Derrière lui, le jeune homme tournait la tête, comme s'il tenait à se rappeler exactement les lieux. Même dans ses habits de travail en grosse toile, il affichait une élégance certaine.

— Tu viens, grommela le petit homme à l'intention de son compagnon. Si tu ne cesses pas de tout regarder comme cela, elle croira que tu souhaites lui voler sa grosse radio.

— Voyons, ce ne sont pas des choses à dire, grommela-t-il.

Des yeux, il chercha ceux de Thalie, avec l'air de vouloir s'excuser au nom de son camarade. Elle remarqua surtout l'éclair de colère, la crispation de ses mâchoires. Sa fierté était piquée, comme s'il tenait à afficher une réputation irréprochable devant une inconnue de la Haute-Ville.

Au cours de l'heure qui suivit, les deux employés apportèrent deux fauteuils au revêtement de cuir et deux chaises assorties, puis un bureau tout simple et une chaise de travail. Assise près d'une fenêtre, Thalie attendit l'arrivée des meubles de cuisine. Enfin, sa plume à la main, elle signa les quelques formulaires que lui tendait l'aîné des deux hommes.

— C'est très beau ici, commenta le plus jeune. Dans quelques années, j'aimerais bien y habiter.

Thalie leva les yeux, le temps de dire :

— Pourquoi pas ? Des appartements deviennent régulièrement disponibles.

— Je ne plaisante pas, vous savez.

De nouveau, elle sentit son vis-à-vis tenter de faire bonne impression.

— Dans moins d'un mois, je commencerai ma dernière année du cours classique, insista-t-il. Après, ce sera la Faculté de droit.

— Alors, qui sait, nous serons peut-être voisins un jour.

— C'est ça, dit l'autre employé de chez PICARD, et moi je marierai la fille de l'archevêque de Québec. Viens-t'en au lieu de faire la conversation. Il nous reste une livraison du côté de Sainte-Foy. On va encore terminer trente minutes après l'heure.

L'homme se dirigea vers la porte en touchant sa casquette en guise de salut. Jacques Létourneau prononça un « Madame » muet avant de fermer derrière lui.

— Quel curieux bellâtre, murmura la jeune femme en s'asseyant derrière son bureau.

Elle caressa la surface en bois du bout des doigts, contempla un moment les meubles du salon. Les fauteuils de cuir avaient été placés de part et d'autre d'un guéridon. En face, les chaises élégantes étaient disposées de la même façon près de la radio.

— Toi, ma fille, tu risques de passer bien des soirées toute seule ici, un livre à la main et une jolie musique aux oreilles diffusée par cette "merveille".

Si cela l'effrayait un peu, voler de ses propres ailes lui paraissait nécessaire. Sinon, elle risquait d'habiter encore dans la chambre de son enfance le jour de ses trente ans, tout comme celui de ses quarante ans. Elle attira le téléphone près d'elle et demanda la communication avec la boutique ALFRED. Marie répondit tout de suite. Elle devait se consacrer à sa comptabilité.

— Allô ?

— Maman, mes meubles viennent tout juste d'arriver.

Il y eut un silence à l'autre bout du fil, puis la mère rétorqua :

— Et tu aimerais passer une première nuit dans tes affaires.

— … Tu comprends ?

— Je comprends, même si cela me rend un peu triste. Maintenant, je ne peux plus faire semblant, avec Paul, je forme un vieux couple.

Thalie ressentit un petit pincement au cœur, tenta de prendre une voix joyeuse pour dire :

— Un couple amoureux est toujours jeune, tu ne crois pas ?

— Si nous le répétons assez souvent, nous arriverons sans doute à tous le croire.

Un nouveau silence s'installa entre elles. La mère laissa échapper un soupir perceptible dans le cornet du téléphone, puis elle continua avec une gaieté feinte :

— Tu ne dois pas avoir de draps ni de couvertures.

— Pas encore, mais en cette saison…

— Je vais monter te préparer un sac et demander à un taxi de te le porter.

— Ce n'est pas nécessaire, je t'assure.

Sur cette protestation, la voix de la jeune femme se fit un peu chevrotante.

— Tu devras descendre pour le payer, toutefois. Tu as de quoi te changer, demain matin ?

— Oui, cela ira.

Le nouveau silence ne dura guère.

— Demain, que feras-tu ?

— Je rentrerai à la maison. Et après-demain, je déposerai une valise ici, au passage.

Depuis quelques jours, elle avait procédé de cette façon pour apporter du linge et des livres.

— Tu déménageras samedi, comme prévu ?

— J'ai réservé un petit camion, et les bras de mon grand frère. Amélie s'est chargée d'enrôler le beau David pour donner un coup de main.

— Avec tous ces muscles, tu seras entre bonnes mains. Paul voudra certainement ajouter les siens, pour ne pas paraître si vieux. Bon, je dois te laisser, il me reste un gros sac à préparer.

Deux heures plus tard, le gardien au rez-de-chaussée lui téléphona pour lui annoncer l'arrivée d'un taxi pour elle. Thalie descendit avec son sac, paya le prix de la course et récupéra un gros paquet. La marchande utilisait souvent ce mode de livraison avec ses meilleures clientes.

Revenue au sixième, la jeune femme déballa une paire de draps, des taies d'oreiller, un oreiller, une couverture, et surtout, une fleur et un petit billet : « Bon vol, ma belle adorée. » Cela lui valut de chercher un mouchoir dans son sac pour s'essuyer les yeux. Ce fut avec un peu de retard qu'elle descendit à la salle à manger, le dernier roman d'Agatha Christie à la main.

— Thalie, tu connais un certain Louis Boisvert ?

Le médecin leva les yeux vers Élise et demanda en posant le dossier de sa patiente sur son bureau :

— À quoi ressemble-t-il ? Le nom ne me dit rien.

— Un bel homme, costaud, une figure intéressante. Lui semble te connaître.

— Non, je ne vois pas.

— Ah, oui ! Il boite fortement de la jambe gauche.

La jeune femme eut un sourire, puis elle expliqua :

— Avec ce détail, j'imagine qui c'est. La dernière fois que je l'ai vu, il était tout pâle, étendu sur une civière, un grand trou dans la jambe.

— Le gars que tu as aidé l'autre jour !

Elle lui avait fait un petit récit de son aventure.

— Je suppose. Fais-le entrer.

L'homme pénétra dans le bureau en regardant autour de lui. Pour l'occasion, il portait une veste en lin de couleur pâle, un pantalon assorti. Il tenait un petit sac en papier du magasin Simon's et son canotier d'une main, une canne dans l'autre.

— Vous êtes donc un vrai médecin, dit-il avec un sourire amusé.

— Aussi vrai que vous étiez blessé. Je pense l'avoir prouvé, d'ailleurs.

Si la voix s'avérait un peu abrasive, l'homme ne parut pas le remarquer.

— Oh! Selon le vieux type rencontré à l'hôpital, sans vous, je serais mort en moins de cinq minutes. Mais voir une jolie fille avec les vêtements tout cochonnés, c'est une chose, vous voir dans ce bureau, c'en est une autre.

— Nous ne sommes pas nombreuses, je vous l'accorde.

Le silence s'installa entre eux. Le visiteur restait planté au milieu de la pièce, maintenant un peu intimidé.

— Vous avez fait un bon travail, d'accord, mais ma jambe me fait encore un mal de chien. Si vous ne me permettez pas de m'asseoir, mettez-moi dehors tout de suite, sinon je vais m'écraser devant vous comme une jeune fille.

Elle quitta son siège pour faire le tour de son bureau et tirer la chaise réservée aux clients pour lui permettre de s'asseoir.

— Quel a été le pronostic du chirurgien? questionna-t-elle en revenant à sa place. Je veux dire, ses prévisions...

— Le mot pronostic me convient très bien. Selon lui, une fois débarrassé des fils noirs et des douze épaisseurs de pansement, je devrais retrouver l'usage de ma jambe. Comme j'ai vu un certain nombre de blessures dans ma vie, je veux bien le croire.

— Des accidents de travail...

— Oui, on peut présenter les choses comme cela.

Son sourire contenait une bonne dose d'ironie. Puis, il parut se souvenir de la raison de sa présence en ces lieux.

— Je suis venu vous remercier. Je ne pense pas l'avoir fait, l'autre jour.

— Ce n'était pas nécessaire...

— Alors merci, fit-il sans prêter attention à sa protestation. Et puis j'ai aussi pensé à vous rapporter ceci.

Honnêtement, même avec la meilleure volonté, l'autre ne pouvait plus être portée.

En disant ces mots, il déposa son sac en papier brun sur le bureau. La jeune femme l'ouvrit pour découvrir une ceinture en cuir fin.

— Elle est semblable à l'autre, mais pas tout à fait identique. Pour la grandeur, cela ira, toutefois. La vendeuse me l'a affirmé après avoir regardé l'autre une seconde, la mine dégoûtée par le sang.

— Ce n'était pas nécessaire, répéta encore une fois le médecin.

— Je sais que cela n'était pas nécessaire. Je ne suis pas venu ici sous la contrainte. J'aurais pu me contenter de mettre le prix d'une consultation dans une enveloppe. Je voulais vous revoir.

Après une pause, la jeune femme retrouva son sourire pour dire :

— Je vous remercie. Vous l'avez achetée chez Simon's ?

— Je n'aurais pas dû ?

— Vous avez payé deux fois trop cher. Ma mère me les fait à demi-prix.

L'homme fronça les sourcils, intrigué.

— Juste la porte à côté. La boutique ALFRED.

— Là où il y a une jolie vendeuse blonde ?

— Il s'agit de ma belle-sœur.

— Nous habitons une petite ville. Je suis passé par là, mais n'ai pas trouvé exactement la même chose.

Thalie se priva de lui préciser que le grand commerce lui avait tout simplement vendu une parure de l'été précédent.

— Je voulais aussi vous payer le coût de vos vêtements, dit-il en cherchant son portefeuille.

— Il n'en est pas question, protesta le médecin.

— Selon ma mère, avec tout ce sang, ils étaient totalement gâchés. Aucun lavage ne peut les remettre en état.

— Vous vivez toujours chez votre mère ?

— Pas vraiment, mais elle aime s'imaginer que c'est toujours le cas.

Elle lui adressa un sourire amusé.

— Cela nous fait une chose en commun. Je vole de mes propres ailes depuis trois jours.

Tout de suite, elle regretta cette confidence faite à un inconnu.

— Donc, je ne peux pas vous rembourser ces vêtements perdus ?

— Non, je compte ces situations comme faisant partie des risques du métier. Un peu comme pour les camionneurs, une chute comme la vôtre peut survenir. Moi, je me retrouve parfois avec des vêtements en piètre état.

Elle ne jugea pas pertinent de lui préciser que certains accouchements se révélaient fort sanglants.

— Dans ce cas, vous me permettrez au moins de vous inviter à dîner.

Cette fois, Thalie se troubla tout à fait. Elle eut envie de dire que ces choses ne se faisaient pas entre une praticienne et son patient. Son hésitation fut assez longue pour que son interlocuteur enchaîne, une note de déception dans la voix :

— Vous n'allez pas dîner avec des travailleurs manuels.

— N'allez pas croire que cela me fasse hésiter. Non, c'est autre chose.

— Vous savez, je sais me tenir.

— Depuis que vous êtes là, vous m'en avez donné la preuve.

Elle hésita encore un moment avant de trancher :

— J'accepte.

Voilà, c'était dit. Elle ne pouvait se plaindre de sa solitude et se fermer en même temps à toutes les propositions.

— Que dites-vous de dimanche midi prochain ? proposa-t-il. S'il fait beau, nous pourrions en profiter pour nous asseoir dehors. Dans mon état, je ne vous proposerai pas une longue marche.

— Très bien. Où voulez-vous que nous nous rejoignions ?

— Je peux passer vous prendre.

— Dans ce cas, disons à onze heures trente, au Château Saint-Louis.

Il lui adressa un sourire amusé et hocha la tête. Puis, il se leva avec difficulté en s'aidant du bord de la table et de sa canne.

— Je ne vous empêcherai pas plus longtemps de travailler.

— Vous semblez avoir mal. Voulez-vous que je jette un coup d'œil ?

— En acceptant de dîner avec moi, vous me perdez comme client. Pas question de baisser mon pantalon devant vous, dorénavant.

Elle lui fut reconnaissante de n'ajouter aucune blague de mauvais goût. Près de la porte, elle lui tendit la main.

— Alors, portez-vous bien et à bientôt.

— Madame, je ferai mon possible pour éviter toutes les chutes d'ici dimanche.

Thalie apprécia la main ferme, un peu rugueuse comme il convenait pour un travailleur manuel. Élise laissa à l'homme le temps de sortir du cabinet avant de venir dans le bureau, curieuse.

— Que te voulait-il ?

— Me remercier, et me rembourser mes vêtements. Il m'a même apporté une ceinture pour remplacer celle utilisée pour faire un garrot.

— Ce furent des remerciements un peu longs.

— Il m'a aussi invitée à dîner…

La brunette la regarda, intriguée. Impatiente, elle demanda :

— Et puis ?

— J'ai accepté.

Son interlocutrice eut un ricanement, puis elle murmura :

— Tu me raconteras. En attendant, je t'envoie la première de toute une série de femmes enceintes.

En regagnant son bureau, l'omnipraticienne se demandait encore ce qui lui avait pris de répondre oui à une invitation pareille.

Chapitre 9

Un peu après six heures, de petits coups à la porte de l'appartement attirèrent l'attention de Thalie. En ouvrant, elle vit d'abord la grande boîte en carton dans les mains de Paul Dubuc, ensuite l'homme lui-même, et enfin Marie près de lui.

— Cela semble lourd, remarqua-t-elle en allongeant les mains pour porter une partie du poids.

— Pas tant que ça, mais la transporter depuis l'arrêt de tramway, c'est courir le risque de nous retrouver avec de la porcelaine cassée.

— Paul ! intervint sa femme. Ça doit être une surprise.

La jeune femme s'effaça pour les laisser passer, puis les conduisit tout de suite dans la cuisine. En embrassant sa mère, elle remarqua :

— Voyons, tu m'avais dit de ne pas acheter de vaisselle pendant mon magasinage. Paul ne vient pas de trahir un secret du cabinet ministériel.

Quand l'homme eut enfin posé son fardeau sur la table en poussant un soupir de soulagement, Marie insista :

— Tu peux l'ouvrir tout de suite !

Thalie découvrit un bel ensemble de vaisselle Wedgwood en porcelaine blanche. Après de nouvelles bises et des remerciements, elle rangea le tout sur les étagères avec l'aide de ses visiteurs.

— Maintenant, nous allons visiter les lieux, proposa-t-elle. Cela ne va pas prendre trop de temps. Vous allez voir, c'est tout petit.

Le couple formula tous les compliments d'usage sur l'élégance du logement, se réjouit à haute voix de la respectabilité de l'adresse et des voisins triés sur le volet. Le député put même citer les noms de quelques politiciens logeant dans l'édifice.

— Vous allez accepter un verre de vin avant de descendre ? demanda l'hôtesse.

Les parents occupèrent les fauteuils et Thalie mit la musique en sourdine avant de s'asseoir sur l'une des chaises.

— C'est un peu étrange de ne pas avoir de canapé, mais comme je vis seule…

On parlait des causeuses comme de *love seats*, elle avait soigneusement évité d'en acheter une.

— Tu ne regrettes pas d'avoir quitté la maison ? demanda la mère.

Comme la voix ne trahissait aucun reproche, elle répondit sans donner le change.

— Bien sûr, je m'ennuie de vous parfois. En même temps, je suis très bien ici. Je deviens une grande fille. Et de votre côté ?

— C'est la même chose… Nous passons de parents à grands-parents. Le changement est très net quand les enfants ne parlent plus de la maison comme d'un "chez-nous".

La pointe de morosité les laissa un moment silencieux.

— Je vais sans doute aménager un bureau dans ta chambre, intervint Paul. Tu ne m'en voudras pas ?

La nouvelle lui piqua un peu le cœur, mais elle trouva son meilleur sourire pour répondre :

— Bien sûr que non. Faire de cette pièce un mausolée serait un peu ridicule.

Tous les trois cherchaient le mot juste, le ton convenable, comme si ce nouveau cadre changeait tout à fait la familiarité et l'aisance des dernières années.

— J'ai une nouvelle pour toi, dit Marie après une hésitation. En juin prochain, Paul et moi comptons nous rendre en Europe.

— C'est une merveilleuse nouvelle. Mais je me demande comment Paul a pu te convaincre de quitter le magasin pendant si longtemps… Car tu seras absente pendant au moins six semaines.

La traversée à elle seule en prenait une, et le retour une seconde. Seul un séjour un peu prolongé justifiait l'investissement en temps et en argent.

— Nous serons absents pendant huit, plus probablement neuf semaines ! intervint Paul avec enthousiasme.

— Tous les Dubuc se sont mis de la partie pour me convaincre, expliqua la femme. Amélie est capable de diriger la boutique pendant la belle saison, et elle m'a assurée de sa présence, et Françoise a promis de venir lui prêter main-forte.

— Et ses enfants ? Avec deux garçons d'âge scolaire en congé pour l'été, cela ne sera pas facile.

— Ça, c'est la contribution de Gertrude. Elle assure pouvoir les tenir en main sans mal pendant toutes les grandes vacances.

— Je n'en doute pas une seconde. Avec Mathieu et moi, elle a acquis une bonne expérience.

La domestique achèterait leur tranquillité avec des confitures et des gâteaux. Personne ne voulait penser que son état de santé déclinant ne lui faciliterait pas la tâche.

— Tout de même, reprit Marie, cela me semble un investissement considérable, pour des vacances.

Une vie à surveiller ses dépenses et à gérer son commerce au plus serré la préparait mal à consentir une pareille somme pour son seul plaisir, ou à ce que son époux le fasse.

— Maman, si tu ne veux pas t'accorder ce moment de repos, tu écouteras certainement ton docteur. Tu travailles depuis combien de temps?

— J'ai commencé en 1895.

— Tu as pris combien de semaines de congé?

— Depuis que je connais Paul, quelques-unes.

Elle disait vrai. Cet homme avait pu l'entraîner à Rivière-du-Loup tous les ans, et parfois un peu plus loin.

— Ce n'est pas assez, je te prescris dix semaines de repos en 1929, et en bonne compagnie en plus.

— Tu as un excellent médecin, déclara l'époux en souriant. Je te conseille de l'écouter.

Elle hocha la tête, heureuse de céder devant cette insistance.

— Je vais acheter les billets cette semaine, ajouta son mari. Ce sera le meilleur moyen de ne pas te voir changer d'idée.

La petite horloge sur son bureau sonna bientôt sept heures. Thalie se leva en disant:

— Nous allons descendre dans la salle à manger. J'ai réservé une table.

— Tu ne manges jamais dans ton appartement? s'inquiéta la mère.

— Si tu te souviens bien, je ne devais pas acheter de vaisselle.

Dans les faits, elle avait triché un peu en se procurant deux couverts. Mais les repas qu'elle se donnait la peine de préparer étaient trop sommaires pour les imposer à des invités.

Pour descendre, elle prit le temps de revêtir une veste et d'enfiler des gants. Le trio se rendit dans une élégante pièce où s'alignaient une vingtaine de tables. Plusieurs locataires étaient attablés, de nombreux hommes seuls, quelques couples. Ils se répartissaient entre des personnes en début de carrière, les autres à la fin. L'endroit ne permettait pas vraiment de loger une famille, les gens dans la force de l'âge demeuraient donc une exception.

Après s'être assise à une table ronde, Marie murmura :

— Cela doit être assez cher.

— Pas assez pour m'empêcher d'inviter mes premiers visiteurs.

Le menu se limitait à deux choix. Le premier service leur fut amené par un serveur attentionné. Après les commentaires sur la qualité de la nourriture et l'élégance du décor, Paul demanda :

— Thalie, tu as certainement entendu parler de la réorganisation du Service provincial d'hygiène.

— Oui, avec comme objectif le diagnostic précoce de la tuberculose. Cela me semble un pas dans la bonne direction.

Il semblait à la jeune femme que de nombreuses maladies pouvaient être évitées, avec des mesures adéquates de prévention. À cet égard, le Québec lui semblait évoluer à une cadence tellement lente.

— Nous espérons que des visites dans les écoles permettent d'améliorer les choses, en particulier en diffusant des notions d'hygiène. Pour les petites écoles de Québec, si les médecins recrutés étaient des femmes, ce serait sans doute plus efficace.

Pareille affirmation reposait sur une vieille croyance : les femmes arrivaient plus facilement, disait-on, à communiquer avec les jeunes enfants, en se mettant à leur niveau.

— Elles ne sont pas bien nombreuses, remarqua Thalie avec un sourire ironique.

— Vous êtes deux. Irma Levasseur pourra faire une partie du travail, et toi l'autre.

La première Canadienne française à avoir décroché un diplôme de médecine travaillait à l'Hôpital de l'Enfant-Jésus, tout en se bâtissant une sérieuse réputation d'être difficile à vivre.

— Ce serait un emploi obtenu par favoritisme ?

L'idée lui déplaisait. À ses yeux, seule la compétence devait guider le choix des employés du gouvernement. Aucun homme politique de la province ne partageait cette conviction, à moins de faire partie de l'opposition. Et dans le cas d'une victoire électorale, il oubliait totalement ses croyances antérieures.

— Quand on a deux candidates, le patronage n'est pas vraiment utile, dit l'homme en riant. Je te laisse la carte d'Athanase David, le Secrétaire de la province. Si tu es intéressée, tu n'as qu'à prendre un rendez-vous avec lui. Il te donnera une idée du salaire et du travail à effectuer.

Une fois cette question réglée, la conversation revint naturellement sur les projets de voyage du couple. Malgré ses réticences, Marie avait déjà parcouru quelques guides. Ses yeux s'illuminaient quand elle abordait le sujet.

Tous les jours en matinée, le facteur déposait le courrier dans les boîtes des habitations de la 3e Rue. Thérèse récupéra celui du couple Létourneau et trouva trois lettres adressées à son époux. L'une d'entre elles portait la mention « Confidentiel » ajoutée à la main à l'encre rouge, juste sous l'adresse.

— D'où cela peut-il venir ? grommela-t-elle.

Elle tourna l'enveloppe dans tous les sens. L'adresse de retour évoquait une boîte postale à Montréal. En guise de nom, l'expéditeur indiquait J.A.D. Avec un autre époux que Fulgence, elle aurait suspecté une liaison illicite.

La mégère posa la missive au centre de la table de la cuisine, dîna en la contemplant. Après avoir fait la vaisselle, elle la prit, puis se plaça devant la fenêtre afin de voir l'intérieur en transparence. Elle distingua une feuille de papier, rien de plus, pas un mot. Au cours de l'après-midi, elle répéta l'opération à quelques reprises. Puis vers cinq heures, toute sa réserve de patience épuisée, d'un geste rageur elle déchira le rabat.

Cher monsieur,

Je suis en mesure de mettre à votre disposition une somme conséquente. Toutefois, je dois au préalable recevoir de plus amples informations, afin de connaître les garanties que vous êtes en mesure d'offrir. En conséquence, j'attends de votre part les titres de propriété de votre maison, et le total de vos avoirs sous d'autres formes : compte bancaire, argent comptant, bijoux, etc.

Je vous prie de me croire, monsieur, votre dévoué serviteur.

Une signature totalement illisible suivait.

— Dans quelle histoire stupide s'est-il embarqué ?

Elle n'hésita plus à ouvrir les deux autres lettres au contenu à peu près identique, comme si elles venaient de la même personne, soucieuse de revêtir des identités différentes.

Elle posa les trois missives sur la table, s'assit en les contemplant et attendit. La colère lui fit même oublier de préparer le souper.

Jacques arriva le premier, vers six heures trente. Après une journée à transporter des meubles, ne pas sentir l'odeur du repas le déçut. Il trouva sa mère assise à la table, le visage fermé. Instinctivement, il se demanda laquelle de ses fautes était susceptible de provoquer une pareille colère. Le visage de Juliette lui passa rapidement à l'esprit.

— Lis ça! commanda Thérèse d'une voix blanche.

«Des lettres de dénonciation», songea-t-il. En prenant la première, il esquissa un sourire de soulagement.

— Voilà donc le résultat de ses démarches, murmura le grand garçon.

— Ah! Parce que toi, tu étais au courant.

La complicité de mise entre les hommes ne tenait pas longtemps devant un dragon pareil. Ou alors la faim le rendait plus vulnérable: visiblement, elle ne semblait pas disposée à préparer à manger. Pareil sacrifice lui coûtait peu, elle avait des réserves pour survivre tout un mois sans le moindre risque pour sa santé. Il admit après une brève hésitation:

— … Il m'en a touché un mot, oui.

— Qui sont ces gens incapables de signer de façon à ce qu'on reconnaisse leur nom?

— Je ne sais pas. Papa a répondu à des petites annonces dans les journaux. Des gens qui offrent de l'argent à prêter.

Elle demeura impassible, comme si le but d'une pareille démarche lui échappait. Puis elle plissa les yeux pour dire:

— L'imbécile veut racheter les ateliers.

Ses yeux scrutaient ceux de son fils, comme si elle entendait lire dans ses pensées.

— C'est bien ça? Il s'imagine capable de racheter ces bâtisses branlantes et un lot de vieilles machines susceptibles de casser à la première utilisation.

— Papa est convaincu qu'avec un investissement raisonnable, il pourrait tout relancer et réaliser un profit intéressant.

— Fulgence en chevalier d'entreprise !

Les mots, crachés plutôt que prononcés, contenaient un mépris insondable. Un bruit leur parvint de la porte d'entrée. Le père les rejoignit bientôt, une petite boîte en carton dans les bras. Il avait marché depuis la Pointe-aux-Lièvres avec ce colis.

— Il ne reste pas vingt personnes maintenant, commença-t-il.

Puis, son regard croisa celui de sa femme. À elle seule, elle valait tout un peloton d'exécution.

— Tu voulais tout perdre, nos économies, notre maison, pour une chimère ridicule.

À la vue des lettres ouvertes sur la table, il comprit.

— Tu ouvres mon courrier, maintenant ?

— Tu voulais tout perdre aux mains de bandits de grand chemin ! Non, mais, tu ne vois pas ce que ces gens désirent ? Ils te demandent ce que tu possèdes. Ils veulent savoir si tu es un pigeon qu'il vaut la peine de plumer.

— Ils veulent des garanties, c'est normal en affaires. Même à la Banque nationale, le jeune Poitras…

— Parce que tu en as même parlé dans la paroisse !

À l'entendre, il venait d'exposer à la honte toute la famille, pour les trois générations à venir.

— Les banques servent à cela, prêter de l'argent aux entrepreneurs.

— Seigneur ! Toi, un entrepreneur ? Mais regarde-toi dans le miroir ! Thomas Picard était un entrepreneur. Tu penses vraiment lui ressembler, appartenir à la même catégorie d'hommes que lui ?

Elle eut un rire d'hyène devant une charogne.

— Tu te souviens ? Grand, fort, élégant, capable de séduire d'un sourire, de convaincre. Bon Dieu, il se trouvait dans le cercle des intimes de Wilfrid Laurier. Le grand homme mangeait chez lui.

Les journaux rendaient invariablement compte des faits et gestes de l'ancien député du comté de Québec-Est. Toutes ses visites chez les Picard faisaient l'objet d'au moins un entrefilet.

Depuis un moment, Jacques contemplait silencieusement l'affrontement, réalisant que sa mère conservait intacte toute son admiration pour le commerçant de la rue Saint-Joseph.

— Toi, un entrepreneur, continua-t-elle. Tu me fais rire, tiens. Si ce n'était pas si pitoyable, on en ferait une fable… Non, il y en a une déjà, de La Fontaine : *La grenouille qui veut se faire aussi grosse que le bœuf.*

— Tais-toi, demanda Fulgence d'une voix éteinte. Tais-toi devant notre fils.

Le visage très pâle, le petit homme semblait ployer sous les coups.

— Je t'ai connu secrétaire, et tu es resté secrétaire toute ta vie. Thomas t'a placé là pour servir de surveillant. Tu n'as jamais pris une décision. Il décidait s'il fallait planter un clou, et quand il fallait l'arracher !

— Tais-toi. Je te dis de te taire.

Cette fois, il avait élevé la voix.

— C'est toi qui vas me faire taire ? Je voudrais bien voir cela.

Elle le défiait du regard. Dans un affrontement physique, elle aurait eu le dessus, leur fils n'en doutait pas.

— Si tu n'aimes pas la façon dont je dirige cette famille, la porte est là, dit l'homme.

Sur les derniers mots, sa voix s'était faite chevrotante, la main tendue vers l'avant de la maison.

— Tu crois vraiment que tu peux te passer de moi ? Depuis près de trente ans, je te sers de colonne vertébrale. Seul, tu ne tiendrais même pas debout.

— Aujourd'hui, cela te va bien de me mépriser. Mais si tu m'es si supérieure, pourquoi m'as-tu épousé ? Combien de meilleurs hommes que moi se pressaient devant ta porte pour demander ta main ?

Pendant un moment, tous les deux se défièrent du regard. En fait, l'histoire se résumait à cela. Si Thérèse vivait avec lui, c'était qu'aucun homme plus intéressant ne lui avait proposé le mariage. Les qualités de l'un se mesuraient à celles de l'autre, les insuffisances aussi. L'un servait de miroir à la médiocrité de l'autre.

— Tu vas nous jeter dans la rue, avec cette histoire, répéta-t-elle.

— Ces ateliers peuvent être relancés. Il y en a trente semblables dans la ville, et ils font des profits.

— Ils pourraient peut-être l'être, par un homme compétent. Pas par toi !

Fulgence encaissa le coup en serrant les mâchoires.

— Le jeune Picard te fait la charité de t'offrir un emploi de chef de rayon, et tu fais la fine bouche, poursuivit-elle. Tu tiens absolument à nous mettre en banqueroute.

Le couple se tut. Toujours assise, immobile comme un rocher, Thérèse paraissait inconsciente de la portée des paroles prononcées.

— Toutes ces années, mon travail t'a permis de manger. À voir le résultat, tu n'as manqué de rien.

L'allusion à son obésité la fit ciller. Elle la lui ferait payer, elle n'en doutait pas.

— Tu vas me jurer de cesser ces démarches imbéciles… Tu imagines un instant Thomas en train de chercher de l'argent dans les petites annonces des journaux.

— Mon Dieu! Tu en gardes un si bon souvenir… Je me demande pourquoi tu ne l'as pas épousé. Tu aurais fait toute une compagne au grand homme. Élisabeth ne connaissait pas sa magnifique rivale!

Cette fois, le sarcasme toucha sa cible. La femme ramassa les trois lettres en quittant sa chaise et souleva un rond du poêle pour les jeter dedans.

— Jamais tu ne vas mettre la maison ou nos économies en danger avec des sottises pareilles. Dans dix jours, tu seras chef de rayon, et content d'avoir au moins cela. Et ce soir, tu prépareras le repas du garçon. Moi, je n'ai pas faim.

Sur ces mots, elle gravit l'escalier, le pas pesant. Les deux hommes restèrent debout un long moment, silencieux, sans oser se regarder. Puis, le père ouvrit la porte de la glacière et demanda:

— Une omelette te conviendrait?

— Oui. Je vais allumer le poêle. Que fait-on des lettres?

— Mets le feu dedans. Je le sais bien, moi aussi, que ce sont des fraudeurs. Quand un gars donne une boîte postale comme adresse, pas besoin d'être un grand génie pour le deviner. Même Thérèse y arrive.

Il s'interrompit, puis murmura d'un ton gêné:

— Je suis désolé que tu aies assisté à cela. Nous faisons de bien piètres parents.

— … Ce n'est pas la première fois.

— Ce qui nous rend encore plus inexcusables.

Pendant que Jacques déposait du petit bois, puis une bûche avant de craquer une allumette, le père resta silencieux. Puis il chercha deux grosses bouteilles de bière, posa deux verres sur la table en disant:

— Ce soir, je vais en avaler toute une. Mais auparavant, autant ranger cela.

En arrivant, il avait posé sa boîte en carton près de l'évier. Il ouvrit une trappe dans le plancher pour la faire disparaître dans le vide sanitaire.

— Tu rapportes cela des ateliers ? Qu'est-ce que c'est ?

— Des vieux papiers, des choses accumulées au cours des trente dernières années. Des petits riens qui finissent par peser leur poids.

Assis à la table, il remplit son verre de bière à ras bord, puis en vida la moitié pour éviter de voir la mousse déborder. Jacques contempla le visage émacié, les traits tirés. Le cou rappelait celui d'un poulet, par la taille et la texture. Le col de toutes les chemises, même les plus petites, finissait par paraître trop grand pour lui.

— Ces lettres… Elles étaient toutes du même type ?

— Certaines se montraient plus directes en annonçant un taux d'intérêt de trente pour cent dès la première ligne. Dans ces cas, je suppose que l'on peut parler de requins honnêtes. Celles que tu viens de brûler venaient de requins hypocrites.

Tous les deux se turent un long moment, puis le père quitta sa place.

— Cela doit être assez chaud, maintenant.

Il s'occupa de casser les œufs dans une poêle, ajouta une tomate coupée en tranches, quelques champignons, un morceau de fromage. Lui-même se serait contenté de sa boisson tellement il avait la gorge serrée. Mais Jacques se dépensait toute la journée. Pendant qu'il lui taillait une large portion pour la faire glisser dans une assiette, ce dernier osa demander :

— Que feras-tu, finalement ?

— Je n'ai pas le choix. La plupart des machines à coudre sont maintenant arrêtées, des personnes visitent les lieux avec des mines intéressées. Les affaires se portent bien dans la ville, dans un mois quelqu'un embauchera pour y fabriquer des souliers, des manteaux, n'importe quoi… Mais ce ne sera pas moi.

Piteux, l'homme en venait à accepter le constat de sa femme. Tout le monde reconnaissait en lui l'employé docile, capable de transmettre les directives aux ouvrières. D'ailleurs, il devait bien le reconnaître, pendant trente ans, il s'était adressé à elles en disant: «Monsieur Thomas souhaite que…» Il laissa échapper un petit ricanement en songeant que dans sa vie privée, il commençait souvent une requête en disant: «Ma femme veut que…»

— Tu vas donc accepter le poste de chef de rayon.

— …Je suis allé traîner chez Laliberté, chez Légaré, au syndicat, même chez Thivierge afin de voir si je ne pourrais pas être embauché chez eux. Tu comprends, je n'ai aucun désir de voir la face de ce jeune trou-du-cul tous les jours… Le savais-tu, Édouard est même séparé de sa femme?

Si ce détail de la vie privée en faisait un moins bon patron, Jacques ne voyait pas très bien pourquoi.

— Mais je n'ai osé parler à personne, continua le père. Ces gens-là se rencontrent toutes les semaines. Il connaîtrait tout de suite mes démarches et saisirait le prétexte pour me jeter à la porte, en m'accusant de trahir l'entreprise.

De nouveau, l'homme accablé s'arrêta, la tête penchée sur son assiette. Il n'avait pas encore avalé une bouchée.

— Je ne suis pas stupide au point de ne pas savoir que le jeune Picard aimerait me voir ailleurs. Je ne sais pas trop pourquoi il me garde, tu sais. Cela doit être à cause du respect de son père pour moi. Lui m'a toujours très bien traité.

Il ne réalisait pas avoir sous les yeux le motif de cette appréciation. Le marchand assurait à son petit-fils un cadre de vie décent.

— À moins de quitter cette ville, je suis condamné à finir mes jours au magasin PICARD. Enfin, si ce jeune prétentieux ne décide pas de se passer de mes services.

Fulgence emplit de nouveau son verre, pour le vider aussitôt. Bientôt, il sortirait une autre bouteille du garde-manger.

Chapitre 10

Pour éviter que Louis Boisvert n'entre pour demander au gardien de l'appeler ou, pire encore, vienne frapper à la porte de son appartement, Thalie se tenait à l'entrée du Château Saint-Louis dès onze heures dix. En fait, au retour de la messe, elle ne s'était pas donné la peine de monter. Dans sa robe blanche, avec des gants en dentelle, elle se demanda un moment si elle ne faisait pas trop habillée. Après tout, cet homme gagnait sa vie en conduisant un camion.

Une petite voiture verte s'engagea dans l'allée conduisant au grand édifice, une Ford décapotable à deux places. Louis Boisvert appuya sur le frein juste devant elle et descendit pour faire le tour du véhicule en boitant, la main tendue.

— Ce n'était pas nécessaire, dit-elle en le laissant prendre la sienne.

— Ces mots reviennent vraiment souvent, chez vous. C'est une espèce de tic, n'est-ce pas ? Moi, je suis peut-être estropié, mais pas malpoli.

Sur ces mots, il ouvrit la portière de l'automobile et la referma quand elle fut assise. En reprenant sa place, il se tourna vers elle, un sourire amusé sur les lèvres.

— Vous êtes très élégante, mademoiselle Picard.

— Vous aussi, monsieur Boisvert.

Il portait le même complet en lin que lors de sa visite à son cabinet, presque une semaine plus tôt. Il la remercia en embrayant la première vitesse, tout en grimaçant.

— Conduire ne doit pas être une mince affaire, commenta-t-elle.

— Seulement quand je change de vitesse, ce qui arrive malheureusement trop souvent, en ville.

— Nous aurions pu marcher.

— Vous peut-être. Moi, je n'en suis pas certain, surtout que je n'ai pas pris ma canne. Je suis trop fier.

La répartie la fit éclater de rire. Bien sûr, se déplacer sur un long trajet ne serait certes pas facile pour lui. Il ne lui avait pas dit où il entendait la conduire, mais comme il s'engageait dans la Grande Allée, en direction de la ville, elle paria sur un restaurant de la section touristique. « Peut-être se serrera-t-il la ceinture pendant deux semaines, seulement pour m'impressionner aujourd'hui », songea-t-elle.

— Je fais un curieux médecin, vous suggérer de couvrir toute cette distance à pied.

— Oh ! Comme il semble que je puisse profiter de cette belle journée grâce à vous, à mes yeux vous êtes non seulement le meilleur, mais le plus joli docteur de la ville. Sans vous…

Son sourire s'estompa quand il demanda :

— J'aurais vraiment pu mourir de cette vilaine blessure ?

— Sans l'ombre d'un doute. L'artère était déchirée. Je n'ai fait qu'interrompre l'écoulement du sang. Le chirurgien, lui, a recousu le vaisseau.

— Tout de même, quelle chance que vous soyez passée par là !

— C'est une façon de voir.

Comme il la regardait, intrigué, elle expliqua :

— Vous pourriez dire aussi : Quelle malchance que je sois tombé !

— Bien sûr, vu de cette façon…

Ils avaient passé la porte Saint-Louis pour continuer vers la vieille ville. Un peu surprise, la jeune femme se rendit compte qu'il se dirigeait tout droit vers les espaces de stationnement du Château Frontenac.

— Vous ne voyez pas d'inconvénient à ce que nous mangions là ? interrogea-t-il. Je ne vous ai même pas demandé votre avis.

— Non, pas du tout. Je ne suis pas venue depuis l'incendie. Cela me donnera l'occasion de voir les nouveaux aménagements.

— Vous savez, ce n'est plus vraiment le même hôtel. Tout est plus grand, plus majestueux. Le Canadien Pacifique aurait investi plus d'un million et demi de dollars.

Personne ne pouvait vraiment concevoir une somme pareille, à moins de s'appeler William Price. De nouveau, Louis fit le tour du véhicule pour venir lui ouvrir la portière.

— Vous venez souvent ici ? demanda-t-elle.

Son compagnon lui adressa un sourire en coin. Il devinait bien qu'elle se questionnait sur ses moyens. La jolie voiture, l'une des meilleures tables de la ville, cela cadrait mal avec le livreur en bleu de travail qu'elle avait secouru un mois plus tôt.

— Non, je ne mange pas ici très souvent. Je viens seulement quand je désire contempler les grands de ce monde dans leur milieu naturel. Tout de même, cette fréquence me suffit pour suivre l'évolution de la décoration.

Il lui offrit son bras pour marcher jusqu'à l'entrée principale, remercia l'employé en uniforme qui leur ouvrit la grande porte en chêne. Peu après, ils se tenaient dans l'entrée d'une vaste salle à manger.

— Boisvert, annonça-t-il au maître d'hôtel. J'ai une réservation pour deux.

L'homme consulta sa liste, puis prononça «Si vous voulez bien me suivre», en prenant les menus. Le couple fut guidé près d'une fenêtre. Thalie contempla les promeneurs sur la terrasse Dufferin.

— Et vous, demanda son compagnon, venez-vous souvent ici ?

— Mon père, et là je parle de mon père naturel, pas du second mari de ma mère, nous offrait un dîner en guise de récompense une fois l'an, le plus souvent à la fin des classes. Mais vous avez raison, le décor était alors totalement différent.

— Vous aviez de la chance. Moi, les plus belles récompenses reçues de mon père, c'étaient les jours où il n'était pas saoul, une ceinture à la main pour fouetter…

Une vague de tristesse lui passa dans les yeux. Tout de suite, il se raidit et ouvrit le menu en murmurant :

— Je m'excuse, ce ne sont pas des choses à dire à une inconnue.

— Ce ne sont surtout pas des choses à faire à un enfant.

Leurs regards s'accrochèrent un moment. Grave, l'homme murmura encore :

— Que voulez-vous ? Dans notre province, on demande de posséder une licence pour conduire une voiture, mais on laisse n'importe quel abruti se reproduire.

— Mais vous êtes là, aujourd'hui. Alors, cela a servi à quelque chose.

— Docteur Picard, vous savez, vous êtes une gentille fille… Mais dans cette histoire, ne l'oubliez pas, j'ai eu aussi une mère. Elle a compensé un peu.

Un moment, ils se regardèrent, satisfaits l'un de l'autre. Puis Louis dit encore :

— Maintenant, considérez que j'ai épuisé le sujet de mon enfance malheureuse pour un premier rendez-vous. Pour un récit complet, vous devrez me voir encore au moins cent fois. Nous allons lire ces menus, commander au serveur qui nous surveille du coin de l'œil, et ne parler que de sujets agréables.

Ils firent comme cela, exactement. En attendant le premier service, un verre de vin blanc à la main, il demanda :

— Vous avez évoqué le premier mariage de votre mère. Vous aimiez votre père ?

— Beaucoup, et il me le rendait bien.

— Il est mort quand vous étiez très jeune ?

— L'année de mes quatorze ans.

L'évocation d'Alfred lui mettait toujours un sourire nostalgique sur les lèvres.

— Le beau-père a été à la hauteur, après cela ?

— Pour ma mère, certainement. En réalité, elle a eu une chance inouïe. À deux moments de sa vie, un homme s'est présenté pour lui offrir le meilleur de l'existence.

Elle aussi attendrait au moins le centième dîner avec lui avant de révéler comment un époux homosexuel avait sauvé sa mère de la déchéance, pour disparaître assez tôt pour lui permettre de jouir avec le second de tous les avantages du mariage, comme disaient les curés sans savoir vraiment de quoi ils parlaient.

— Si elle avait embouteillé sa chance pour la vendre, déclara son compagnon, elle pourrait se payer cet hôtel, aujourd'hui. À la place, elle possède la boutique ALFRED.

La jeune femme afficha une telle surprise qu'il éclata de rire. Il demeura silencieux le temps que le serveur mette les salades devant eux.

— Vous me l'avez dit, l'autre jour à votre bureau…

— Je me suis beaucoup livrée.

— Pas tant que cela. Je devine sans mal ce que faisait le premier époux… Mais le second ?

— Depuis quelques mois, il est ministre dans le cabinet Taschereau.

Un peu agacée par les questions, elle souhaitait l'impressionner, le laisser bouche bée.

— Pas procureur général, tout de même ? dit-il en écarquillant les yeux.

— … Non. À l'Agriculture.

— Cela le rend certainement respectable, je n'en doute pas.

L'ironie dans la voix intrigua sa compagne au plus haut point. Cet homme se révélait totalement insaisissable. Ses manières, sa façon de s'exprimer, ses ressources – juste la voiture le plaçait dans les dix pour cent les plus nantis de la population – cadraient mal avec un emploi de camionneur.

— Je pense que je vous ai assez interrogée pour aujourd'hui, dit-il, un peu moqueur.

— Je pense aussi.

— En même temps, cela montre combien vous m'intéressez.

— Vous vous intéressez surtout à ma famille, alors que déjà, nous avons fait de la vôtre un sujet interdit.

Il hocha la tête, se concentra un moment sur la salade. Puis il confessa :

— En réalité, je pense que vous m'intimidez.

— Moi ?

Elle soulevait les sourcils, à la fois surprise et amusée.

— Vous êtes médecin.

— Oh ! Ça, c'est mon métier, tout simplement.

Louis fit un geste de la tête, comme pour dire « Tout de même, ne me charriez pas ».

— Puis vous êtes diablement jolie.

Cette fois, la jeune femme se concentra elle aussi sur son repas. D'une complexion plus pâle, elle aurait rougi.

— Ne me dites pas que vous n'êtes pas au courant.

— La rumeur n'est pas venue à mes oreilles.

— Seigneur! La rumeur n'est pas venue à ses oreilles.

Sur les derniers mots, son compagnon avait tourné la tête vers un couple d'Américains assis à la table voisine. Comme l'homme formulait un « *What ?* » intrigué, il dit en anglais :

— Mon amie me dit ne pas être au courant qu'elle est jolie.

L'inconnu accepta de jouer le jeu, il regarda Thalie un long moment puis déclara, s'exprimant toujours en anglais :

— Mademoiselle, je peux le confirmer, vous êtes très jolie.

Alors, la jeune femme rougit pour de vrai, un changement à peine perceptible. Pendant un instant, elle se cacha la moitié du visage avec sa serviette.

— Vous allez me faire mourir de honte.

— C'est le drame des jolies filles.

L'arrivée du second service lui permit de reprendre sa contenance.

— Et maintenant, il y a toujours une question qui vient après un pareil constat, dit-il.

— Pourquoi suis-je toujours seule, au point d'être une vieille fille réfugiée au Château Saint-Louis ?

— Jamais je n'aurais formulé la chose de cette façon.

— Alors, formulez-la à votre convenance.

La voix contenait une pointe de défi. Mais malgré son agacement apparent, elle se réjouissait tout de même d'avoir été si longuement le sujet de conversation.

— Pourquoi diable aucun homme ne s'est-il fendu en quatre pour obtenir votre affection ?

— Il faudrait le demander à tous ces hommes. Selon mon frère, cela tient à mon acharnement à dissimuler mon côté fragile, sensible et aimant.

— Vous avez toutes ces qualités ? Dans ce cas, c'est vrai, vous avez tort de les cacher.

Leurs yeux se croisèrent. Louis versa encore un peu de vin dans le verre de sa compagne, puis commenta doucement :

— Nous avons eu un très bel été, n'est-ce pas ?

— … Oui, très beau.

— Je me suis rendu sur la côte du Maine. Vous allez à la mer, parfois ?

— Je suis allée à Saint Andrews l'été dernier.

Pendant tout le second service, la conversation porta sur les avantages respectifs de la côte américaine et celle du Nouveau-Brunswick. Ils convinrent bientôt que l'absence d'une véritable plage desservait cette dernière destination.

Après le repas, Louis l'avait invitée à marcher sur la terrasse Dufferin. Elle avait proposé plutôt de se rendre au parc Montmorency. Il avait accepté en lui offrant de prendre son bras.

Quelques minutes plus tard, la jeune femme attirait l'attention de toutes les personnes présentes en marchant sur le petit muret bordant l'espace vert, destiné à prévenir les chutes en bas de la falaise.

— Vous pourriez vous casser quelque chose, dit son compagnon en tendant la main pour l'aider à descendre.

— Mon grand frère me disait la même chose, il y a vingt ans.

— Voilà une personne bien sage.

— À l'époque, je le trouvais trop sage. Je me trompais, bien sûr. Il prend des risques calculés, et ne paraît pas s'en trouver plus mal. Moi, je joue la bravache, sans grand profit, finalement.

Louis agita sa main tendue, elle y plaça la sienne et ne fit pas mine de la retirer après être descendue.

— Nous pouvons nous asseoir sur ce banc, suggéra-t-il.

— C'est vrai, vous devez être fatigué, après avoir marché depuis le Château Frontenac. Je me sens maintenant un peu coupable de vous avoir entraîné jusqu'ici.

L'homme s'installa le premier, la jambe gauche allongée devant lui. Puis elle prit place à ses côtés.

— Vous m'avez posé beaucoup de questions, commença-t-elle.

— Et vous aucune, répondit-il. Vous aimeriez maintenant satisfaire votre curiosité ? Allez-y, je serai le plus franc possible.

Cela ne voulait pas dire d'une franchise absolue. Thalie comprit la nuance.

— … Je vous ai vu en habit de travail, debout dans la boîte d'un camion. Même si c'est une occupation tout à fait respectable, elle ne permet pas de porter un vêtement de cette qualité.

Du bout des doigts, elle tâta la manche de la veste.

— J'ai grandi dans une boutique, je sais reconnaître un tissu coûteux. Puis il y a votre automobile…

— Je gagne bien ma vie à faire des livraisons avec un camion. Généralement, je ne transporte pas des matériaux de construction pour le compte d'une quincaillerie. Ce jour-là, je rendais service à un ami.

— Alors, que livrez-vous ?

— Un produit que les autorités politiques du pays voisin ont la sottise de rendre illégal.

Il lui adressa un sourire ironique, heureux de bousculer un peu ses valeurs de bourgeoise.

« Il s'agit d'un *bootlegger*, songea-t-elle, un passeur d'alcool. »

Comme les Américains maintenaient toujours les lois de prohibition et que le Canada permettait la fabrication et la vente d'alcool, tout le long de la frontière entre les deux pays des hommes entreprenants amassaient de petites fortunes en faisant traverser le précieux liquide.

— C'est illégal, murmura-t-elle.

— Pas dans mon pays.

— Et très dangereux.

Son compagnon la regarda, un peu amusé.

— Pas autant que ce que vous faites.

— Voyons, soyez sérieux. La police américaine est à vos trousses.

— Je me contente de faire des livraisons. Le reste concerne des types de l'autre côté de la frontière. Vous, de votre côté, vous faites face tous les jours au danger.

Elle secoua la tête, comme pour le contredire. Il apprécia le mouvement des boucles sombres sous le bord du chapeau de paille.

— Vous ne soignez pas des tuberculeux ?

— Parfois.

— Ce n'est pas contagieux ?

Elle se souvint du docteur Hamelin, mort de son dévouement auprès des victimes de la grippe espagnole. Elle aussi prenait des risques, mais refusait d'en convenir.

— Vous savez bien que j'ai raison. De mon côté, je livre des cargaisons de whisky ou de cognac à la frontière de l'État de New York depuis six ou sept ans, et j'ai failli crever pour avoir transporté des tiges d'acier à l'arrière d'un magasin de la rue Saint-Joseph. Vous voyez, on ne sait jamais ce que la vie nous réserve.

Peut-être se répétait-il ce petit discours pour se rassurer, quand il pratiquait son dangereux métier. De son côté, Thalie essayait de se rappeler les quelques films de gangsters qu'elle avait vus, de même que les articles de journaux qu'elle avait lus. Était-ce aussi simple que cela ? De charmants garçons échappaient-ils à la médiocrité en conduisant un camion de l'autre côté de la frontière ? Les milliers de petits chemins dérobés ne pouvaient être tous surveillés, la plupart s'en sortaient. Cela devenait une curieuse loterie, où les malchanceux subissaient une longue peine de prison.

— C'est illégal, insista-t-elle.

— Est-ce immoral pour autant ?

Thalie ne sut quoi répondre. Dans un salon, une tasse de thé à la main, elle aurait répondu « Oui ». Mais assise près d'un charmant jeune homme, porter un jugement devenait plus difficile. Son compagnon choisit d'ébranler un peu plus ses certitudes.

— Vous vous souvenez de la grève des ouvriers de la chaussure, il y a deux ans ?

— Après l'arbitrage de monseigneur Langlois ?

— Oui. Le bon monseigneur a entériné la réduction de salaire imposée par les patrons. Il habite dans le palais derrière nous, le résultat ne l'a pas fait souffrir, je vous assure. Les ouvriers se sont mis en grève, les propriétaires ont embauché des *scabs*. Pour garder leur gagne-pain, les gars ont échangé des coups avec eux.

Elle hocha la tête. Pendant des mois, le climat était devenu explosif dans la Basse-Ville.

— Il y avait des dizaines de policiers pour protéger les biens des bourgeois. Un père de famille a été condamné à une peine de six mois de prison pour avoir lancé une pierre dans une vitre.

— Oui, je sais. Ces événements ont été très pénibles.

— À mes yeux, le juge Choquette qui a donné la sentence est un plus grand criminel que ce gréviste. C'est un plus grand criminel que moi aussi.

Incertaine, Thalie se mordit la lèvre. La voix douce se montrait bien convaincante.

— Si notre gouvernement voulait mettre fin au commerce d'alcool, il fermerait les distilleries et mettrait en prison les propriétaires de celles-ci. Mais ceux qui font les lois reçoivent peut-être de l'argent de ces industriels, et les partis politiques, certainement. Puis tout ce beau monde possède des actions dans ces sociétés. Vos voisins, dans votre bel immeuble, en possèdent aussi.

L'homme s'arrêta, un peu lassé lui-même par son long discours.

— Nous marchons un peu en direction de l'automobile? demanda-t-il.

— Pourquoi pas? Nous nous arrêterons en chemin si vous avez mal.

Elle accepta de poser sa main au creux de son coude. En s'engageant rue Buade, elle murmura:

— Vous auriez fait un avocat redoutable, je crois.

— J'aimerais bien pouvoir payer mon complet ou ma voiture en exerçant un tel métier. Mais là d'où je viens, apprendre le latin n'est pas si simple. À la place, je me livre à un jeu curieux.

— Un jeu dangereux.

Il laissa échapper un petit ricanement, puis murmura:

— Nous avons déjà abordé ce sujet. Je ne partage pas votre avis.

Alors qu'ils traversaient la Place d'Armes, Thalie s'inquiéta de son boitement prononcé et lui demanda si les points de suture avaient été enlevés. En montant dans la voiture, il la questionna en riant:

— Maintenant, je me demande lequel de nous deux a fait les confidences les plus compromettantes.

— Vous. Mais j'ai fait les plus gênantes. Je me demande toutefois pourquoi vous m'avez dit tout cela.

— Vous devez vous en douter un peu, non?

La jeune femme fit semblant de n'avoir rien entendu, ignorant son sourire de séducteur. Comme tous les hommes, il entendait l'impressionner un peu. Cela ne pouvait être avec un statut professionnel ou une maison cossue, symbole de sa réussite. Il lui restait à jouer le rôle de voyou sympathique. À ses yeux, elle représentait un défi nouveau, exotique même.

Le trajet de retour prit quelques minutes à peine. En stationnant la voiture devant le Château Saint-Louis, il se tourna à demi pour déclarer :

— Maintenant, nous voilà au moment décisif. Accepterez-vous de me revoir ? Pour ma part, j'en serais très heureux.

— Oui, cela me fera plaisir.

— Et me permettez-vous de sceller cet accord d'un baiser ?

Cette fois, elle répondit d'un petit geste de la tête. L'homme se pencha, posa brièvement ses lèvres sur les siennes, tout en touchant son ventre, juste sous les seins. En se redressant, il dit encore :

— Si vous me le permettez, je ne vais pas descendre pour vous ouvrir la portière. Déplier et replier ma jambe encore une fois ne me ferait pas de bien, je pense.

— Vous devriez voir un médecin, dit-elle en l'ouvrant elle-même. L'accident est survenu il y a un mois déjà.

— Je veux bien, mais pas vous, Thalie. Puis-je vous appeler par votre prénom ? Je le trouve très joli.

Elle hocha la tête et descendit du véhicule. Elle se dirigeait vers la porte quand il la rappela.

— Thalie, vous ne m'avez pas donné votre numéro de téléphone. Ce sera utile pour fixer un nouveau rendez-vous. Je ne vous achèterai pas une ceinture à chaque fois pour me donner un prétexte de passer au cabinet.

Elle revint vers la voiture pour le lui donner, il le prit en note dans un petit carnet.

— À très bientôt. J'appelle dans un jour ou deux.

— À bientôt, Louis.

L'homme la regarda rejoindre la porte de l'immeuble. Une jolie petite silhouette, un pas décidé. Déjà, il avait hâte de la revoir.

Le couvent des sœurs de Jésus-Marie se trouvait à l'ouest de la ville de Québec, le long du chemin Saint-Louis, dans le village de Sillery. Fernand et sa fille se tenaient debout dans la cour, devant le fleuve, flanqués de la directrice de l'établissement.

— Vous profitez vraiment d'un emplacement exceptionnel, ma mère, déclara l'homme en se tournant vers elle.

— C'est un milieu idéal pour l'étude. Puis, notre clientèle pour le cours classique n'est pas bien grande. Cela donne une relation particulière avec les enseignantes, au sein de petits groupes.

— Vous croyez que Béatrice pourra dès cette année commencer la classe d'Éléments latins ?

— Je pense bien. Cela ne devrait pas être trop difficile pour une bonne élève.

La religieuse regardait la jeune fille avec un sourire. Celle-ci rougit en répondant :

— Je vais faire mon possible, ma mère.

— Nous avons aussi une classe préparatoire. Si nécessaire, votre fille pourra y aller. Ce ne sera pas un recul, seulement l'occasion de prendre un élan pour sauter plus loin. Mais j'insiste, seulement si cela se révèle nécessaire.

De nouveau, Fernand contempla le pensionnat construit en pierre, l'immense terrain en pleine campagne.

— Alors, ma grande, qu'en penses-tu ? demanda l'homme en regardant sa fille dans les yeux.

— … Je pense que je me plairais beaucoup ici. Si tu peux te le permettre, bien sûr.

Tellement de personnes clamaient l'inutilité des études classiques pour les filles, elle se sentait un peu coupable d'imposer cette dépense à son père.

— Je veux seulement être sûr que tu te plais ici. Je m'occupe du reste.

— Oui, j'aime beaucoup.

— Alors, imagine, tu auras peut-être ton diplôme de baccalauréat en même temps que ton frère.

Sur ce, Fernand lui adressa un gros clin d'œil. L'idée fit franchement sourire la jeune fille. En fait, tous les deux commenceraient les humanités le même jour.

— Maintenant, ma belle, si tu veux regagner la voiture et m'attendre un peu, j'aimerais régler encore quelques petits détails.

— … Oui, bien sûr. Au revoir, ma sœur.

La religieuse la salua. Tous les deux la regardèrent s'éloigner. Quand elle fut hors de portée de voix, l'homme déclara :

— Demain matin, je mettrai un chèque à la poste à votre intention. Je voulais surtout vous dire un mot à propos de Béatrice. Il s'agit d'une jeune personne à la fois très intelligente et très sensible.

— Les deux vont souvent ensemble.

Il hocha la tête pour lui donner raison.

— À la maison, les choses sont difficiles pour elle. Sa mère ne se porte pas très bien, et cela depuis des années. Tout ce temps, sa santé mentale s'est révélée préoccupante. Maintenant, sa santé physique devient aussi un sujet d'inquiétude.

La religieuse nota que son interlocuteur avait préféré ne pas utiliser le je, ou même le nous, au moment de faire ce constat.

— J'ai peur que ces circonstances aient blessé Béatrice. J'aimerais que vous la surveilliez, au cours de l'année.

— Comme je le disais tout à l'heure, la petite clientèle nous permet d'être très attentives à chacune. Bien sûr, cela fait aussi monter les prix.

— Bien sûr.

Le cours classique féminin coûtait plus cher que celui des garçons, car le gouvernement n'accordait pas un sou à ces établissements.

— Si j'accepte de l'inscrire dès cette année au pensionnat, au lieu d'attendre l'an prochain, c'est surtout pour lui éviter l'atmosphère délétère de la maison.

— Vous aimez beaucoup cette petite.

La religieuse dit cela avec un sourire.

— C'est ma fille.

— Oh! Croyez-moi, l'amour ne vient pas toujours avec la paternité. Je vous assure que Béatrice sera bien avec nous. De toute façon, vous viendrez souvent la voir, n'est-ce pas?

— Tous les jours où les visites seront autorisées. Alors c'est entendu, le 2 septembre, je la conduirai ici. Au revoir, ma sœur.

En guise de salutation, elle inclina la tête, puis se dirigea vers la statue de la Vierge érigée dans un coin du jardin. En montant dans la voiture, Fernand dit simplement:

— Elle est bien, cette dame. Tout est arrangé, tu passeras une belle année. Maintenant, es-tu prête à retrouver tes frères?

— Antoine va en faire, une tête, quand il saura que je commence aussi mon cours classique.

— Il va te taquiner un peu, mais cela lui fera plaisir.

Pendant une longue partie du trajet de retour vers Saint-Michel, elle se tint tout près de lui, éperdue de reconnaissance.

Chapitre 11

Toute la matinée, chaque fois qu'elle faisait entrer une nouvelle patiente, Élise s'était fait violence pour ne pas demander :

— Et puis, ce garçon, qu'en penses-tu ?

Son amie devinait sa curiosité, elle lui adressait de petits sourires moqueurs à chaque occasion. Après la dernière future mère, la réceptionniste pénétra dans le bureau, ferma la porte derrière elle et murmura :

— Tu ne vas tout de même pas me faire languir pendant des heures encore. Raconte.

— Il n'y a pas grand-chose à dire, tu sais. Nous sommes allés dîner, pour nous installer ensuite sur un banc du parc Montmorency.

— Tu sais que je peux me montrer tenace. Raconte !

La sonnerie du téléphone interrompit sa juste frustration. Elle décrocha le cornet de l'appareil posé sur le bureau et attira l'émetteur vers elle.

— Le cabinet du docteur Caron.

Il y eut un moment de silence, puis elle plissa les yeux de plaisir avant de répondre :

— Attendez un instant, je vous mets en communication avec elle.

Elle appuya l'appareil contre sa poitrine pour éviter que son correspondant n'entende.

— Quand on parle du loup. Voici le Casanova avec une patte folle.

Puis elle lui tendit l'appareil.

— Allô, Louis ? commença Thalie d'une voix hésitante.

En levant la tête, elle formula un « Va-t'en ! » muet. Élise se contenta de lui adresser un sourire moqueur. Puis à haute voix, Thalie enchaîna :

— Moi aussi, je suis heureuse de vous entendre.

Après un silence, elle continua :

— Oui, je reçois des patientes tous les jours, cette semaine. Mais cela me fera plaisir de vous accompagner demain soir.

La conversation se poursuivit quelques secondes encore, puis se termina sur un « Au revoir ».

— Il ne peut demeurer plus de quarante-huit heures sans te voir, ricana Élise. Tu l'as ensorcelé !

— Tu sais, tu peux te transformer en vraie chipie !

— Je peux aussi te torturer jusqu'à ce que tu me racontes tout. Que s'est-il passé ?

La jeune femme n'y échapperait pas. Son amie occupait maintenant la chaise des visiteurs, les deux coudes posés sur le bureau, ses deux poings fermés de part et d'autre de son visage.

— C'est un mauvais garçon. Il livre de l'alcool de l'autre côté de la frontière.

— Oh !

Élise mit ses sourcils en accent circonflexe.

— En même temps, tu l'as vu : élégant, poli, éloquent. Il n'a rien du voyou que l'on pourrait imaginer.

— Il paraît que des ministres fédéraux s'enrichissent avec ce commerce.

— Lui aussi utilise ces arguments pour se justifier.

De savoir qu'elle partageait la vision du monde d'une canaille amusa la réceptionniste. Si sa mère apprenait cela, elle entamerait une neuvaine pour le repos de son âme.

— Mais tu désires le revoir, au point d'accepter un rendez-vous pour demain, murmura-t-elle.

— Il me plaît. C'est fou, n'est-ce pas ? Moi, sage au point de devenir la fille la plus ennuyante de Québec, je me plais en compagnie d'un criminel.

— Tu te places toujours au premier rang, même quand tu évoques l'ennui.

La réflexion tira un sourire contraint à sa compagne. Elle n'arrivait pas à réprimer tout à fait le syndrome de la première de classe.

— Où irez-vous ? demanda Élise après une pause.

— Il souhaite aller au *Théâtre Cartier*. Tu connais certainement ce cinéma, dans la rue du même nom.

— Je connais sa belle enseigne au néon. Dans un endroit public, tu pourras toujours hurler s'il veut te voler quelque chose.

Thalie secoua la tête en grimaçant, en guise de réponse. Compte tenu de toutes ses hésitations, l'humour de son amie la heurtait un peu. L'autre décida de cesser ses taquineries.

— Te sens-tu en sécurité en sa compagnie ? demanda-t-elle.

— Oui. C'est étrange, n'est-ce pas ? Un *bootlegger* me paraît plus rassurant que les quelques avocats et médecins avec lesquels je suis sortie une fois ou deux au fil des ans.

— Avec celui-là, tu ne te sens pas en compétition. Au niveau professionnel, je veux dire.

Thalie resta songeuse un long moment, puis murmura :

— Quelqu'un t'a déjà dit qu'intelligente à ce point, tu deviens un peu troublante ?

— Estelle, à quelques reprises depuis l'adolescence.

— Elle a bien raison. Alors, que me conseilles-tu, dans les circonstances?

Son amie se tut un instant. Le sujet méritait réflexion.

— On ne parle pas de mariage, ici, précisa Élise. Car au pied de l'autel, le ministre Dubuc pourrait sourciller avec raison.

— On parle d'un second rendez-vous en deux jours. Et j'attendais son appel en craignant qu'il ne vienne pas.

— Je ne dirais pas ces paroles à ma fille. À mon amie, voilà mon conseil : sois prudente, et profites-en. Je suis bien placée pour savoir que les belles choses ne viennent pas toujours de l'endroit auquel on pensait. Bon maintenant, je vais aller manger, sinon le dîner de maman sera froid.

Elle se leva, fit trois pas vers la porte avant de s'arrêter. En revenant vers elle, elle sortit un petit objet en métal de sa poche.

— J'allais encore oublier de te remettre la clé.

— Non, garde-la, et profites-en avec l'une de ces belles choses inattendues dans ta vie.

Élise fit d'abord mine de ne pas comprendre, le morceau de laiton au bout des doigts.

— Allons, ne joue pas à l'innocente avec moi. Vous faites quoi, maintenant? Vous allez à l'hôtel?

— Fernand a loué un logement d'étudiant, une garçonnière en fait, pour l'été. Il doit la rendre la semaine prochaine.

— Tu vois. Garde la clé. Tu connais mes horaires de travail mieux que moi. Le gardien de l'immeuble te connaît, je lui dirai que tu profites de mon absence pour travailler chez moi.

L'autre fronçait les sourcils, hésitante.

— Quel travail puis-je faire chez toi? Le ménage? Personne ne me croira.

— Je lui dirai que tu écris un roman, dans la solitude. Non seulement cela peut passer pour la lubie d'une femme qui s'ennuie, mais l'histoire peut servir pendant dix ans. Fernand dénichera bien un prétexte pour venir dans l'immeuble.

— C'est très gentil à toi… Mais je ne sais pas si ça peut marcher. Les gens sont si prompts à surveiller les autres.

— Alors, je vous retourne ton conseil à tous les deux. Soyez prudents et profitez-en.

Élise hocha la tête, puis sortit en serrant le petit morceau de métal au creux de sa main.

Le samedi 1er septembre, en montant dans l'ascenseur, Thalie eut la surprise de reconnaître l'un des occupants : Édouard Picard. Même si elle était sa voisine depuis près de trois semaines, jamais ils ne se croisaient.

— Bonjour, fit-elle. Nous ne nous sommes pas vus depuis un bon moment. Je ne saurais pas dire depuis quand, en fait.

— Je vais vous rassurer : moi non plus.

« Et, se priva-t-il d'ajouter, cela ne m'a pas manqué une seule seconde. » Il dit plutôt :

— Nous ne devons pas être portés sur la vie de famille.

— Je ne dirais pas cela. Enfin, pas en ce qui me concerne. Je m'en vais visiter mon frère.

Une femme d'une trentaine d'années occupait aussi l'ascenseur. Même si elle tenait vraisemblablement compagnie à l'homme, celui-ci ne la présenta pas à sa cousine. Ils ne prononcèrent pas un mot de plus avant d'arriver dans l'entrée de l'édifice.

— Alors au revoir… Thalie.

Il ne pouvait tout de même pas dire « mademoiselle » à une parente.

— Au revoir, et bonne journée. Madame, fit-elle en guise de salutation.

Le couple resta immobile devant le Château Saint-Louis. Le médecin se dirigea vers la Grande Allée. Édouard ne voulait pas qu'elle les voie monter ensemble dans sa voiture.

— C'est le docteur Picard, n'est-ce pas ? murmura la femme en regardant la silhouette s'éloigner.

— C'est bien elle. Une véritable peste.

Elle le regarda dans les yeux, un peu troublée par sa réaction.

— Oh ! Comme cela, elle semble très bien, précisa-t-il, mais elle a un talent particulier pour dire des méchancetés. J'espère ne pas la rencontrer trop souvent dans l'édifice.

En réalité, il lui reprochait surtout de lui avoir remis une plume de poulet pour illustrer sa lâcheté, quand il tentait désespérément d'échapper à la conscription.

— Nous y allons, maintenant ? demanda-t-il.

— Je ne sais même pas ce que nous attendons.

À bord de la Chevrolet, ils dépassèrent bientôt Thalie, continuèrent jusqu'à l'avenue Dufferin pour ensuite se diriger vers la Basse-Ville.

— Tu ne devais pas travailler aujourd'hui ? demanda-t-elle alors qu'il traversait la rue Saint-Joseph.

Âgée d'une trentaine d'années, cette femme appartenait à une nouvelle catégorie de personnes. Après avoir eu un époux dont la plus belle action avait été de mourir précocement en lui laissant un héritage conséquent, elle entendait profiter de l'existence sans se soucier de s'engager de nouveau. Cela convenait tout à fait à son compagnon.

— Le magasin est ouvert, mais le personnel se passera de moi.

— Tu as de la chance de pouvoir te libérer de cette façon.

— Cela arrive bien rarement. Mon entreprise demande une présence à peu près constante.

Le commerce de détail se révélait bien routinier, à la longue. Cette journée de liberté lui permettrait de rêver d'aventure. L'exposition provinciale se déroulait sous le thème «L'année de l'aviation à Québec». Même si une infime partie de la population était montée à bord de l'un de ces appareils volants, la fascination atteignait tout le monde. Peu après sa traversée de l'Atlantique en solitaire, Charles Lindbergh avait séjourné dans la ville assez longtemps pour être l'objet d'un souper de gala.

De façon plus prosaïque, dans une province immense où des entreprises liées à l'exploitation des matières premières s'installaient dans des régions éloignées, une première génération de pilotes de brousse voyait le jour. Un aéroport venait d'être inauguré au Bois-Gomin, du côté de Sainte-Foy, pour favoriser les envolées.

Lors de son arrivée sur le terrain de l'exposition, l'homme rangea sa voiture dans un stationnement improvisé, sur l'herbe, puis il fit le tour du véhicule pour ouvrir la portière à sa compagne et l'aider à descendre.

— Renée, tout à l'heure, nous pourrons aller voir le plus gros bœuf de l'est de la province ou le porc le plus appétissant, mais moi j'aimerais d'abord visiter ce hangar.

Même son prénom laissait une impression de modernité, il rappelait la liberté de mœurs propre à l'Europe. On ne désirait pas Renée de la même façon que Thérèse, ou Gertrude.

— Présentée de cette façon, la journée promet d'être un peu moins passionnante, tout d'un coup, dit la femme en lui adressant une grimace.

— Mais rien ne nous oblige à consacrer bien des heures au côté agricole de cette manifestation. Propose-nous une activité. Du moment où je suis de retour à mon bureau lundi matin…

— Comme je n'ai rien apporté avec moi, cela interdit toute escapade un peu lointaine.

Elle lui adressa une moue boudeuse, mais accepta son bras pour se diriger vers un grand hangar en tôles ondulées construit un peu à l'écart. Déjà, une file d'attente se formait devant les grandes portes de la bâtisse. Ils se joignirent aux curieux. Bientôt, ils se massaient avec eux devant un avion de petite taille, assez fortement incliné vers l'arrière. Les roues et le train d'atterrissage paraissaient un peu surdimensionnés.

— C'est le Bremen, expliqua Édouard, tout heureux de jouer au professeur dans ces domaines techniques. C'est le modèle W33 construit par Junkers.

— Ce n'est pas bien grand.

La jeune femme ne comprenait pas très bien l'intérêt populaire pour cette petite machine.

— Trois personnes y ont pourtant logé pendant plus de trente-six heures pour effectuer le premier vol transatlantique entre l'Europe et l'Amérique.

— Voyons, le premier vol, c'est celui de Lindbergh.

— Dans le sens «ouest vers l'est», tu as raison. C'est plus facile, à cause des vents favorables et de la rotation de la terre. Eux ont été les premiers de l'est vers l'ouest. Cela est bien plus difficile. D'ailleurs, ils ont perdu leur direction pendant la nuit, ce qui les a conduits à brûler de l'essence en pure perte. Ils devaient se rendre à New York en partant de Dublin. Ils se sont finalement posés sur l'île Greenly le 13 avril dernier, entre le Québec et Terre-Neuve.

— Terre-Neuve, c'est très loin de leur destination.

— Ils ne pouvaient aller plus loin, à cause de l'erreur de navigation. Ils ont fait la dernière partie du voyage à trente pieds d'altitude, en cherchant un endroit où se poser d'urgence. Ils ont eu de la chance de s'en tirer.

Renée accepta d'allonger la tête dans l'ouverture découpée dans la carlingue pour convenir enfin que vivre à trois dans un espace aussi exigu pendant une journée et demie tenait peut-être de l'exploit. Édouard, lui, parut impressionné par le microscopique hublot carré qui avait permis au navigateur irlandais James Fitzmaurice de déterminer la position de l'avion avec son sextant. Son erreur avait toutefois failli coûter la vie à ses deux compagnons et à lui-même.

— Regarde aussi le cockpit minuscule. Il permettait au pilote Hermann Köhl de voir où il allait.

La femme leva les yeux dans la direction proposée. Dans la carlingue construite en tôles d'aluminium finement ondulées, pour ajouter à la solidité de l'ensemble, une section surélevée de trois ou quatre pouces, fermée avec des plaques en verre, permettait de voir devant et sur les côtés.

— Pourquoi ne pas mettre un pare-brise, comme sur une auto ?

— Il faut des lignes fluides, pour pénétrer dans l'air avec le moins de résistance possible.

L'explication fut accueillie par de grands yeux chargés d'incompréhension. Malgré son propre corps très aérodynamique, Renée demeurait imperméable à la prouesse technique. Mieux valait évoquer le côté anecdotique de l'exploit, ou s'exposer à la voir bâiller bientôt. Édouard fit de son mieux pour l'intéresser.

— Ensuite, deux avions se sont posés dans les parages. Celui de Roméo Vachon transportait des journalistes.

— Vachon, c'est un Canadien français, ça.

Aux yeux de cette Québécoise, seule cette présence donnait un peu d'intérêt à l'histoire. Édouard laissa échapper un soupir discret. Si cette femme présentait des qualités certaines, la liste de ses défauts s'allongeait un peu trop.

— Si cet avion s'est posé à Terre-Neuve, que fait-il à l'exposition provinciale ? demanda-t-elle.

— Un navire l'a transporté ici au mois d'août. Cet automne, il retournera d'où il vient, en Allemagne.

Elle se priva de formuler « Bon débarras » à haute voix. Elle dit plutôt :

— Que fait-on maintenant ? Tu as souligné que la foire agricole ne t'intéressait pas.

— … Pourquoi ne pas aller faire un tour dans les airs ?

— Tu veux dire en avion ?

— À ma connaissance, il n'y a aucun zeppelin à Québec. Les Allemands et les Anglais discutaient de l'établissement d'un service régulier de transport de passagers par dirigeable entre l'Europe et les États-Unis. D'autres rêvaient d'aéroplanes assez grands et robustes pour offrir ce service. Mais on en était encore aux projets.

— Selon le journal de ce matin, des pilotes proposeront des balades aux amateurs aujourd'hui et demain. Nous n'avons qu'à nous rendre à l'aéroport.

La jeune femme se tourna vers l'appareil d'aluminium, un peu inquiète. Toute blasée qu'elle fût, l'expérience lui ferait certainement battre le cœur un peu plus vite.

Béatrice se tenait dans la grande pièce aménagée au fond de la maison pour sa grand-mère. Elle avait passé là de nombreuses soirées à jouer aux cartes, à lire, ou simplement à discuter des petits et grands événements meublant la vie d'une petite fille de dix ou onze ans.

— Tu auras la possibilité de suivre de vraies études, disait la vieille dame. Tu as de la chance, je crois que j'aurais aimé aussi.

— Mais cela me fait quelque chose de te laisser toute seule ici.

— Je ne serai pas seule, tu le sais bien, avec Fernand, tes frères, ma vieille amie. Au contraire, je suis très bien entourée, tu ne crois pas ?

Comme Béatrice se mordait la lèvre inférieure, elle ajouta :

— Bien sûr, je m'ennuierai terriblement de ma jeune meilleure amie. Mais tu dois saisir l'occasion d'aller dans ce couvent. Ce serait égoïste de ma part de te priver de cette chance. Alors, nous nous écrirons toutes les semaines pour nous dire toutes les choses importantes.

— Je n'oublierai jamais de le faire, grand-maman.

— Comme tu vas devenir très instruite, tu devras fermer les yeux sur mes fautes.

En disant ces mots, elle ouvrit les bras. Béatrice s'y réfugia un long moment.

Quand la jeune fille revint dans le couloir, les yeux un peu gonflés, elle trouva sa grande malle bleue sur le plancher. Pendant son absence, Antoine et son père l'avaient prise chacun par un bout pour la descendre de l'étage. Sa mère se tenait devant le miroir de l'entrée, en train d'ajuster son chapeau.

— Finalement, je me sens un peu mieux, dit la femme, je vais pouvoir t'accompagner jusqu'au couvent.

À la mine de la fille, la nouvelle n'était pas bonne pour tout le monde. Fernand sortit de son bureau avec ses garçons en disant:

— Nous allons transporter ce bagage jusqu'à la voiture, maintenant.

L'aîné passa la main dans la courroie en cuir qui faisait office de poignée à une des extrémités. Quand le père entendit faire de même avec l'autre, Charles s'interposa en disant:

— Non, moi je suis capable.

En y mettant les deux mains, avec la force de ses dix ans il souleva son bout de la malle.

— Tu vois.

— Je vois. Vous la poserez près de la voiture, mais il est interdit de tenter de la charger dedans. Je ne veux pas avoir à la faire repeindre à cause d'éraflures.

Des yeux, il s'assurait de la collaboration d'Antoine. Son statut d'aîné en faisait un auxiliaire du pouvoir paternel, en quelque sorte. L'autre hocha la tête d'un air entendu. Les deux garçons sortirent avec leur fardeau, sous les yeux un peu soucieux de Béatrice.

— Ne t'inquiète pas, dit son père en posant son bras autour de ses épaules, ces grosses boîtes sont solides. Même en la faisant glisser dans les marches, ils ne casseront rien. Nous y allons?

Elle hocha la tête. Sa mère avait suivi les garçons à l'extérieur. Le bagage se trouvait bien posé sur le gravier, près de la voiture. Fernand ouvrit la porte arrière et arriva à le glisser sur la banquette avec la collaboration des enfants.

— Tout de même, c'est lourd, admit Charles à la fin. Tu as mis tous tes livres dedans?

— Seulement quelques-uns. Dans le dortoir, je n'aurai pas beaucoup de place.

Puis vint le moment des adieux. Antoine fit la bise à sa sœur en disant :

— Je te souhaite une bonne année avec les pisseuses. Qui sait, à Noël, nous nous écrirons peut-être en latin.

— Et toi, bonne chance avec les soutanes.

Les paroles trahissaient surtout leur petite angoisse réciproque devant la perspective d'entrer dans une nouvelle école, d'avoir de nouveaux maîtres et de pénétrer le mystérieux univers des études classiques. Si aucun des deux ne faisait défection, ils en auraient pour huit ans.

— Bye, ma belle Béa, dit Charles en l'embrassant à son tour. Si mon lit est trop dur, je vais prendre le tien.

— J'y ai mis de la poudre à gratter.

Une fois leur affection commune exprimée, la jeune fille monta dans la voiture la première afin de verser une larme en toute discrétion. Eugénie la suivit bientôt. La fillette se trouva coincée entre sa mère et son père sur la large banquette avant.

Les garçons regardèrent la voiture sortir de la cour, agitèrent la main, puis rentrèrent dans la maison. Le trajet prendrait tout au plus une trentaine de minutes. La Grande Allée conduisait au chemin Saint-Louis. Après avoir passé au nord de l'église de Sillery, facilement repérable à son clocher, ils aperçurent la grande bâtisse en pierre sur leur gauche.

Fernand s'engagea dans une longue allée, puis se stationna parmi une trentaine d'autres véhicules. En ce jour de la rentrée des élèves, ce serait un va-et-vient continuel toute la journée. Eugénie descendit de voiture la première et se tint devant le pensionnat.

— Tu seras heureuse ici, je pense, avec des jeunes filles de ton âge.

Béatrice donna son assentiment d'un geste de la tête. Fernand ouvrit la portière arrière de la voiture. Il réussit à faire glisser la malle jusque sur le sol mais, seul, il n'irait pas plus loin. À cinq pas, il aperçut un homme aux prises avec le même dilemme.

— Monsieur, je vais vous aider à porter la vôtre, si vous revenez ensuite prendre un bout de celle-ci. Ce sera le plus simple, je pense.

— Ah! Bien sûr, je vous remercie. Ce n'est pas si lourd, mais plutôt encombrant.

À deux, ils transportèrent la première malle. L'épouse et la fille de l'inconnu se joignirent à eux. Le grand escalier comptait une vingtaine de marches. Les portes s'ouvraient sur un hall assez exigu, déjà encombré de bagages. Un petit homme avec un chariot, aidé d'un garçon qui devait être son fils, ne suffisait pas à les monter rapidement jusqu'aux dortoirs, sous les combles.

Un petit essaim de religieuses en robes noires recevait les parents des élèves.

— Transportons votre bagage tout de suite, dit l'inconnu. Ces dames sont toutes occupées, pour l'instant.

Ils revinrent dans le stationnement. Pendant leur absence, la fille et la mère n'avaient pas échangé un mot. Cette dernière contempla l'escalier, puis déclara:

— Je ne me sens pas la force de gravir toutes ces marches. Nous allons nous dire au revoir ici. Je te souhaite une bonne année.

— Merci, maman.

Les deux hommes s'éloignaient déjà avec leur fardeau. Béatrice les suivit, puis se retourna, revint sur ses pas pour dire encore:

— Maman, je souhaite que ta santé s'améliore.

— Merci, tu es gentille.

Puis ce fut au pas de course que la fillette les rejoignit. Cette fois, une religieuse vint tout de suite à leur rencontre pour connaître le nom des nouvelles élèves et leur attribuer une place dans le dortoir. Les deux gamines se regardèrent un moment, puis la blonde dit :

— Bonjour, je m'appelle Béatrice.

— Claire. Je vais entrer dans la classe d'Éléments.

— Moi aussi.

Le hasard les avait fait arriver ensemble au couvent, il les placerait dans des couchettes voisines au dortoir. Elles devraient décider elles-mêmes de devenir les meilleures amies du monde, ou de s'ignorer.

Après avoir dit quelques mots à la directrice, Fernand revint vers sa fille en lui tendant les bras. Elle s'y réfugia. Une religieuse s'approcha en disant :

— Viens avec moi, je vais te conduire en haut. Tu pourras ranger toutes tes choses, puis descendre au réfectoire prendre une collation avec tes camarades.

Le personnel de l'établissement possédait une longue expérience de ces situations. Moins longtemps duraient les adieux, plus vite les filles apprivoisaient leur nouvel univers et plus facile se révélait l'adaptation des nouvelles.

— Alors, à dimanche, ma grande.

— À dimanche, papa.

Elle disparut bien vite dans l'escalier, accompagnée de son guide. Pendant tout le chemin du retour, les parents ne dirent pas un mot. Eugénie, le front appuyé contre la vitre de la portière, semblait absorbée par le temps qui passe.

Depuis les dernières années, madame Dupire préférait manger dans sa chambre. Si elle plaidait ses mauvaises jambes, personne ne se montrait dupe. À son âge, s'imposer des présences désagréables ne lui disait rien. En soirée,

Fernand frappa doucement à la porte, ouvrit en entendant le « Entre » prononcé à mi-voix.

La vieille dame, lunettes au nez, parcourait un livre sans vraiment s'attarder au contenu.

— Je m'ennuie déjà de ma princesse, admit-elle en levant la tête.

— Tu recevras bien vite sa première lettre. Je lui ai laissé une provision de timbres, de papier et d'enveloppes digne d'un ministre.

— Tout de même, ce ne sera pas la même chose. À cette heure-ci à peu près, elle passait me voir tous les soirs.

L'homme s'assit de l'autre côté de la petite table et lui adressa un sourire forcé.

— Sa petite désertion lui fera du bien. Tu connais le climat de cette maison. Elle se sent très coupable de ne pas aimer sa mère comme elle le devrait. À force de se faire seriner les commandements de Dieu…

— Mais si tu te souviens bien, il est dit "Père et mère tu honoreras". On ne parle pas d'amour. La nuance me semble importante. Dieu ne demande l'impossible à aucun d'entre nous.

Après une vie de dévotion, l'aïeule découvrait sur le tard une large part de liberté d'interprétation dans le message religieux. Cela lui permettait d'adapter celui-ci aux circonstances complexes de la vie de sa famille. Même son confesseur, plus très jeune lui non plus, ne se formalisait pas de la situation.

— Et si Eugénie est sérieusement malade, cela lui enlèvera un poids de plus des épaules, précisa l'homme.

— Oh! Tu n'as pas besoin de me convaincre, je sais que tu as fait pour le mieux.

Elle le gratifia de son meilleur sourire. De toute sa vie, son fils ne l'avait déçue qu'une fois, le jour de son mariage.

Dommage que cette unique désobéissance ait eu des conséquences si durables. Puis, elle se corrigea tout de suite : les trois enfants faisaient partie de celles-ci. Et eux se montraient une bénédiction.

— Tu y crois, toi ? demanda-t-elle après une pause. Je veux dire, à la gravité de la maladie de ta femme.

— Tu as pu remarquer comme moi les symptômes. Elle retournera voir le docteur Picard dès que possible.

— Lors de mon retour d'âge, je devais avoir cinquante ans, dit-elle.

Tous les deux préféraient taire le nom des affections pouvant entraîner de telles manifestations.

— Pour tout dire, continua la vieille dame, moi aussi je pense de nouveau à prendre la fuite.

Fernand demeura silencieux. Il se souvenait de sa demande, au lendemain de la mort de son père.

— Peut-être devrais-je me retirer à l'Hôpital général. Je commence à me faire vieille.

— Moins qu'il y a dix ans.

Elle lui adressa un sourire reconnaissant.

— Et peu après ma première demande, tu as accepté toutes ces dépenses pour me rendre la vie plus facile. Ensuite, jamais tu n'as dit un mot sur le fait que ma vieille domestique ne faisait plus rien dans la maison.

— Dans ce cas, je ne respecte pas le commandement de Dieu, car j'aime ma mère.

Elle allongea sa main rendue noueuse par l'arthrite pour la poser sur la sienne.

— Nous savons tous les deux de qui Béatrice a tiré son bon caractère.

Après un moment de silence ému, il dit encore :

— Maman, je ne t'empêcherai pas de partir. Je veux seulement que tu saches combien je préfère te voir rester ici. Tu manquerais à tout le monde, et à moi en premier.

— À tout le monde?

Le sourire de l'aïeule revêtait une douce ironie.

— La peur de la maladie rend Eugénie plus conciliante qu'elle ne l'a jamais été dans le passé, même avec moi. Je pense que tu lui manquerais aussi.

— Je l'ai remarqué.

— Sa frayeur est comme un papier sablé qui adoucit les surfaces. Nous risquons moins d'être blessés par les aspérités de ses humeurs.

— À l'intérieur, change-t-elle vraiment?

Fernand resta un long moment songeur. Puis, il dut admettre :

— Je ne sais pas. Après toutes ces années, en vérité cela ne m'intéresse plus. J'ai passé quatre ans à me désespérer de son attitude…

Il s'arrêta, comme si le sujet méritait un instant de réflexion, puis enchaîna :

— Après avoir eu la grippe espagnole, je n'ai plus jamais été le même. Elle ne m'aimait pas, je l'ai accepté comme un fait définitif. J'ai cessé de vouloir changer ça. Puis je me suis demandé ce que je pourrais faire avec le reste de mon existence, dans les limites que m'impose la société.

— Jeanne…

— Elle était là, charmante, disponible.

— Mais cela ne pouvait te conduire bien loin.

L'homme hocha la tête. Il avait profité des rénovations à la maison pour se ménager une petite garçonnière peu accessible. C'était sa revanche sur la décision de sa femme de le chasser de la chambre conjugale.

La vieille madame Dupire se garda bien de demander qui avait remplacé la domestique dans la vie de son fils, même si elle s'en doutait. Cela aussi faisait partie de sa nouvelle sagesse : ne pas chercher à connaître des vérités trop dérangeantes.

— Pour l'Hôpital général, je vais tout de même attendre de voir ce qui se passe avec elle.

L'aïeule parlait d'Eugénie. Fernand essaya de ne pas imaginer comment l'état de santé de sa femme orienterait la décision de sa mère. Il ne voulait pas en venir à espérer le pire pour continuer de profiter de sa présence.

Chapitre 12

Même enclin à croire toutes les chimères, surtout la sienne, Fulgence Létourneau n'avait pu trouver un investisseur pour se porter acquéreur avec lui des ateliers PICARD. L'utilisation des petites annonces s'était révélée grotesque. Elles le mettaient en contact avec des arnaqueurs sans scrupule, ou avec des désespérés comme lui. Dans la première éventualité, les voleurs comprenaient bien vite ne pouvoir rien tirer de ce petit homme sans le sou, dans la seconde, à moins de vouloir former une association de ratés, ces gens ne lui servaient à rien.

Au cours des premiers jours du mois d'août, un petit notaire fit visiter la bâtisse à des acheteurs potentiels. Les événements se déroulaient exactement comme l'avait prévu Édouard Picard. Pendant deux semaines, le directeur désespéré erra dans de grands locaux vides. Le 1er septembre tombant un samedi, l'homme brisé eut droit à un jour de congé. Il occuperait ses nouvelles fonctions le lundi suivant.

Un peu avant l'ouverture des portes du magasin PICARD à la clientèle, revêtu d'un costume un peu élimé, l'ancien gérant se tenait derrière un comptoir placé près de l'ascenseur, au rez-de-chaussée, à la tête du plus petit rayon du commerce. On y vendait du tabac, des cigarettes, des cigares et du matériel pour fumeur, mais aussi des journaux, des cartes postales, des souvenirs destinés aux touristes.

À neuf heures trente, Édouard Picard pénétra dans son entreprise par la porte de la rue Desfossés. Pour se rendre à son bureau, il pouvait gravir l'escalier de la vieille bâtisse érigée en 1876, ou alors emprunter l'ascenseur de la nouvelle datant de 1891.

Ce dernier trajet lui donnerait l'occasion d'une bonne action.

— Ah! Fulgence, dit-il en lui tendant la main, je suis heureux de vous voir fidèle au poste.

— … Merci, monsieur Picard.

— Comment les choses se passent-elles?

— Je ne sais trop comment juger l'achalandage après quelques minutes. J'ai vendu des journaux et des cigarettes.

Le patron examinait le visage de son employé. Bien sûr, à son âge, les signes de vieillissement commençaient à apparaître, mais celui-là semblait prendre les années deux à la fois. Très maigre, sa peau se collait aux os du crâne. Chauve, une couronne de cheveux gris et des rides très creuses ajoutaient à son allure pitoyable.

— Allez, bonne continuation, dit-il en appuyant sur le bouton pour appeler l'ascenseur. Ne vous inquiétez pas, bientôt vous monterez quelques étages.

— … Merci, monsieur.

Quand la porte de la cage de laiton se referma dans son dos, l'homme se dit que la promotion s'avérerait d'autant plus indiquée qu'il convenait de placer une jeune personne souriante dans un endroit aussi passant. Les clients se contenteraient plus facilement d'un faciès lugubre pour acheter une machine à laver le linge.

Un poing cogna avec force contre la porte du bureau du directeur du grand magasin. Puis on l'ouvrit avec un certain fracas.

— Monsieur, un malheur. Descendez vite.

Rita Faucher lui sembla plus pâle que d'habitude. Comme elle n'était pas du genre à s'énerver facilement, Édouard devina le sérieux de la situation.

— Que se passe-t-il ? demanda-t-il en se levant.

— Cet homme, Létourneau, il a eu un malaise.

Il se dirigea sans hésiter vers l'escalier, convaincu d'arriver ainsi plus vite au rez-de-chaussée. Presque au pied de celui-ci, un attroupement s'était formé, si dense que d'abord il ne vit rien.

— Éloignez-vous, dit-il d'une voix autoritaire.

Un peu à regret, la foule de clients s'écarta un peu. Fulgence était sur le plancher, un peu comme un pantin désarticulé. Les lèvres bleutées laissaient croire à un malaise cardiaque. Il se pencha pour placer le bout de ses doigts contre le cou de son employé.

— Il est mort, patron.

La voix venait d'une vendeuse du rayon des produits du tabac. Comme il ne lui reconnaissait aucune compétence en médecine, il demanda :

— Quelqu'un a appelé une ambulance ?

— Oui, moi, répondit Rita, la secrétaire.

Elle se tenait au milieu de l'escalier, maintenant tout à fait maîtresse d'elle-même. En la comparant à Georgette, il commençait à apprécier sa valeur.

— Et vous, pouvez-vous me dire ce qui est arrivé ?

Son regard se portait de nouveau sur la jeune employée.

— Tout d'un coup, il a jeté un râle en portant la main à son cou, comme cela, comme pour desserrer sa cravate. Puis il est tombé.

Si elle mima la première partie de la scène, elle ne poussa pas le zèle jusqu'à se laisser choir sur le sol. Pendant de longues minutes, tous les curieux restèrent immobiles, fascinés par le spectacle macabre. Seule l'arrivée des employés de l'Hôtel-Dieu les amena à se disperser. En se redressant, le directeur ordonna à son personnel :

— Regagnez vos postes tout de suite. Des clients vous attendent.

Il n'ajouta pas que la désertion des caisses enregistreuses entraînerait son petit lot de larcins. Une fois seul avec les ambulanciers, il demanda :

— Vous pensez qu'il va s'en sortir ?

— Ça, expliqua un homme bedonnant en aidant son collègue à placer le corps sur la civière, seul un médecin a l'autorité pour en juger. C'est un ami à vous ?

— Mon employé.

— Je vous conseille de lui trouver un remplaçant. Celui-là n'est pas près de reprendre son poste.

Dans les minutes suivantes, les deux hommes mettaient le corps dans une ambulance Ford.

Dans la maison de la 3e Rue, le coup de téléphone était venu au milieu de la matinée. Rita Faucher obéissait à son sens du devoir. Grâce à elle, Thérèse Létourneau se tenait près de la civière où reposait son mari, dans une salle discrète de l'Hôtel-Dieu.

— Quand il est arrivé, la vie l'avait déjà quitté. Tout de même, l'aumônier lui a donné les derniers sacrements.

La précision de la religieuse devait rassurer les membres de la famille. À l'heure du dîner, Jacques arriva enfin. C'était le jour de la rentrée pour lui aussi. Le directeur du Petit

Séminaire avait terminé son allocution aux élèves réunis dans la grande salle de cours, puis un professeur était venu chercher le jeune homme pour le mettre au courant de la mauvaise nouvelle.

— Papa !

Le cri, depuis la porte d'entrée de la pièce, amena les deux femmes à se retourner.

— Mon petit, te voilà enfin.

Jusque-là, la veuve était demeurée coite. Elle s'accrocha au bras de son fils des deux mains. Celui-ci tint à se pencher sur la dépouille.

— Papa, tu sembles… soulagé.

Il posa sa main sur les siennes, croisées sur son ventre. Si, au fil des semaines, Fulgence avait paru de plus en plus tendu, maintenant il offrait des traits relâchés.

— Vous avez pensé à un entrepreneur de pompes funèbres ? questionna la religieuse.

La présence d'un cadavre dans une salle située près de la porte d'entrée des malades ne produisait pas le meilleur effet sur le moral des nouveaux venus. Elle espérait le voir disparaître bien vite.

— Non, murmura Thérèse. Je ne sais pas ce qu'il faut faire…

— Il y en a un sur la 3e Avenue, intervint le garçon.

L'hospitalière posa les yeux sur ce grand jeune homme si beau, si différent de son père, heureuse de trouver un interlocuteur capable de conserver ses moyens dans ces circonstances.

— Je le connais. Je vais lui téléphoner, il enverra quelqu'un avec un fourgon. Vous pourrez monter avec lui pour retourner à Limoilou.

Avant de quitter la pièce, elle prit la peine de couvrir le corps avec un drap blanc.

— Qu'est-ce qui s'est passé ? demanda Jacques en tirant une chaise près de la civière pour sa mère.

— Quelqu'un du magasin a téléphoné pour me dire de me rendre ici. Il est tombé près de son comptoir. Elle a évoqué un malaise, mais à mon arrivée, le médecin m'a parlé d'un arrêt cardiaque. Un infrac…

— Un infarctus, corrigea le garçon.

Une mort idéale, en somme, sans longues souffrances. Un moment d'angoisse, puis le vide éternel. À tout le moins, l'étudiant percevait les choses ainsi. Ses longues journées à entendre parler ses maîtres du ciel et de l'enfer obtenaient un résultat contraire à celui recherché.

— Il détestait tellement l'idée d'occuper cet emploi. Il a trouvé un moyen définitif de se dérober.

— Il nous a abandonnés, glapit la grosse femme.

— Je ne crois pas que c'était ce qu'il voulait, répondit Jacques avec un demi-sourire.

Autrement, cela aurait été payer très cher pour déserter le domicile conjugal. Sauter à bord d'un train pour une destination lointaine se serait montré tout aussi efficace à cet égard.

— Je me demande comment nous allons nous débrouiller sans lui, se plaignit-elle encore.

— Ne crains rien, répondit le fils en lui mettant un bras sur les épaules. Nous saurons bien nous tirer d'affaire.

Au fond de lui-même, le garçon s'inquiétait autant que sa mère. Mentalement, il additionnait le coût de la scolarité d'une dernière année au Petit Séminaire et de quatre autres à la faculté de droit de l'Université Laval.

Malgré le désarroi qui l'habitait depuis vingt-quatre heures, Thérèse acceptait de se plier au scénario inéluctable. Le lendemain matin au lever, avec l'aide de son fils, elle résolut de déplacer les meubles du salon afin de dégager le mur du fond.

— Tu comprends, lui répétait-elle, tu ne peux pas retourner à l'école avant les funérailles. Cela ne se fait pas.

Jamais le garçon n'avait émis le souhait de se dérober à ses obligations filiales. Si la femme en évoquait la possibilité, cela témoignait de son propre désir de se trouver ailleurs.

— Je le sais, répondit-il avec une pointe d'agacement. De toute façon, à la rentrée, il ne se passe jamais grand-chose.

Ils venaient de déplacer le canapé quand quelques coups sur la porte attirèrent leur attention. La maîtresse de maison alla répondre.

— Vous pouvez me montrer où nous allons le mettre ? demanda l'employé des pompes funèbres quand elle ouvrit.

Un grand véhicule noir était stationné près du trottoir. Elle guida le visiteur dans le salon pour lui désigner l'espace nouvellement dégagé.

— Il faudrait une table, ou quelque chose comme ça, fit-elle remarquer.

Le fait d'avoir participé à de nombreuses veillées funèbres n'avait guère familiarisé la veuve avec les aspects pratiques de la chose.

— Non, ce ne sera pas nécessaire. Nous mettrons deux chevalets et poserons le cercueil directement dessus. Avec une toile noire devant et la couronne de fleurs en plus, ce sera très bien…

L'homme marqua un temps d'arrêt, un peu gêné, puis il dit encore :

— L'un de mes employés ne s'est pas présenté ce matin. Je suis venu seul, car je me souvenais de la présence de votre grand garçon.

Des yeux, il désignait Jacques. Celui-ci comprit à demi-mot.

— C'est bien, je vais vous aider.

La situation revêtait une certaine ironie. Après un été à transporter des commodes et des buffets, il se trouvait conscrit pour déplacer un autre genre de meuble. Il accompagna le croque-mort jusqu'au hayon du véhicule, prit les deux chevalets en faisant un effort pour ne pas poser les yeux sur la longue boîte en chêne.

Bientôt, les deux triangles de bois se dressaient dans le salon. L'employé posa une planche horizontale dessus, puis étendit la grande toile noire.

— Bon, nous n'en avons pas fini.

Cette fois, le garçon dut non seulement voir la bière, mais tenir son bout. Elle ne pesait pas beaucoup plus lourd qu'un petit buffet. Une fois le fardeau posé à sa place, le visiteur sortit un tournevis de sa poche en disant :

— Va chercher la couronne et le support en métal. Je vais ouvrir.

De la mère et du fils, le dernier lui paraissait le plus susceptible de tourner de l'œil à la vue du cadavre embaumé. Il ouvrit la boîte, redressa le couvercle et s'assura que rien ne risquait de basculer. Puis il s'écarta pour laisser l'épouse s'approcher.

— Oui, cela lui ressemble, apprécia-t-elle d'une voix posée.

« Le défunt ne manquera pas tellement à celle-là », songea l'employé des pompes funèbres. À son retour, le garçon se planta un long moment aux côtés de sa mère. Il lui enleva le tribut floral des mains pour le poser à la tête du cercueil.

— Bon, je vais vous laisser, maintenant.

— Vous reviendrez… ?

La question demeura en suspens.

— Demain matin, une heure avant les funérailles. Comme l'église ne se trouve pas bien loin, cela sera amplement suffisant.

Puis il quitta les lieux, laissant les proches à leurs pensées moroses. Ce fut Jacques qui le premier rompit le long silence :

— Il paraît si petit, si fragile.

— Pour ça, il n'a jamais eu une constitution bien forte. Lors de notre mariage, il ne pesait pas cent trente livres.

Soit vingt ou trente de moins que sa femme ! L'écart n'avait cessé de croître, ensuite. Il lui concédait aussi deux bons pouces.

— À ce moment, tu l'aimais ?

Cette curieuse formulation laissait entendre que cela n'avait pas été le cas au cours des dernières années. La femme se troubla d'abord, puis elle se dit que mentir ne servait à rien, maintenant.

— Je n'ai jamais été bien romantique, tu sais. Mais il me paraissait alors plein d'avenir, dans son complet tout neuf, une moustache aussi mince qu'un pinceau sous le nez. Puis, il venait de trouver un bon emploi chez le plus grand marchand de la ville.

Après des fréquentations timides, constituées de promenades silencieuses et de soirées dans le salon paternel guère plus bavardes, Fulgence avait balbutié une demande en mariage. Faute d'un meilleur candidat, elle avait accepté. Comme il arrivait souvent, il s'agissait de l'union de deux laissés pour compte.

— C'était un homme bon, conclut-elle.

Cela représentait sa plus belle épitaphe.

— Sa seule richesse… murmura le garçon. Quand les gens viendront-ils ?

— Comme il ne sera exposé qu'aujourd'hui, nous ouvrirons les portes à midi. Il y avait une annonce dans *L'Action catholique* et *Le Soleil*. Va mettre ton uniforme de collégien. Moi, je donne un coup de fil et ensuite je mets une robe noire.

Le téléphone se trouvait dans la cuisine, accroché au mur. Elle sortit un bout de papier de sa poche et demanda la communication avec La Survivance. Le nom de la société d'assurances sur la vie portait à sourire.

— Mademoiselle, dit-elle d'emblée à la voix féminine à l'autre bout du fil, mon mari vient de mourir. Il avait une assurance avec vous.

Le caractère abrupt de la démarche ne troubla pas la jeune employée. Elle en avait l'habitude.

— Je vous adresse mes plus sincères condoléances, madame.

— Quand pourrais-je recevoir les vingt mille dollars ? Vous savez, il ne rentre plus un sou dans la maison, maintenant.

— Je vous comprends, mais tout d'abord, il y a certaines formalités à remplir. En premier lieu, vous devez nous faire parvenir le certificat de décès.

À cause du silence à l'autre bout du fil, elle expliqua :

— Le médecin vous a certainement donné un document.

— … Oui, à l'Hôtel-Dieu.

— C'est sans doute le certificat. Postez-le tout de suite. Nous traiterons votre dossier le plus vite possible.

— Je demanderai à mon fils de s'en occuper. Vous savez, il termine ses études classiques.

L'information ne changerait rien au cours des choses, mais la téléphoniste avait aussi l'habitude de cette fierté maternelle. Celle-là devait s'attribuer une grosse part de responsabilité dans la bonne fortune de son rejeton, comprit-elle.

— Madame, je vais tout de même prendre en note le nom du défunt, afin d'accélérer les choses.

La communication se termina sur cet échange d'informations.

La veille, le glas avait signalé à toute la communauté le départ d'un paroissien. Le défilé commença très lentement. Ce furent d'abord les visites des voisines immédiates, celles qui avaient vu tous les soirs Fulgence courbé sur ses choux, au moment des jardins en temps de guerre.

— Tout de même, ils l'ont bien arrangé, commenta l'une d'elles, madame Robitaille. On le reconnaît très bien comme ça.

Elle avait une certaine expérience de l'art des entrepreneurs de pompes funèbres, ayant enterré son propre époux trois ans plus tôt.

— J'espère bien, avec ce que cela coûte, répondit l'épouse éplorée.

Après son appel à la société d'assurances, elle avait longuement contemplé la colonne de chiffres dans le carnet du compte d'épargne de son mari. La somme lui permettrait de voir venir, le temps que tout cela se règle. Elle contemplait l'avenir avec sérénité.

Afin de s'épargner l'obligation d'entretenir la conversation, quand le nombre des matrones atteignait trois, elle les invitait à dire un chapelet. À ce rythme, à six heures, elle avait accumulé deux rosaires. Pendant la journée, la plupart des hommes et de nombreuses femmes travaillaient. Après souper, le nombre de visiteurs augmenta sensiblement.

Le rituel se répétait sans cesse, toujours inchangé. Les nouveaux venus se présentaient devant le cercueil, restaient recueillis quelques minutes, puis se déplaçaient afin de serrer la main des proches. Soucieuse de se ménager, ainsi que son fils, Thérèse avait fait installer les deux fauteuils sur la gauche. Cela leur permettait d'attendre dans un confort relatif.

— Madame Létourneau, je vous présente mes condo-léances, prononça une femme au teint gris et aux cheveux filasse.

— Je vous remercie...

La veuve n'arrivait pas à reconnaître le visage, donc elle ne venait pas de la paroisse.

— Je travaillais à l'atelier, précisa l'inconnue. Je tenais à lui dire un dernier au revoir. Bien sûr, il nous a toutes mises à la porte cet été, mais on savait que la décision ne venait pas de lui.

— Il a fait son possible pour maintenir la place ouverte, admit la veuve.

Bien sûr, inutile de préciser qu'en apprenant les efforts du défunt pour réunir de l'argent, elle avait bien vite mis un holà à ces démarches. L'idée d'investir les épargnes du ménage dans l'affaire, de même que la valeur de la maison, la laissait toute remuée. Elle serait dans de beaux draps maintenant, sans cette intervention.

— Je sais bien, dit la vieille couturière. On parlait de ses efforts dans tous les commerces de la rue Saint-Joseph. Mais l'autre...

L'ouvrière secoua la tête de dépit. La présence d'un grand crucifix au-dessus du cercueil l'empêchait de révéler le fond de sa pensée. Édouard Picard lui faisait aligner une quantité étonnante de jurons.

— Allez, bon courage, madame.

En tendant de nouveau une main sèche, elle offrit ses condoléances au fils du défunt, puis quitta les lieux. Au total, une dizaine d'ouvrières se donnèrent la peine d'une visite, toutes parmi les plus âgées, susceptibles d'avoir connu Fulgence dans la fleur de l'âge à la tête de l'atelier.

Vers huit heures, une jeune fille fit son entrée, flanquée de ses parents. Après s'être recueillie auprès du cadavre, elle s'inclina devant la veuve et murmura des mots convenus. Le fils se donna la peine de se lever à son approche, acceptant la main tendue.

— Jacques, je pense à vous depuis hier. Comme c'est triste.

En entendant ces mots, Thérèse tourna un visage sévère vers la jeune Germaine Huot et la soumit sans discrétion à un véritable examen. À la vue de la robe et du chapeau venus de chez PICARD, des gants blancs, un pli marqua son front. Un joli brin de fille, capable de détourner son garçon de ses études.

— Je vous remercie d'être venue, Germaine. C'est très gentil à vous.

— Vous devez avoir beaucoup de peine… Parfois, je vous voyais le matin marcher ensemble vers le travail. Vous sembliez si bien vous entendre.

Sa sensibilité toucha le garçon plus qu'il n'aurait voulu.

— Si vous voulez, nous pourrions passer dans la cuisine un moment.

La mère allait protester quand un nouveau visiteur entra dans la maison. Très vite, le silence s'imposa parmi la quarantaine de personnes présentes. Le révérend père François marcha tout droit vers la dépouille, hocha la tête comme en réponse à des paroles inaudibles du défunt. Puis il se retourna en disant :

— Mes amis, nous allons dire un chapelet pour le repos de l'âme de notre frère.

Les personnes dont les articulations permettaient un pareil exercice se mirent à genoux, les autres baissèrent la tête, recueillies. Jacques et Germaine se retrouvèrent l'un près de l'autre. De son fauteuil – personne ne lui reprocherait de demeurer assise, dans les circonstances –, la veuve les contempla, un éclair de colère dans les yeux. Ces deux-là ressemblaient trop à un couple.

Après les cinquante *Je vous salue, Marie*, le curé de la paroisse Saint-Charles demeura dans le salon, heureux de passer une heure avec ses paroissiens. La maison contenait maintenant au moins cinquante personnes, et il y en avait tout autant réparties entre la grande galerie en façade et la cour arrière. Germaine s'excusa d'un regard en partant avec ses parents.

Quand, à dix heures, le saint homme décida de regagner son presbytère, tout le monde considéra cela comme une invitation à quitter la maison.

Le plus grand édifice d'habitation de la ville de Québec, le Château Saint-Louis, comptait plus d'une centaine d'appartements. Après vérification, Fernand avait identifié les noms de deux personnes âgées, parmi les résidants, qui faisaient partie de sa clientèle.

Il se présenta sur les lieux un peu après neuf heures. Au gardien de faction dans le hall, il expliqua :

— Je viens voir monsieur Larose.

— Voulez-vous que je l'avertisse de votre arrivée ? demanda le planton en tendant la main vers le téléphone.

— Non, ne vous donnez pas cette peine. Je lui ai parlé il y a dix minutes.

Sans attendre, il marcha directement vers l'ascenseur, appuya sur le bouton en essayant d'adopter l'attitude la plus naturelle possible. Il monta au huitième étage, puis en redescendit deux en utilisant l'escalier de service. Quand il frappa à la porte de l'appartement, Élise ouvrit tout de suite pour le laisser entrer. Le dos contre la porte, elle demanda :

— Que penses-tu de cet… accommodement ?

— Je ne sais pas. Je ne peux pas venir voir le même client toutes les semaines. Puis, imagine le vieux monsieur invoqué comme prétexte de ma présence ici passant devant le gardien à cette minute même. Il se lancerait sans doute à ma recherche pour m'empêcher de voler les tapis dans les couloirs.

Il s'arrêta de parler pour la regarder. Afin de ménager les planchers, car il avait plu ce matin-là, elle avait enlevé ses chaussures. En bas de soie, une jupe à la hauteur des genoux, un chemisier blanc, il la trouva absolument ravissante.

— Mais je suis là à te faire un discours comme un idiot.

Il se pencha en prenant soin d'enlever son chapeau, posa les lèvres sur les siennes. Elle se lova contre lui, accepta sa langue dans sa bouche, ses mains sur ses flancs.

— Tu me fais visiter ? dit-il en se redressant.

Elle lui adressa un sourire entendu, le guida dans le salon d'abord, puis dans la chambre à coucher.

— Tout de même, je me sens affreusement mal à l'aise, précisa-t-elle. Elle a beau être une excellente amie…

— Alors, imagine pour moi, qui la connais à peine. Mais comment repousser cette occasion d'un tête-à-tête ?

L'homme ouvrit son porte-documents pour en sortir une bonne bouteille de vin et la mettre sur la commode.

— J'ai même pensé lui laisser ceci pour la remercier. Trouves-tu ça convenable ?

— Elle a une notion bien à elle des bons usages. Nous mettrons ton offrande dans la glacière tout à l'heure.

Élise passa les mains derrière son dos afin de détacher le bouton de la ceinture de sa jupe. Visiblement, elle surmonterait sans trop de mal ses hésitations. L'homme décida de lui venir en aide. Ces attaches à l'arrière des vêtements demeuraient toujours difficiles à atteindre.

Les funérailles se tenant un mercredi matin, l'assistance était considérablement réduite. Des femmes et des vieillards se réunirent dans la grande église Saint-Charles-de-Limoilou. Jacques Létourneau portait son uniforme d'étudiant. La jaquette noire faisait un vêtement de deuil très convenable. À ses côtés, sa mère arborait la même couleur. Pour une épouse, on s'attendait à ce qu'elle se limite à cette teinte pour toute une année.

La messe se déroula trop lentement au goût des proches. Pour l'éloge funèbre, le père François commença ainsi :

— Et si le véritable courage en cette vie était tout simplement d'effectuer de son mieux son devoir d'État ?

Sans doute qu'au gré de ses confessions, le curé avait appris à bien connaître son paroissien. Pendant une dizaine de minutes, il évoqua la personnalité discrète, les années d'un labeur incessant.

— À son fils, il laisse le souvenir d'un père attentif, dévoué. À sa femme, celui d'un époux fidèle, attentionné.

Le tout se termina par une invitation, pour chacun, à le prendre en exemple.

« Ça, jamais », songea le jeune homme. La mort lui paraissait préférable à une existence pareille, passée à s'éreinter au travail pour une femme qui ne lui rendait pas une once de son affection.

La cérémonie se termina enfin, des employés de l'entreprise de pompes funèbres poussèrent le chariot portant le cercueil jusque sur le parvis du temple, puis le firent passer dans le corbillard.

— Si vous voulez monter dans le véhicule, derrière, dit le directeur des funérailles. Le curé vous accompagnera jusqu'au cimetière.

En plus du personnel de l'entreprise, ce trio serait tout fin seul à se recueillir près du trou béant, au moment de descendre la bière.

Chapitre 13

Un peu avant midi, Élise était encore toute nue, étendue en travers du lit sur le ventre. Autant, au début, cette relation heurtait ses convictions morales, autant maintenant elle se sentait à l'aise avec Fernand. Cela tenait certainement à la tendresse de son compagnon, à l'admiration et au désir qu'il affichait pour son corps.

Fernand était étendu tout près d'elle. Sur le côté, la tête posée au creux de ses reins, il la caressait de la main droite. Sa paume partait de l'arrière de son genou jusqu'à la rondeur de la fesse.

— Je resterais comme cela pendant des heures, tu sais.

Pour souligner ses mots, il souleva un peu la tête pour l'embrasser au bas de la colonne vertébrale.

— Dans notre situation, continua-t-il, le plus triste est que nous sommes toujours à court de temps.

Elle se tourna sur le flanc afin de voir son visage, mettre une main sur sa joue.

— Mais d'un autre côté, quand nous sommes là en plein jour, en pleine lumière…

Elle voulait dire complètement nus. Ces moments lui paraissaient si délicieux. Un moment, sa main chercha le sexe de son compagnon, sous le ventre rond, le trouva en érection.

— Tu deviens inépuisable, toi.

— Je suis un jeune homme follement amoureux. Te rappelles-tu de moi, il y a vingt ans ?

Élise acquiesça en continuant sa caresse.

— Je pensais toujours au péché. Cela devenait une obsession.

— Et tu devenais aveugle.

— Au point de ne pas te voir.

Des années plus tard, devenus proches par un concours de circonstances bien improbables, ces événements de leur jeunesse leur paraissaient absurdes.

— Si je m'étais intéressé à toi alors, demanda Fernand, mes sentiments auraient-ils été partagés ?

Il posait cette question régulièrement, comme si une réponse positive prouverait que même à vingt ans, il pouvait séduire une femme désirable. Il tentait de se construire une confiance à rebours. Élise comprenait, tout en jugeant la démarche futile.

— Que je t'aime aujourd'hui ne te suffit pas ?

Il fit signe que non de la tête, le visage soudainement triste.

— Je ne le sais pas, continua-t-elle, je te l'ai déjà dit. Il y a vingt ans, j'étais quelqu'un d'autre. Alors, jamais je ne me serais imaginée dans une pareille relation.

De la main, elle caressa doucement son sexe, comme pour souligner l'audace qui lui venait à l'âge mûr.

— Et tu étais quelqu'un d'autre. Réalises-tu combien tu as changé ?

— Me rencontrer dans la rue, âgé de vingt, vingt-cinq ans, je me trouverais timide, un peu emprunté, terrorisé par le péché. Suis-je différent aujourd'hui ?

— Ah, oui ! N'en doute pas.

Elle éclata de rire en disant cela et accentua la pression de sa main.

— Je me souviens d'un événement, confia-t-elle. Quand Eugénie me disait ne rien vouloir savoir de toi, je t'ai défendu. Tu venais de lui demander la permission de lui rendre visite. C'est bien vague, mais je pense que cela s'est produit plus d'une fois. Je t'estimais.

Même si elle lui prouvait son affection depuis deux ans, cette évocation le réconforta. Sa compagne choisit ce moment pour se lever à demi.

— Et maintenant, nous devons mettre un peu d'ordre avant de quitter les lieux.

— Après m'avoir mis dans cet état ? dit-il en allongeant la main pour la poser sur son sein gauche.

Il se redressa suffisamment pour y poser les lèvres.

— Oh ! Cela te donnera envie de me revoir. Puis, c'est toi qui reçois un client à une heure. Tu n'auras même pas le temps de manger un peu.

— Madame Dufresne ! Tu as raison.

Il se leva à regret, toujours en érection. Élise en profita pour inspecter le drap. Pour limiter les dégâts, ils avaient placé les couvertures et les oreillers dans un coin.

— Nous allons changer le lit.

— … Tu veux dire que Thalie devra faire notre lessive ?

— Cela vaut mieux que de la laisser coucher là-dedans.

De l'index, elle montra une trace toujours moite.

— Elle n'a pas de machine à laver le linge, précisa-t-elle. Le nettoyage est assuré par des employés de cette maison.

« Comme à l'hôtel », se rappela le notaire : le genre de service offert dans toutes les grandes villes du monde.

— Ce n'est pas du vin que je devrais apporter la prochaine fois, mais une bouteille de mon meilleur cognac, ou de mon meilleur porto, tellement nous abusons. D'un autre côté, je ne veux pas la rendre alcoolique.

L'idée fit sourire sa compagne.

Quelques minutes plus tard, de nouveau vêtus, ils plaçaient un drap propre sur le lit.

— Tu as parlé de revenir ici, tout à l'heure. Tu crois cela possible ? demanda Élise.

— Qu'en penses-tu ?

— Je me sens plus à l'aise que dans un hôtel.

— Moi aussi.

Ils terminèrent la remise en ordre de la chambre avant que l'homme ne poursuive le fil de ses pensées à haute voix :

— Je ne peux prétexter chaque fois que je viens voir l'un ou l'autre de mes clients. Le plus simple serait de dire au gardien que je viens rencontrer quelqu'un en toute discrétion.

— Une confidence d'homme à homme, ricana-t-elle.

— Si tu veux. Un endroit comme celui-là prête à ce mode de vie. Tu sais que mon beau-frère habite dans la maison ?

Elle hocha la tête. Thalie lui avait parlé de sa rencontre fortuite avec Édouard, quelques jours plus tôt.

— Je ne serai pas le premier à avoir ici un rendez-vous clandestin, et même pas le second.

— Ce qui m'embête, c'est qu'à moins d'être un idiot, en connaissant notre présence à tous les deux dans l'édifice, le gardien tirera ses conclusions.

— Si tu préfères un arrangement comme l'été dernier, déclara Fernand en prenant son porte-documents, cela ne pose aucune difficulté.

Il voulait dire louer un appartement en ville. Tous les deux avaient même imaginé trouver une cachette dans la Basse-Ville, là où bien peu de gens risquaient de les reconnaître. Ce serait sans doute la solution la plus discrète.

— Nous en parlerons, répondit sa maîtresse. J'ai bien aimé notre escapade dans un endroit charmant comme celui-ci. Maintenant, ouste, dehors. Madame…

— … Dufresne.

— La pauvre madame Dufresne va t'attendre.

Elle avait raison. Après un dernier baiser près de la porte, Fernand quitta les lieux d'un pas léger. Tout au plus rougit-il un peu en passant devant le planton. Bien peu de notaires devaient rester toute la matinée avec un vieux client.

Au sixième étage, Élise plaça la bouteille de vin blanc dans la glacière, puis elle s'assit dans un fauteuil, un roman à la main. Elle laisserait s'écouler une bonne heure avant de quitter l'appartement à son tour. Pendant tout ce temps, elle s'imagina vivant dans un endroit douillet semblable, libre de recevoir son amant à sa guise.

Vers deux heures, elle se décida à réintégrer son rôle de mère de famille respectable.

Avec trois jours de retard, Jacques commença son année scolaire. Touché par le sort du nouvel orphelin, le professeur de Philo II se donna la peine de le prendre à part afin de lui résumer tout ce qu'il avait manqué jusque-là. Le jeune homme se réjouissait de son retour en classe. Cela lui donnait la chance de mettre fin au flot de souvenirs lui revenant en mémoire.

Lorsqu'il quitta le Petit Séminaire en fin de journée, au milieu de ses camarades externes comme lui, une grande et grosse silhouette noire l'attendait sous le grand portail en fer forgé. Le garçon demeura immobile, un peu honteux aux yeux de ses camarades. Se montrer avec sa mère, c'était trahir ses origines. La plupart des collégiens venaient d'un milieu bien différent du sien.

— Bon, à demain les gars, je dois vous quitter.

Les autres lui dirent au revoir en arborant de petits sourires moqueurs.

— Maman, que fais-tu ici? murmura-t-il, un peu fâché.

— Je suis si bouleversée. Je veux te montrer quelque chose.

Les mains tremblantes, elle sortit une enveloppe de son sac.

— Pas ici, pas au beau milieu du trottoir.

«Et surtout pas sous les yeux de tous mes camarades», songea-t-il.

— Nous allons entrer dans la cathédrale, l'invita-t-il, ce sera plus discret.

La basilique Notre-Dame était toujours ouverte aux fidèles. Ils prirent place sur un banc au fond, pour ne pas déranger quelques paroissiennes recueillies près de la balustrade. Thérèse lui tendit l'enveloppe reçue dans la journée.

— Lis ça. Ça n'a pas de bon sens.

Le garçon en sortit la lettre, reconnut le sigle de La Survivance et lut en diagonale.

Madame Létourneau,

Notre société se trouve dans l'impossibilité de donner suite à votre requête, puisque vous, votre époux et votre fils ne figurez plus dans la liste de nos clients depuis quelques semaines. En effet, jamais nous n'avons reçu de réponse à notre lettre du dixième jour de juillet dernier, ni de paiement pour la facture qui l'accompagnait.

Veuillez accepter, madame, nos sincères condoléances.

La signature de l'un des vice-présidents suivait.

— Nous avons toujours payé à temps, depuis trente ans, ajouta-t-elle, visiblement angoissée.

Jacques remit la missive dans l'enveloppe, songeur. Il se souvenait de la scène, deux mois plus tôt. Sa mère avait demandé à Fulgence de régler cette dépense. L'homme se trouvait alors aux abois.

— Tu as ton livret bancaire avec toi ? Enfin, celui de papa.

Simple ménagère, elle ne possédait pas de compte, et certainement aucun livret de banque à son nom. Maintenant, à titre de veuve, elle entendait corriger cette anomalie dès que les épargnes du ménage deviendraient les siennes.

— … Non. Pour quoi faire ? Ça n'a rien à voir.

— Normalement, le dépôt du chèque de papa devrait apparaître à peu près à la mi-juillet.

— Bien sûr, il a payé. Il a toujours payé…

Elle s'accrochait de toutes ses forces à cette idée. Obsédé par ses petites habitudes, Fulgence ne pouvait pas avoir négligé son devoir.

— Rentrons à la maison. Nous ferons cette vérification. Puis demain, nous pourrons aller à la banque. S'il existe, le chèque sera dans leurs dossiers.

— Jacques, ne parle pas comme cela !

Si Thérèse avait encaissé la mort de son époux en conservant son calme, la perspective de voir un petit pécule s'envoler la mettait dans tous ses états. Tous les deux attendirent ensuite le prochain tramway dans la rue de la Fabrique.

Une fois à la maison, la veuve courut à l'étage afin de chercher le livret dans sa commode. Elle redescendit en parcourant les pages du petit cahier.

— Je ne vois rien, déclara-t-elle en tendant le document. Regarde, toi.

À son tour, Jacques chercha la page relative à la mi-juillet. La caissière, du bout d'une plume très fine, avait indiqué les transactions. Du 10 juillet, date où la lettre avait été envoyée de La Survivance, à la mi-août, il trouva quelques montants dans la colonne des débits. En secouant la tête, il avoua :

— C'est inutile, car je ne connais pas le montant réclamé.

Sa mère réfléchit un moment, puis murmura :

— Pour les assurances des personnes, celle de la maison, au moins trente dollars.

De nouveau, il reprit son examen du petit opuscule.

— Je ne peux être certain… Où se trouve cette satanée lettre ?

— Je ne le sais pas. Je l'ai cherchée avant d'aller au Petit Séminaire, tout à l'heure. Je l'avais remise à ton père, mais elle ne se trouve pas dans ses affaires.

— Tu la lui as donnée avant qu'il parte au travail, un matin… Peut-être dans ses cartons !

Au cours des derniers jours d'existence des ateliers, le directeur était revenu avec de petites boîtes dans les bras. Pour épargner le prix de la course en taxi, il avait préféré rapporter de cette façon la multitude d'objets personnels encombrant son bureau. Après trente ans, cela donnait tout un amoncellement.

Jacques se rendit dans la cuisine pour soulever la trappe dans le plancher. Elle donnait accès à un vide sanitaire de trois pieds de profondeur tout au plus, froid et humide. Cinq boîtes en carton étaient entassées là. Il les posa une à une sur le plancher et remonta pour les mettre sur la table.

— Tes souliers, s'avisa la mère.

Même dans ces moments dramatiques, d'instinct, elle protégeait son linoléum. Le garçon avait récolté une boue brunâtre sur ses semelles. En conséquence, seulement avec des bas de laine aux pieds, il commença à explorer la paperasse accumulée. Il trouva de tout, entre autres des annonces de majoration de salaire signées Thomas Picard, des messages maladroitement griffonnés par des employés, et même plusieurs de ses dessins d'enfant. L'un d'eux le toucha surtout, deux personnages aux membres en forme de bâtonnets, le plus grand avec la mention «Papa» au-dessus de la tête, le plus petit avec un «Jac» de la même écriture. Les visages portaient un sourire, un soleil ornait le coin droit de la feuille.

— Il a gardé cela pendant toutes ces années, glissa-t-il.

— Plus tard, dit la mère en le lui enlevant des mains.

Le garçon continua à chercher, s'attardant aux enveloppes. Un élastique en rassemblait plusieurs. Elles portaient le nom et l'adresse d'un cabinet de notaire de la Haute-Ville. Il les mit de côté, continua son investigation. Après une demi-heure, il découvrit la correspondance la plus récente, et bientôt la lettre de La Survivance.

— La voilà.

— Ouvre, moi je ne saurais même pas démêler les lignes.

La tête lui tournait, le sang lui battait aux tempes. Jacques déplia une première feuille.

— C'est bien cela, une demande de paiement datée du 10 juillet.

Ses yeux revinrent en haut de la page. En lettres capitales, il lut «SECOND AVERTISSEMENT». En posant le bout de l'index sur ces mots, il demanda:

— Comment se fait-il que tu ne l'aies pas incité à payer dès la première lettre ?

— Un oubli. Je ne peux pas penser à tout.

Malgré ce plaidoyer, le rouge lui monta aux joues. Le garçon ajouta bientôt à son malaise en citant un passage.

— « Si vous ne réglez pas la facture ci-jointe dans les huit jours, lut-il, nous considérerons que vous mettez fin à votre protection. »

Le feuillet suivant était la facture proprement dite : trente-deux dollars et quatorze sous. De nouveau, Jacques parcourut le livret, ne trouva nulle part ce montant dans la colonne des débits.

— Il n'a pas payé, conclut-il. Aucun chèque de ce montant n'a été décaissé.

— Ça ne se peut pas.

— D'ailleurs, la partie détachable se trouve toujours là.

Du doigt, il désignait le bas de la facture. Une ligne pointillée délimitait le bout de papier à joindre avec le chèque.

— Il a pu mettre de l'argent comptant dans une enveloppe. Ou alors, aller payer en personne.

Accepter la terrible réalité semblait impossible à cette femme. Affecté par sa situation professionnelle, Fulgence avait dû mettre la missive dans la poche de sa veste, pour ne plus y repenser ensuite. Ou alors, craignant une chute abrupte de ses revenus, il désirait épargner trente-deux dollars. L'homme ne pouvait prévoir son propre décès.

— Pendant toutes ces années, nous avons toujours payé régulièrement, gémit-elle encore.

— Et pendant ces années, nous étions couverts par La Survivance. Mais nous ne le sommes plus.

— Ils ne peuvent pas nous faire ça, nous avons besoin de cet argent tous les deux.

— Les affaires ne fonctionnent pas comme cela, maman.

Jacques allongea la main pour reprendre le livret bancaire. Il chercha le dernier solde inscrit, une somme tout de même conséquente : un peu moins que la rémunération de Fulgence pendant deux ans.

— Papa possédait-il d'autres épargnes ?

— Non… Nous n'étions pas riches, tu sais.

Cela était plus ou moins vrai. Le salaire du directeur des ateliers PICARD doublait celui d'un travailleur qualifié, multipliait par quatre celui des couturières. Cela en faisait un notable dans la paroisse.

— La maison, ici, est payée en entier ?

— Ça, oui. Mais tu imagines, s'il avait poursuivi sa chimère de la mettre en garantie pour acheter les ateliers. Nous serions à la rue, aujourd'hui.

Une nouvelle fois, le cerveau de Jacques s'emballait. Tous ses projets d'avenir chancelaient.

— Avez-vous payé les frais de scolarité de cette année ?

— Oh ! Mais oui, mon grand, ne t'inquiète pas pour cela.

Tout de même, il lui restait cinq années d'études à effectuer. En comptant au plus serré, arriveraient-ils jusque-là ? Peut-être. Mais ensuite, sa mère n'aurait plus un sou. À moins de s'enfuir à l'autre bout du monde, il commencerait sa carrière avec une vieille dame totalement à sa charge.

— Je me demande si le plus simple ne serait pas de vendre la maison pour louer un petit appartement, suggéra-t-il, juste assez grand pour nous deux.

— Ce que tu dis n'a pas de bon sens… il faudrait payer un loyer, alors qu'ici, il n'y a que les taxes à régler.

Le décès de Fulgence paraissait un lointain souvenir tellement leur propre sort les préoccupait maintenant.

— Je ne sais pas trop, plaida Jacques. Il faudrait s'informer, calculer le tout soigneusement…

Il marqua une pause, chercha ses mots afin de produire le meilleur effet.

— Bien sûr, je pourrais chercher un emploi dès maintenant…

— Voyons, nous n'en sommes pas là, dit-elle, alarmée, en posant une main sur la sienne.

— Mais ce ne serait pas la meilleure chose à faire, continua-t-il. Lorsque j'aurai mon diplôme, nous serons tous les deux tirés d'affaire. J'aurai alors un bon salaire.

Le garçon tenait à convaincre sa mère de tout mettre en œuvre pour lui permettre de terminer ses études, quitte à lui promettre de devenir son fidèle bâton de vieillesse.

— Bien sûr, je travaillerai tous les étés. Mais toi, de ton côté, si tu te trouvais un emploi…

— Mais mon pauvre petit, je ne sais absolument rien faire. Avec mes varices, ma haute pression… Mon métier, pendant trente ans, ce fut d'entretenir cette maison.

De la main, elle fit un geste vague. Son passé lui donnait une seule compétence. Mais elle se laisserait mourir de misère avant de faire des ménages.

— Bon, dit-elle en s'appuyant sur le bord de la table pour se lever, je vais te laisser. Je sens venir une migraine. Le mieux est de me coucher, mon chapelet à la main. Demain, nous vérifierons à la banque. La caissière a pu oublier de rentrer la transaction.

— Nous allons vérifier, mais cela ne donnera rien.

Le dépit, dans la voix, paraissait insondable.

— Tu verras, tu termineras tes études comme prévu.

Elle lui posa la main sur l'épaule et échangea un long regard avec lui. Son pas pesant fit ensuite craquer les marches de l'escalier. Un peu plus tard, le garçon cherchait dans la glacière de quoi manger. Les cinq boîtes en carton restaient posées sur un bout de table, une partie de leur contenu répandue sur la surface en bois.

Sans appétit, Jacques avala un morceau de fromage et du pain. Distraitement, il regarda en même temps ses dessins d'enfant, dont son père avait décoré son bureau plusieurs années plus tôt. Certains illustraient des scènes de guerre bien naïves. À compter de 1916, il déchiffrait les journaux. En conséquence, pendant deux ans, avec ses camarades, il avait joué à Vimy ou à « Pachendal ».

Dans la maison silencieuse, le garçon prit la dernière bière dans la glacière. Il devinait que sa mère n'en achèterait plus, aussi entendit-il la savourer lentement. Un moment, l'envie de sortir dans la cour arrière lui vint. Puis, son regard se porta sur la liasse de lettres retenues par un élastique.

— Quel genre d'affaires papa faisait-il avec un notaire ? grommela-t-il. Cela ne peut pas être seulement pour un testament.

Un moment, il tourna le paquet entre ses doigts. Il estima le nombre des enveloppes à quarante. Lorsqu'il ôta la bande élastique, celle-ci se cassa. Elle datait donc de quelques années. Il tira de la première enveloppe une feuille d'une teinte bleutée. Une écriture ample et élégante en occupait le centre.

Monsieur Létourneau,

Vous trouverez ci-joint un chèque au montant de la somme convenue.

Je vous prie de recevoir l'expression de mes sentiments distingués.

Si le prénom de la signature était illisible, le mot Dupire s'avérait limpide. Un autre feuillet se trouvait dans l'enveloppe, un papier très mince. Fulgence avait l'habitude de faire sa correspondance professionnelle à la machine, en ajoutant un carbone afin de conserver copie de tous ses écrits. Sa réponse se montrait tout aussi succincte.

Monsieur Dupire,

Le paiement a bien été reçu, je vous en remercie.

Suivaient une formule de politesse et une signature.

— Papa avait donc prêté de l'argent par l'entremise d'un notaire, prononça Jacques à voix basse. Il me faut en retrouver la trace.

L'échange datait d'avril 1909. Le garçon ouvrit l'enveloppe suivante dans la pile et découvrit des feuillets datés du mois d'août. Si le notaire utilisait exactement les mêmes mots, sans en changer aucun, la réponse différait un peu.

Je vous remercie pour la somme convenue. L'enfant se porte bien, nous sommes tous les deux très heureux de l'avoir avec nous.

— Comme c'est étrange, il donnait de mes nouvelles à son notaire !

Les lettres suivantes ressemblaient aux premières. Le notaire se contentait de jeter sur le papier un message laconique pour annoncer un chèque. De son côté, Fulgence ajoutait toujours des informations relatives à son enfant. Au début, le jeune homme fut touché d'une pareille fierté paternelle, tout en trouvant un peu ridicule que l'auteur de ses jours s'épanche ainsi auprès d'un inconnu.

En avril 1915, la réponse de son père se modifia un peu :

Monsieur,

J'ai bien reçu votre chèque. J'aimerais toutefois attirer votre attention sur deux faits. D'un côté, depuis 1909 les prix ont considérablement monté. Aussi la somme convenue ne couvre pas tout à fait les dépenses engagées. De plus, Jacques commencera à fréquenter l'école des Frères des écoles chrétiennes en septembre. Il conviendrait en conséquence d'augmenter le montant, afin de respecter l'esprit du contrat passé avec le bienfaiteur.

Ces mots, sauf le dernier, témoignaient de la prudence d'un père réclamant à son notaire une part plus grande de son placement pour mieux affronter les dépenses consenties pour subvenir à l'entretien d'un fils. Sauf le dernier ! Un bienfaiteur, c'était une personne qui contribuait, par une obole, à la dépense du ménage.

D'un autre côté, cela paraissait tellement étrange que Jacques n'arrivait pas à croire à ses propres conclusions. De plus en plus troublé, il ouvrit les enveloppes une à une pour en découvrir le contenu. Les répliques de son père donnaient le compte rendu de ses succès scolaires par le menu, évoquaient sa taille, son poids, et même ses maladies d'enfant. Le tout trahissait la plus grande fierté, mais aussi un désir de voir son correspondant augmenter la contribution financière d'une tierce personne.

Si Fulgence se montrait de plus en plus bavard, le notaire s'en tenait toujours à la même chose : annoncer la venue du chèque. Tout au plus signalait-il parfois une augmentation de la contribution. La dernière missive, celle-là datée du 1er avril 1927, différait toutefois des autres :

Monsieur Létourneau,

Votre fils a célébré depuis peu ses dix-huit ans. En conséquence, le contrat vous liant au bienfaiteur arrive à terme. Vous recevez donc aujourd'hui un dernier chèque. Je me suis moi-même enquis de son désir de continuer de verser une contribution. Il m'a assuré vouloir s'arrêter là et s'en tenir à l'entente librement consentie en 1909.

Dans les circonstances, cher monsieur, je vous souhaite, à vous, à votre épouse et à votre fils, la meilleure des chances, de ma part et de celle du bienfaiteur. Il serait tout à fait inutile de revenir à la charge pour obtenir de l'argent supplémentaire.

Cette fois, Fulgence avait mis plus de temps à répondre. Si sa répartie ne contenait pas à proprement parler une supplique pour obtenir encore ce soutien, il insistait à la fois sur les bonnes notes de son garçon et le coût des études universitaires. Comme il n'y avait aucune autre lettre, le correspondant s'en était tenu à son annonce. Le notaire, ou alors le bienfaiteur ? Spontanément, le garçon tendait à croire qu'il s'agissait d'une seule et même personne.

— Mais de quoi s'agit-il, exactement ? ragea-t-il.

L'esprit en révolte, son premier désir fut de monter tout de suite dans la chambre de ses parents, puis de secouer sa mère pour la sortir de son sommeil et la forcer à lui révéler toute cette histoire.

D'un autre côté, se trouvait-il prêt à l'entendre ? Le sentiment de toucher à un mystère sur sa propre existence le laissait désemparé. Une explication toute simple lui rongeait l'esprit, comme un ver dans une pomme. Mais il se refusait encore à l'envisager.

À la fin, prudemment, il remit les lettres dans l'une des boîtes et décida de les monter à l'étage. L'escalier débouchait sur un couloir. De part et d'autre de celui-ci, on trouvait les chambres, au nombre de trois. La plus grande, en façade, servait aux parents. Le garçon en occupait une, l'autre servait de pièce de travail à son père.

Bientôt, les cinq petites boîtes en carton furent sous son lit. Au cours des soirées de la prochaine semaine, il en examinerait soigneusement le contenu, pour le détruire la plupart du temps, quand il ne s'agissait que de souvenirs de la carrière paternelle ou de la vie de famille. Finalement, il ne resterait qu'une liasse assez modeste de documents.

En se couchant ce soir-là, Jacques demeura un long moment immobile, les yeux grands ouverts dans l'obscurité. Puis il se releva prestement en murmurant :

— Si je laisse ça sous mon lit, elle va les faire disparaître.

Bientôt, à quatre pattes, il chercha l'une des lattes du plancher mal clouée à une extrémité, pour la soulever juste assez pour glisser le lot de lettres. En compagnie de quelques dizaines de photographies pornographiques achetées dans une taverne au cours de l'été précédent, elles accumuleraient la poussière, le temps qu'il connaisse les dessous de l'histoire.

Chapitre 14

Peu après sa création au début du siècle, la paroisse Saint-Charles-de-Limoilou avait été confiée à la congrégation des Franciscains, fondée des siècles auparavant par saint François d'Assise. Peut-être en souvenir de cet illustre prédécesseur, c'est en face du révérend père François que la veuve Létourneau prit place en fin d'après-midi, le 13 septembre.

— Quelle affreuse négligence, déclara-t-elle en terminant son histoire. Il n'a pas payé les assurances.

Le ton était acerbe. Le bon disciple du protecteur des animaux réagit à sa dureté.

— Madame, il s'agit d'un oubli de sa part, certainement. Chacun de nous est faillible.

— Il nous a laissés sur la paille.

Thérèse n'était pas à l'abri des exagérations.

— Vous êtes injuste. Surtout, je connaissais suffisamment bien votre époux pour savoir que peu de personnes se sont montrées aussi dévouées à leur famille que lui, et cela au cours de toutes ces années.

Rabrouée de la sorte, dorénavant la visiteuse maîtriserait mieux sa colère.

— Je me trouve pourtant dans une situation difficile. En comptant tous les sous un à un, je pourrai tenir trois ans, tout au plus. Il reste encore à Jacques cinq ans d'études avant de recevoir son diplôme.

Le franciscain hocha la tête. Sans connaître les chiffres, il tendait à accepter cette prédiction.

— Mon fils me conseille de vendre la maison afin de louer un logement. Bien sûr, cela permettrait de faire durer les épargnes plus longtemps. Mais en même temps, tout le capital serait bientôt mangé.

— Les études de votre garçon représentent un autre type de capital, monnayable à l'obtention de son diplôme. Son devoir, une fois sur le marché du travail, sera de prendre soin de vous, comme vous vous êtes occupée de lui pendant toutes ces années.

Dans une certaine mesure, il s'agissait d'un cycle immuable : à la charge de ses parents d'abord, un individu se consacrait ensuite au soin de ses propres enfants, puis de ses vieux parents, avant de devoir lui-même compter sur sa descendance. Personne ne le contestait, cela tenait à la fois aux lois de la nature et à celles de Dieu. Ne disait-on pas « Père et mère tu honoreras, afin de vivre longuement » ?

— Jacques ne se dérobera pas à son devoir, j'en ai la certitude, clama la visiteuse.

Si elle éprouvait le besoin de l'affirmer, devina le religieux, le doute devait lui ronger le cœur.

— Mais s'il survenait quelque chose, un accident… continua-t-elle. Je n'ai que lui.

— C'est le drame d'avoir un enfant unique.

La remarque contenait un reproche implicite. L'Église catholique faisait campagne pour la revanche des berceaux afin de maintenir la nation canadienne-française. Toutes les femmes se voyaient invitées à participer à la conscription des utérus.

— … Mon mari ne pouvait pas donner naissance.

À tout le moins, la visiteuse avait toujours considéré que la responsabilité en incombait à son compagnon. Avec ses lourdes mamelles et ses hanches larges, jamais elle n'avait douté de sa propre fertilité. Comme ni elle ni Fulgence n'avaient tenté la chose avec une autre personne, impossible de tirer la question au clair.

— … Jacques ? murmura le religieux.

Tout d'un coup, le révérend père s'effrayait de voir cette grosse femme avouer des turpitudes.

— Nous l'avons adopté à sa naissance. Lui-même ne le sait pas, et je ne pense pas que quelqu'un le soupçonne, dans la paroisse.

L'autre hocha la tête. Cela expliquait le peu de ressemblance entre ce garçon et ses parents. Il ne comprenait pas encore pourquoi sa visiteuse lui confiait tout cela. Peut-être ressentait-elle le besoin de libérer un peu son esprit de toutes ses inquiétudes. Mentalement, il se préparait à lui asséner l'une des vérités émises par saint François d'Assise, lui-même inspiré par le Nouveau Testament : « Les oiseaux ni ne sèment, ni ne filent, et Dieu pourvoit à leurs besoins. » Avec cette femme, toutefois, il doutait que ses paroles aient le résultat escompté. Elle ne ressemblait guère à un moineau.

— J'y ai pensé toute la semaine, continua-t-elle après un long silence. Je ne vois pas d'autre solution que de prendre des pensionnaires. Cela me permettra au moins de me nourrir, avec mon garçon, et de faire durer mes économies.

Dans la paroisse, quelques veuves utilisaient cet expédient. Même si Thérèse Létourneau ne lui paraissait pas la plus avenante des logeuses, le religieux l'encouragea :

— C'est une bonne idée, vous savez. Comme cela, vous garderez la maison et Jacques arrivera au terme de ses études.

— Mais je ne veux pas ouvrir ma porte à n'importe qui. Pourriez-vous me recommander des hommes bien ? Enfin, vous comprenez ce que je veux dire… Des gens qui ne boivent pas, n'ont pas de mauvaises fréquentations, possèdent un certain savoir-vivre.

Elle n'osait dire «des professionnels, ou des gens s'en approchant». Les titulaires d'un diplôme universitaire ne se bousculeraient pas à la porte de sa vieille maison. Elle continua :

— Des gens qui n'auront pas une mauvaise influence sur mon fils.

L'homme d'Église hocha la tête, puis l'amena indirectement à refréner ses attentes.

— Parfois, des hommes ou des femmes viennent me demander si je connais une famille honnête où aller loger. Je leur recommanderai votre demeure.

— Je préfère m'en tenir à des hommes. Je ne veux pas de jeunes femmes dans ma maison.

La ville de Québec offrait de nombreux emplois d'ouvrière, de vendeuse, de commis ou de secrétaire. Plusieurs d'entre elles devaient se loger dans une chambre en ville.

— La présence de mon fils, vous comprenez…

De nouveau, le père François hocha la tête. Si Jacques se montrait peu loquace lors de ses confessions – très vite il avait pris l'habitude de s'adresser aux prêtres du Petit Séminaire, sans doute pour plus de discrétion –, ses compagnes de jeux lui en révélaient assez pour l'amener à partager la prudence maternelle.

— Vous avez raison, renchérit-il. À son âge, votre garçon ne peut partager l'intimité d'une maison avec des représentantes de l'autre sexe.

La mère se priva d'ajouter : «Surtout qu'il occuperait l'étage avec elles, sans surveillance.»

— Je pense louer ma propre chambre, précisa Thérèse. C'est une grande pièce, je vais demander un loyer conséquent. La deuxième est bien plus modeste, parfaite pour un jeune homme.

— Je serai heureux d'en faire part aux paroissiens qui me solliciteront. Mais pour accélérer les choses, une annonce dans *L'Action catholique* donnerait sans doute de bons résultats.

Thérèse hocha la tête de bas en haut. Les lecteurs de «l'organe de l'archevêché de Québec» devaient être de bonnes personnes.

— Je donnerai tout de même la préférence aux gens que vous voudrez bien me recommander, mon père. Maintenant, accepteriez-vous de me bénir avant mon départ?

Elle ne se mit pas à genoux, mais pencha la tête avec une modestie exemplaire. Le religieux s'exécuta. La bonne chrétienne quitta le presbytère peu après.

Au même moment, Jacques Létourneau marchait dans la Grande Allée, de nouveau émerveillé par les belles demeures bourgeoises de part et d'autre de la magnifique avenue. Les propriétaires d'entreprises et les professionnels de grande réputation habitaient dans cette artère. Il y venait parfois pour alimenter ses rêves de grandeur.

Il arriva rue Scott à l'heure de son rendez-vous. Une jeune domestique à la fois très grande et très maigre vint lui ouvrir.

— J'ai rendez-vous avec maître Dupire.

— Venez vous asseoir, il sera avec vous dans une minute.

La personne recrutée près de trois ans plus tôt pour remplacer Jeanne avait apprivoisé sans trop de mal les exigences de son emploi. Excepté pour son physique de carême perpétuel, personne dans la maison n'avait à se plaindre d'elle.

Par la porte ouverte d'une minuscule pièce où on l'avait prié d'attendre, Jacques contempla le couloir traversant la maison de la porte d'entrée jusqu'à la cuisine, tout au bout. Si l'extérieur de la bâtisse ne payait pas de mine, l'intérieur témoignait d'un confort à peu près inconnu à la Basse-Ville. Bientôt, il vit un gros homme quitter son bureau pour venir vers lui.

— Monsieur Létourneau, je suis désolé de vous avoir fait attendre.

— Ce n'est rien, je suis là depuis une minute à peine.

La poignée de main du notaire était ferme, le visage affable. Il assumait son poids excédentaire avec une certaine élégance.

— Venez avec moi.

Les lambris sombres de la pièce de travail lui donnaient une allure sérieuse, un peu austère même. Le visiteur occupa un siège généreusement capitonné, tandis que son hôte regagna le sien derrière son bureau.

— Votre coup de téléphone m'a beaucoup surpris, commença le notaire. Je ne crois pas vous connaître.

— Pourtant, vous avez envoyé à mon père cette lettre l'an dernier. Il y en a une quarantaine d'autres, à peu près toutes semblables, mais différentes de celle-ci. Certaines sont signées par un autre monsieur Dupire, mais celles des huit dernières années sont de vous.

Le jeune garçon vêtu de son uniforme scolaire ne s'en laissait pas imposer par la majesté du lieu ou l'étrangeté de la situation. Fernand ne détachait pas son regard de la longue silhouette et du visage de dieu germanique. Il retrouvait quelques points communs avec Eugénie. Mais pour quelqu'un ignorant le lien de parenté, la ressemblance passerait inaperçue.

En parlant, Jacques avait sorti une enveloppe de la poche intérieure de sa jaquette. Un instant plus tard, il posait la lettre sur le sous-main, juste sous les yeux du notaire.

— Ah! fit celui-ci en feignant de comprendre enfin. Vous êtes le fils de Fulgence Létourneau.

— C'est bien moi. Mon père vous a d'ailleurs tenu informé de pans entiers de mon existence, comme en témoigne sa réponse à votre dernière missive.

En disant ces mots, il déposa la copie de celle-ci sur le premier document. L'autre hocha la tête.

— Oui, je vois. Que puis-je faire pour vous?

L'homme avait craint ce genre de rencontre en apprenant le décès du directeur des ateliers dans la rubrique nécrologique des journaux. Il cherchait la meilleure contenance à adopter.

— Simplement me dire ce que signifie ce long échange de correspondance.

— Je crains que cela ne soit pas possible. Je suis tenu par le secret professionnel. Toutefois, si votre père…

— Mon père est mort!

Cette fois, une colère sourde avait teinté la voix. Fernand choisit de jouer l'ignorance.

— Je vous offre mes plus sincères condoléances.

Jacques serra les mains sur les accoudoirs de son fauteuil au point de se faire mal aux jointures.

— Que veulent dire ces lettres?

— Votre père affirmait que vous songiez à vous inscrire à la Faculté de droit. Vous avez donc sans doute une bonne idée de la nature du secret professionnel. Cela ressemble à celui de la confession. À la lecture de la correspondance, vous savez déjà qu'un contrat existait entre votre père et une autre personne, en vertu duquel mon père devait verser une somme d'argent trois fois l'an. À la retraite de mon père, j'ai pris le relais.

— Ces versements devaient se poursuivre de ma naissance à mon dix-huitième anniversaire, si j'ai bien compris.

— Vous êtes en droit de conclure cela de la correspondance.

Le visiteur souhaitait abreuver son interlocuteur d'insultes, ce qui risquait peu de rendre ce gros personnage débonnaire plus loquace.

— C'est de moi dont il est question dans ces lettres, de ma vie, jeta le garçon en élevant le ton.

— Je ne le nie pas, mais cela ne change rien à l'affaire. Deux personnes ont signé un contrat dans ce bureau, il y aura bientôt vingt ans. Une entente confidentielle. Je ne vous en dévoilerai pas le contenu.

— L'une de ces personnes était mon père, clama le jeune homme.

— La parenté n'y change rien. Je ne révélerai pas les transactions du père au fils, pas plus que je ne révélerais celles du fils au père. Seuls les signataires de ce contrat peuvent choisir de se confier.

Fernand gardait ses yeux rivés sur ceux de son vis-à-vis, comme s'il essayait de le jauger. Il devinait une volonté farouche, et surtout l'habitude de voir les autres céder devant celle-ci. «Aujourd'hui, tu seras déçu, mon bonhomme», songea-t-il.

— Mon père est mort, il ne peut plus me donner d'explications.

— Je suis désolé de ce décès, je vous l'ai dit tout à l'heure.

— Alors, donnez-moi le nom de l'autre signataire du contrat.

— Cela tombe sous le coup du secret professionnel.

Sous l'effet de la colère, le rouge montait maintenant aux joues du garçon. Il arriva avec peine à se maîtriser.

— Je vais donc vous dire ce que je conclus : une personne a accepté de verser un montant à mes parents depuis ma naissance jusqu'à mes dix-huit ans. Elle a accepté certaines augmentations afin de bien couvrir le coût de mon éducation et de mon entretien.

— Je ne peux infirmer ni confirmer cette hypothèse.

Une question brûlait la bouche de Jacques : « Pourquoi ? » Sachant que son interlocuteur ne répondrait pas, il préféra la réprimer.

— Si c'est tout ce que je peux faire pour vous... commença le notaire en faisant mine de se lever.

— La formulation "Ce que je ne peux pas faire..." conviendrait mieux, dans les circonstances, remarqua le jeune homme avec l'esquisse d'un sourire.

— En effet, admit le professionnel.

Il n'ajouta pas « À mon grand regret ». Fernand préférait ne pas proférer de mensonges inutiles.

— Si vous voulez m'accorder encore une minute, je vous en serais reconnaissant, demanda Jacques en retrouvant son art de la séduction habituel. La cessation de ces paiements tombe plutôt mal pour ma mère. Sans vouloir vous révéler des secrets, non pas professionnels, mais de famille ceux-là, je vous dirai que le décès de mon père est survenu à un très mauvais moment. Il nous a laissés dans une situation financière précaire...

— Le bienfaiteur est décédé lui aussi. Je ne peux pas lui en faire part.

Si Édouard Picard avait accepté d'assumer la dépense par fidélité à la mémoire de Thomas et par affection pour sa sœur, jamais il ne consentirait à continuer. Compte tenu de ses ennuis domestiques actuels, cela ne valait même pas la peine de le demander.

— Non, monsieur Dupire, précisa Jacques. Je ne veux pas quêter la charité, ni à cet inconnu, ni à vous. Mais je souhaite vous offrir mes services. J'ai suivi des cours de dactylo au Petit Séminaire. Si vous avez des actes à transcrire…

La surprise laissa un moment le notaire pantois. Il répondit bientôt, mal à l'aise:

— Commencez par terminer votre cours classique et obtenez votre admission à la Faculté de droit. Si un emploi de stagiaire vous sourit toujours l'été prochain, revenez me voir. Je verrai ce que je peux faire.

Cette fois, Fernand se leva, bien résolu à chasser son visiteur. L'autre quitta son siège sans opposition, pour se laisser reconduire jusqu'à la porte. En ouvrant, le professionnel dit encore:

— Comme j'ai moi-même deux fils, je vais me permettre de vous donner un conseil, sans lien avec le droit. Il ne sert à rien de vouloir percer les secrets de nos parents. Vous y trouveriez sans doute plus de déplaisir que de satisfaction. Si ceux-ci ont jugé bon de ne pas vous donner d'explications, ils croyaient sans doute que cela valait mieux pour vous.

— Monsieur Dupire, je songerai soigneusement à ce que vous venez de me dire.

Toutefois, cela ne voulait pas dire qu'il y prêterait foi, pensa le notaire en revenant à son bureau. «Mais pourquoi diable ces idiots ne lui ont jamais dit l'avoir adopté?», se demanda-t-il en s'asseyant.

Car si Jacques avait connu ce détail, aujourd'hui, son univers ne serait pas bouleversé.

En revenant à la maison, Jacques eut droit à un repas bien décevant : un peu de graisse de rôti avec des pommes de terre. À ce rythme, sa mère ferait durer le petit pécule jusqu'à la fin des temps, lui semblait-il. En mettant la vaisselle sale dans l'évier, elle déclara :

— Avant de monter étudier, tu vas m'aider à déplacer les meubles. Cela ne sert plus à rien d'attendre, demain je passerai une annonce dans le journal.

Le garçon songea à protester, peu désireux de partager la maison avec des étrangers. Il se tut en songeant que ces présences entraîneraient certainement une amélioration de l'ordinaire. Aucun pensionnaire ne demeurerait dans la maison sans une alimentation convenable.

— J'aimerais te parler, déclara-t-il.

— Je veux bien, mais ce sera après. Alors, viens avec moi.

À l'étage, dans la chambre inoccupée, elle commença par lui ordonner de prendre un bout de la table de travail. Ils la transportèrent dans la pièce voisine.

— Je n'aurai plus de place pour bouger ! se plaignit le garçon.

— Notre confort à tous les deux ne sera plus jamais le même, j'en ai bien peur. Tu auras tout l'espace requis pour étudier, faire tes devoirs et dormir. Le reste est devenu un luxe inabordable, pour toi comme pour moi.

— Mais je peux à peine passer entre le lit et cette table.

Pour le lui montrer, il se dirigea vers la porte. Pour cela, il devait mettre un genou sur le matelas. Sa mère resta imperturbable.

— Maintenant, dit-elle, apporte tous les livres et le papier dont tu auras besoin ici. Le reste ira dans le grenier. Moi, pendant ce temps, je vais descendre mon linge. Je te demanderai ton aide pour transporter tout à l'heure la commode la plus haute au rez-de-chaussée.

— … Mais où coucheras-tu ?

— Dans la salle de couture.

Désormais, elle vivrait en bas. Ce serait plus pratique avec des inconnus dans la maison, et moins intimidant que de les côtoyer à l'étage.

— Tu n'auras pas assez de place, surtout en y mettant un nouveau meuble.

— J'en aurai autant que toi. Tu vois, c'est le prix à payer pour que tu puisses terminer tes études en paix.

Ces mots réduisirent de beaucoup la colère du jeune homme.

— Dépêche-toi, conclut-elle, nous pourrons parler ensuite, si tu as encore le cœur à cela.

Mieux valait suivre ses directives. La décision de sa mère était la meilleure, dans les circonstances.

Faire passer leurs possessions d'une pièce à l'autre se déroula rondement.

— Bon, ces beaux messieurs n'ont qu'à se présenter, maintenant ! déclara la bonne femme, les deux mains sur les hanches, en contemplant la chambre tout à fait vide.

— Cela manque un peu de meubles.

— En sortant du presbytère, je suis passée chez Cloutier, sur la 3e Avenue. Demain midi, il y aura là un lit, une petite commode, une chaise.

Ce commerce vendait tout le nécessaire pour une maison, si l'on se contentait d'être les seconds, les troisièmes ou les dixièmes propriétaires.

— J'ai aussi commandé un nouveau matelas pour le petit lit, en bas.

Le tout lui avait coûté une vingtaine de dollars, pas plus. Thérèse apprenait à gérer au plus serré. De son côté, Jacques la découvrait sous un nouveau jour. Elle savait s'adapter. Son premier accommodement avec la vie avait été de se contenter d'un petit homme malingre pour époux, des décennies plus tôt. Maintenant, elle apprenait à se passer de lui.

— Alors, veux-tu toujours avoir cette conversation ? demanda la femme.

— … Oui. Peux-tu m'attendre dans la cuisine un moment ? Je te rejoins tout de suite.

Le garçon préférait mettre un étage entre eux au moment de récupérer les lettres sous son plancher. Un peu plus tard, il s'assit à côté d'elle à la table.

— Dans les boîtes de papa, j'ai trouvé cette correspondance. Elle vient du cabinet du notaire Dupire. Dans chacune des enveloppes, il y a une copie de la réponse.

Il décida de lui montrer la dernière, la plus explicite.

— Elles ne sont pas toutes là. Je comprends qu'il y a dû en avoir trois par année, pendant dix-huit ans. Il en manque environ le tiers.

La mère secoua la tête, comme affligée par tant de négligence de la part de son mari. Elle s'était imaginé que Fulgence avait détruit tout cela.

— Maintenant, articula Jacques d'une voix lourde de reproches, je veux savoir pourquoi quelqu'un a payé pour mon entretien pendant toutes ces années.

— Qu'est-ce que tu racontes ? Personne ne paie pour l'entretien des enfants des autres.

— Maman, cesse de me mentir ! tonna le garçon en frappant la table de la main.

Le geste d'impatience lui rappela les colères de la petite enfance. Le jour où Jacques avait compris être plus beau que tous les autres, la séduction avait succédé à la colère, pour arriver à ses fins.

— Ne te fâche pas comme cela ! plaida-t-elle.

— Je ne me fâcherai pas si tu me dis la vérité. À quoi rime cette histoire ? Comment se fait-il que quelqu'un a payé pour moi pendant toutes ces années ?

— … Parce que nous t'avons adopté.

Jacques demeura totalement abasourdi. À une vitesse vertigineuse, des remarques entendues, des regards étonnés se bousculaient dans sa tête, tous pour exprimer la surprise devant si peu de ressemblance entre le père et le fils. Bien sûr, il ressemblait à sa mère…

— Es-tu ma mère, je veux dire ma mère naturelle ?

— Non… Mais cela ne change rien à mon affection, au contraire. Moi, j'ai choisi de m'occuper de toi, ta présence dans ma vie ne tient pas à un hasard.

Dans une province où la contraception s'avérait à peu près inaccessible, les naissances n'étaient pas toutes bienvenues, de beaucoup s'en fallait. Assez curieusement, Jacques ne voulait pas y croire. Au fil des ans, la ressemblance entre eux lui avait paru évidente.

— J'ai peut-être été choisi, mais je venais avec un chèque… non, trois chèques tous les ans.

Présentée comme cela, son adoption perdait sa dimension généreuse pour devenir une opération mercantile. Thérèse n'était pas du genre à accepter les soufflets sans les rendre :

— Oh ! Si tu veux lever le nez sur cet argent, libre à toi. Tiens, nous prenons ces lettres, nous faisons le total, puis nous allons donner la somme au père François pour les bonnes œuvres de la paroisse. Tu te rendras vite compte que cela représente sans doute un peu moins que le coût de tes futures études universitaires.

— … Je ne voulais pas dire cela.

Déjà, la peur lui nouait le ventre. La détermination de sa mère valait certainement la sienne. Son caractère en faisait un être difficile à bousculer.

— Mais une fois réglés tes comptes avec la vie, continua-t-elle, tu devras bien vite trouver un emploi. Car ce ne sont pas deux pensionnaires qui vont régler les factures de l'Université Laval.

Elle le fixait de ses yeux gris, un masque hostile sur son visage.

— Je ne te reproche pas d'avoir accepté ces sommes. Mais je veux savoir comment cela s'est passé.

Finalement, pour rétablir les ponts avec le garçon, elle se résolut à dire la vérité.

— Cela a débuté d'une curieuse façon. Un beau jour, Thomas Picard a demandé à Fulgence s'il voulait adopter un enfant.

— Pourquoi Picard ?

— Le commerçant venait en aide à une grosse légume de la Haute-Ville, bien sûr. Un type dont la fille s'était fait engrosser par un voisin, un cousin, ou même par lui-même. Comment puis-je savoir ?

— Alors pa… Fulgence lui a répondu : "Oui, contre un petit dédommagement."

Le mot « papa » ne passerait plus les lèvres du garçon, il utiliserait désormais son prénom pour le désigner, du moins devant Thérèse.

— Tu tiens à présenter cela de la plus mauvaise façon, n'est-ce pas ? La vérité est plus simple. Le grand-père… ton vrai grand-père, voulait sans doute que le bâtard de sa fille ne connaisse pas la misère. Il a pris ses précautions en demandant à un voisin, Picard, de trouver une bonne famille, et de lui offrir une petite mensualité. La bonne famille, c'était nous.

Jacques reçut le mot « bâtard » comme un coup de fouet, tellement que la suite de la confidence lui échappa en partie. Pourtant, Thérèse disait vrai. Il avait exigé de savoir, elle lui livrait la vérité toute crue.

— Tu crois vraiment que nous nous sommes enrichis à tes dépens ? demanda la femme.

— Non. Je ne voulais pas dire cela.

Elle le dévisagea, sceptique, puis ajouta :

— Si tu veux, je vais te donner tous les livrets de ton père, au fil des ans. Tu constateras que sitôt reçus, les chèques allaient directement dans un compte d'épargne, pour payer tes études universitaires. Ton père avait honte de recevoir cet argent. Chaque fois que Fulgence a demandé un peu plus, je devais d'abord le houspiller pendant un bon mois.

— Toi, cela ne te gênait pas ?

— Pourquoi ? Une fille de la Haute-Ville a sauté la clôture, son père avait de l'argent. Tu crois que la vie m'avait fait de nombreux cadeaux, jusque-là ? Cette fois, j'en recevais deux : un enfant alors que ton père ne pouvait m'en faire un, et de quoi l'envoyer à l'université. J'ai accepté les deux. Je ne le regrette pas.

De nouveau, Jacques se fit la réflexion que cette femme devait être sa véritable mère. Son esprit fonctionnait exactement comme le sien.

— Je ne comprends pas tout à fait le rôle de Picard, ni celui de Dupire, dans cette histoire. Tu peux m'expliquer de nouveau ?

— … Ce que je vais te dire là, c'est une hypothèse, mais tout de même, je pense avoir raison. Picard connaissait le père de la jeune fille mise enceinte. Il a servi d'intermédiaire pour conserver l'anonymat de son ami. Tu vois, ton grand-père donnait de l'argent au marchand, qui le transmettait à Dupire, qui nous le donnait ensuite.

— C'est bien compliqué.

— Juste assez pour nous empêcher, Fulgence, moi ou toi, de découvrir qui est ta mère naturelle.

L'histoire paraissait tellement invraisemblable, comme le scénario d'un roman à dix sous. Jacques demeura silencieux, les yeux fixés sur les mains noueuses de la femme. L'idée qu'elle ne soit pas l'auteure de ses jours ne lui entrait pas dans la tête. Même sa façon un peu obsessionnelle de s'occuper de lui, au fil des ans, lui paraissait en être la preuve.

— As-tu rencontré le notaire Dupire, le vieux?

— … Deux fois. À la signature du contrat, puis une autre fois, lorsque Thomas Picard est mort. Les chèques n'arrivaient plus. Cela s'est replacé au moment où le bonhomme a trouvé un nouvel intermédiaire, sans doute.

— De nouveau, je trouve cette histoire compliquée.

Son interlocutrice haussa les épaules, comme pour dire: «Je ne distribue pas les rôles, dans cette comédie.» Puis, elle se leva en annonçant:

— Maintenant, je monte me coucher. Je tiens à profiter de mon grand lit avant qu'un inconnu se glisse dedans.

— Encore un mot: pourquoi Fulgence gardait-il ces lettres dans son bureau?

— Son motif ne te paraît pas évident? Tu es curieux, je savais que, tôt ou tard, tu mettrais la main dessus. Je lui ai demandé de les faire disparaître. Son romantisme a eu le dessus, il les a gardées.

— Mais j'avais le droit de savoir. C'est ma vie, après tout.

— Le droit? Tu le penses vraiment?

Debout près de la table, la femme le regarda longuement.

— Eh bien, maintenant, tu sais. Te sens-tu mieux pour autant ?

Son regard dans le sien, il demeura silencieux.

— Bien sûr que non, tu ne te sens pas mieux, répondit-elle à sa place. Je ne pense pas que Fulgence et moi avons été les meilleurs parents de la ville, mais nous nous tirions mieux d'affaire que celle qui t'a abandonné.

— Je ne vous fais aucun reproche, sauf celui de m'avoir caché la vérité sur mon adoption.

— Et d'avoir accepté de l'argent.

La femme touchait juste. Aux yeux du garçon, cela lui donnait l'impression d'un amour mercenaire, comme avec une prostituée, en fait. Il afficha l'esquisse d'un sourire, pour lui mentir :

— Non, au contraire, vous avez bien fait. Cela me permettra de faire des études universitaires, n'est-ce pas ?

Autrement dit, lui-même profiterait de la contribution soigneusement mise de côté par Fulgence. Tous les deux venaient de sceller une entente pour les années à venir. Sur cela, la femme gravit l'escalier de son pas pesant. À table, Jacques resta un long moment immobile. Toute cette histoire nourrissait en lui une colère sourde… sans qu'il sache contre qui la diriger.

Chapitre 15

Malgré ses inquiétudes, au retour de Saint-Michel-de-Bellechasse à la fin de la belle saison, Eugénie avait tardé avant de prendre rendez-vous avec son nouveau médecin. En réalité, elle souhaitait se préparer à entendre les vérités peut-être cruelles qui lui seraient révélées.

— Madame, commenta Thalie en parcourant le petit carnet apporté par la malade, vous l'avez constaté en prenant ces notes, vos pertes de sang ne s'accordent pas à votre cycle.

— Vous avez raison. Qu'est-ce que cela veut dire ?

— Nous aborderons ce sujet dans un instant. D'abord, j'aimerais vous examiner de nouveau. Si vous voulez passer à côté…

— … pour me dévêtir. Je commence à en avoir l'habitude.

La patiente lui adressa un sourire narquois en se levant. Même avec une femme, ces procédures lui étaient pénibles. L'omnipraticienne lui laissa le temps de passer derrière le paravent, pour la rejoindre au moment où elle s'étendait sur la table.

— Je vais tenter de voir si je sens une anomalie dans votre utérus. Dites-moi si vous ressentez une douleur.

Lentement, du bout des doigts, elle parcourut la surface du ventre, pesant doucement partout.

— Je ne sens rien. Si vous voulez mettre vos pieds dans les étriers.

Eugénie s'exécuta en serrant les mâchoires. Elle toléra en grimaçant l'insertion du spéculum. Le stéthoscope sur son cœur et ses poumons se révéla presque agréable, après cela. De nouveau, le battement parut un peu emballé, le pouls trop rapide.

Une fois rhabillée, elle reprit la place réservée aux visiteurs, les deux mains crispées sur son sac, le visage anxieux.

— Les saignements si fréquents tiennent sans doute à la présence d'un myome dans votre utérus. Cette… masse fragilise la muqueuse.

Afin de ne pas affoler cette femme, elle avait évité le mot « tumeur ». Même suivi du qualificatif « bénigne », chez tous, il évoquait trop le cancer.

Comme sa patiente arquait les sourcils, elle se reprit :

— Souvent, les gens parlent de fibrome utérin.

— … C'est très grave, glissa Eugénie, la voix blanche.

— En réalité, non. Cela afflige une femme sur cinq environ. La situation ne dégénère que très rarement en une maladie sérieuse. Vraiment très rarement.

Eugénie Dupire laissa échapper un long soupir. Thalie la laissa savourer son soulagement, avant d'enchaîner :

— Tout de même, ces hémorragies continuelles sont sans doute la cause de votre sensation de fatigue. Avec votre accord, j'aimerais vous référer à un chirurgien du Jeffery Hale. Vous ne voyez aucun inconvénient à fréquenter cet hôpital ?

Si cet établissement recevait volontiers des catholiques, l'idée de confier leur corps à un chirurgien protestant horrifiait certaines personnes. Celle-là fit signe que non de la tête.

— Il nous donnera un second avis. Je pense que dans les circonstances, une hystérectomie serait le plus sage.

— Vous voulez dire…

— La grande opération.

Depuis plus d'un demi-siècle, plusieurs «problèmes féminins» trouvaient une solution définitive grâce à une ablation pure et simple des organes de la procréation.

— Vous parlez d'une intervention majeure, murmura la malade.

— Vous avez raison. Je ne le fais pas de gaieté de cœur. Mais votre condition est très gênante, elle affecte votre bien-être général. Mon collègue commencera par procéder à une radiographie, il vous examinera à son tour. Je pense qu'il arrivera à la même conclusion que moi.

— Il n'y a pas d'autres solutions?

L'idée de passer sous le bistouri ne souriait à personne. Non seulement l'opération serait invasive, mais les risques d'infection et les effets secondaires de l'anesthésie devaient être pris en compte.

— Une alimentation riche en fer, de longues marches vous aideraient certainement. Mais elles ne régleront en rien ces hémorragies répétées.

La visiteuse hocha la tête, vaincue.

— Si vous croyez cela nécessaire, je veux bien voir votre collègue.

Thalie commença à écrire dans le dossier.

Depuis sa migration dans la petite chambre du rez-de-chaussée, Thérèse se sentait bien à l'étroit. Son embonpoint cadrait mal dans un petit lit, dans cet espace réduit déjà encombré d'une machine à coudre. Au moins, ce sacrifice promettait de devenir rentable. Un homme avait exprimé le désir de venir voir la grande chambre du haut en fin d'après-midi, ce vendredi-là, après le travail.

Des coups à la porte attirèrent son attention un peu après six heures. Elle se réjouit que Jacques ne soit pas encore de retour du Petit Séminaire. Sa présence pourrait effrayer ce locataire potentiel. Un jeune adulte dans la maison s'accompagnait parfois d'accrocs à la quiétude. Elle ouvrit à un homme dans la cinquantaine, pas très grand, chauve, avec seulement une couronne de cheveux gris à l'arrière de la tête.

— Madame Létourneau? demanda-t-il, un peu hésitant.

— C'est moi. Vous êtes monsieur… Je n'ai pas très bien compris votre nom au téléphone, hier.

— Monsieur Charmin. Armel Charmin.

Elle avait donc parfaitement entendu. Quel étrange patronyme. L'homme ne trahissait pourtant pas une origine étrangère par son accent.

— Un nom plutôt rare, commenta-t-elle.

— Cela vient de la Bretagne… Mon grand-père est venu au Canada il y a cinquante ans au moins, précisa-t-il après une pause.

L'allusion à une origine étrangère amena un froncement de sourcils à la femme. Elle souhaitait ouvrir sa porte à un bon catholique. Dans son esprit, c'était synonyme de Canadien français.

— Où avez-vous appris que j'avais une chambre à louer?

— Dans les pages de *L'Action catholique*… Vous n'avez pas déjà quelqu'un, j'espère?

Au moins, il avait de bonnes lectures. Tergiverser ne servirait à rien. Elle fit non de la tête et s'effaça pour le laisser entrer. Le salon se trouvait tout de suite sur leur gauche. Thérèse lui montra la pièce en disant:

— Vous pourrez venir vous y asseoir. Pour les repas, ce sera dans la cuisine. Dans ces vieilles maisons, nous n'avons pas de véritable salle à manger.

Elle lui montra l'endroit, puis l'amena près de la fenêtre pour lui désigner la cour.

— Mon mari avait l'habitude de venir y prendre l'air, les soirs d'été. Il s'asseyait sur les marches de l'escalier, mais vous pourrez y apporter un siège.

— Vous êtes veuve depuis peu, madame ?

— Le début du mois. C'est pour cela que je dois louer des chambres.

Elle réprima son envie de commenter l'imbécillité d'un homme mort sans avoir payé son assurance sur la vie. Pareille négligence lui apparaissait maintenant comme un ultime acte de vengeance. Fulgence lui faisait payer leurs échanges aigres-doux, nombreux au fil des ans.

— En lisant l'annonce, j'avais fait le lien avec les funérailles. Je n'y ai pas assisté, je travaillais ce jour-là.

Il paraissait s'en excuser.

— Vous habitez dans la paroisse ?

— Oui, dans la 6ᵉ Avenue. Il y a une maison de chambres juste en face du couvent.

Thérèse hocha la tête, puis demanda, sans gêne :

— Pourquoi voulez-vous quitter cet endroit ?

L'autre baissa les yeux, puis accepta de révéler un peu de sa vie privée :

— Je suis allé là à la mort de ma femme, il y a deux ans. Vous comprenez, je ne savais pas tenir une maison, faire des repas…

— Dans cette pension, la propriétaire ne vous mettait tout de même pas aux cuisines ?

— Non, bien sûr que non. Mais la présence de tous ces jeunes gens… En réalité, je désire une atmosphère plus familiale.

La matrone hocha la tête, incertaine du sens à donner à ces paroles.

— La chambre se trouve en haut. En fait, j'en ai deux à louer, une petite et une grande.

— … J'ai déjà une petite chambre, que je veux quitter. Cela aussi figure parmi mes motifs pour déménager.

L'instant suivant, le petit homme montait l'escalier à la suite de la propriétaire des lieux.

— Voilà, dit-elle en ouvrant la porte de la pièce donnant sur la rue.

L'inconnu entra et reconnut tout de suite une chambre conjugale, ce qui le mit mal à l'aise. Un grand lit encombrait une partie de la pièce, tandis qu'un fauteuil se trouvait à l'autre extrémité. Fulgence y avait passé plusieurs nuits complètes.

— C'est votre chambre, madame, dit-il à voix basse.

— Plus maintenant, puisque je suis contrainte de la louer.

— Évidemment, je serai mieux ici que dans la 6e Avenue. Puis c'est plus près de mon travail.

— Où est-ce ? Je veux dire, pour qui travaillez-vous ?

Thérèse saisissait l'occasion au vol, soucieuse de s'assurer de sa solvabilité.

— Je tiens les livres au garage Légaré, au coin des rues Saint-Paul et Vallières.

— Vous réparez des automobiles ?

Des yeux, elle cherchait ses mains, afin de voir s'il ne gardait pas des traces de graisse à moteur sous les ongles.

— Moi, je m'occupe des livres, répéta-t-il, un peu vexé de la voir le soupçonner de se livrer à une occupation manuelle. Nous vendons des Nash, des Hudson, des Essex…

— Je ne connais pas les voitures, mais cela doit être bien intéressant, pour un homme.

Soulignées d'un sourire, ces paroles servaient à faire amende honorable. Elle enchaîna :

— Dans une pièce comme celle-ci, vous pourriez prendre vos aises.

De la main, elle désigna une commode, se donna la peine d'ouvrir la porte de la garde-robe.

— Vous n'avez pas indiqué de prix, dans le journal.

Thérèse s'était permis de téléphoner dans une demi-douzaine de pensions de Québec, et dans autant de familles prenant des locataires, pour avoir une idée de la somme à exiger. Lorsqu'elle annonça un montant, l'autre ne sourcilla pas. Tout de suite, elle regretta de ne pas avoir demandé un peu plus.

— Où se trouve la salle de bain ?

— Au bout du couloir. Je vais vous montrer.

À côté de la chambre à coucher principale, une salle d'eau avait été aménagée. Elle ne comportait pas de baignoire. Seuls les maisons ou les appartements cossus profitaient de ce luxe. Tout de même, l'espace suffisait pour poser une grande cuve de zinc sur le sol.

— Vous avez l'intention de recevoir de nombreux locataires ?

— … Deux. Puis, mon fils loge aussi à cet étage.

La femme ouvrit la porte située juste de l'autre côté du couloir. La petite pièce contenait un lit étroit, une chaise et une commode.

— Bien sûr, c'est trop exigu pour un homme comme vous. Mais peut-être un jeune…

Le visiteur hocha la tête. En effet, il ne se contenterait pas de ce cagibi.

— À côté, c'est mon fils. Il a dix-neuf ans. Il termine ses études classiques au Petit Séminaire cette année. Il veut devenir avocat.

La confidence visait à impressionner le petit homme en lui offrant la chance de partager l'intimité d'une famille exceptionnelle. L'autre ne broncha pas, songeur.

— Si vous voulez regarder la chambre de nouveau, moi je vais vous attendre en bas.

Pendant qu'elle descendait l'escalier, l'homme s'étendit sur le lit pour en apprécier la largeur, la longueur, et surtout se faire une idée de la qualité du matelas. Puis il s'installa dans le fauteuil.

Quand il revint en bas, il trouva son hôtesse assise dans le salon.

— Madame Létourneau, je vais prendre la chambre.

— J'en suis très heureuse, monsieur…

— Charmin, Armel Charmin.

La voix contenait une pointe d'agacement.

— Je n'oublierai plus, monsieur Charmin. Vous faites maintenant partie de la maison. Quand souhaitez-vous emménager ?

L'homme fouillait dans la poche droite de son pantalon pour sortir son portefeuille.

— … Dimanche, après la messe ? Enfin, je veux dire après dîner.

Donc, il avait avisé sa propriétaire actuelle de son départ quelques semaines auparavant, ou alors celle-ci souhaitait le voir partir au plus vite. Thérèse regretta de ne pas lui avoir demandé de référence. Dès le lendemain matin, elle irait au presbytère afin de s'informer de la moralité de ce monsieur auprès du père François.

— Oui, cela me va, accepta-t-elle.

Si l'homme se révélait indésirable, elle pourrait toujours lui fermer la porte au nez. Jamais il n'oserait la forcer, surtout que Jacques n'en ferait qu'une bouchée si jamais il se montrait désagréable.

— Je vais tout de suite vous verser le loyer d'octobre, et deux semaines en plus pour couvrir celles qui restent au mois de septembre. Vous voudrez bien me donner un reçu ?

— Oui, oui, monsieur Charmin. Venez avec moi dans la cuisine.

Cette façon de payer longtemps à l'avance lui plut. Déjà, sa méfiance descendit d'un cran.

Le nouveau locataire de Thérèse Létourneau se montra fidèle à la parole donnée. Dimanche, un peu après une heure, à bord d'une voiture taxi, il se présenta devant la porte de la maison de la 3e Rue. Le chauffeur voulut bien l'aider à déposer ses bagages sur le trottoir, mais il ne poussa pas plus loin sa collaboration.

L'homme avait effectué tout le trajet un fardeau sur les genoux. Il le déposa momentanément sur le perron, le temps de payer la course, puis il frappa à la porte. La logeuse ouvrit en lui adressant son meilleur sourire.

— Monsieur Charmin, je suis heureuse de vous revoir.

Deux heures plus tôt, tous les deux s'étaient salués sur le parvis de l'église. La veille, le père François l'avait rassurée sur la moralité du locataire. Cela lui valait le meilleur accueil aujourd'hui.

— Je ne vous serre pas la main, dit-il en baissant les yeux sur la longue boîte rectangulaire qu'il tenait dans les bras.

Son hôtesse reconnut un appareil radio. Elle s'effaça en disant :

— Votre porte est ouverte, la clé est sur la commode. Je demande à mon fils de vous aider à monter tout cela.

— Ce n'est pas la peine.

— Cela lui fera plaisir, je vous assure.

Un instant plus tard, Jacques ne manifesta pas une joie sans borne à cette idée. Il abandonna pourtant la lecture de l'édition de la veille de *La Patrie* et arriva sur le perron en même temps que le nouveau locataire.

— Monsieur Charmin, voilà mon fils. Je vous ai parlé de lui…

— Ah, oui! L'étudiant. Je suis enchanté de vous connaître, mon garçon.

Jacques se raidit un peu devant la familiarité, mais sacrifier son intimité représentait un bien faible prix à payer, si cela lui permettait de continuer ses études.

— Monsieur, ma mère me dit que je peux vous aider.

Cette formulation révélait son peu d'enthousiasme. Thérèse, toujours à ses côtés, se renfrogna.

— J'ai toutes ces boîtes…

Il y en avait trois. L'homme se chargea des deux vieilles valises en carton bouilli. Comme le garçon grimaça au moment de se relever avec un carton dans les bras, il précisa encore en guise d'explication:

— J'ai quelques livres.

Puis, malgré les protestations initiales de Charmin, Jacques monta seul les boîtes alors que leur propriétaire acceptait de prendre une tasse de thé avec sa logeuse. La corvée achevée, le garçon mit son journal sous son bras et annonça, en passant devant la porte du salon:

— Maman, je vais lire dans le parc Victoria.

— Tu as bien raison d'en profiter, il reste encore de belles journées avant l'arrivée du froid.

Du coin de l'œil, elle couvait son nouveau pensionnaire.

Depuis quatre semaines, Béatrice s'initiait aux mystères de la langue latine, que plus personne ne parlait depuis des siècles, sauf à l'église. Quand Fernand se présenta dans le parloir, elle se tenait déjà dans la grande pièce, assise sur une chaise placée contre le mur. Elle se précipita dans les bras de son père, profita de son étreinte quelques secondes.

— Je suis heureuse de te voir, papa, murmura-t-elle au troisième bouton de sa veste.

— Moi aussi, ma grande.

Lorsqu'elle s'éloigna de lui, la fillette tourna un visage intimidé vers sa mère.

— Viens me faire la bise, demanda celle-ci.

Un bref moment, leurs joues se frôlèrent, alors que les lèvres esquissaient un plissement. Le baiser contenait toute la retenue de personnes mal à l'aise ensemble.

— Pouvons-nous aller marcher dehors, comme les fois précédentes? demanda le père.

La salle bruissait déjà de conversations. Même s'il ne se révélait là aucun secret, aussi longtemps que le temps le permettrait, il préférait un peu de discrétion.

— Les cours se passent-ils bien? demanda l'homme pendant que le trio descendait le grand escalier en façade.

— Oui… Comme tu sais, nous ne sommes que dix-huit dans mon groupe, et ce nombre ira en diminuant au fil des ans. Nous pouvons poser des questions, la religieuse prend le temps de répondre.

Les classes du cours primaire, chez les ursulines, lui avaient donné l'habitude de cohortes dépassant trente personnes. Plus d'intimité lui plaisait.

— Et le latin?

— C'est amusant. Nous nous passons des petits mots dans cette langue.

Fernand fut tout de suite rassuré sur ses chances de succès. Trouver plaisir à un apprentissage aussi ardu était un bon signe pour l'avenir.

— Tu as pu te faire des amies ?

— La première semaine a été difficile, tu sais comme je suis timide, mais maintenant, je m'entends bien avec tout le monde, et j'ai deux ou trois bonnes camarades.

Cela aussi offrait de bons espoirs.

— Ma première meilleure amie demeure Claire, cependant.

Les sourires échangés dès le premier jour gardaient un effet durable, tout comme la proximité au dortoir.

— C'est un peu comme ma sœur, ajouta-t-elle.

Les affinités de pensionnat constituaient de drôles de fratries, comme celle-là entre une blonde potelée et une brune un peu trop mince.

— Je suis heureux pour toi. Comme sa famille habite près de Trois-Rivières, elle ne doit pas recevoir de visite bien souvent, et bientôt ce sera pire, le mauvais temps rendra les routes impraticables. Si elle a besoin de quelque chose, tu me le feras savoir. Lors des congés, tu pourras l'inviter à la maison.

La petite fille prit la main de son père et exerça une légère pression pour le remercier. Un long moment, ils marchèrent sous les arbres, dans les allées du parc. D'autres groupes familiaux faisaient de même. Les élèves présentaient toutes la même allure, vêtues d'une veste et d'une jupe noires et d'une blouse blanche.

— Mes frères vont-ils bien ?

Le dimanche précédent, les garçons un peu trop remuants avaient provoqué les froncements de sourcils des religieuses. Le père entendait les amener chacun leur tour, à compter de la semaine prochaine, afin d'épargner les saintes femmes. Ce jour-là, il préférait permettre à Eugénie de faire ses confidences dans une atmosphère sereine.

— Antoine semble se faire aussi bien que toi au latin.

— Il doit être tout heureux de pouvoir dire le mot "vache" dans cette langue.

Et pour convaincre ses parents que ses connaissances allaient jusque-là, elle murmura :

— *Vacca*.

— Comme toi, il doit connaître quelques mots aussi. Charles, de son côté, se désespère de ne pas se trouver à l'école secondaire comme ses aînés. S'il persévère, je le mettrai dans la classe préparatoire du Petit Séminaire en septembre prochain.

D'un regard jeté au-dessus de la tête de sa fille, Fernand indiqua à Eugénie que le temps était venu de se mêler un peu à la conversation.

— Béatrice, commença-t-elle d'une voix un peu cassée, je dois te confier quelque chose.

La fillette leva vers elle des yeux inquiets.

— Ma grande, je ne viendrai pas te voir la semaine prochaine. Dans l'après-midi, je dois entrer à l'hôpital.

La mère ménageait ses effets. Après une pause, elle expliqua à sa fille interloquée :

— Je dois subir une intervention chirurgicale.

— … Pourquoi ?

Des larmes perlaient déjà à la commissure de ses yeux.

— Tu te souviens de mes… problèmes, l'été dernier ? Ce sang tient à une masse dans mon ventre. Le médecin va l'enlever.

La femme jugeait le mot « utérus » inconvenant pour des oreilles de onze ans.

— … C'est quoi ?

L'inquiétude dans la voix la toucha. Elle était assez désemparée pour accepter la compassion comme un substitut de l'amour.

— Cela touche les femmes assez souvent. Selon mon médecin et mon chirurgien, je devrais être débarrassée de ce problème après une assez longue convalescence, et même de cette fatigue qui m'accable si souvent.

— Quel jour aura lieu l'opération ?

— Mardi de la semaine prochaine.

— Je vais prier pour toi… et mes amies aussi.

Avec une certaine brusquerie, Eugénie pressa sa fille contre elle. Le geste prit l'enfant par surprise, elle se raidit dans les bras maternels. Le trio revint ensuite vers le couvent par l'allée centrale. La femme s'arrêta près des voitures en disant :

— Je vais m'asseoir dans l'automobile, je me sens fatiguée. Ton père va te reconduire au couvent.

De nouveau, elle tint à prendre la gamine contre son cœur. Cette fois, Béatrice s'abandonna de meilleure grâce.

— Je te souhaite bonne chance, maman.

— Merci, ma grande. Je suis certaine que tes prières vont m'aider.

Un instant plus tard, elle regardait le père et la fille gravir l'escalier. Fernand avait posé un bras léger sur ses épaules, un geste familier entre eux. Elle aurait aimé entendre leur conversation.

En arrivant en haut des marches, Béatrice réussit à articuler :

— Tu crois qu'elle va mourir ?

— Elle t'a dit la vérité, tu sais. J'ai parlé aussi à son chirurgien. L'opération est assez fréquente, les patientes se remettent très bien, elles mènent ensuite une vie normale.

— Il va lui ouvrir le ventre.

Lorsqu'elle pénétra dans l'institution d'enseignement, de grosses larmes coulaient de ses yeux.

— À ce moment, elle dormira, tu sais. Elle ne se rendra compte de rien.

— Cette… masse, tu as une idée de sa grosseur ?

L'homme secoua la tête pour dire non, peu désireux de préciser que tout l'utérus, les ovaires et les trompes seraient retirés de l'abdomen de sa femme.

— Cela ne doit pas être très gros, le docteur Picard a dit qu'elle ne sentait rien au bout de ses doigts.

Elle hocha la tête et renifla un bon coup, au point que son père lui tendit son mouchoir. Après avoir soufflé dedans, elle le lui rendit.

— Je sais bien que ton imagination a tendance à envisager le pire. Essaie de ne pas la laisser s'emballer. Tu sais que je ne te mens jamais ?

Elle le contempla de ses grands yeux bleus, puis hocha la tête.

— Le médecin ne s'inquiète pas outre mesure, et c'est une personne compétente. Nous qui ne le sommes pas, nous allons essayer de prendre cela avec calme.

De nouveau, la fillette acquiesça. Elle se laissa enlacer puis murmura à l'intention du bouton de la veste :

— Je crois que je vais monter.

Elle préférait éclater en sanglot dans l'intimité du dortoir.

— Je comprends, ma grande. Je te souhaite une bonne semaine. Nous nous verrons dimanche prochain.

— Tu ne vas pas aller la reconduire ?

— Oui, et je viendrai tout de suite après.

Avec une certaine brusquerie, elle s'éloigna de lui pour regagner le pied de l'escalier, s'engagea dans les marches puis se retourna un instant pour le saluer de la main. En poursuivant vers l'étage, elle fut prise d'un hoquet qui lui secoua les épaules. Guère meilleur maître de ses émotions, Fernand sortit.

La directrice de l'établissement le rejoignit devant la porte.

— Monsieur Dupire ?

L'homme se retourna pour voir qui l'interpellait.

— Oui, ma mère ?

— Il se passe quelque chose que je devrais savoir.

Ce n'était même pas une question. Comme elle s'occupait de ces adolescentes toute la semaine, elle entendait connaître les événements dramatiques de leur vie.

— Sa mère doit subir une intervention chirurgicale mardi de la semaine prochaine.

— Grave ?

— La grande opération.

L'autre hocha la tête d'un air entendu. Certaines de ses sœurs éprouvaient ces difficultés.

— Je vais veiller sur elle. De votre côté, tenez-moi au courant de la situation.

— Entendu, ma mère. À bientôt.

Comme il s'apprêtait à descendre les marches, elle l'interpella encore :

— Monsieur, votre fille est très attachante. Croyez-moi, un établissement comme le nôtre n'est pas le plus mauvais endroit où vivre une telle situation. Elle sera bien entourée.

D'une inclinaison de la tête, il la remercia de sa sollicitude. Un instant plus tard, il trouvait Eugénie endormie dans la voiture.

Chapitre 16

Après que la jeune femme eut refusé ses jeux de mains dans un bosquet, Jacques n'avait plus donné de nouvelles à Germaine. Sa visite lors de la veillée funèbre représentait son premier et le moins compromettant des efforts afin de le relancer. Toutefois, l'arrivée du curé de la paroisse Saint-Charles dans la maison avait plongé tout le monde dans un long chapelet.

Le premier dimanche d'octobre, Jacques désirait reprendre là où on l'avait interrompu. De toute façon, les dernières semaines ne lui avaient apporté aucune autre rencontre vraiment intéressante. À la maison, le plus souvent il se terrait dans sa chambre pour limiter les contacts avec le plus âgé des pensionnaires de sa mère. Il s'attarda donc à la sortie de l'église, juste assez longtemps pour se trouver sur le chemin des Huot.

— Bonjour, mademoiselle, dit-il quand elle passa près de lui.

— Monsieur Létourneau…

Sa voix trahissait une légère surprise. Même si la rumeur ne prêtait aucune nouvelle inclination sentimentale au beau garçon, après toutes ces semaines, elle estimait sa cause perdue.

— Vous allez bien ? continua-t-elle après une hésitation.

— Dans les nouvelles circonstances, je ne vais pas trop mal.

À quelques pas, Thérèse se mordait la lèvre inférieure en les regardant. Même réduite à recevoir des pensionnaires pour joindre les deux bouts, aux yeux de cette femme, aucune vendeuse ne semblait digne de son fils.

— Je suis heureuse de l'entendre. Je constate que vous poursuivez vos études.

Comme tous les dimanches, il était affublé de son uniforme scolaire. Sa mère insistait pour le voir assister à la messe dans cette tenue. En quelque sorte, cela revenait à afficher sa propre réussite.

— Après tout l'argent investi, arrêter serait ridicule, ne pensez-vous pas ?

Cette façon de présenter les choses ne la trompait pas.

— J'en suis ravie. Je sais combien c'est important pour vous.

Elle se souvenait de leurs dernières conversations. Ce souci pour sa petite personne lui donna envie de la revoir.

— Je pense aller marcher dans le parc Victoria cet après-midi. Souhaitez-vous vous joindre à moi ? Ou peut-être préférez-vous aller ailleurs ?

Leur dernière rencontre là-bas lui laissait peut-être de mauvais souvenirs.

— Non, le parc Victoria me convient très bien, le rassura-t-elle.

— Je serai près du kiosque à deux heures.

Un moment, ils se regardèrent, puis le jeune homme dit :

— Je vous empêche de rejoindre votre famille. À tout à l'heure.

D'une inclinaison de la tête, elle le salua et retrouva ses parents. Jacques chercha un instant sa mère des yeux, la vit un peu plus loin sur le trottoir de la 6e Avenue. Elle marchait vers la maison, son pas ajusté à celui de Charmin.

— Jésus-Christ! grommela-t-il avec colère, au point d'attirer sur lui le regard de quelques paroissiennes.

En se mettant lui aussi en route vers la maison, il ne s'expliquait pas bien le motif de son profond agacement. Après tout, la présence de cet étranger dans la maison rendait possible la poursuite de ses grands projets.

Puis la vérité lui sauta aux yeux. Les deux silhouettes, aperçues de dos, lui rendaient la chose facile. Celle de sa mère, grande et obèse, avec son dandinement de canard, et celle de son locataire, un peu plus courte, mince et frêle.

— La vie lui a mis un nouveau Fulgence dans les pattes!

Cette fois, son soliloque n'attira l'attention de personne. Après avoir été témoin de ces scènes où Thérèse exprimait tout son mépris pour un époux pusillanime, voilà qu'elle faisait le meilleur accueil à un homme encore plus médiocre.

— Au moins, lui se trouvait à la tête de dizaines de travailleuses, pas assis derrière un pupitre à tenir les registres du garage Légaré.

Mais si l'on exceptait la nature de leur carrière, les deux hommes présentaient la même fragilité physique, la même timidité. Et tous les deux, après des décennies de mariage, n'avaient pas eu d'enfant.

« Elle vient de se trouver un nouveau secrétaire particulier », se dit-il.

Jacques ne savait trop si ce constat le désolait ou non. Mais ce développement témoignait de la grande faculté d'adaptation de sa mère.

Jacques et Germaine se montrèrent d'abord bien mal à l'aise. Leur rencontre se déroula près du kiosque, là où un orchestre amateur se produisait pour la dernière fois de la

saison. Après qu'il se furent serré la main de façon mala-
droite, le garçon proposa :

— Nous pouvons nous asseoir sur ce banc près de la
rivière. Nous entendrons la musique.

Elle donna son assentiment d'un signe de la tête, puis le
suivit. Avec le temps maintenant un peu plus frais, le
cours d'eau ne répandait plus son odeur d'égout. Germaine
n'était pas assise depuis plus de dix secondes quand elle
déclara :

— Votre invitation m'a prise au dépourvu, tout à l'heure.
Je ne pensais plus entendre parler de vous, après toutes ces
semaines.

— La vie m'a réservé toute une surprise.

— Oui, la mort de votre père a été très soudaine,
murmura-t-elle.

— Oh ! Je ne parlais pas de ça… Enfin, pas seulement
de ça.

Il posa les yeux sur son joli profil. En ce début d'automne,
elle avait abandonné son chapeau de paille pour un autre
plus seyant, en feutre. Les traits réguliers et les cheveux
bruns un peu ondulés dépassant sous le bord l'incitèrent à
se confier. Auparavant, il entendait tout de même prendre
ses précautions.

— Pouvez-vous garder un secret, vraiment ne rien
répéter si je vous confie quelque chose ? Je veux bien me
livrer à vous, mais pas à toute la paroisse.

Le ton très sérieux troubla la jeune femme. Un moment,
elle craignit une maladie incurable, puis elle chassa tout de
suite cette pensée : cela ne cadrait pas avec la bonne mine
de ce garçon. Toutefois, il paraissait vraiment préoccupé.

— Je ne dirai pas un mot, vous avez ma parole.

Tout comme elle avait gardé secrète sa tentative de l'entraîner dans le buisson, elle ne livrerait pas ses confidences.

— Ni Thérèse ni Fulgence ne sont mes vrais parents.

La vérité pénétra lentement dans son esprit, au point de se surprendre d'abord de l'entendre utiliser les prénoms.

— J'ai été adopté à la naissance, précisa-t-il.

Elle posa la main sur son avant-bras. Du kiosque, il leur venait un air de valse.

— J'aurais dû deviner, continua-t-il, je ne leur ressemble pas du tout.

Un bref instant, leurs yeux se croisèrent.

— Oui, tout de même un peu à votre mère, murmura-t-elle.

— Tout le monde dit cela, moi aussi je le répétais, parce qu'elle est blonde. Mais non, je ne lui ressemble pas. J'ai regardé des photos d'elle à l'âge de vingt ans. Nous ne sommes pas apparentés.

Elle secoua la tête, sceptique.

— Je n'ai jamais rien entendu à ce sujet dans la paroisse. Pourtant, ce genre de chose est commenté par tout le monde.

— Pour commenter, il faut d'abord savoir. Le couple n'a rien révélé, tout simplement.

— Même quand on se tait, cela ne signifie pas que les voisins ignorent la situation. Vos parents habitaient déjà la 3ᵉ Rue, au moment de votre naissance.

Germaine avait raison. Les paroissiens étaient prompts à remarquer un ventre se gonflant, que la femme se targue ou non de son «état intéressant». Si un bébé apparaissait dans une maison sans aucun signe avant-coureur, chacun tirait ses propres conclusions, même si les heureux parents n'admettaient rien.

— Elle a toujours été grosse. Dans ces cas-là…

«Une grossesse peut passer inaperçue», compléta mentalement la jeune femme.

— Comment avez-vous su ? Votre mère vous l'a dit au moment du décès ?

— Même pas. Je crois qu'elle serait morte avec son secret. J'ai deviné, puis elle a confirmé la chose.

— Que voulez-vous dire ?

— En fouillant dans les vieux papiers de papa, je suis tombé sur des lettres…

Il s'interrompit, résolu à ne pas confier que ses parents recevaient de l'argent pour s'occuper de lui. Cet aspect de la transaction lui paraissait un peu honteux.

— La correspondance d'un notaire, précisa-t-il. Selon ces lettres, un homme de la Haute-Ville cherchait une bonne famille catholique pour élever un enfant. Le sort est tombé sur les Létourneau. Ma mère me l'a confirmé ensuite.

La jeune femme murmura :

— Bien sûr, je vous crois… Personne n'inventerait une pareille histoire.

Elle attendit un moment qu'il la contredise. Son compagnon n'ouvrit pas la bouche.

— Mais c'est une si grande surprise pour moi, confia-t-elle. L'été passé, j'ai été touchée par votre relation avec votre père. Vous paraissiez toujours en grande conversation.

— Avec la fermeture des ateliers, nous étions tous les deux très préoccupés.

La jeune femme secoua la tête. Pareille explication ne la convainquait pas.

— Mon père s'est déjà retrouvé sans emploi, dit-elle. Il n'en parlait à personne, encore moins à mes frères. Vous vous entendiez très bien avec lui.

Jacques hocha la tête. À l'adolescence, il avait ressenti une certaine honte d'avoir un être si faible comme père. Pourtant, cela ne l'avait pas empêché de lui exprimer toujours la plus grande sollicitude. Au fond, il cherchait à compenser un peu la brutalité de sa mère.

— Et puis, malgré ce que vous disiez tout à l'heure, vous ressemblez à votre mère… dans une version plus mince, bien sûr ! Ce n'est pas seulement les cheveux, mais aussi les traits, et quelque chose dans l'attitude.

— Elle m'a confirmé que je viens d'une autre famille. De la Haute-Ville, en plus !

La voix trahissait le plus grand dépit. Elle le regarda longuement. Le jeune homme finit par avouer :

— Cela me met dans une telle colère. L'un de ces richards s'est débarrassé de moi. Il m'a privé de tous les avantages de vivre là-haut.

— Même là, tout le monde n'est pas si riche.

— Quand les pauvres abandonnent des enfants, ils les mettent à la porte de la maison des sœurs de la Providence. Je suis allé voir le notaire qui a arrangé l'affaire avec mes parents. Il habite une immense maison dans la rue Scott, plus grande encore que celle du curé !

Pour lui, cela représentait un niveau de richesse inimaginable.

— Cela signifie qu'un bourgeois s'est débarrassé de moi, conclut-il.

— Quand les gens en viennent à cette extrémité, murmura la jeune femme, ils n'ont pas le choix. Aucune femme ne choisit d'abandonner son enfant à la légère.

Sa mère, son confesseur et même les religieuses, quand elle avait fréquenté le couvent pour le cours complémentaire, insistaient tellement sur les risques de se retrouver avec un « paquet » si on laissait les garçons arriver à leurs fins. Deviner le sort de la mère de son compagnon, vingt ans plus tôt, ne présentait aucune difficulté.

— Au lieu d'avoir droit au mode de vie confortable de ces gens, insista-t-il, j'ai vécu dans ce milieu minable toutes ces années, et je suis condamné à y rester !

Germaine comprit le sens de sa colère : il se voyait privé de son héritage, tout simplement. Cette famille cossue, dont la fille s'était retrouvée enceinte, il en aurait fait partie, si un mariage avait précédé sa naissance.

— Vous avez vécu très bien… souffla-t-elle. Bien mieux que moi, en tout cas.

Toute sa vanité lui sautait aux yeux. Au lieu de se réjouir de sa chance, engoncé dans son uniforme de collégien, ce garçon pleurnichait sur le confort, la richesse qu'il pensait avoir perdus.

— … Dans une certaine mesure, vous avez raison, admit-il. Mais si vous aviez été avec moi dans la grande maison de ce notaire, vous conviendriez que j'ai eu un tout petit morceau de ce qui me revenait par la naissance.

Raconter tout cela à une fille d'ouvrier manquait totalement de tact. Elle aussi aurait aimé faire autre chose de son existence que de commencer à quinze ans à vendre des vêtements pour enfant, six jours par semaine. Et encore, elle était chanceuse de ne pas avoir commencé dès douze ans comme certaines autres.

— Je compatis de tout cœur avec vous, dit-elle en se dressant à demi. Maintenant, allez-vous me laisser encore huit semaines sans donner signe de vie ?

L'aspérité du ton le prit par surprise.

— Je m'excuse, mais dans ces circonstances… je ne voulais voir personne.

— Et maintenant ?

— Actuellement, ma mère gagne sa pitance en ouvrant la maison à deux inconnus. Puis, bientôt le temps deviendra exécrable, et je n'ai même pas l'argent pour vous payer le cinéma.

Lassée de l'entendre pleurer sur lui-même, elle se leva tout à fait.

— Vous savez, je n'ai jamais compté sur vous pour entrer au Palais Royal. La seule question importante est de savoir si vous voulez y venir avec moi ou non.

Jacques Létourneau se leva avec empressement.

— Oui, cela me plairait.

— Il aurait fallu me le dire, tout simplement.

Elle n'osa pas ajouter : «Au lieu de me raconter votre ridicule histoire.» À la place, elle enchaîna :

— Maintenant, je vais rentrer afin d'aider ma mère à faire ses conserves pour l'hiver. Hier, elle a fait une razzia du côté du marché Jacques-Cartier.

— Si vous me le permettez, je vais vous raccompagner.

Un peu moins assuré qu'à son habitude, le garçon lui offrit son bras. Elle posa sa main au pli de son coude. Tout le long du trajet, les menus événements des dernières semaines fournirent la trame de la conversation. Jacques évita soigneusement les sujets familiaux. Devant l'immeuble de la 5e Rue, il se tourna vers elle pour dire :

— Un soir de la prochaine semaine, je vous téléphonerai afin de prendre un rendez-vous. D'ici là, je vous souhaite une bonne soirée.

La formalité du ton, la main tendue prirent la jeune fille par surprise.

— J'attendrai donc de vos nouvelles, répondit-elle en l'acceptant. À bientôt.

Cette fois, engagée dans l'escalier, elle se retourna pour le voir toujours debout sur le trottoir, les yeux fixés sur elle.

Depuis l'arrivée de Charmin dans la maison, Thérèse se découvrait une nouvelle coquetterie. Le dimanche, elle gardait ses beaux habits toute la journée, et les jours de semaine, elle prenait garde de revêtir ses meilleures robes. De son côté, son locataire ne posait jamais sa veste, ni ne desserrait sa cravate. Son sens des convenances s'émousserait peut-être une fois la belle saison revenue. En attendant, son hôtesse était favorablement impressionnée.

— Je vous assure, madame, ce serait une bonne idée, insistait l'homme.

— Je vous ai demandé de m'appeler par mon prénom.

Elle était installée dans un fauteuil placé à angle droit avec celui de son compagnon. Étroitement corsetée, elle paraissait avoir dissimulé une armure sous ses vêtements. Cela lui donnait une véritable allure de cariatide.

— Mais vous-même, vous me donnez du "monsieur" toute la journée.

— Je vais essayer de me corriger, Armel. Vous me disiez ?

— Si je descendais mon appareil radio dans le salon, ce serait mieux pour nous deux. Je ne serais pas obligé de m'enfermer dans ma chambre chaque fois que je veux écouter de la musique, et de votre côté, vous pourriez en profiter.

L'homme n'ajouta pas que cela lui donnerait surtout la chance de passer ses soirées avec une matrone au corps formidable. Qu'elle puisse lui rompre la colonne vertébrale juste en le serrant contre elle dans ses bras ne semblait pas l'effrayer outre mesure.

— Mais c'est à vous. J'aurais l'impression d'abuser.

— Que quatre oreilles écoutent en même temps, au lieu de deux, ne changera vraiment rien, Thérèse.

— Écoutez, Armel, faites ce qui vous semble le plus convenable pour vous. Mais vous réalisez que cela peut devenir six oreilles, et même huit. Mon fils, et même le jeune monsieur, risquent de venir aussi profiter de votre générosité.

Ce «jeune monsieur» qui venait d'emménager était un commis de vingt ans travaillant dans un commerce de la 3e Avenue. Il occupait la petite chambre.

— Votre fils pourra se joindre à nous aussi souvent qu'il le voudra. Vous lui avez donné une si belle éducation. Quant à l'autre occupant de l'étage, il n'osera pas.

Le locataire venait à peine de prononcer ces mots que la porte d'entrée s'ouvrit sur Jacques. Ce dernier dissimula son agacement. Cet intrus profitait déjà de la plus grande pièce de la maison. En se trouvant si souvent dans le salon, il en chassait les occupants légitimes, en quelque sorte.

— Te voilà, dit la mère quand son fils passa devant la porte du salon. Monsieur Charmin vient de me faire part de son intention de descendre sa radio ici. N'est-ce pas une très généreuse idée de nous en faire profiter aussi ?

Devant le garçon, elle ne s'autoriserait pas à utiliser le prénom de son invité.

— ... Oui, en effet, admit Jacques avec un enthousiasme mitigé.

Il allait continuer son chemin quand Thérèse demanda encore :

— Tu étais avec la petite Huot, je suppose. Je vous ai vus ensemble à la sortie de la messe.

— Nous sommes allés écouter la musique, au parc Victoria.

Elle parut ennuyée, mais n'ajouta aucun commentaire. Au moins, la présence de ses locataires la forçait à réprimer un peu sa tendance à vouloir régenter sa vie.

Thérèse attendit qu'il monte l'escalier avant de commenter :

— Je ne veux pas médire, mais cette jeune fille n'est pas faite pour mon garçon.

Charmin évita d'exprimer le fond de sa pensée : aux yeux de cette femme, aucune personne ne serait jamais digne de son adorable rejeton. S'il se mettait en tête de trouver une candidate capable de recevoir la bénédiction maternelle, il mourrait célibataire.

— Pour ce que j'en sais, il s'agit d'une bonne jeune fille, dit-il doucement.

— Je n'en doute pas, Armel. Mais mon garçon achève son cours classique.

L'homme hocha la tête, comme si cela donnait au garçon des qualités surhumaines.

— Maintenant, vous pourriez descendre votre appareil, afin que j'entende le son sortant de cette boîte.

Les objections soulevées un instant plus tôt étaient oubliées. Le pensionnaire dissimula son étonnement. Cette femme ne perdait aucune occasion d'améliorer son sort. Elle prit une longue inspiration en se mettant bien droite, ce qui eut pour effet de soulever et projeter vers l'avant son opulente poitrine.

— Je reviens tout de suite, dit l'homme en quittant son siège.

Une heure plus tard, Thérèse alla faire du thé. Quand elle revint avec un plateau, elle dut avouer que cet appareil ajoutait vraiment à sa qualité de vie.

Même après avoir pris un calmant, dormir dans un hôpital n'était pas une mince affaire, surtout dans l'attente d'une opération. On lui avait imposé une batterie de tests la veille. Le mardi matin, il s'agissait de passer aux choses sérieuses.

Le docteur Kenneth Brown se présenta à la chambre d'Eugénie un peu avant huit heures, toujours en vêtements de ville, au même moment que deux infirmières poussant une civière.

— Alors, madame Dupire, nous avons rendez-vous ce matin.

Il n'hésitait pas à utiliser ses quelques connaissances du français, surtout que dans son état de nervosité, la patiente mobiliserait avec difficulté les bribes d'anglais apprises chez les ursulines.

— Je ne peux pas dire que j'y trouve le moindre plaisir, murmura-t-elle.

— Je comprends très bien. Si cela peut vous rassurer, vous ne serez pas la première à subir ce genre d'intervention. La procédure se déroulera très bien, je vous assure.

L'engagement ne lui coûtait rien, car si les choses tournaient mal, la patiente ne se trouverait plus en état de lui reprocher cet optimisme. Eugénie fit mine de se lever pour prendre place sur la civière.

— Non, madame, intervint une infirmière. Aujourd'hui, nous sommes à votre service pour vous éviter tout effort.

À deux, elles passèrent les mains sous la patiente pour la faire glisser du lit vers l'étrange chariot à roulettes.

— Nous nous reverrons tout à l'heure, madame, précisa le docteur Brown. Je porterai un masque, mais ce sera bien moi !

La femme se priva d'une allusion aux personnes commettant leur forfait en dissimulant leurs traits. Le moment ne prêtait pas à l'humour, surtout mauvais. L'homme s'esquiva et les infirmières, l'une poussant, l'autre tirant, lui firent parcourir un long corridor.

Étendue sur le dos, la malade apprécia médiocrement le singulier voyage. De sa position, elle contempla le défilement du plafond, les lampes à intervalle régulier, la partie supérieure des portes des chambres. Les quelques personnes croisées en chemin jetaient sur elle d'étranges regards, un peu mal à l'aise, mais surtout curieux. Personne n'osa toutefois lui demander ce dont elle souffrait, pourquoi on allait lui ouvrir le ventre.

La civière pénétra dans une petite pièce encombrée. Les murs étaient couverts de céramique blanche, une énorme lampe placée au bout d'un bras articulé dominait la salle.

— Nous allons de nouveau vous changer de lit, dit une infirmière en actionnant du pied un petit levier à la base de la civière.

Soigneusement, elle évitait de prononcer les mots « table d'opération ». Par à-coups, Eugénie s'éleva à la hauteur voulue, puis on la glissa sur la surface plane, assez haute pour permettre à un homme de travailler confortablement. Sous son dos et ses fesses nues, elle sentit la surface froide. Depuis son réveil, toutes ses sensations prenaient une acuité particulière.

Les deux employées s'esquivèrent en emportant la civière. La patiente prit conscience d'une autre présence dans la pièce : une femme portant un long vêtement blanc et un masque, penchée sur une petite table placée un peu à l'écart. Un léger bruit métallique lui parvint.

« Les couteaux, songea la malade Elle manipule les couteaux ! »

L'employée abandonna sa tâche pour s'approcher. Penchée sur la table, elle dit en anglais :

— Le docteur Brown sera ici dans un instant. Ne vous inquiétez pas.

La bouche trop sèche pour prononcer quoi que ce soit, Eugénie hocha la tête. Seul un immense orgueil l'empêchait de sauter de son perchoir pour prendre la fuite à toutes jambes.

Un instant plus tard, le médecin entrait dans la pièce en tenant ses mains humides devant lui, un peu admiratif, comme s'il s'étonnait encore du fait que dans cinq minutes il les plongerait dans un corps ouvert. Une autre personne, elle aussi masquée et vêtue de blanc, le suivait.

— Mon collègue va maintenant vous endormir.

Celui-là approcha de son visage un curieux entonnoir. «Il le tient à l'envers», se dit Eugénie.

— Le mieux, murmura l'inconnu, serait de compter jusqu'à dix.

À «un», elle sentit la gaze sur son nez, à «trois», son inquiétude s'envola. À «cinq», un immense gouffre noir s'ouvrit devant ses yeux.

Le docteur Picard aurait aimé passer par la chambre de sa patiente au début de sa journée, mais une petite fille semblait résolue à voir le jour avec deux bonnes semaines d'avance. Ce genre d'empressement bousculait toujours un peu son horaire. À l'heure du midi, elle avait passé la tête dans l'embrasure de la salle de réveil pour demander :

— Madame Dupire se porte-t-elle bien ?

— Si l'on oublie les vomissements et les paroles incohérentes, tout se déroule normalement.

— Le docteur Brown a eu le temps de passer la voir, je pense ?

— Pour lui dire que l'opération s'est bien déroulée. Mais je doute qu'elle ait entendu.

Thalie ne partageait pas cet avis. Même en état de semi-conscience, le cerveau lui paraissait capable de saisir les informations. Sa journée se poursuivit sans incident particulier. Alors qu'elle s'apprêtait à sortir, un peu après cinq heures, la réceptionniste attira son attention :

— Docteur Picard, le docteur Brown est passé me voir tout à l'heure. Il vous cherchait.

— … Où se trouve-t-il maintenant ?

— Sans doute dans le laboratoire de cytologie.

Elle demeura interdite un moment, puis murmura «Merci» avant d'emprunter l'escalier pour descendre un étage. Les laboratoires voisinaient avec la morgue et la salle d'autopsie. Cette dernière fournissait habituellement un matériau de première main.

— Ah ! *Thalia*, fit le praticien en levant les yeux de son microscope, je crains d'avoir une très mauvaise nouvelle.

En s'approchant, la jeune femme vit un morceau de chair présentant la forme et la couleur d'une olive noire. Il avait été tranché en deux.

— Cela fait penser à un carcinome, murmura-t-elle. Madame Dupire ?

— Oui. Si vous voulez le regarder.

L'homme s'éloigna un peu du microscope pour la laisser poser un œil sur l'oculaire. Elle actionna la mise au point, reconnut les cellules anarchiques. Une main se serra sur son cœur.

— Comment les choses se présentent-elles ?

— Mal. Comme toi, je m'en suis douté au premier coup d'œil, en ouvrant le ventre. J'ai gratté de mon mieux aux alentours, pour qu'il ne reste rien.

Thalie hocha la tête, dépitée. Toute la question, dans ce genre de situation, était de savoir si des cellules cancéreuses s'étaient déjà répandues dans l'organisme.

— Le péritoine, le foie… ?

— Je n'ai pas vu de lésions, mais comme tu le sais…

— … cela ne prouve rien.

Elle demeura songeuse, les yeux sur le petit morceau de chair noirâtre.

— Du côté de l'utérus, as-tu vu quelque chose ?

— Un myome, comme tu t'en doutais. S'il n'y avait que cela, dans un mois elle retrouverait sa forme, et une espérance de vie intacte.

— Et maintenant, que se passera-t-il ?

— Si elle a de la chance, cette saleté n'a pas eu le temps de se répandre. Je n'ai rien vu, mais nous ne pouvons en être certains.

Voilà la curieuse loterie dont Eugénie possédait le billet.

— Le lui as-tu dit ?

— À midi, elle était encore dans les vapes…

— Et si je m'en chargeais maintenant, tu me serais éternellement reconnaissant, grommela sa collègue.

L'homme hocha la tête, un peu penaud. Dans son métier, il perdait parfois un patient sur la table d'opération. Mais la plupart du temps, les malades exhibaient ensuite leur cicatrice en citant son nom.

— Avec les femmes, je ne sais pas comment. Puis celle-là à l'âge de Grace.

— Je vais m'en charger.

— Tu es une chic fille, *Thalia*.

La formulation tira un sourire à l'omnipraticienne.

— Et toi, un chic gars. Allez, bonne soirée quand même.

Le pas lourd, elle remonta les escaliers et poussa la porte de la chambre de la malade. Eugénie occupait seule la pièce, un privilège accessible avec un supplément. Elle reposait sur le dos, profondément endormie. Elle offrait un petit visage blême, encadré de cheveux blonds plus très propres, très fins. Le médecin s'approcha pour placer le bout de ses doigts sur le poignet. Le pouls était faible, un peu rapide, mais régulier.

Valait-il la peine de réveiller une malade pour lui annoncer une aussi mauvaise nouvelle? Un peu pour lui permettre de prendre une nuit de repos, beaucoup par lâcheté, Thalie tourna les talons pour quitter la pièce. Elle aussi tirerait profit de huit heures de repos.

La présence des pensionnaires changeait l'existence de Jacques Létourneau. Il se faisait l'impression de vivre lui-même dans une maison de chambres, forcé de partager une salle d'eau avec des étrangers et de s'enfermer pour conserver un peu d'intimité.

Plongé dans la lecture de saint Thomas d'Aquin, la porte de sa petite pièce ouverte, une voix le fit sursauter:

— C'est intéressant?

Égide Gauthier se tenait dans l'embrasure. La présence d'une jeune fille de la paroisse dans sa vie lui conférait une grande qualité: il disparaissait pendant la plus grande partie de sa journée de congé.

— C'est un philosophe catholique.

— Tu veux devenir curé?

Le garçon avait allongé ses études chez les Frères des écoles chrétiennes jusqu'à dix-sept ans pour se donner une chance de ne jamais avoir à revêtir un bleu de travail et tenir des outils aussi inhumains qu'une pelle ou un pic. Il en gardait un souvenir affreux.

— Je veux devenir avocat.

— Alors, pourquoi lire cela?

— Je me le demande aussi, parfois.

Jacques déposa le livre ouvert sur sa table de travail, afin de ne pas perdre sa page, car l'autre ne semblait pas enclin à regagner sa chambre. Heureusement, la pièce ne contenait qu'une chaise, et Jacques n'avait pas l'intention d'en décoller ses fesses.

— Je ne décide pas du programme scolaire. Il faut connaître saint Thomas, alors je fais tout ce qu'il faut pour réussir les examens.

— C'est difficile ?

— Comme n'importe quel travail. Le tien, il est difficile ?

Gauthier haussa les épaules, comme si ses fonctions quotidiennes ne méritaient pas de s'y attarder.

— Quelqu'un pose une boîte d'enveloppes sur mon pupitre. Je les ouvre pour lire les lettres. S'il y a quelques billets ou un chèque, je les mets de côté. S'il n'y a rien, je mets une feuille de papier dans la machine et j'explique au mauvais payeur que tout le monde doit rembourser ses dettes, sous peine de se faire poursuivre devant les tribunaux et de se faire saisir ses biens.

Les ventes de meubles à tempérament nécessitaient parfois ce genre d'intervention.

— Je préfère les philosophes catholiques, conclut Jacques. Maintenant, si je veux réussir mon examen, je dois me remettre au travail.

Le pensionnaire demeura quelques instants immobile dans l'embrasure de la porte, puis il continua son chemin vers la salle d'eau. Pour éviter qu'il ne revienne, le garçon se leva pour fermer à clé.

Chapitre 17

Remettre à plus tard une corvée pénible ne la rendait pas plus facile. Thalie se présenta au Jeffery Hale un peu avant huit heures, armée de courage. Elle passerait ensuite la journée au cabinet du docteur Caron, à recevoir de jeunes mères avec des enfants de moins de trois ans. Cela suffirait à la rasséréner.

Lorsqu'elle arriva devant la porte de la chambre, Eugénie repoussait le petit déjeuner posé sur un plateau. Elle toisa le médecin du regard et dit :

— Cela fait un mal de chien. Je ne veux rien avaler, car je me demande comment je pourrai… évacuer un peu plus tard.

En s'éveillant, elle avait exploré du bout des doigts l'épais pansement lui faisant le tour de la taille. Toute la paroi abdominale irradiait de douleur.

— On vous a donné des calmants, je suppose.

— Oui, grâce à eux, j'ai un peu moins mal, mais je ne peux pas mettre deux idées l'une à la suite de l'autre… sauf pour me plaindre, évidemment.

Cet état d'hébétude lui faciliterait sans doute un peu les choses. Thalie commença par éloigner la curieuse table montée sur des roulettes, puis mit une chaise à sa place pour s'asseoir le plus près possible de sa patiente. Elle devait lever les yeux pour voir son visage.

— Madame Dupire, j'ai une très mauvaise nouvelle pour vous, dit-elle en prenant la main droite de la malade dans les deux siennes.

Le faciès d'Eugénie se figea. En toute autre circonstance, peu portée sur les contacts physiques, elle aurait retiré sa main. Elle la crispa plutôt sur les petits doigts tièdes.

— L'opération…

La suite s'éteignit sur ses lèvres.

— L'intervention s'est bien déroulée, reprit-elle, l'utérus contenait un myome, comme supposé. Mais le chirurgien a aussi découvert un carcinome…

Devant les yeux interrogateurs de sa patiente, Thalie se reprit :

— Un cancer des ovaires.

— … Vous ne m'aviez pas parlé de cela !

La voix chargée de reproches contenait une accusation.

— Cette maladie ne présente pas de symptômes. Quand on la découvre, c'est soit par hasard, comme dans votre cas, ou parce qu'elle a touché d'autres organes.

Ce n'était pas tout à fait vrai, parfois une grande fatigue laissait deviner ce genre d'affection. Mais la malade avait elle-même souligné le caractère permanent de son épuisement.

— J'ai un cancer !

Eugénie fermait les yeux, son visage maintenant exsangue. Elle répéta de nouveau la phrase, comme pour en comprendre le sens. La vérité pénétrait lentement dans son âme.

— Je vais mourir.

D'abord formulée sur le mode affirmatif, la phrase devint une interrogation :

— Je vais mourir ?

— En toute franchise, madame Dupire, je ne peux vous dire oui ou non. Je ne sais pas. Vos ovaires étaient atteints, le docteur Brown les a retirés, il s'est efforcé d'enlever soigneusement tout ce qui pouvait être cancérigène. Il n'a vu aucune autre trace de la maladie dans votre ventre. Mais ni lui ni moi ne pouvons affirmer qu'il ne reste pas de cellules cancéreuses dans votre corps. La médecine ne nous permet pas de nous en assurer.

Eugénie retira sa main avec une certaine brutalité. Le geste valait de sa part une accusation de trahison. Deux personnes bardées de diplômes l'avaient assurée que tout irait bien après l'intervention. Elle se retrouvait maintenant avec une sentence de mort au-dessus de la tête.

— Je suis désolée, madame Dupire.

— Allez-vous-en, maintenant. Vous m'avez débité toutes vos bonnes nouvelles, je suppose.

Thalie hésita un moment, puis elle quitta son siège. Alors qu'elle rejoignait la porte, elle entendit une plainte de douleur étouffée, un grognement rauque. En se retournant, elle vit la malade tentant de se mettre sur le côté. La coupure sur son ventre avait dû la faire cruellement souffrir lors de ce mouvement inachevé.

— Madame… commença-t-elle.

L'autre fit un geste de la main sans la regarder, pour l'inciter à sortir.

— Je reviendrai demain matin.

Sur ces mots, elle quitta la chambre pour se rendre au poste de garde. À l'infirmière de faction, elle dit :

— Mademoiselle, je viens d'annoncer la mauvaise nouvelle à ma patiente.

— Le cancer ?

Elle savait déjà. Ce genre d'information circulait toujours très vite au sein du personnel. Cela étonnait les médecins.

— Oui. Elle est très angoissée. Pouvez-vous me dire ce que vous lui avez déjà donné ?

La jeune femme lui tendit la prescription du docteur Brown.

— Je crois utile d'augmenter un peu la dose.

Elle sortit son stylo-plume et ajouta une petite note sur le bout de papier.

— Faites vite, elle souffre vraiment. Vous montrerez cela au docteur Brown quand il fera sa ronde, tout à l'heure.

L'autre acquiesça. Thalie se dépêcha de quitter les lieux, pressée de voir des bébés joufflus ne souffrant de rien de plus grave que des coliques.

Un peu avant six heures, Thalie frappait à la porte des Dupire. Comme l'étude du notaire se situait dans la rue voisine du cabinet du docteur Caron, le détour la retarderait à peine. Fernand l'attendait. Élise avait pris la peine de l'avertir de cette visite au cours de l'après-midi. La porte s'ouvrit tout de suite devant elle.

— Entrez, dit-il en s'effaçant pour la laisser passer.

— Je me sens un peu mal à l'aise…

— Au contraire, c'est très gentil à vous.

— Je voulais dire vis-à-vis d'elle. On ne discute habituellement pas du diagnostic d'une malade avec un tiers… Sauf avec un parent, un époux ou une épouse, bien sûr. Mais tout de même, la situation est délicate.

L'homme s'arrêta pour contempler sa visiteuse, avant de murmurer :

— Je comprends. Ma relation avec elle est un peu étrange, cela ne simplifie pas les choses. Venez dans mon bureau.

Elle découvrit la grande pièce aux boiseries un peu sévères. L'ensemble faisait penser à un presbytère. L'endroit devait rassurer les clients désireux de faire connaître leurs dernières volontés. L'austérité des lieux donnait à ces confidences une allure de conciliabule avec Dieu.

— Prenez place sur ce fauteuil. Puis-je vous offrir un verre de sherry?

L'homme avait fait disposer deux petits sièges couverts de cuir dans un angle de la pièce, pour des rencontres un peu moins formelles.

— Pourquoi pas. Je ne verrai aucun patient d'ici demain matin. Personne ne captera l'odeur sur mes lèvres.

Fernand lui tendit bientôt un petit verre en cristal. Puis il occupa sa place après s'être servi un whisky.

— Vous êtes passé à l'hôpital aujourd'hui, donc vous savez, déclara Thalie.

— Oui, je sais. Mais elle ne s'est pas montrée bien claire, avec l'effet de la colère, de l'épouvante et de…

— La morphine. La douleur se révélait très intense ce matin, mais je voulais surtout émousser ses sens. Même si elle dort dix-huit heures par jour, son cerveau fait son travail. Elle pourra bientôt apprivoiser la nouvelle.

— Compte tenu de son discours un peu décousu, pourriez-vous me faire part du diagnostic, et du pronostic? Dans la mesure où le secret professionnel le permet, bien sûr.

La jeune femme lui sourit. Le notaire logeait tout juste dans le siège un peu étroit pour son gabarit. Vêtu d'une veste de tweed et d'un pantalon assorti, il devait rassurer ses clients. Il ressemblait à un gentleman anglais sur le point d'aller chasser le faisan.

— L'opération s'est bien déroulée, et comme je m'y attendais, un myome se trouvait dans l'utérus. Cela rendait la muqueuse très fragile, de là les saignements fréquents. Malheureusement, de façon tout à fait inattendue, le médecin a découvert un carcinome, un cancer de l'utérus.

— Eugénie répétait qu'elle allait mourir, ce midi. Elle a raison ?

— C'est une possibilité.

— À ce sujet, nous sommes tous à la même enseigne, n'est-ce pas ?

De nouveau, elle lui sourit. Le visage bienveillant lui inspirait confiance.

— Oui, sauf que pour la plupart d'entre nous, il s'agit d'une éventualité lointaine. Le docteur Brown a fait de son mieux pour tout nettoyer quand il a vu l'état des ovaires. C'est un homme consciencieux, je ne doute pas qu'il s'est assuré que plus rien ne se trouvait dans la cavité abdominale. Mais des cellules cancéreuses ont pu se répandre dans son organisme. Dans ce cas, la maladie s'attaquera à un autre organe.

— Lequel ? Je veux dire, quelle forme prend la récidive, d'habitude ?

— Cela varie d'une personne à l'autre. Le foie ou les poumons peuvent être attaqués. Parfois, c'est le cerveau.

Fernand hocha la tête. Sa clientèle se composait en partie de personnes âgées. Certaines venaient le voir après avoir entendu un diagnostic fatal.

— Pouvez-vous me dire quelles sont les chances que l'opération ait permis d'éradiquer la maladie ?

— Non, ce n'est pas possible.

— Vraiment ?

Depuis le matin, Thalie se posait la même question. Des statistiques de ce genre existaient peut-être, mais même le docteur Caron ne les connaissait pas. Elle avait pris cinq minutes pour le lui demander, au cours de la journée.

— Vraiment. Si vous insistez, comme il y a deux possibilités, considérez moitié-moitié.

— Cinquante pour cent de chances de survivre.

— Mais je vous le répète, en réalité je ne le sais pas.

Fernand avala la moitié du contenu de son verre, contempla le reste de la boisson un long moment.

— Vous avez communiqué la nouvelle à vos enfants? demanda-t-elle.

— Les garçons font leurs devoirs à l'étage. J'aurai une longue conversation avec eux, après le souper. Pour Béatrice, leur sœur, cela devra attendre en fin de semaine.

— Insistez sur le fait que des chances de rétablissement existent.

— Et s'il y a récidive?

Le médecin demeura un moment songeur.

— Et s'il n'y en a pas? Croyez-vous utile pour eux d'envisager le pire dès maintenant?

— … Non, probablement pas.

— Je vais vous quitter. Ma journée a été bien longue.

— Oui, bien sûr. Je vous remercie, docteur Picard.

La femme posa son verre vide sur une petite table près de son siège. Fernand se leva en même temps qu'elle pour l'accompagner jusqu'à la porte d'entrée. En prenant la main tendue, il se troubla un peu pour dire:

— Thalie… dans les circonstances, vous me permettez d'utiliser votre prénom, n'est-ce pas?

Elle hocha la tête, ses doigts toujours dans sa paume.

— Thalie, ne prenez pas mal ce que je vais vous dire, surtout après cette nouvelle. Je vous remercie de tout mon cœur pour l'autre chose. Je suis vraiment très épris d'Élise.

— Oh! Je me félicite de ma décision, Fernand. Je n'ai jamais été aussi bien pourvue en alcool.

Ils échangèrent un dernier sourire contraint, puis la jeune femme quitta les lieux.

— Continue, n'arrête surtout pas, grogna Thalie.

Elle se trouvait à cheval sur son compagnon, les cheveux en désordre, totalement nue. Au moment où elle franchissait la porte, une heure plus tôt, le téléphone sonnait. Au bout du fil, Louis lui avait exprimé le désir de la voir.

Sous elle, l'homme la tenait fermement par les hanches tout en agitant son bassin au même rythme qu'elle. Ses yeux contemplaient les jolis seins, les pointes un peu sombres dressées.

— Je n'ai aucune intention de t'abandonner en route.

Dès son arrivée dans l'appartement, après un premier baiser, il avait compris l'imminence de ce développement. Au cours des dernières semaines, elle s'était montrée réceptive à des caresses de plus en plus appuyées. Ce soir-là, elle ne s'en tiendrait plus aux préliminaires.

À la fin, elle s'écrasa sur lui dans un grand râle. Louis conserva sa poigne ferme sur ses hanches et se livra à une douzaine de va-et-vient encore. Un instant plus tard, il la soulevait à demi pour la placer sur le dos, près de lui.

— Comme je ne suis pas certain de l'imperméabilité de cette chose, mieux vaut ne pas prendre de risque, même si tes rejetons seraient certainement adorables, je suppose.

— Je suppose aussi, mais je ne voudrais pas vérifier.

Ils demeurèrent étendus les yeux dans les yeux, alors que la main masculine la caressait depuis l'arrière de l'oreille jusqu'à la base du cou.

— Tu n'es pas obligée de me répondre, tu sais. Mais...

— Oui.

— Pardon ?

— La réponse à ta question, c'est oui.

Louis la regarda un long moment, ému.

— Si tu m'avais dit...

— Cela aurait fait une différence ?

— J'aurais fait un peu plus attention.

— Mais tu as été parfait.

Il lui adressa un grand sourire, puis affirma :

— Je n'ai jamais reçu une plus charmante appréciation. Maintenant, je vais enlever cela.

L'homme se leva pour se rendre dans la salle de bain. Thalie se tourna sur le côté pour le suivre des yeux. Une belle carrure, une taille fine, des fesses rondes. Puis elle roula sur le ventre, amusée.

— Bien toi, ma fille, souffla-t-elle, tu me surprendras toujours.

Près du lavabo, Louis vit une boîte de Trojan. La société américaine noyait l'Amérique de ses condoms depuis quelques années. Les produits s'amélioraient sans cesse, maintenant le caoutchouc à texture de crêpe ne privait pas trop les hommes de sensations. Toutefois, l'essence utilisée au moment du trempage des moules en verre donnait au préservatif une détestable odeur.

Son amie avait prémédité ce développement au point de se procurer cette protection. Il procéda à sa petite toilette en s'amusant de la situation. De retour dans la chambre, il la trouva toujours étendue sur le ventre. Cela lui valut des baisers des talons à la nuque, avec un arrêt au milieu du corps.

— Tu m'as un peu étonné avec tes petits imperméables, lui glissa-t-il à l'oreille. Ce ne sont pas des choses si faciles à dénicher. J'en trouve dans les tavernes, dans les salles de billard…

— Dans une ville comme Montréal, les pharmacies en vendent. Aux États-Unis, c'est encore plus facile. Puis, il y a toujours les commandes postales.

— Bien sûr. Nous négligeons toujours les achats par catalogue.

Les petits coups de dents sur ses oreilles enlevèrent à Thalie l'envie de discuter de ce sujet. Elle se retourna sur le dos pour voir le visage de son compagnon. Il se tenait sur ses bras tendus, les mains posées de chaque côté de ses épaules, comme à l'entraînement.

— Si tu veux manger quelque chose, dit-elle, je peux nous faire une omelette. Les œufs sont les meilleurs amis des femmes vivant seules, peu désireuses de développer des talents culinaires.

— Mais je ne veux pas arrêter tout de suite notre petit festin. Il y a encore des coins de ton corps que je n'ai pas vus de près.

Il plia les coudes pour permettre à ses lèvres de se poser sur sa joue, descendre vers son oreille droite. Elle tourna la tête pour lui faciliter l'accès, tout en disant :

— Manger ne veut pas dire te chasser tout de suite après. Si tu prends un peu de forces…

— Présenté de cette façon… Mais si tu veux te transformer en cuisinière exemplaire, j'aimerais que tu restes dans cette tenue. Cela me gardera en appétit.

Un moment plus tard, en costume d'Ève, Thalie se penchait sur sa cuisinière électrique. L'appareil lui donnait un excellent service, mais jamais elle n'avait imaginé s'en servir dans ces circonstances, surtout avec un homme tout aussi nu qu'elle appuyé au chambranle de la porte. Louis la regardait avec des yeux gourmands, un sourire amusé sur le visage.

L'effet de la morphine finit par s'estomper. Au milieu de la nuit, Eugénie ouvrit ses grands yeux bleus sur une obscurité profonde, celle de la chambre dont on avait baissé le store à la fenêtre. La douleur dans son ventre devenait une amie, la preuve qu'elle était encore vivante, malgré le silence ambiant.

Cet espace privé, plutôt qu'une pièce commune, tenait à la gentillesse de son époux. L'homme, prévenant, désirait lui éviter la proximité des autres malades. Malgré cette précaution, elle ne se trouvait pas vraiment seule. Désormais, la mort rôderait sans cesse aux alentours.

— Je vais mourir.

Les muqueuses de sa bouche demeuraient si sèches que la voix sortit comme un croassement, au point de la faire sursauter. En même temps, briser le silence la rassurait, prouvait sa propre existence.

— Je vais m'éteindre, comme un feu de cheminée trop longtemps privé de combustible.

Elle essayait d'imaginer ce passage comme une langueur un peu plus profonde que toutes les autres. Une trop grande fatigue rendrait le sommeil, même définitif, bienvenu.

— Mais dans ce sommeil-là, aucun rêve, aucune angoisse. De toute façon, l'inquiétude tient seulement au fait que l'on va se réveiller, renouer avec cette misérable vie.

« Aucun repos n'apaise vraiment, songea-t-elle, il retarde tout simplement l'horreur de replonger dans la réalité. »

La menace d'une maladie fatale engageait nécessairement dans un bilan. Pendant des heures, Eugénie s'attacha à dresser la liste des choses auxquelles elle tenait. Au bout de l'exercice, il ne restait rien. Fernand ? Alors qu'elle fréquentait encore le couvent des ursulines, il lui apparaissait gros, laid, plus ennuyeux que le jour de pluie le plus long. Il lui avait été utile pour sortir de la maison paternelle. Le côtoyer ensuite tous les jours lui avait simplement appris à ne plus pouvoir le supporter. Littéralement, il la rendait malade, tout comme l'abus de pommes trop vertes, l'été, vrillait les intestins.

Tenait-elle plus aux enfants? Dès le début, leur détermination à naître lui avait déchiré l'entrejambe. Pendant des mois, cela avait été de petites masses de chair braillardes et puantes. Des myomes eux aussi, des excroissances de son utérus dont personne n'avait eu la bonté de la débarrasser.

— Le chirurgien n'a même pas été capable de se présenter au bon moment, résuma-t-elle. C'est alors qu'il aurait dû m'enlever cette usine à bébés.

Pendant des années, l'attention de tous s'était portée sur ces homoncules. Son mari, sa belle-mère, Jeanne, tout le monde se penchait sur ces êtres inachevés avec des mines béates. Et en grandissant, le trio tournait toute son affection vers le gros bêta, la domestique, la vieille recluse réfugiée dans l'appendice, derrière la maison.

— J'ai pourtant essayé d'être gentille, de jouer mon rôle de mère.

L'ombre noire dans la chambre obscure se rapprocha, se pencha sur elle. La mort l'incitait à se montrer lucide, à cesser de se mentir à elle-même.

— Non, ce n'est pas vrai, corrigea-t-elle avec l'espoir de faire reculer la grande faucheuse.

Son regain d'intérêt pour les enfants, apparu trois ou quatre ans plus tôt, ne visait qu'une chose: sortir la domestique de leur cœur. Les priver du petit morceau de présence féminine attentionnée que Jeanne incarnait de bonne grâce. Pourtant, le départ de cette garce n'avait rien changé. Le trio faisait maintenant front commun, collé au père. Il posait sur elle des yeux encore chargés d'incompréhension… Non, Antoine était déjà passé à la haine. Les deux autres suivraient bientôt le même chemin.

— J'occuperai pourtant toute la place dans leur tête d'adulte, murmura-t-elle avec un sourire cynique.

Ce serait pour la détester lors des plus mauvais jours, la prendre en pitié pendant les meilleurs. Mais ils ne l'oublieraient pas.

— Les avoir aimés un peu, je me serais écartée de leur vie. J'aurais dû partir, juste pour les laisser grandir dans un climat plus sain.

Au lieu de cela, elle avait tenu à empoisonner l'existence de chacun, par sa présence le plus souvent muette, son dos droit, ses lèvres pincées. Sa seule existence devenait un reproche pour tous les êtres vivant autour d'elle. La plus imparfaite de toutes, elle arrivait à rendre tous les autres infiniment conscients de leurs moindres défauts.

Le lendemain, Fernand se présenterait encore à son chevet, gros et empoté, l'incarnation de l'époux éploré. Il l'écouterait avec un sourire bienveillant, s'assurerait qu'on lui prodigue les meilleurs soins, puis irait distribuer son amour à ses chers enfants, et à l'autre…

— Je sais qu'il a quelqu'un, ragea la malade à mi-voix.

L'ombre noire se rapprocha encore, pour la ramener dans la voie de la vérité. Eugénie ne savait comment entretenir des relations avec les gens. Des chiens lui auraient mieux convenu. Des êtres à cajoler, à serrer contre son cœur, ou à repousser, selon son humeur. À battre aussi, peut-être. Et à faire tuer, juste pour se prouver l'infinité de son pouvoir sur eux.

Fernand avait rempli un rôle tout simple : la sortir de la maison où régnait Élisabeth Trudel. Jamais, en pensant à cette garce, elle ne l'affublait d'un autre patronyme. Après, quelqu'un aurait dû mettre le gros bêta dans une boîte percée d'un trou pour la coller au tuyau d'échappement d'une voiture. Une voisine lui avait confié avoir disposé d'un chien trop enclin à japper de cette façon…

— Lui faire ce que l'autre m'a fait. L'utiliser, puis le jeter.

L'autre. Elle y pensait si rarement, pourtant il habitait son esprit en permanence, caché quelque part dans les méandres de sa mémoire. Elle pouvait passer une semaine sans se souvenir de son nom. D'autres fois, comme cette nuit, il semblait briller dans l'obscurité, comme l'enseigne au néon du *Théâtre Cartier* : RICHARD HARRIS, en grandes lettres rouges clignotantes.

Cet homme l'avait baisée pour la repousser ensuite avec mépris, la laissant enceinte. La même action, répétée par Fernand, avait eu de tout autres conséquences : trois enfants trop gros nés à une année d'intervalle l'un de l'autre.

— C'est à cette putain qu'il aurait dû faire une lignée de petits bûcherons.

Au lieu de hanter la maison après 1909 pour lui faire les yeux doux, pourquoi le gros notaire n'avait-il pas poursuivi Jeanne de ses assiduités ? Cette paysanne se serait vantée d'une prise pareille dans son trou perdu de Charlevoix !

Brasser tout ce fiel donnait la nausée à la malade, ou alors cela tenait à la douleur lui taraudant le ventre. Si elle sonnait, peut-être une infirmière lui planterait-elle de nouveau une seringue dans la veine du bras.

— Au moins, je ne me sentirai pas si seule, dit-elle en tendant la main vers le bouton de la sonnette.

Son ami avait quitté l'appartement aux petites heures de la nuit, après avoir partagé des caresses susceptibles de faire rougir les confesseurs les plus blasés. Levée tôt, l'entrejambe un peu endolori par un exercice nouveau pour elle, Thalie regarda un moment le drap taché de sperme et d'œufs. Manger au lit comportait certains risques.

— Au moins, pour une fois, je les ai souillés moi-même, grommela-t-elle.

Dans son état, la journée serait longue. Toutefois, elle ne regrettait rien. Bien au contraire, elle marquerait cet événement d'une pierre blanche.

Chapitre 18

Dès le mercredi matin, Fernand postait à sa fille un mot disant : « L'opération s'est bien déroulée. Je t'en reparlerai en détail dimanche prochain. » Si ce n'était pas toute la vérité, il ne s'agissait pas d'un mensonge pour autant.

Le 14 octobre, alors qu'il entrait dans le hall du pensionnat, elle l'attendait déjà là, les mains posées dans son giron, les jambes et les genoux bien collés, la posture que les religieuses de la province enseignaient à toutes leurs élèves. Elle se leva pour venir vers lui, un sourire hésitant sur les lèvres. Si elle s'abandonna un instant dans ses bras, elle se recula bien vite pour demander :

— Charles n'est pas avec toi ? Tu m'avais dit…

— Je voulais te parler seul à seule.

— … Maman ?

Son intelligence fine lui permettait bien vite de percer les situations.

— Si tu veux, nous allons sortir. Il y a des bancs juste en face du fleuve. À moins que tu ne craignes de prendre froid, avec cette veste.

Elle secoua la tête. La main dans la main, ils descendirent le grand escalier et contournèrent l'établissement pour atteindre un siège rustique près de la falaise surplombant le Saint-Laurent. Les religieuses devaient venir s'y recueillir, un livre de prière à la main.

Fernand passa un bras autour des épaules de sa fille, la rapprochant de sa chaleur, de sa tendresse.

— L'opération de maman s'est bien déroulée, mais les médecins ont découvert quelque chose de très inattendu. Une tumeur.

Comme elle ouvrait vers lui ses grands yeux bleus sans comprendre, il tenta de se faire plus explicite :

— C'est comme une bosse, qui en grossissant rend les organes malades. À la longue, la personne peut en mourir.

— Ils la lui ont enlevée ?

— Ils ont enlevé ce qu'ils pouvaient voir. Mais ils ne peuvent être certains que rien ne subsiste dans son ventre.

Des larmes perlaient à la commissure des yeux de sa fille.

— Il leur faut regarder plus soigneusement.

— Tu sais, ils ont fait tout leur possible. Tu connais le docteur Picard ?

Béatrice hocha la tête. Elle aussi comptait maintenant parmi la clientèle de la jeune femme.

— Elle te ressemble un peu. Comme toi, ce n'est pas le genre à faire son travail à moitié. Le médecin qui a opéré Eugénie est tout aussi consciencieux. Mais tu vois, ce qui peut rester dans le ventre de maman est trop petit pour être vu.

— Comme les microbes ?

L'homme hocha la tête. Lui-même, depuis une semaine, suivait en quelque sorte un cours accéléré de biologie cellulaire. Il s'en tiendrait au plus simple pour sa fille.

— Donc, elle va mourir ?

— Les médecins ne le savent pas. Elle se remet bien de son opération et dans deux semaines, elle sera de retour à la maison. À Noël, elle se sentira sans doute très bien. Mais dans six mois, dans un an, il est possible qu'elle soit malade au point de mourir. Personne ne peut le prévoir.

La fillette s'absorba dans la contemplation de la rive sud du fleuve. Les arbres prenaient maintenant des tons de jaune ou de rouge. Bientôt, les feuilles rouleraient sur le sol, il ne resterait plus que des ombres décharnées.

— Les religieuses répètent que nous devons toujours nous tenir prêtes, car Dieu peut venir nous chercher à tout moment.

— Elles disent vrai, mais il faut nuancer cela. Pour une petite fille comme toi, à moins d'une grande malchance, ce moment est bien loin. Pour ta grand-mère, il est tout près. Elle y pense tous les jours.

— Elle paraît pourtant très heureuse, malgré ses rhumatismes.

— Grâce à toi, tes frères et moi, elle sait avoir eu une bonne vie. Et puis elle a été heureuse avec son mari. Pour elle, la mort est l'occasion de le rejoindre. C'est devenu une vieille dame très sage. Comme tu le deviendras aussi un jour.

Fernand tenait surtout à éviter à sa fille des idées moroses, une obsession morbide de sa propre fin. À son âge, celle des autres demeurait déjà assez traumatisante. Ils demeurèrent un long moment immobiles. Des larmes silencieuses coulaient sur les joues roses. Quand le père perçut un frisson dans ses épaules, il retira son imperméable pour la couvrir.

— Tu sais, dit-elle dans un souffle, je ne l'aime pas vraiment.

— Oui, je sais.

— Le plus grand bonheur que j'ai à me trouver ici, c'est d'être loin d'elle.

— Je t'ai proposé d'y venir exactement pour cette raison.

Son regard, à ce moment, était celui d'une femme adulte très lucide, vrillé dans celui de son père.

— M'éloigner de toi, de grand-maman et de mes frères me fait de la peine. Même les domestiques me manquent. J'ai envoyé un mot à la cuisinière, un autre à la bonne.

L'homme hocha la tête. Toute la correspondance de la maison lui passait entre les mains.

— Mais j'accepte d'être ici, car sa présence me met... Je ne sais pas comment le dire, mais tu comprends.

Le père hocha la tête. Le malaise entre elles était palpable.

— En même temps, je me sens tellement coupable de ne pas ressentir la même chose que mes amies pour leur propre mère. Elles pensent toutes que, depuis une semaine, je me ronge d'inquiétude pour elle. En réalité, je me sens monstrueuse.

La grande main joua d'abord dans ses cheveux, puis attira la tête afin de poser ses lèvres en haut du front.

— Une pensée de ce genre, murmura-t-il, c'est un peu comme le cancer de maman. Tu dois l'arracher bien vite, et essayer qu'il n'en reste pas de petits morceaux pour te ronger plus tard. L'amour ne se commande pas. Si tu ne le ressens pas, cela ne fait pas de toi une mauvaise fille.

— Mais toutes les autres…

Dans un sanglot, la suite de la phrase s'étouffa.

— Tut, tut, tut, murmura Fernand dans ses cheveux. Tu vois le rosier là-bas ?

Il ne continua que lorsqu'elle fut capable de murmurer un « Oui » réticent.

— Il a commencé comme une graine que quelqu'un a mise là. Puis cette personne l'a arrosé, en a pris bien soin. Antoine te dirait avec précision la quantité de fumier nécessaire pour faire pousser un arbuste de cette taille. Maintenant, il pourrait même te donner cette information en latin.

L'allusion à la scène lui tira un petit rire hésitant.

— L'amour ressemble à ça. Il pousse très bien dans ton cœur. Tous les gens qui ont bien voulu y mettre leur petite graine, en prendre soin avec de la tendresse, de la douceur, de la gentillesse, tu les aimes.

Cette comparaison agricole, Fernand la tenait de sa mère. Au fil des ans, elle n'avait pas cultivé que des lilas.

— … Aux yeux de maman, je ne suis pas assez bien. Je ne mérite pas un tel effort.

— Non, penses-y soigneusement.

— … Elle ne souhaitait pas le faire.

L'homme hocha la tête. La conversation prenait une étrange tournure.

— En même temps, précisa la fillette, je prie vraiment pour elle, je souhaite qu'elle se rétablisse.

— Moi aussi. Mais nous savons tous les deux que nous devons chercher ailleurs l'amour dont nous avons besoin. J'en ai une grosse provision pour toi.

— La mienne est plus grosse.

Une petite envie de rire pointait dans sa voix. Qu'une seule personne sache exactement ce qu'elle ressentait, tout en continuant à lui affirmer une affection indéfectible, la rassurait. Ils demeurèrent si longtemps à regarder le fil de l'eau que Fernand frissonna à son tour.

La mère supérieure avait reçu une note brève de la part de monsieur Dupire. Quand il raccompagna sa fille dans le hall, au lieu de lui rappeler que l'heure des visites s'était terminée vingt bonnes minutes plus tôt, elle le salua d'un signe de la tête.

Au réfectoire, lors du souper, Béatrice picora dans son assiette, sans appétit. Ses camarades lui jetaient des regards pleins de compassion, se privaient d'aborder les sujets de conversation les plus hilarants, par gentillesse. Pourtant, avec le passage des parents dans ces lieux, les anecdotes ne manquaient habituellement pas, le dimanche. Les frasques des frères aînés, plus rarement des cadets, en fournissaient la matière.

À neuf heures, les plus jeunes élèves devaient se trouver dans leur lit, les plus âgées profitaient encore de soixante minutes de liberté. Sur sa couche étroite, la blonde se tourna vers la gauche, sa voisine immédiate vers la droite.

— Ça va ? souffla Claire.

La voix était à peine perceptible. Le dortoir comptait trente lits disposés sur trois rangées, une pionne – une surveillante – dormait dans une alcôve. Elle devait réprimer tous les désordres, petits et grands. Bavarder après l'extinction des lumières en était un.

— Oui, ça va. Mon père est vraiment bien.

— Ta mère ?

— Elle sera à la maison dans deux semaines. Après, on ne sait pas. Une tumeur.

L'autre murmura un « Oh ! » étouffé. Cela suffit pour tirer la religieuse de son antre. Elle parcourut toute la distance jusqu'à leur couchette. La grande ombre blanche glissa un « Mesdemoiselles » sévère. Tout de même, avant de repartir, elle effleura très légèrement l'épaule de Béatrice. Cela valait une absolution inconditionnelle, et même une indulgence plénière.

Le retour d'Eugénie à la maison suscitait un véritable branle-bas de combat. Il fallait mettre à la disposition de la malade un espace assez grand, où elle pourrait trouver à peu de distance l'un de l'autre un lit, un bon fauteuil et une salle de bain complète. Tout cela, la garçonnière de Fernand en profitait, tout comme l'appartement de madame Dupire.

Comme déloger cette dernière demeurait inconcevable, l'homme acceptait de se sacrifier.

La première étape avait été de déplacer le lit de son épouse. La proximité de la chambre de Béatrice, de l'autre côté du couloir, permit de le loger là. Si la petite pièce se trouva du coup bien encombrée, la propriétaire ne s'en plaindrait pas. Ensuite, avec l'aide d'Antoine, ils entreprirent de transporter la couche de l'époux vers la chambre au décor de bonbonnière de la femme.

— Maman aurait pu occuper ton lit, commenta Antoine pendant que tous les deux essayaient de déménager le lourd fardeau depuis la pièce tout au fond de la maison jusqu'à celle donnant sur la rue.

— Tu trouves cela trop lourd ?

Le garçon de douze ans se redressa en élargissant les épaules.

— Non, pas du tout. Mais pourquoi déplacer ces meubles ?

— Eugénie logerait sans mal dans mon lit, mais pas moi dans le sien. Je le trouve trop étroit, et si je bouge un peu brusquement dans mon sommeil, il pourrait s'effondrer.

L'homme exagérait à peine : la couche étroite de la conjointe convenait mal à un homme de sa corpulence.

— Mais là, il ne reste plus de lit dans ta chambre.

— Même si ta mère rentre à la maison dans deux jours, elle aura encore besoin de soins. Demain, des livreurs apporteront un lit d'hôpital.

— Il lui faudra combien de temps avant de se rétablir tout à fait ?

— Si tout va bien, les médecins évoquent un mois de convalescence.

Le temps de faire passer le lit dans la petite chambre, ils demeurèrent silencieux. Le meuble prenait toute la place, l'homme aurait du mal à se déplacer autour pour se rendre jusqu'à la garde-robe ou à la commode. Charles arriva à ce moment, les bras chargés de vestons.

— Pose cela sur le matelas, et fais la même chose avec le contenu de la commode, en essayant de ne pas trop froisser les chemises.

Quand il fut reparti, Antoine dit à voix basse :

— Tu y crois, toi, que tout ira bien ?

— Selon le docteur Picard, elle a la moitié des chances de se remettre complètement.

Fernand interprétait de façon bien libérale les paroles du médecin. Il ne s'autorisait pas à se montrer trop pessimiste devant les enfants. Mais ces nouveaux aménagements lui semblaient susceptibles de durer plusieurs mois. Au cours des minutes suivantes, les vêtements masculins s'entassèrent sur le lit. Quand ils eurent terminé, le père dit encore :

— Merci, les garçons. Afin de ne rien froisser, nous laisserons la domestique transporter les affaires de maman. Maintenant, profitons de la sortie au restaurant que je vous ai promise, entre hommes.

En toute autre circonstance, l'événement aurait soulevé des commentaires enthousiastes. Durant les prochains mois, cela ne se produirait guère.

L'ambulance se rangea contre la maison, deux hommes solides en descendirent. Quand ils ouvrirent toutes grandes les portes arrière, une jeune femme rousse sauta prestement sur le sol. Elle laissa à ses compagnons le soin de sortir la civière. Pendant qu'ils la transportaient jusqu'à la porte d'entrée, elle échangea quelques mots avec la malade.

À cause du froid de la fin octobre, on avait soigneusement enveloppé celle-ci dans une couverture.

L'ascension de l'escalier fut un peu périlleuse, mais les ambulanciers savaient y faire. La porte de la demeure s'ouvrit devant eux. Depuis le matin, Fernand attendait leur arrivée. Il s'effaça pour les laisser entrer.

— Bon retour à la maison, dit-il à sa femme alors qu'elle passait sous ses yeux.

Elle esquissa l'ombre d'un sourire en guise de réponse, puis énonça à haute voix :

— Mademoiselle, cela devient ridicule. À l'hôpital, on me forçait à marcher un peu tous les jours, et là vous entendez me faire monter dans ma chambre à l'horizontale.

L'impatience du ton et la colère dans les yeux rassurèrent l'époux. Elle avait bien récupéré depuis l'opération, trois semaines plus tôt.

— Madame Dupire, faire quelques pas pour aller aux toilettes est une chose. Gravir un escalier, une autre.

Elle chercha le maître de la maison des yeux, puis demanda :

— J'ai bien compris, la chambre de notre patiente se trouve en haut ?

— Oui, au bout de cet escalier, vous allez vers l'arrière de la maison.

L'inconnue gravit l'escalier d'un pas rapide, claquant des talons sur les marches.

— Suivez-moi, messieurs, ordonna-t-elle.

Les deux ambulanciers échangèrent un sourire entendu.

— Je ne voudrais pas être son mari, dit l'un dans un souffle.

— Penses-tu ! Elle restera vieille fille.

— Je vous entends, fit une voix depuis l'étage. Et aussi, je vous attends.

Cette fois, ils rirent franchement. Les joues rouges d'indignation, Eugénie endura de «monter à l'horizontale». En réalité, son corps fut hissé fortement incliné. Au moins, ils avaient pris la précaution de placer la tête vers le haut.

Le notaire entendit des échanges étouffés, puis les employés de l'hôpital descendirent avec leur civière maintenant inutile. Il leur donna un pourboire, ferma la porte dans leur dos, puis il se dirigea vers son ancienne chambre. Sa femme était étendue sur un lit surélevé et étroit au fond de la pièce. L'infirmière actionnait la manivelle afin de la placer en position assise.

— Je suis certain que tu récupéreras mieux parmi nous, commenta-t-il.

— Ah! Cette pièce a certainement des vertus magiques. Au cours des dernières années, tu as paru y rajeunir. Dommage que je n'y sois pas venue plus souvent. Avec un peu de chance, j'aurais peut-être évité mes… ennuis.

— Je te souhaite donc le même effet bénéfique.

L'homme gardait une voix posée, chaleureuse. La présence d'une étrangère dans la pièce empêchait tous les débordements. L'infirmière s'occupait de placer sur une petite table des médicaments et des pansements. Son client avait commandé le tout dans la pharmacie de la rue Cartier en se servant de la petite liste préparée à son intention.

— Mais cette chambre si bien aménagée ne te manquera pas? questionna l'épouse, narquoise.

— Oui, bien sûr. Mais je veux bien consentir ce petit sacrifice pour servir ta guérison.

— Je ne voudrai peut-être plus reprendre la mienne, alors.

— Nous en discuterons en temps et lieu.

L'homme se tourna en direction de l'étrangère pour dire :

— J'ai du travail en bas. Je vous saurai gré de bien vouloir venir me rencontrer quand vous aurez une minute.

— Bien sûr. Je vais commencer par vérifier le pansement, après cette migration.

L'homme se retira. Si l'infirmière se surprenait de voir un couple si distant – ils ne s'étaient ni embrassés, ni même touchés –, elle n'en laissait rien paraître.

Un coup léger sur la porte attira l'attention de Fernand.

— Oui, entrez, dit-il en revissant son stylo-plume.

Mademoiselle Murphy franchit le seuil. Il lui désigna l'un des fauteuils dans un angle de la pièce, puis vint la rejoindre bientôt.

— Ma femme est sans doute fatiguée, après ce déplacement.

— Oui, bien sûr. Peut-être un peu inquiète aussi de quitter la sécurité de l'hôpital. Mais la chaleur de la maison, un espace familier, favorisent habituellement la guérison.

— Nous sommes deux grandes personnes, n'est-ce pas ?

La jeune femme hocha doucement la tête.

— Alors je serai franc avec vous. Cette maison familiale n'est pas chaleureuse. Plus précisément, j'essaie de l'égayer un peu, mais mon épouse a un effet plutôt frigorifiant. Vous la rencontrez aujourd'hui pour la seconde fois. Vous vous êtes déjà fait une idée.

Le rose monta aux joues de la rousse.

— Elle paraît un peu… difficile, reconnut-elle.

— Au point où, il y a quelques années, j'ai préféré me retirer dans la pièce où elle s'est installée. Ma fille ne supportait plus cette tension, je l'ai mise au couvent pour éviter qu'elle ne tombe malade.

L'autre hocha la tête. Bien qu'elle fût âgée de moins de trente ans, son métier l'avait mise en contact avec des couples étranges et des arrangements domestiques plus étranges encore.

— Vous avez d'autres enfants, je crois.

— Deux garçons. Le plus jeune rentrera de l'école bientôt, le plus âgé vers six heures. Ma mère habite aussi avec nous. Je vais vous la présenter dans un instant. Vous aurez aussi l'occasion de côtoyer trois domestiques : l'une qui ne fait plus rien, outre tenir compagnie à maman, puis une bonne et une cuisinière.

La jeune femme hocha la tête. Née dans le quartier Petit-Champlain, elle côtoyait maintenant les grandes familles de la Haute-Ville, lesquelles embauchaient parfois une demi-douzaine d'employés de maison.

— Vous n'avez pas apporté vos affaires personnelles ? demanda Fernand. Comme vous vivrez parmi nous…

— Un taxi fera la livraison de deux valises tout à l'heure. Avec mes bagages en plus, l'ambulance aurait été un peu étroite.

— Je les récupérerai et je réglerai la course. Je pense que le mieux sera de vous loger dans la chambre de ma fille. Vous la trouverez encombrée, à cause du second lit. Mais vous serez proche de votre malade.

Gladys Murphy hocha la tête. Ce genre d'arrangement valait mieux que de loger sous les combles, avec les domestiques.

— Venez avec moi, maintenant.

Elle le suivit dans la cuisine. Les deux employées de maison devisaient à voix basse en préparant le repas. L'arrivée de leur maîtresse les plongeait dans une fébrilité un peu inquiète.

— Hortense, Gloria, je vous présente mademoiselle Murphy. Elle servira d'infirmière à madame, en attendant son rétablissement.

Les deux femmes lui adressèrent des salutations empruntées, l'inconnue répondit tout aussi maladroitement.

— Elle mangera avec nous, dans la salle à manger. Mais madame ne pourra pas descendre tout de suite.

Des yeux, il interrogea Gladys.

— Pas avant une bonne semaine. Mais ensuite, en s'appuyant sur quelqu'un, elle viendra à bout des escaliers.

Les domestiques acquiescèrent. De toute façon, même avant l'opération, elle se faisait rare au moment des repas.

— Elle pourra manger comme nous ? voulut savoir Hortense, la cuisinière.

— Un potage, des mets légers, pour commencer. Je vous en parlerai plus longuement tout à l'heure.

— Maman se trouve chez elle ? intervint Fernand.

— Nous venons de lui apporter du thé.

L'homme traversa la pièce, flanqué de la nouvelle venue, pour atteindre la porte située au fond et frappa un petit coup avant d'ouvrir.

— Mesdames, commença-t-il, je veux vous présenter mademoiselle Murphy.

Il se tourna ensuite vers l'infirmière pour dire :

— Voici maman et la personne qui veut bien lui tenir compagnie. Quand j'étais haut comme cela, elle a été ma gouvernante.

De la main, il indiquait la taille d'un enfant. L'infirmière les salua. La vieille madame Dupire déplaça ses lunettes de lecture pour regarder par-dessus.

— Approchez-vous un peu, jeune fille. Ma vue n'est plus ce qu'elle était.

Tout en l'examinant, elle demanda :

— Murphy, c'est un nom irlandais, ça.

— Vous avez raison.

— Et vous parlez français comme nous tous dans la maison. Un peu mieux, même.

— C'est la faute des sœurs de la congrégation.

La vieille dame rit de bon cœur à la répartie et désigna une troisième chaise placée près de la table.

— Asseyez-vous. Non seulement vous regarder depuis ma position me fatigue le cou, mais je veux voir de plus près vos cheveux roux.

Quand l'infirmière fut assise, elle leva la main pour les toucher du bout des doigts, sous la coiffe blanche.

— Voyez-vous, c'est un privilège de la vieillesse. Plus personne n'ose me traiter de malpolie. Vos parents vous ont certainement donné un prénom.

— Gladys.

— Alors, mon grand, va chercher une autre tasse pour Gladys. Nous pourrons discuter un moment entre femmes.

Fernand jeta un regard amusé vers l'infirmière, puis fit ce qu'on lui disait.

— … Et ma patiente ? dit la jeune femme.

— Vous voyez l'escalier tournant, fit l'aïeule, près de la porte par où vous êtes entrée ? Si elle appelle, vous entendrez. Maintenant, expliquez-moi comment une jolie fille comme vous est devenue infirmière de l'ordre de Victoria.

En même temps, elle lui versait un peu de thé. Fernand retourna dans son bureau, un sourire aux lèvres.

La convalescente sommeilla jusqu'un peu après l'heure du souper. Après avoir partagé le repas de la famille, l'infirmière Murphy monta un plateau, suivie d'une petite délégation. Elle entra dans la chambre en disant :

— Madame Dupire, vous avez une belle visite.

La femme sortit lentement de sa torpeur. Elle leva un peu la tête, pendant que Gladys posait le plateau sur la table.

— Attendez, je vais redresser votre lit.

Elle actionna la manivelle d'un bras vigoureux, jusqu'à mettre Eugénie en position assise. Les deux garçons se tinrent ensuite au pied de la couche.

— Bienvenue à la maison, commença Antoine. Nous sommes heureux de te revoir.

— Oui, maman, nous sommes heureux, renchérit Charles.

La scène paraissait avoir été répétée. Il y eut un instant de silence inconfortable, puis elle leur répondit :

— Il y a un bon moment que je vous ai vus. Comment cela se passe-t-il, à l'école ?

Quelques jours après l'opération, Fernand les avait emmenés avec lui lors de ses visites à l'hôpital. Non seulement la voir rassurait un peu les enfants, mais leur présence évitait les trop longs silences embarrassés.

— Le cours classique est moins difficile que tout le monde le dit, jugea l'aîné.

— Cela veut dire que je pourrais y aller tout de suite, répéta le cadet pour la millième fois depuis septembre. Je n'endure plus les frères.

— Voyons, tu es trop jeune. Patiente encore un peu.

L'échange représentait déjà une longue conversation, entre eux. Après un nouveau silence, Charles demanda :

— Ça te fait encore mal ?

— Pas tellement, mon chéri. Seulement quand je ris, et comme tu le sais, cela n'arrive pas tellement souvent.

La pointe d'humour s'avérait si rare, dans sa bouche, que même Fernand ne réprima pas un sourire. L'infirmière avait déniché une curieuse petite table, dont les pieds se plaçaient sur le lit de part et d'autre des jambes de la convalescente. Elle y déposa le plateau. Afin de rompre l'embarras réciproque, elle murmura :

— Maintenant, les garçons, si vous voulez laisser votre mère manger...

Cela agit comme un déclencheur. Avec un bel ensemble, ils prononcèrent un «Bonne nuit, maman» à voix basse, puis quittèrent la pièce pour aller jouer aux cartes avec leur grand-mère. Fernand regagna plutôt son bureau. Quand l'infirmière passa un peu plus tard devant sa porte, le plateau du repas dans les mains, il appela :

— Mademoiselle Murphy ?

Elle s'arrêta pour se tourner vers lui.

— Quand vous aurez rangé cela, venez me voir, je vous prie.

Elle acquiesça de la tête et disparut vers la cuisine. À son retour, il lui désigna la chaise devant son bureau.

— Comment vous sentez-vous, après cette journée ?

— Elle n'est pas terminée.

— Mais encore ?

— Cela ira. Ne craignez rien.

Son sourire indiquait combien certaines situations drainaient bien plus son énergie.

— Si cela vous convient, vous serez la bienvenue chez maman, avant d'aller au lit. Comme elle dort très peu, elle aime avoir de la compagnie.

— Je ne sais pas...

— C'est le seul endroit de la maison où vous entendrez des éclats de rire.

— Je sais, j'en ai entendu tout à l'heure.

Les deux garçons se faisaient un plaisir de visiter la vieille dame avant de se retirer pour la nuit.

— Elle vous trouve adorable, elle me l'a dit. Elle aurait aimé avoir une fille, et comme Béatrice se trouve au couvent…

— C'est une gentille dame…

— Elle voudra jouer aux cartes. Je vous préviens, elle triche.

La jeune femme rit de bon cœur. Elle aussi visiterait la pièce au fond de la maison, quand l'atmosphère deviendrait trop lourde.

Chapitre 19

Le vendredi, le magasin PICARD connaissait un plus grand achalandage, et le travail au service de livraison s'allongeait après la fermeture du commerce aux clients. Jacques Létourneau avait hésité longtemps avant de tenter cette démarche, tellement elle paraissait vouée à l'échec.

Il se glissa à l'arrière du commerce, passa entre les quelques camions pour entrer par le quai de livraison. Un gros homme occupait encore un petit cagibi aux murs en verre. Quand Jacques plaça son visage devant une vitre, l'autre lui fit signe d'entrer en disant :

— Létourneau, qu'est-ce que tu fais ici ?

L'étudiant entra et prit place sur la chaise devant le bureau avant de confier :

— Je me demandais si vous ne pouviez pas me donner quelques heures de travail toutes les semaines. Vous savez que mon père est mort.

— … Oui, je sais. Je n'ai pas eu l'occasion de t'offrir mes condoléances.

Le garçon haussa les épaules, comme pour dire : « Ça n'a pas d'importance. »

— Tout de même, cet événement a causé un choc à tout le monde, continua son interlocuteur : s'effondrer raide mort comme ça, le jour de son retour dans le magasin.

Mieux valait le détourner de ce sujet, sinon il en viendrait à débiter des inepties sur la fragilité de l'existence humaine.

— Son départ nous a laissés un peu coincés, ma mère et moi. Si je travaillais quelques heures, cela me permettrait de me payer le cinéma une fois de temps en temps.

— Tu as abandonné tes études?

— Non, bien sûr que non. J'ai investi tellement d'années.

L'autre secoua la tête, prévoyant déjà la conclusion de cette conversation.

— Tu termines les cours à quelle heure?

— Comme ce soir. Je suis venu directement après.

— En tramway?

— À pied. Comme je vous l'ai dit, nous sommes serrés, alors quand il fait beau, j'économise le prix des *tokens*.

La déception sur le visage de l'employé paraissait sincère. Les deux mains ouvertes, les paumes tournées vers son interlocuteur, il résuma:

— Les camions sont presque tous revenus, les hommes quitteront les lieux d'ici une demi-heure. Je suis désolé, mon gars.

— Oui, je comprends.

Avec cet aveu, Jacques en avait terminé de son prétexte. Il commença par demander:

— Vous avez quelques minutes devant vous?

— Oui. Pourquoi?

— Lors de la veillée au corps, les gens insistaient sur la bonne entente entre mon père et le patron. Je veux dire Thomas Picard. Vous étiez là, dans le temps.

— Depuis bientôt trente ans… Mais tu sais, à ce bout du commerce, on ne voit pas trop le propriétaire.

L'homme marqua une pause, puis il se résolut à faire une bonne action.

— Mais je pense que tu as raison, Picard estimait ton père. Il l'a eu comme secrétaire, puis il lui a confié les ateliers. C'est un signe de respect, ça.

— C'était quel genre d'homme ? Je veux dire Picard. Je l'ai croisé assez souvent, mais au moment de sa mort, j'avais dix ans.

— Ah ! Monsieur Thomas, c'était quelqu'un. Tu sais qu'il était l'organisateur politique de Wilfrid Laurier ?

Jacques acquiesça de la tête. Sa mère avait relevé le fait quelques semaines plus tôt.

— Avec lui, le grand homme n'avait rien à craindre, renchérit le directeur des livraisons. À chaque élection, les gens le réélisaient sans hésiter.

— Il aimait les femmes ?

L'autre le toisa, soudainement méfiant.

— Comme cet été, tout le monde parlait de la séparation du fils, expliqua le visiteur, je me demandais si le père partageait les mêmes goûts.

— Ah ! Monsieur Édouard ! Il s'en raconte de belles à son sujet. Si seulement la moitié de ces histoires sont vraies, le gars ne s'ennuie pas.

Jacques hocha la tête, comme si cela correspondait à son opinion sur le sujet.

— Mais Thomas ?

— Du temps de mon père, les gens se racontaient quelque chose à l'oreille. Tu comprends, dans le temps, personne n'abordait ce sujet à haute voix. Mais je suis là depuis 1900, et depuis, aucune rumeur...

— Je me souviens un peu de son épouse, une grande blonde...

— Élisabeth ? Une beauté, je n'ai jamais vu une femme comme elle. Avec elle à la maison, personne n'irait voir ailleurs. Il ne devait même pas avoir envie de regarder les autres.

En évoquant ce souvenir, le chef de service arborait un sourire envieux. Visiblement, lui ne disciplinait pas ses yeux en présence de l'objet de ses désirs.

— Il y a des hommes qui ne peuvent pas s'en empêcher, commenta Jacques. La femme d'Édouard n'est pas vilaine… Je l'ai vue parfois lors du pique-nique de l'entreprise. Cela ne la met pas à l'abri des incartades de son mari.

— Elle ne se compare pas vraiment à l'autre. Ce n'est pas juste une question de courbes à la bonne place ou de traits du visage. Quand on les voyait ensemble…

L'homme s'arrêta, leva les yeux vers le visiteur avec un sourire amusé, puis il commenta, gouailleur :

— Toi, mon gars, tu as l'air obsédé par les femmes des autres. J'espère que tu ne rêves pas de te faire prêtre.

Quand une personne d'origine modeste souhaitait faire des études, tout le monde pensait à ce choix de carrière. Jacques s'en agaçait.

— Non, avocat.

Son interlocuteur ne remarqua pas le mouvement d'humeur.

— Tant mieux. Je ne voudrais pas voir mes enfants se confesser à un séducteur…

Son sourire moqueur rendait le terme plutôt anodin.

— Et pour répondre à ta question, tes deux questions en réalité, voilà : monsieur Thomas paraissait bien apprécier ton père, et plus encore sa femme.

— Et que fait-elle, depuis son veuvage ?

— Elle posséderait une grande maison de chambres à la Haute-Ville. Le genre d'endroit où vont loger des ministres, des avocats… Tiens, tu pourras y aller plus tard !

Jacques choisit de s'amuser de la répartie. Il regarda la montre à son poignet.

— Je suis en train de vous retarder pour le souper, dit-il en se levant.

— Pas encore, mais tout de même, j'ai un peu à faire avant de partir. Je suis désolé pour ton père, et aussi pour tes heures de travail. Mais à moins que tu t'absentes de tes cours, je ne peux pas te rendre service.

— Non, je ne ferai pas ça. Je verrai dans un restaurant, dans un cinéma. Quelque chose qui ferme un peu plus tard.

— Alors, bonne chance, mon gars.

Un peu plus tard, le visiteur traversait le magasin pour atteindre la porte avant. Il sortit en même temps que les employés. Il reconnut Germaine Huot dans le lot. Elle quitta les collègues avec lesquelles elle faisait parfois le chemin jusqu'à la maison pour venir vers lui.

— Je ne savais pas que tu devais passer par ici ce soir.

Au cours des dernières semaines, au gré de promenades au parc Victoria ou alors de sorties au cinéma, ils avaient convenu de se tutoyer.

— Je ne savais pas moi non plus. Je suis venu voir si je pourrais travailler quelques heures ici.

— La période d'activité du magasin coïncide avec tes classes.

— Je m'en suis bien vite rendu compte.

Une fois dehors, le jeune homme offrit son bras à sa compagne. Ses inquiétudes à la fois sur ses origines et son avenir l'amenaient à lui montrer plus de considération.

— J'ai profité de la conversation pour demander au chef de service de la livraison ce qu'il pensait de Thomas Picard et de ses relations avec sa femme.

— Mais pourquoi cela ?

— Selon ma mère, le marchand a été le premier à parler à Fulgence d'une adoption.

— Cela me fait tout drôle de t'entendre évoquer un parent par son prénom. Si je faisais cela, je me ferais chauffer les oreilles.

Le couple venait de s'engager dans la rue Dupont. Bientôt, il traverserait la rivière Saint-Charles.

— Tu le sais bien, ce n'était pas mon père.

— Tout de même, il t'a élevé. Tu conviens toi-même qu'il a fait de son mieux.

À chaque fois que le sujet revenait entre eux, elle tentait de faire bifurquer la conversation. Pourtant, cette fois, sa curiosité fut la plus forte.

— Qu'imagines-tu sur le rôle de monsieur Picard?

— Il a mis une fille enceinte, et il a cherché à se débarrasser de l'enfant en le confiant à… mes parents, si tu tiens à cette expression.

La jeune femme serra sa main sur son bras. Puis elle le lâcha pour boutonner son manteau jusqu'au cou. Novembre amenait un vent froid du nord-est. La soirée semblait propice à la première neige de l'hiver.

— Au magasin, il y a les photographies des trois propriétaires successifs. De Zéphirin à Édouard, ils avaient les cheveux bruns. Tu es blond comme les blés.

— Mais nous ne savons rien de la mère…

Une idée absurde lui traversa l'esprit. Élisabeth était blonde, il s'en souvenait très bien. Puis il secoua la tête. Ce couple n'avait certainement pas confié son propre enfant en adoption.

Germaine avait repris son bras. Après s'être mordu la lèvre inférieure, elle émit un commentaire d'une voix douce :

— Tes cheveux rappellent ceux de ta mère, celle qui t'a élevé.

Il se raidit, arrivant avec peine à maîtriser un mouvement de colère. Thérèse elle-même avait confirmé son adoption. Puis le couple recevait un chèque trois fois par an. Elle n'aurait pas accepté de l'argent pour élever son propre fils… sauf du père, bien entendu.

Il poussa un soupir. Cette histoire le hantait au point de nuire à ses études.

L'appartement de Thalie continuait de représenter un havre de paix pour Fernand. Il ne se donnait plus la peine de fournir un prétexte au gardien, et celui-ci ne posait pas de question. Il lui suffisait de savoir que la propriété ne risquait aucun dommage entre les mains de ce visiteur.

Comme le couple ne se rencontrait guère plus d'une fois par semaine dans l'intimité, le tête-à-tête devenait très vite fébrile. Une fois les sens satisfaits, venait le temps des confidences murmurées, le plus souvent étendus sur le lit, une musique diffusée du salon en toile de fond.

— Eugénie se remet-elle de son opération ? questionna Élise.

Assise sur le matelas, le dos appuyé contre la tête du lit, la femme caressait la tête de son compagnon posée sur son giron.

— Tout semble se dérouler normalement. Depuis quelques jours, elle descend souper en famille avec régularité.

Avoir été longtemps l'amie de l'épouse de son amant créait une situation étrange. Depuis sa maladie, elle devenait leur sujet habituel de conversation.

— Et son moral ? Je ne voudrais pas vivre avec une telle menace au-dessus de la tête.

— Moi non plus. La mort est une chose, mais recouvrer la santé comme elle le fait, tout en sachant qu'au creux de son ventre des cellules malignes se multiplient peut-être, cela fait penser à une grossesse morbide, tu ne trouves pas ? Avec le cancer comme rejeton.

— Elle doit être terrorisée.

Fernand se tourna sur le dos pour regarder sa compagne. Sa position lui donnait un curieux point de vue sur ses seins. Un peu lourds, ronds, ils semblaient un hommage à la fin de sa trentaine et à ses deux maternités. Il leva la main droite pour les caresser.

— Cela me surprend un peu, commenta-t-il après un moment, mais elle n'aborde jamais le sujet.

— Pourtant, elle nous a donné l'habitude de commenter abondamment chacune de ses petites afflictions.

— Les petites, oui. Hier à table, elle nous a entretenus d'un ongle cassé… Elle évoque rarement sa cicatrice, et jamais le cancer.

— Tu crois qu'elle arrive à se convaincre que la menace n'existe pas ?

Le sujet méritait un instant de réflexion.

— Je ne sais pas, dit Fernand. Au fond, nous devrions tous faire comme si la mort n'existait pas, tout en acceptant son imminence.

— « Je viendrai comme un voleur. »

Les prêtres et les membres des ordres enseignants revenaient sans cesse sur cette parole du Christ, afin de convaincre chacun de se conserver en état de grâce.

— Je vois la chose d'une façon un peu plus terre à terre… Nous avons fait l'amour gentiment en nous croyant immortels. Un gros homme comme moi peut s'écraser tout à l'heure en rentrant à la maison, victime d'une crise cardiaque.

— Si tu veux mon avis, ton cœur paraît se tirer très bien d'affaire. Et si tu es inquiet, je vais moi-même mettre ton nom dans le carnet de rendez-vous de papa.

Il leva la main droite pour l'arrêter.

— Je veux dire, imaginer notre décès nous aurait empêchés de prendre du plaisir ensemble. D'un autre côté, cela peut arriver, je le sais. La conscience de ma fin me donne envie de profiter de toutes les chances d'être heureux. Mais si tu me fixais une date d'échéance, même vague, je ne penserais plus qu'à cela.

— Tu es devenu sage.

— Cela accompagne la perte des cheveux.

Élise le pinça au flanc en riant et fut récompensée d'un baiser sur le ventre.

— Et Eugénie, dans tout cela ?

— Elle semble résolue à faire comme si de rien n'était. D'un autre côté, son côté revêche s'estompe un peu.

— Peut-être veut-elle enfin profiter un peu de l'existence.

Élise se souvenait de son amie résolue à gâcher tous les moments de plaisir par son mauvais caractère.

— Eugénie se montre moins désagréable avec moi, ajouta Fernand. Surtout, son attitude avec les enfants devient plus saine.

— Avec succès ? demanda Élise, un peu sceptique.

— On ne peut pas passer une existence à construire un mur autour de soi, et faire ensuite comme si de rien n'était. Une pure étrangère remporterait plus de succès, car il n'existerait pas une série de mauvais souvenirs.

Ses efforts manquaient de naturel, ses gestes, de tendresse. Ses tentatives amenaient invariablement les garçons à se raidir, surpris.

— D'ailleurs, continua l'homme, notre infirmière remporte un franc succès. Les garçons doivent vieillir, car sa présence les fascine…

— Ils ont un petit coup de cœur pour elle ?

La femme disait cela avec un sourire. Son fils avait connu une semblable attirance pour une charmante voisine, plusieurs années auparavant.

— Cela y ressemble. Leur attitude peut aussi simplement tenir au fait qu'ils n'ont pas connu une présence féminine bienveillante depuis un moment, si j'excepte ma mère.

— Cette infirmière, c'est garde Murphy?

— Oui. Elle m'a été recommandée par le Jeffery Hale.

— Elle a séjourné chez des patients de papa. Une main ferme sous des airs gentils et affables. Les gens se sont montrés très satisfaits.

Fernand acquiesça. Cela décrivait bien la nouvelle venue dans sa maison.

— La convalescence suit son cours. Dans deux semaines, elle partira. Je souhaite juste que son départ n'entraîne pas une dégradation du comportement d'Eugénie avec les enfants…

— Et toi, comment vis-tu tout cela?

— Je la vois comme une âme malheureuse. Je lui souhaite de trouver la paix. Dans le passé, la fréquentation assidue de son conseiller spirituel ne la lui a pas apportée. Tu vois, cela aussi m'étonne un peu: depuis la mauvaise nouvelle, elle n'a pas essayé de le faire venir à son chevet.

Dans le salon, à la radio, un annonceur commença la lecture d'un bulletin de nouvelles.

— J'aimerais bien recommencer, dit l'homme en approchant les lèvres du pubis de sa compagne, mais voilà le signal.

— Recommencer? Je me doutais bien que ce cœur n'allait pas si mal.

Élise souriait en lui caressant le dos. Elle aussi estimait que le temps leur était trop chichement compté. Après une dernière étreinte, ils quittèrent le lit et entreprirent d'enlever les draps.

— Tu crois qu'elle sait, pour toi et moi?

Fernand demeura un moment songeur, puis il expliqua:

— Elle se doute bien qu'il y a quelqu'un. Elle ne soupçonne pas que ce soit toi, j'en suis à peu près certain.

— Et ce doute ne la met pas en colère?

— Tu ne la prives de rien de ce qu'elle ait voulu. D'un autre côté, que je sois heureux ne semble plus alimenter sa rage. Comme si elle apprenait le "vivre et laisser vivre".

Après avoir refait le lit et être passé à la salle de bain pour une toilette sommaire, l'homme quitta sa maîtresse non sans une longue étreinte. Ensuite, Élise profita longuement de la petite baignoire en bénissant de nouveau Thalie pour sa gentillesse.

Trouver un prétexte pour assister à la messe à la cathédrale ne posait aucune difficulté. Pour Thérèse, les activités proposées par le Petit Séminaire demeuraient à la fois lointaines et mystérieuses. Aussi, le dimanche matin suivant, Jacques se tenait assis sur un banc du petit parc situé en face de la pension Sainte-Geneviève, son manteau soigneusement fermé autour de son cou, un chapeau de feutre sur la tête.

Un peu avant neuf heures, en même temps que certains de ses locataires, Élisabeth sortit de la bâtisse, longue silhouette élégante dans son paletot bleu royal, un chapeau perché sur la lourde masse de ses cheveux d'un blond sombre. Le garçon quitta son banc pour suivre le petit groupe en se tenant à bonne distance.

Tout ce beau monde se dirigeait vers la basilique Notre-Dame. Jacques contemplait les gens, les vêtements de qualité, les visages satisfaits de personnes imbues de leur propre importance. Si on ne l'avait pas confié à des mercenaires, il se serait trouvé parmi eux, promis à une belle carrière par la seule grâce des contacts de la famille.

Arrivée sur le parvis de l'église, Élisabeth Picard remarqua un couple remontant la rue de la Fabrique. Elle salua ses pensionnaires et attendit ces deux personnes.

— Marie, dit-elle en lui prenant les mains pour lui faire la bise, je suis heureuse de te revoir. Comment vas-tu ?

— Je rêve. Je dois avoir lu tous les guides de la librairie Garneau sur l'Angleterre et la France. Maintenant, la date du départ me semble si lointaine, les jours si longs.

— Je t'envie, tu sais. Compte tenu des circonstances particulières de mon voyage, je n'en ai pas vraiment profité à l'époque.

Debout à deux pas, l'oreille tendue pour ne rien perdre de la conversation, Jacques ne se doutait pas qu'il avait été au cœur de ces « circonstances ». « Bien sûr, songea-t-il, ces gens vont en Europe. »

— Paul, enchaîna Élisabeth, la main tendue vers le compagnon de son amie, votre présence au cabinet ne vous pèse pas trop ?

— Je dois avoir visité toutes les écoles d'agriculture depuis l'été dernier, et avoir présidé la plupart des concours de bétail. Chaque minute a été agréable, pourtant.

Le garçon reconnut Paul Dubuc pour avoir vu sa photographie dans le journal à quelques reprises.

— Toutes ces obligations ne vous empêcheront pas de venir souper avec moi demain soir ?

— Non, intervint Marie, nous serons là un peu après six heures. Je te rebattrai les oreilles avec ce fameux voyage, après avoir épuisé celles de mes enfants aujourd'hui.

— J'écouterai avec plaisir. Mais si nous ne voulons pas voir le curé de la cathédrale froncer les sourcils à cause de nous, entrons tout de suite.

Le couple Dubuc passa le premier dans le temple, s'arrêta près de la grande vasque d'eau bénite pour se signer. Jacques s'arrangea pour se livrer au rituel au même moment qu'Élisabeth Picard. La femme leva les yeux et lui adressa un sourire. À cet instant, les paroles du responsable du service de livraison lui parurent véridiques. Thomas ne pouvait avoir négligé son épouse pour faire un enfant illégitime ailleurs.

Pendant la messe, le garçon se tint à l'arrière de l'église, près des portes. Il profita du moment de la communion pour examiner les visages des paroissiens, cherchant une ressemblance avec ses propres traits. Son père et même sa mère devaient se trouver parmi ces gens, ou peut-être à l'église Saint-Dominique, la paroisse desservant maintenant la Grande Allée et les rues avoisinantes.

Dix fois, il crut reconnaître un air de famille chez un inconnu. Dix fois, il se trouva ensuite tout à fait ridicule. À la fin de la messe, il surveilla Élisabeth Picard quand elle quitta son banc. De la tête, elle salua le couple Dubuc, souriante, puis elle resta un long moment debout devant les grandes portes en chêne de la basilique. De nombreux paroissiens lui présentèrent leurs respects au passage.

Finalement, il ne restait que quelques hommes, réunis en duos ou en trios pour discuter de politique ou d'affaires. Le garçon essaya de se donner l'air d'attendre un ami. Il fixait la rue Buade, comme si l'intensité de son regard pouvait faire apparaître un camarade du Petit Séminaire.

Aussi fut-il le premier à voir un monsieur respectable, grand et mince dans son paletot noir. Les guêtres sur ses chaussures attirèrent son attention. Élisabeth fit trois pas en sa direction, la main tendue.

— Bonjour, ma chère. Le bon père dominicain s'est montré un peu plus bavard que d'habitude. Même en allongeant le pas ensuite, me voilà en retard.

— Cela m'a donné l'occasion de respirer un peu d'air frais, après tout cet encens. Je suis contente de te voir, Oscar.

Ils se tenaient la main, visiblement déçus de réprimer l'envie qu'ils avaient de se faire la bise.

— Allons-nous nous asseoir tout de suite au *Kherulu* ? demanda-t-il.

— Pourquoi pas ? Nous aurons tout notre temps pour une longue marche cet après-midi.

Le couple descendit la rue de la Fabrique bras dessus, bras dessous, et pénétra dans le commerce sous les yeux de Jacques Létourneau. Quand celui-ci marcha vers la Basse-Ville, il les aperçut à une table placée près de la fenêtre.

Le Palais Royal ouvrait ses portes vers une heure les dimanches, pour faire le plein de spectateurs. Ce jour-là, à chacune des représentations successives, aucune place ne demeurerait libre. Germaine Huot arriva bientôt, un peu essoufflée par le trajet depuis Limoilou.

— Nous aurions pu faire route ensemble, reprocha-t-elle à Jacques en lui abandonnant sa main.

— Ce matin, je suis allé à la messe à la cathédrale.

Pendant qu'ils se plaçaient dans la file d'attente, elle déposa quelques sous dans sa paume. Les garçons payaient pour leur cavalière, selon les usages. Si elle assumait le coût de son entrée, cela se faisait en toute discrétion, pour ne pas écorcher la fierté masculine plus qu'elle ne l'était déjà.

— Et pourquoi faire tout ce chemin pour aller à la messe ?

— Je voulais voir le visage d'Élisabeth Picard. Je me rappelais d'elle, on la voyait lors des pique-niques annuels des employés du magasin. Même à plus de cinquante ans, elle demeure une femme remarquable.

— Toujours cette obsession, commenta-t-elle d'une voix un peu lasse.

— Son mari cherchait une famille adoptive, à la fin de 1908.

Le caractère un peu scabreux de la conversation les obligeait à murmurer. Le garçon continua, un peu à regret:

— Le chef de service avait raison... Cet homme n'avait aucun motif de faire un enfant à une autre femme. En s'adressant à Fulgence, il servait d'intermédiaire à une autre personne.

Jacques paya les places, puis il guida sa compagne vers la grande salle au décor chargé de moulures et de dorures. En pleine clarté, ce cadre perdait beaucoup de sa majesté. Il fallait la pénombre pour lui restaurer sa grandeur. Quand ils prirent leur siège, la jeune femme lui souffla à l'oreille:

— Tu te fais du mal avec toute cette histoire.

— Je veux savoir.

La proximité des autres spectateurs et, surtout, le début de la projection les réduisirent au silence. Pendant quatre-vingt-dix minutes, Douglas Fairbanks sauta d'un bout à l'autre de l'écran armé d'une épée. Jacques arriva difficilement à se concentrer sur l'action, pourtant assez facile à suivre, tant sa propre histoire l'obsédait. Elle lui semblait avoir été scénarisée à Hollywood. Un membre de l'une des grandes familles de Québec avait payé les Létourneau afin de prendre soin de lui. Quelqu'un dont la réputation et la position sociale auraient été menacées par un scandale.

Même la présence de Germaine, dont il sentait la douce chaleur contre son bras, n'arrivait pas tout à fait à le ramener au présent. Quand les mots *The End* apparurent sur l'écran argenté, le garçon n'aurait pas pu raconter le contenu du film.

— Quel comédien extraordinaire, commenta sa compagne. Et toutes ces prouesses qu'il accomplit! Il aurait pu aller aux Jeux olympiques, l'été dernier.

Il ne voulut pas la décevoir en lui parlant de trucages et de cascadeurs. Dans cette représentation, les fantasmes des spectatrices étaient mieux servis que ceux de leurs compagnons.

— Mais il est tout de même moins beau que toi, murmura-t-elle.

— C'est une idée, dit-il un peu moqueur, si je ne peux pas me payer des études de droit, je pourrais faire des films.

— Oh! Tu pourrais, j'en suis certaine.

Pareil enthousiasme valut à la jeune femme une pression sur sa taille. Ils sortirent du cinéma pour se retrouver rue Saint-Joseph. Le soleil avait fini par chasser les nuages, mais le temps demeurait frais.

— Nous pourrions marcher un peu dans le parc, avant de rentrer, suggéra Jacques.

— Si tu veux.

Leurs ressources limitées ne leur permettaient pas de s'asseoir dans un café pour s'offrir une boisson chaude. Il ne leur restait que les lieux publics, à moins d'aller dans la demeure de l'un ou de l'autre. En arriver là donnerait à leur relation une dimension officielle; le jeune homme ne le désirait pas.

Pendue à son bras, Germaine se laissa conduire au parc Victoria. Cette fois, ce fut elle qui le relança sur le mystère de ses origines:

— Tu ne crois donc plus que Thomas Picard soit ton père?

— Je suis sans doute naïf, mais il me semble qu'avec une épouse comme la sienne, un homme n'a aucune raison de chercher les aventures.

Elle se demanda si elle-même figurait parmi la courte liste de ces femmes à l'abri des tromperies. Quelque chose lui disait que cela ne devait pas être le cas.

Le couple se promena dans le parc à peu près désert. Sauf quelques solitaires désireux de faire passer leur repas avec une longue marche, personne ne parcourait les allées. Un vent d'ouest assez frais poussait les feuilles dans un curieux ballet. Au détour du chemin, sa compagne prit l'initiative de continuer tout droit sur l'herbe mouillée, jusqu'à un bosquet de conifères.

Du rapprochement tenté par Jacques l'été précédent, elle retenait son désir, son empressement à le satisfaire, et sa propension à disparaître de sa vie si elle se dérobait. Il lui arrivait donc de prendre l'initiative de ces conciliabules. Sous le couvert des sapins, elle lui abandonna sa bouche, acceptant les mains envahissantes sur sa poitrine. Par-dessus le manteau épais, le péché lui paraissait moins grave, mais ses protestations montèrent dès que les doigts masculins s'attaquèrent aux boutons.

Chapitre 20

Pendant tout le mois de novembre, Eugénie fut trop faible pour se rendre au couvent des sœurs de Jésus-Marie ; en décembre, le froid l'en découragea. Aussi, lors de son retour à la maison pour le congé de Noël, Béatrice n'avait pas vu sa mère depuis octobre.

En mettant les pieds dans la maison, le samedi matin, après avoir laissé son manteau et ses bottes dans l'entrée, elle marcha jusqu'à la porte du salon et, depuis l'embrasure, murmura :

— Je suis heureuse de te voir en bonne santé, maman.

La femme se tenait dans un grand fauteuil, un livre sur les genoux, l'index glissé entre les pages pour ne pas perdre le fil de sa lecture.

— Merci, ma grande. Tu viens me faire la bise ?

Elle se leva à demi pour poser sa joue sur celle de l'enfant, puis reprit sa place.

— Tu veux t'asseoir un moment avec moi ?

Docile, elle occupa le fauteuil voisin.

— Je ne suis pas tout à fait en bonne santé, je me sens encore un peu fatiguée, précisa-t-elle. Mais tout de même, cela va mieux que l'été dernier.

La fillette hocha la tête gravement, imaginant des milliers de petits êtres invisibles en train de faire leur travail de sape dans le ventre maternel.

— Tu comprends, poursuivit la femme, cette masse… Le médecin a enlevé un grand morceau. Le corps doit prendre du temps avant de se remettre tout à fait.

Ces mots devaient rassurer la jeune fille, chasser de sa tête l'idée du cancer. De nouveau, Béatrice donna son assentiment d'un mouvement de la tête, bien que sceptique.

— Tu as apprécié ces quelques mois au pensionnat?

— … Oui, beaucoup. Les religieuses dispensent une très bonne éducation.

L'argument emprunté au discours des adultes tenait à sa frayeur de voir sa mère vouloir l'en retirer. L'enfant tourna la tête vers la porte du salon, comme pour appeler son père à l'aide. Lui ne la priverait pas de ce refuge à la routine si rassurante.

— Il y a plusieurs années, se souvint la femme, moi aussi je rêvais d'aller au couvent… pour la même raison que toi.

Eugénie préféra ne pas s'étendre sur ses motifs. Sa mère, Alice, lui avait planté l'idée dans la tête. En la reprenant à son compte un peu plus tard, elle cherchait à fuir la présence de sa belle-mère. À ce compte, elle disait vrai : pour elle comme pour Béatrice, cela représentait une occasion de fuir une personne honnie.

— Alors, profite bien de ton séjour là-bas. Je te souhaite de développer des amitiés qui dureront toute la vie.

La fillette fit encore un signe affirmatif. Les paroles, la voix douce, un peu voilée, la prenaient totalement au dépourvu.

— À ce sujet, ton projet pourra-t-il se réaliser? Je veux dire le souper avec les parents de ton amie.

— … Oui. Ils doivent venir à Québec pour des courses. Ils ont voulu nous rencontrer.

Claire émaillait ses lettres à la maison d'allusions à sa voisine de dortoir, au point de donner envie aux Tétreault de ménager une rencontre avec ses parents.

— Tu sais, je ne crois pas me joindre à cette sortie. Cette année, plus que d'habitude, l'hiver me paraît menaçant. Je préfère me tenir près du radiateur.

Comme pour appuyer ses paroles, elle jeta un regard du côté de l'appareil de chauffage tout en replaçant son châle sur ses épaules. Béatrice était trop peu accoutumée aux mensonges adultes pour répondre «Comme c'est dommage».

À l'étage, les garçons avaient entendu leur sœur entrer dans la maison. Ils s'inquiétaient de ne pas la voir les rejoindre.

— Tu crois qu'elle est avec elle ? demanda Charles à son aîné.

— Je suppose. Une rencontre avec les domestiques durerait moins longtemps.

Le cadet s'alarma. Selon son expérience, ces conciliabules n'étaient pas agréables. Il sortit dans le couloir pour dire, penché au-dessus du puits de l'escalier :

— Béa, tu viens jouer avec nous ?

Dans le salon, la jeune fille tourna encore la tête vers la porte.

— Va les rejoindre, lui enjoignit Eugénie. Tu sais, ils se sont ennuyés de toi.

Elle regarda sa mère droit dans les yeux, se leva pour sortir d'un pas hésitant. Elle allait disparaître quand la femme dit encore :

— Béatrice…

La fillette pivota sur elle-même pour la regarder.

— Tu sais, tu m'as manqué à moi aussi.

Les joues écarlates, elle quitta la pièce.

Pour la première fois depuis des années, Eugénie insista pour ériger un sapin de Noël. Dans le passé, à l'époque où les enfants étaient attachés à cet usage, elle pestait suffisamment contre l'initiative, avant d'y consentir finalement, que leur plaisir se trouvait gâché tout à fait.

L'arbre se dressait dans le salon, près de la fenêtre, les branches alourdies de boules et de guirlandes. Toute la journée du 24 décembre, la convalescente resta assise dans son fauteuil, une couverture sur les jambes, un livre à la main mais sans en parcourir les lignes. En soirée, pendant que les enfants se préparaient pour la messe, elle demanda :

— Fernand, crois-tu raisonnable d'imposer à Antoine le trajet dans le *rumble seat* ?

L'homme ne dissimula pas sa surprise.

— Souhaites-tu te joindre à nous ?

Depuis son opération, elle avait raté tous les rendez-vous dominicaux.

— Si tu n'y vois pas d'inconvénient, oui. Voir des visages réjouis et entendre les cantiques, cela me fera sans doute un peu de bien. Puis, je dois renouer avec la pratique religieuse, si je ne veux pas passer pour une mécréante.

Son époux lui adressa un sourire chargé de sympathie.

— Bien emmitouflé, Antoine ne souffrira pas d'un aussi court trajet au grand air. Et puis le simple fait de te voir incitera les voisines à recommencer leurs visites. Il y a longtemps que personne n'est venu ici.

— Je ne suis pas certaine que cela me manque. Tu sais, leur premier souci sera de connaître par le détail les morceaux qui me restent, et ceux qui m'ont été enlevés.

Elle quitta son siège en s'aidant de ses deux mains sur les accoudoirs. Tous ses mouvements étaient lents, comme si elle risquait de se rompre au moindre empressement. Gravir les escaliers s'avérait le plus difficile, aussi Fernand lui offrit-il son bras pour l'aider.

À mi-chemin, elle demanda :

— Tu ne souhaites pas récupérer… ton appartement ? Maintenant que je n'ai plus besoin de soins particuliers, rien ne justifie de t'en priver encore.

— D'un autre côté, tu n'as pas à endurer le désordre des garçons dans la salle de bain de l'étage, ni le bruit quand tu désires te reposer. Le mieux serait que tu en profites encore un peu. Maintenant que nous y avons mis ton propre lit, tu as retrouvé ton confort.

La réponse plongea la femme dans une profonde tristesse. Récupérer sa chambre et son petit salon aurait signifié un retour à sa vie normale, celle d'avant la maladie. Demeurer dans la garçonnière lui rappelait trop clairement que seul le passage du temps indiquerait si l'opération avait permis de la tirer d'affaire.

— Tu as raison sans doute, je me sens encore fatiguée au point de faire une sieste l'après-midi, et de regagner mon lit bien tôt en soirée. Cette grande pièce a été isolée avec assez de soin pour couper tous les sons.

Sur ces derniers mots, un petit sourire narquois passa sur son visage. Ces précautions ne cherchaient pas à protéger son occupant des bruits du reste de la grande demeure, mais plutôt à préserver son intimité.

— Veux-tu demander à Gloria de monter m'aider à changer de robe ? Je continue de craindre certains mouvements, même si la cicatrice ne me tiraille plus.

— Je le lui dis tout de suite.

Il la quitta devant la porte de la garçonnière, puis emprunta l'escalier tournant afin de rejoindre directement la cuisine.

Une heure plus tard, toute la famille encombrait le couloir conduisant à la porte d'entrée. En voyant sa femme peiner en se penchant pour mettre ses couvre-chaussures, Fernand s'agenouilla pour l'aider. Devant cette scène, les enfants échangèrent un regard troublé.

— Antoine, tu vas donner ton bras à ta grand-mère pour l'accompagner jusqu'à l'auto.

— Bien sûr, répondit le garçon en se rangeant près de la vieille dame.

— À l'intérieur, j'arrive encore à me déplacer sans aide, commenta celle-ci. Mais dans l'escalier et surtout sur la neige durcie de la cour, je ne fais plus confiance à mes vieilles jambes.

Tout de même, elle s'empara tout de suite du bras offert, peu soucieuse de faire la démonstration du petit bout d'autonomie qui lui restait.

— Un garçon robuste comme toi n'est pas du genre à laisser une vieille dame se casser la figure sur un morceau de glace noire, continua-t-elle.

— Cela n'arrivera pas. Et si nous tombions tous les deux, Charles se couchera de tout son long sur le sol pour amortir notre chute.

La vieille madame Dupire se tourna vers le cadet avec un regard inquisiteur.

— Je préférerais tout de même ne pas vérifier ses bonnes dispositions à ce sujet.

Pendant cet échange, Fernand avait offert son bras à sa femme pour sortir de la maison et la conduire jusqu'à la voiture. L'aîné et sa grand-mère fermaient la marche. Une fois en bas de l'escalier, Béatrice attendit pour prendre l'autre bras de l'aïeule.

Monter dans l'automobile nécessita l'assistance combinée des deux enfants, tout comme en descendre, une fois arrivés à l'église Saint-Dominique. Quand le couple s'engagea sur le parvis du temple, les Caron s'y trouvaient déjà. Le médecin se tourna pour dire, la voix chargée de compassion :

— Je suis heureux de vous voir, madame Dupire. Votre présence ici témoigne de votre retour à la santé.

— Au moins, elle indique que je me remets de l'opération. Au sujet du retour à la santé, je retiens des explications de votre jeune collègue que seul le temps nous le dira.

— Vous avez raison. Mais regardez autour de vous.

Comme pour lui donner l'exemple, l'homme leva la tête vers un ciel d'un noir d'encre tout constellé d'étoiles. Le froid vif piquait les joues. Près d'eux, les éclats de rire des paroissiens fusaient à tout moment.

— La nuit est parfaite, conclut-il, et aucun de nous ne sait s'il verra demain. Alors, autant profiter du présent en ne songeant pas trop au futur.

— Je tente de faire exactement cela, monsieur Caron. Mais vous savez, dans ma condition, ce n'est pas si facile.

L'homme exerça une pression sur la main de la convalescente, puis il murmura :

— Je vous souhaite de tirer le meilleur de cette période de réjouissances.

Puis, il tendit la main aux autres membres de la famille, en répétant les mêmes paroles. Puisqu'une bonne proportion de la population de la paroisse comptait parmi sa clientèle, il avait pris la précaution d'arriver tôt, avec l'espoir d'exprimer ses bons vœux à la plupart.

Élise ne pouvait se dérober à l'obligation de saluer les Dupire. Flanquée de ses enfants, elle s'approcha et offrit sa main gantée à Eugénie.

— Je suis tellement heureuse de te revoir. Cela fait longtemps.

— J'émerge lentement de ma retraite.

Si la convalescente pouvait évoquer son angoisse à mots couverts au médecin qui l'auscultait depuis l'enfance, devant une femme de son âge, elle se raidissait, soucieuse de donner le change. Toutefois, devant une personne à laquelle elle s'était crue bien supérieure, dont elle avait raillé la modestie du ménage des années plus tôt, son assurance fléchissait tout à fait. Aujourd'hui, ses deux enfants près d'elle, respirant la santé et, pourquoi pas, le bonheur tranquille, elle lui inspirait une profonde jalousie.

— Nous n'avons pas eu une véritable conversation depuis si longtemps, enchaîna Eugénie. Je ne pense pas sortir beaucoup cet hiver, mais si tes pas te conduisent dans la rue Scott, nous pourrions reprendre le temps perdu.

Très vite, dans un mouvement presque imperceptible, les yeux d'Élise allèrent vers Fernand. L'époux offrait toujours son bras à sa compagne.

— Tu as raison, ce serait agréable d'évoquer notre jeunesse, reprit-elle d'une voix un peu affectée. Je verrai à me libérer.

Le regard inquiet n'avait pas échappé à la femme. L'esprit en mouvement, elle commenta machinalement :

— Tu seras toujours la bienvenue.

Sans y mettre la moindre conviction, elle salua ensuite les enfants Hamelin. Puis, elle tourna le visage vers son compagnon :

— Maintenant, si tu veux m'accompagner jusqu'à notre banc, je me sens un peu fatiguée.

— Bien sûr. Allons-y.

Quant à la vieille madame Dupire, encadrée par ses trois petits-enfants, elle tentait d'échanger quelques mots avec toutes les personnes de sa génération. Sa démarche tenait beaucoup à son désir de se montrer avec sa progéniture. Mère d'un seul enfant, ce trio lui procurait sa part d'éternité. Et quand un ancêtre disait que Béatrice lui ressemblait, son plaisir compensait la douleur dans ses jambes et ses hanches.

Pendant toute la durée de la messe de minuit, Eugénie garda les yeux sur les deux bancs occupés par les Caron. Le fils, Pierre, s'était installé avec ses grands-parents pour laisser une place libre sur la banquette prise par sa mère et sa sœur. Juste avant le début de la cérémonie, Thalie Picard vint se joindre à elles. Malgré la solennité de l'endroit, elles échangèrent des bises, des sourires. Elles formaient un curieux trio, l'une approchant la quarantaine, la seconde la trentaine, la dernière la vingtaine.

Surtout, la convalescente constata que le regard de son époux se tournait aussi avec une certaine régularité vers ce banc. Sa sérénité nouvelle tenait-elle à l'affection de l'une des trois?

Tout au long de la messe, l'église résonna des cantiques de circonstance. Peut-être à cause des questions qui se bousculaient dans sa tête, Eugénie perdit très vite le fil de la célébration. Si elle se leva aux moments propices avec les autres paroissiens, elle préféra la station assise plutôt que de se mettre à genoux, tout comme sa belle-mère de trente ans plus âgée.

À une heure du matin, les ouailles sortirent du temple, les enfants avec des yeux alourdis de sommeil. Le hasard plaça les Dupire tout juste avant les Caron. La convalescente entendit le docteur Picard dire, en mettant les pieds dehors :

— Merci de m'avoir fait une petite place. Je m'empresse de courir chez maman, elle se fait une joie d'avoir ses enfants au réveillon.

Elle se retourna pour voir l'échange des bises et des souhaits de joyeux Noël. Pendant que Thalie se séparait de ses amies, elle intervint :

— Madame, je suis désolée de vous accaparer à ce moment. Puis-je vous parler ? Une minute suffira.

L'omnipraticienne salua le couple Caron, puis s'approcha, le regard interrogateur.

— Je veux juste savoir si vous faites des visites à domicile.

— … Vous avez des raisons de vous inquiéter ? demanda la jeune femme.

— Cela, vous pourrez me le dire. Mais avec la mauvaise saison, je préférerais éviter de me rendre à votre cabinet.

Thalie hocha la tête. Il convenait de reprendre contact avec cette patiente qu'elle n'avait pas vue depuis sa sortie de l'hôpital.

— Je pourrai passer après la période des fêtes, à moins que vous ne souhaitiez un rendez-vous plus hâtif.

— Cela me convient tout à fait. Vous serez même une distraction, au cours de ce trop long mois de janvier.

Toutes les deux échangèrent les vœux de circonstance. Fernand joignit les siens à ceux de sa femme, puis il la raccompagna à la voiture. Les autres membres de la famille occupaient déjà leur place. Dix minutes plus tard, tout le monde était de retour dans la grande demeure. Après s'être débarrassés des lourds paletots, les membres de la famille se rendirent dans le salon pour l'échange des cadeaux. Les deux femmes occupèrent les fauteuils, Fernand et ses aînés le canapé. Charles accepta de bonne grâce de distribuer les présents enveloppés de papier argenté.

Leur contenu ne faisait pas beaucoup de mystère. Pour la plupart, il s'agissait soit de livres, soit de vêtements, soit d'enveloppes contenant un peu d'argent, la promesse d'un achat prochain. Béatrice reçut de sa grand-mère l'autorisation d'aller dépenser quelques dollars chez Simon's, Antoine un abonnement d'un an à la revue *National Geographic*. Le cadet se sentit soudainement très jeune en déballant de nouveaux wagons pour son train électrique.

Même confinée à la maison, Eugénie avait tenu à faire ses propres offrandes plutôt que de se voir incluse dans le «De vos parents» des années antérieures. Pour cela, les catalogues lui offraient la possibilité de faire ses emplettes depuis le confort de son fauteuil. Eaton faisait recette dans la rue Scott. À tour de rôle, les enfants défilèrent devant elle avec des pièces de vêtement ou des articles de sport à la main – Charles se voyait riche d'une paire de patins neufs – pour la remercier et l'embrasser.

À la toute fin, il ne restait plus qu'un petit paquet sous l'arbre, long de six pouces, large de trois, de moins d'un pouce d'épaisseur.

— Papa, c'est pour toi, dit le garçon en le lui tendant.

Sur la petite carte sous le ruban, Fernand lut «Eugénie», tracé d'une petite écriture bien nette. Il déchira le papier pour découvrir une boîte avec la marque de commerce Parker. À l'intérieur, un stylo-plume Duofold. En se levant pour lui embrasser la joue, il murmura :

— Nous avons convenu il y a des années…

Elle avait dit, peu après leur mariage, vouloir «cesser de sacrifier à cette mascarade des étrennes de Noël» entre eux. L'homme préféra ne pas reprendre ses mots exacts.

— Je sais bien. Disons que ça n'a pas été ma meilleure idée.

— Mais de mon côté…

— Cela ne fait rien. Tu te reprendras l'an prochain.

Pour la première fois depuis des mois, elle évoquait le futur. Elle ajouta dans un souffle :

— Mais si tu veux maintenant m'offrir quelque chose de très simple, d'ici l'Épiphanie, ne quitte pas la maison pour une demi-journée complète, comme tu le fais si souvent. Profitons du fait que tous les enfants sont là pour… demeurer en famille.

L'hésitation lui avait permis d'adoucir sa formulation. Elle s'apprêtait à dire plutôt « donner un moment l'illusion d'être en famille ». L'homme resta un instant songeur, avant de répondre :

— Je verrai si je peux annuler tous mes engagements.

D'une certaine façon, Eugénie avait rompu une sorte de trêve établie depuis le début du mois de novembre : ne faire aucune allusion à leur étrange vie conjugale.

— Maintenant, déclara Fernand en s'éloignant de son épouse, vous voudrez bien prendre un verre avec moi. Les enfants, vous trouverez du chocolat chaud à la cuisine. Comme d'habitude, Hortense et Gloria se sont aussi occupées de vous préparer de petites douceurs.

Ils s'esquivèrent très vite, désireux d'échapper à la tension dans la pièce. L'homme demanda ensuite en se tournant vers la vieille dame :

— Maman, tu prendras certainement de ce vieux porto que la Commission des liqueurs met si généreusement à notre disposition ?

— Évidemment. Le gouvernement vend de l'alcool à présent. Si ton pauvre père voyait cela…

350

— Il boirait son verre en critiquant les libéraux. Cela lui ferait deux plaisirs à la fois. Et toi, Eugénie, un verre de sherry ?

— Ne lésine pas sur la quantité. Tout de suite après, tu m'aideras à monter. Après cette très longue journée, je me sens fatiguée.

Surtout, elle désirait cacher au plus vite sa morosité.

— C'est tout de même curieux. Quand tu es là, je me retrouve rarement avec des vêtements sur le dos.

Thalie était encore en sous-vêtements, assise à la minuscule table dans la cuisine. Sa combinaison lui allait au milieu des cuisses.

— Moi, je suis plus discipliné, rétorqua Louis. Je mets mes vêtements en sortant du lit. Je ne tiens pas à ce que la police me découvre en caleçon, si elle vient m'arrêter ici.

Si les derniers mots s'accompagnaient d'un sourire et d'un gros clin d'œil, la jeune femme n'apprécia pas la pointe d'humour.

— Ne dis pas des choses pareilles. Tu sais, cela me reste ensuite dans la tête pendant des jours et des jours.

— Tu t'inquiètes pour moi ?

Cette éventualité semblait le réjouir au plus haut point.

— Évidemment, je m'inquiète. Je suis capable de lire les journaux américains, je sais ce qui se passe là-bas avec le commerce illicite d'alcool…

— Je ne me livre pas à ce commerce, je me contente de faire la livraison de nos bons produits canadiens.

Thalie secoua la tête, une trace d'impatience dans les yeux.

— Cette agence de répression…

— Le *Bureau of Prohibition*…

Lui aussi lisait les mêmes journaux et, dans une certaine mesure, partageait ses inquiétudes.

— Oui, ils ont déjà intercepté des convois de livraison. Il y a eu des coups de feu tirés de part et d'autre.

La jeune femme savait qu'une arme se trouvait dans la boîte à gants de la voiture stationnée juste en bas de son immeuble. Au volant de son camion, il devait toujours la porter sur lui.

Le rappel de cette réalité les plongea tous les deux dans le silence. Puis, Thalie se sentit un peu coupable d'avoir amené le sujet dans la conversation. Un peu pour faire amende honorable, elle murmura :

— À trois heures ce matin, j'ai été heureuse de te retrouver.

— Je n'allais tout de même pas te laisser marcher en pleine nuit par un temps si froid. Ce serait risquer des engelures dans de si charmants endroits.

En disant cela, il s'était penché pour mettre une main sur sa cuisse nue, sous la table. Elle apprécia la chaleur de la paume, s'approcha pour l'embrasser, trouva le goût de la confiture de fraises sur ses lèvres.

— Tout de même, ton appel me vaudra toute une série de questions de la part de maman, tout à l'heure.

L'homme avait téléphoné chez Marie un peu après deux heures du matin pour offrir à son amie de la conduire chez elle, au terme du réveillon.

— Tu lui diras qu'un client voulait une consultation urgente. D'ailleurs, c'est vrai, tu n'avais pas examiné ma cicatrice depuis un long moment.

De nouveau, la légèreté de Louis la troubla. Si jamais la rumeur de ses fréquentations avec un « mauvais garçon » se répandait, cela nuirait assurément à son beau-père, et même à Mathieu. On les soupçonnerait tous les deux de liens avec les milieux criminels. Le premier ministre Taschereau chasserait le député du cabinet, le second aurait du mal à convaincre ses employeurs de lui donner un jour le statut d'associé.

— Tout à l'heure, le souper aura lieu dans ta belle-famille, si j'ai bien compris, remarqua Louis.

— Chez la fille aînée du second mari de ma mère, expliqua-t-elle.

— Donc chez ta belle-famille.

— Tu as raison, même si je ne les considère pas vraiment de cette façon... Et toi, que feras-tu ce soir ?

Évidemment, elle ne pouvait ni l'inviter dans ses rencontres familiales, ni le présenter à ses amis. Seule Élise, de façon tout à fait fortuite, connaissait sa présence dans sa vie. Cette situation aussi lui pesait. Tous les deux célibataires, ils se comportaient comme un couple adultère, cherchant toujours à se dissimuler au regard des autres.

— Je souperai en tête-à-tête avec ma vieille mère...

Lui non plus ne l'invitait pas chez les siens. Un peu avant Noël, il lui avait confié être, de loin, « le plus présentable du lot ». Elle avait pressenti chez lui un sentiment de honte au sujet de ses proches.

Pendant un moment, ils cherchèrent un sujet plus léger. Aussi, Thalie le ramena vers l'objet habituel de ses préoccupations :

— Tu as certainement des projets d'avenir... Je veux dire : tu ne peux pas faire "ça" toute ta vie.

— Même si je le voulais, les Américains finiront bien par retrouver leur bon sens. Les discussions sont vives là-bas sur le sujet de la prohibition. La situation ne durera pas encore très longtemps. En attendant, je profite de l'occasion pour économiser. Quand cela s'arrêtera, je mettrai sur pied une affaire légitime.

— Tu arrives vraiment à mettre de l'argent de côté?

Son compagnon lui jeta un regard narquois. Cette petite bourgeoise férue d'idées féministes demeurait au fond bien attachée à ses valeurs conservatrices. Pour elle, un homme travaillait avec application, amassait un petit pécule pour instruire ses enfants, assurer ses vieux jours et ceux de sa compagne. Exactement comme Alfred Picard avait fait, des années plus tôt.

— Tu sais, sauf quand j'emmène dîner une jolie fille au Château Frontenac pour l'impressionner, mon train de vie reste modeste. Mes épargnes s'avèrent bien plus grandes que les tiennes, si l'on excepte ton héritage.

— Ce n'est pas bien difficile: sauf l'argent de papa et mes meubles, je ne possède rien.

Son bel appartement, ses vêtements, tous les repas pris à la salle à manger de l'édifice ou dans les bons restaurants équivalaient à peu près à la somme qu'elle gagnait. En réalité, faire la leçon à son compagnon se révélait bien présomptueux.

— Et que feras-tu, comme affaires? demanda-t-elle encore.

— Je ne connais qu'une chose: la livraison. Avec dix camions et autant de chauffeurs, je gagnerai bien ma vie… à des choses aussi périlleuses que livrer des matériaux de construction à des quincailliers.

L'allusion à leur première rencontre tira un sourire à la jeune femme. Après quelques minutes d'échange sur les entreprises licites, l'homme remarqua:

— J'aime bien lorgner tes seins à chacun de tes mouvements, mais nous risquons tous les deux d'être en retard à nos engagements respectifs.

— … Tu as raison. Je me dépêche.

Sur ces mots, elle se leva et entreprit de débarrasser la table des assiettes. L'homme profita de sa proximité pour poser une main à l'arrière de son genou, remonter tout le long de la cuisse jusqu'à la fesse dans un mouvement caressant. Elle appuya sa hanche contre son épaule en disant :

— Ne commence pas ce que ni toi ni moi n'avons le temps de terminer.

— Si près de toi, je me sens des envies de me conduire en mauvais fils.

De sa position assise, il posait sa tête juste à la hauteur de ses seins.

— Mais je ne ferai pas cela à ma vieille mère, se reprit-il. Veux-tu que je te conduise dans Limoilou ?

Comme elle ne répondait pas, il ajouta :

— Ne crains rien, je te ferai descendre devant l'église Saint-Charles, à cent verges de ta réelle destination. Tu diras être venue en taxi.

— Je te remercie, cela me fera plaisir d'être encore avec toi quelques instants. Le temps de remettre un peu d'ordre ici et de m'habiller, et nous partons.

Si les mauvais garçons pouvaient se révéler parfois charmants, celui-là ne poussait pas la perfection jusqu'à accomplir sa part des tâches ménagères. Il se réfugia au salon avec un exemplaire du journal vieux de deux jours alors qu'elle débarrassait la table et déposait la vaisselle dans l'évier. À son retour en fin de soirée, elle devrait encore la laver.

Chapitre 21

Thalie Picard effectuait rarement des visites à domicile, et toujours chez de fidèles clientes. La population de Québec ne se distinguait pas par son ouverture d'esprit. La majorité de ses habitants n'approuvait pas l'accès des femmes aux professions. Se promener dans la ville avec son petit sac en cuir pour entrer dans des maisons privées comportait sa part de risques.

Entre quatre murs, soustraite aux regards, dans le meilleur des cas, elle risquait de voir sa féminité mise en doute dans les termes les plus insultants. Au pire, un mâle à l'esprit vengeur pouvait bien s'efforcer de la remettre à sa place en la serrant dans un coin. Dans une pareille éventualité, la police ne tenterait pas de bien grands efforts pour donner suite à une plainte d'attentat à la pudeur. Les constables bedonnants conviendraient très vite qu'elle l'avait cherché en sortant de sa condition pour effectuer un travail d'homme.

Bien sûr, elle ne risquait rien de cela en se présentant chez les Dupire. Une domestique au physique d'asperge répondit à la porte. D'un œil exercé, l'omnipraticienne jugea que cette maigreur ne trahissait aucune maladie particulière.

— Je suis le docteur Picard, annonça-t-elle. Je dois voir madame Dupire.

— Oui, bien sûr. Si vous voulez entrer.

Le climat en cette saison ne prêtait guère aux longs échanges sur le pas de la porte. La visiteuse pénétra dans le petit hall.

— Je vais vous aider à vous défaire de votre manteau, proposa la bonne.

Depuis son arrivée dans la maison trois ans plus tôt, Gloria avait perdu beaucoup de sa gaucherie. Elle tint le paletot aux épaules pendant que Thalie extirpait ses bras des manches. Ses gants se rangèrent dans une poche, son chapeau sur un second crochet.

— Je vais enlever cela aussi, dit-elle en se penchant pour détacher ses couvre-chaussures.

— Ce n'est pas nécessaire…

La protestation manquait beaucoup de conviction. La servante n'avait visiblement aucune envie de nettoyer le plancher jusqu'à l'étage.

— Je vais vous conduire, continua-t-elle, satisfaite de voir deux souliers bien propres.

En gravissant l'escalier derrière la domestique, Thalie apprécia le décor majestueux, quoique austère et démodé.

— Voici la chambre de madame, déclara son guide en frappant à la porte tout au fond du couloir.

Elle ouvrit après avoir entendu « Entrez ». Eugénie était assise dans l'un des fauteuils disposés de part et d'autre d'une petite table. Thalie examina le décor aux teintes de brun et de fauve. Seul le lit couvert d'un tissu brodé jurait un peu avec le reste de la grande pièce.

— Docteur, dit sa cliente, je vous attendais.

Il convenait de prendre cette affirmation au pied de la lettre : elle était en sous-vêtements, un peignoir sur le dos.

— S'il vous plaît, mettez-vous en chemise et étendez-vous sur le lit.

La patiente obtempéra sans rouspéter. Thalie dut poser un genou sur le bord de la couche. Elle commença par placer le bout de son stéthoscope sur la poitrine maigre et étroite en repoussant les pans du vêtement. De nouveau, le battement cardiaque lui sembla emballé, plutôt faible. Elle grimaça en le passant sur les poumons, trouva la respiration un peu laborieuse. Cela l'amena à prolonger son examen.

— Vous sentez-vous essoufflée ?

— … Pas plus que d'habitude. Comme je vous le disais dès l'été dernier, je n'ai jamais eu une constitution bien robuste.

— Et vous ne vous sentez pas plus encline à faire de l'exercice ?

L'autre lui adressa un regard tellement incrédule que le médecin éclata de rire.

— Je vous assure, cela devient agréable à la longue. Moi-même, je me rends au gymnase deux fois par semaine, cela me fait du bien. Puis, c'est l'occasion de fréquenter des femmes, de créer des liens.

— Je me souviens de vous, enfant.

Les rencontres entre les deux familles Picard avaient été rares, et toujours fortuites. Néanmoins, elles s'étaient croisées en diverses circonstances, le plus souvent sur le parvis de la cathédrale de Québec.

— Vous me paraissiez présenter une énergie peu commune, précisa-t-elle, dès le plus jeune âge. De mon côté, la même langueur m'habite depuis toujours.

Thalie hocha la tête, prête à reconnaître la différence de leur tempérament.

— Je vais maintenant palper votre abdomen.

Eugénie leva les yeux au plafond, s'abandonna aux petits doigts inquisiteurs. L'omnipraticienne reconnut le tracé de la cicatrice sous le mince tissu de la chemise.

— Vous n'avez pas ressenti de douleur, ces derniers temps ?

— Elle a disparu en même temps que l'infirmière, mais je n'établis aucun lien entre les deux événements.

La remarque s'accompagna d'un sourire narquois. La visiteuse s'amusa aussi de la répartie. Après un long silence, la femme demanda d'un ton plus bas :

— Vous avez évoqué la difficulté à respirer. Si j'en éprouvais, cela serait annonciateur de quel type de complications ?

— … Tout à l'heure, vous m'avez dit la vérité ?

Le médecin cessa son examen du ventre pour s'asseoir sur le bord du lit. Procéder à une consultation dans une chambre donnait à la rencontre une intimité particulière.

— Oui, dit Eugénie. Je veux simplement savoir quels symptômes surveiller, pour savoir à quoi m'en tenir.

Thalie fronça les sourcils. La cliente lui adressa un sourire penaud avant de continuer :

— Je ne me suis jamais excusée pour ma réaction, à l'hôpital, lorsque vous m'avez annoncé la nouvelle. Je n'ai pas vraiment entendu vos paroles, alors. Aujourd'hui, ne craignez rien, parlez franchement, je ne risque pas de vous faire une nouvelle crise.

— Je ne m'attendais à aucune excuse. Mon métier exige parfois que je me fasse porteuse d'un terrible diagnostic…

— Et dans ce cas, les malades tirent sur le messager.

— Cela arrive…

En réalité, pareille éventualité se produisait rarement. Si les malheureuses demeuraient hébétées, elles préféraient d'habitude se rapprocher de la soignante, pas prendre leurs distances.

— Alors, dites-moi, insista Eugénie. Je contrôlerai ma mauvaise humeur légendaire.

— … Si des cellules cancéreuses sont encore dans votre organisme, elles peuvent s'attaquer à votre foie, à vos poumons, à votre cerveau, à vos intestins.

— L'un ou l'autre de ces organes, ou tous à la fois ?

— La maladie se développe dans l'un d'eux, mais à la fin tous les cancers sont généralisés.

La femme ferma les yeux un moment, serra les poings jusqu'à se faire mal aux jointures. Thalie en profita pour palper la région du foie. Le bout de ses doigts ne rencontra aucune masse.

— Vous me tracez là un programme horrible, dit-elle dans un souffle.

— Aussi longtemps que vous ne ressentez aucun symptôme, vous pouvez espérer que rien de cela ne se produira.

— L'espoir fait vivre, dit son interlocutrice dans un ricanement. Je vous parlais tout à l'heure de ma langueur comme d'une caractéristique personnelle. Je pourrais ajouter le pessimisme. Maintenant, je chercherai des symptômes, et chaque manifestation me paraîtra l'annonce d'une fin prochaine.

Le médecin lui prit la main un moment, puis elle proposa :

— Je peux vous prescrire des examens à l'hôpital. Mon stéthoscope et mes doigts sont moins fiables qu'une série de radiographies.

— Pas tout de suite. Je tenterai d'abord d'apprivoiser… ces possibilités.

Elle avait failli dire « ces certitudes ». Thalie hocha la tête. Personne ne se réconciliait vraiment avec la mort. En connaître l'échéance ne la rendait certainement pas plus acceptable.

— Vous devrez maintenant glisser sur le lit et mettre vos pieds sur le bord du matelas.

— Ah ! Le plat de résistance de l'examen.

L'omnipraticienne se pencha sur son sac en cuir pour récupérer son spéculum et de la gelée de pétrole. En levant la tête, elle découvrit sa patiente dans une posture un peu grotesque. Pour regarder l'intérieur du vagin, elle dut s'aider d'une petite lampe de poche.

— Y a-t-il eu d'autres écoulements sanguins depuis l'opération?

— Non, même pas les règles…

Elle s'interrompit, puis se reprit:

— Bien sûr, je n'ai pas de règles. Il ne reste rien dans mon ventre.

— Et par l'anus, aucun saignement?

— … Non. Vous voulez dire qu'en cas de cancer de l'intestin, je pourrais en avoir?

— C'est un symptôme.

Elle se releva avec le spéculum à la main, les yeux interrogateurs.

— Si vous cherchez la salle de bain, c'est la porte à côté, indiqua Eugénie.

Thalie prit une bouteille d'alcool dans son sac, puis disparut le temps de nettoyer l'instrument et ses doigts. Quand elle revint, sa patiente avait remis son peignoir pour s'installer dans son fauteuil. Elle s'assit sur le siège voisin.

— Je ne constate rien d'alarmant. De votre côté, vous me dites ne rien remarquer de singulier.

— Aucune manifestation nouvelle.

— Pour préciser mon diagnostic, seul un examen plus attentif…

— Nous verrons cela plus tard.

De nouveau, la visiteuse examina la pièce au décor masculin.

— Vous avez ici des conditions idéales pour vous reposer, et bien récupérer.

— C'était le refuge de mon mari. Le temps nous dira s'il se révélera propice ou non. Voulez-vous que je nous fasse monter du thé ?

— Je vous remercie, mais je dois me rendre au Jeffery Hale.

Elle se leva sur ces mots, son hôtesse fit de même. Thalie lui serra la main.

— Je vous souhaite bonne chance, madame Dupire.

— Merci. Croisez-vous Élise tous les jours ?

— Pas tous les jours, mais tout de même très souvent.

— Pourriez-vous lui rappeler son engagement à venir me voir ?

Le médecin hocha la tête, puis descendit au rez-de-chaussée. Gloria devait se tenir en vigie, aussi vint-elle l'aider à revêtir son manteau. Après ce tête-à-tête plutôt triste, l'air froid lui fit le plus grand bien.

Élise ne se souvenait pas de s'être engagée formellement à rendre visite à sa vieille camarade de couvent. Elle se présenta tout de même à la porte de la grande maison de la rue Scott, après avoir annoncé sa venue par téléphone.

Après un premier coup du heurtoir, la domestique vint lui ouvrir.

— Je me nomme Élise Hamelin… commença-t-elle.

— Bien sûr, madame vous attend.

Pendant qu'elle l'aidait à enlever son manteau, Gloria dit encore :

— Comme elle se sentait un peu fatiguée après dîner, elle vous recevra en haut.

— … Je peux revenir un autre jour.

La visiteuse paraissait disposée à retarder cette rencontre.

— Mais non, madame se fait une joie de vous recevoir.

Résignée, elle se laissa guider dans l'escalier, se troubla fort de se voir conduire vers la pièce du fond, la retraite de Fernand. Elle y était venue quelques fois au cours des derniers étés, assez souvent pour en perdre le compte.

La domestique frappa à la porte, Eugénie vint ouvrir elle-même.

— Je suis si heureuse de te voir, s'exclama-t-elle en tendant les deux mains.

— Moi aussi, rétorqua la visiteuse en mobilisant sa volonté pour se donner une contenance.

— Gloria, dit l'hôtesse en détournant un peu le visage, apportez-nous du thé.

— Tout de suite, madame.

Pendant cet aparté, machinalement, les yeux d'Élise firent le tour de la grande pièce.

— Tu examines mes quartiers, constata encore son amie en lui lâchant les mains.

— ... Oui. Tu es très bien installée, ici. L'endroit semble bien différent du reste de la maison.

— Mon mari a fait aménager cela il y a quelques années. Le croiras-tu, ce gros empoté souhaitait cacher ici ses amours coupables avec la bonne.

Élise comprit alors le sens de cette invitation un peu surprenante, et surtout la portée du lieu choisi.

— Tu crois ? Cela ressemble si peu au garçon que nous avons connu il y a plus de vingt ans. Il semblait le plus religieux de notre petit cercle.

— C'est bien la preuve qu'il ne faut se fier à personne. Viens t'asseoir.

Elles occupèrent les fauteuils. Surprenant de nouveau le regard de son amie sur les aménagements de la pièce, elle ajouta :

— Pour assurer la discrétion de son aventure, il a même fait construire une salle de bain complète dans ce petit réduit.

La visiteuse faillit murmurer « Oui, je sais ». Elle se mordit la lèvre inférieure pour se rappeler de demeurer sur ses gardes. Dès ce moment, sa compagne fut certaine du bien-fondé de ses soupçons.

— Et en entrant, tu as sans doute remarqué l'escalier en colimaçon. La garce pouvait descendre en toute discrétion. Il faut un esprit bien tortueux pour imaginer de pareils aménagements.

Elle tentait de la troubler, de faire naître au moins un doute sur la moralité de son amant.

— Bien sûr, je ne le connais pas aussi bien que toi, mais un pareil comportement me semble si peu correspondre au personnage.

— Tu as donc eu l'occasion de le rencontrer, ces dernières années ?

La femme affectait la plus grande surprise. L'arrivée bien opportune de Gloria avec un plateau permit à Élise de réfléchir à sa réponse. Elle prit l'initiative de verser elle-même la boisson chaude dans les tasses.

— Si je me souviens bien, tu prenais du lait et un peu de sucre.

— Maintenant, c'est beaucoup de sucre.

Ce ne fut qu'après avoir avalé une gorgée que la visiteuse reprit le fil de la conversation.

— Je vois Fernand quelques fois dans l'année. D'abord, il consulte mon père, puis il accompagne toujours les enfants aux visites médicales, non ?

La réplique contenait un reproche implicite. Eugénie accusa le coup.

— Personne n'est entièrement mauvais, dit-elle. Il paraît sincèrement attaché à ses rejetons.

Ne pas utiliser le « nos », dans les circonstances, parut étrange.

— Je le croise aussi dans les allées du parc des Champs-de-Bataille. Je marche alors toujours un peu en sa compagnie.

Comme cela survenait au moins une fois par semaine durant la belle saison, tous les habitants du quartier devaient les avoir aperçus une fois ou l'autre ensemble.

— Tu es aussi une adepte des longues marches ?

La question sonna comme une accusation de péché mortel.

— Cela permet de se dégager les poumons, de bien digérer, de se dégourdir les jambes. Puis nous avons la chance d'avoir un très bel endroit à deux pas de la maison.

— Où tu te rends toujours avec mon mari ?

Bien que formulée avec un sourire, la question s'avérait lourde de sens.

— Depuis plus de dix ans, je n'attends plus la présence d'un homme pour m'occuper un peu de moi.

La réponse n'en était pas une.

— Je me sens un peu indiscrète de te demander cela, mais justement, depuis ton veuvage, tu n'as trouvé... aucune consolation ?

— Dans une ville comme Québec, tu n'y penses pas. Il y a trop de femmes dont la fonction sur cette terre se limite à surveiller les autres pour les prendre en flagrant délit. Puis mon père n'a jamais eu de domestique masculin. Cela m'a privé de tout arrangement discret comme celui que tu m'as décrit.

De la main, d'un geste vague, elle désigna la grande pièce, puis continua :

— À ce sujet, tu veux dire que la jeune personne qui m'a ouvert tout à l'heure…

— Gloria ? Grands dieux, non ! Tu as vu son allure, elle ressemble à une patère. Je l'ai justement choisie en fonction de son physique, pour que cela ne se reproduise pas. Mais tu as connu sa flamme, Jeanne. Elle a été au service de ma belle-mère pendant des années, avant de venir ici.

— Oui, son visage me revient. À ce moment, nous nous voyions encore… Une jolie femme, si mon souvenir est fidèle.

— Si on aime le genre paysan.

— Oh ! Tu ne crois pas qu'en certains domaines, l'éducation offerte par les ursulines représente peut-être un handicap, pas un avantage ?

Eugénie avala un peu de thé pour se donner une contenance à son tour. À sa grande surprise, la maîtrise de la conversation lui échappait maintenant.

— D'un autre côté, continua son invitée, je conçois qu'un homme à l'allure un peu campagnarde comme Fernand ne puisse pas te plaire. Je me souviens de ton engouement pour ce jeune officier anglais, en 1908. Tu y penses, parfois ?

Une main glaciale serra les tripes de l'hôtesse. Élise venait de bouleverser toutes ses assurances. Bien sûr, cette femme connaissait la conclusion de cet épisode. Fernand avait dû l'évoquer devant elle.

— … Non, jamais, murmura-t-elle.

— Je me demande ce qu'il est advenu de tous ces superbes officiers. Je suppose que le tien, comme plusieurs autres, est mort à la guerre. La marine a subi des pertes terribles.

Eugénie posa sa tasse sur la table, ferma les yeux.

— Oh ! Je suis désolée, dit Élise, je suis là à parler, alors que la bonne a évoqué ton mauvais état de santé à mon arrivée. J'espère ne pas t'avoir fatiguée avec mon babillage.

— Non, pas du tout.

— Et je ne me suis même pas informée de ta situation. Tu continues de bien récupérer, j'espère.

— ... Tu ne sais pas ?

Le petit visage encadré de cheveux blonds tourné dans sa direction, elle la contemplait, sceptique.

— Je sais que tu as subi la grande opération l'automne dernier, sans plus.

— Picard ne t'a rien dit ?

Elle n'avait pas osé évoquer Fernand.

— C'est pourtant une amie à toi.

La phrase sonnait un peu comme un reproche.

— Ce n'est pas une raison pour qu'elle me parle de ses patientes.

Peu convaincue, Eugénie précisa :

— Ils ont découvert un cancer des ovaires. Comme après plusieurs mois, je ne me sens pas vraiment plus forte, je suppose que la maladie s'est étendue.

— Je suis si désolée. Souhaites-tu que je te fixe un rendez-vous avec le docteur Picard ?

— Tu sais, dans ce domaine, comme en ce qui concerne les amours de Fernand, les soupçons valent peut-être mieux que les certitudes.

Cette fois, un réel épuisement se peignit sur ses traits. La visiteuse prit cela comme un congédiement. En se levant, elle déclara :

— Je vais te laisser te reposer, maintenant.

— Tu peux m'aider à marcher jusqu'au lit ? Je vais somnoler un peu en attendant le repas du soir.

— Bien sûr.

Ses années de service à titre de réceptionniste de son père lui donnaient une certaine expérience de ce genre de situation. Elle allongea les deux mains pour l'aider à se lever, puis lui offrit son bras jusqu'à la couche. Sur le dos, Eugénie tourna son regard vers elle pour dire :

— Je te remercie d'être venue. Dommage que nous nous soyons perdues de vue tout ce temps.

— Nous avons toutes les deux eu nos familles à élever. Je suis franchement désolée pour ton état de santé, je t'assure.

Élise n'osa pas se pencher pour l'embrasser. Elle se serait fait l'impression d'un Judas. Après une pression des doigts sur les siens, elle se leva pour quitter la pièce sans se retourner. En descendant l'escalier, elle regarda la porte fermée du bureau de Fernand. « Il doit être là, à travailler. » Impossible pourtant d'aller quêter son réconfort.

L'air glacial sécha immédiatement les larmes à la commissure des yeux d'Élise. Quand elle s'engagea sur le trottoir, le bruit d'une porte de voiture ouverte et refermée capta son attention. Son amant la rejoignit.

— Je vais marcher avec toi jusqu'à la Grande Allée.

— Tu m'attendais depuis longtemps ?

— Assez pour me geler les pieds.

L'attention la toucha au cœur. Elle réprima difficilement la tentation de s'accrocher à son bras.

— Passer une partie de l'après-midi dans ton auto a dû attirer l'attention.

— Je m'en fous, tu sais.

Ils ralentissaient le pas pour allonger un peu la conversation.

— Comment fut cette rencontre ? enchaîna-t-il.

— Horrible. Elle a commencé par me parler de tes… amours avec Jeanne. Elle souhaitait me rendre jalouse.

— Non. Son esprit est plus tordu que cela.

La femme leva les yeux vers son compagnon, dans l'attente de la suite.

— Elle voulait t'amener à me mépriser. J'ai couché avec la bonne.

— Elle a plutôt soulevé ma compassion, pour elle d'abord, mais aussi pour toi. Les années avant de trouver cette relation complice ont dû être terribles. Je connais ton sens moral.

L'homme hocha la tête. Avoir cherché son malheur avec ce mauvais mariage rendait la situation plus difficile à supporter encore. Il avait fait la sourde oreille aux avertissements de ses parents.

— Ce tête-à-tête me laisse tout de même bien malheureuse, convint Élise.

Pour prolonger leur rencontre, ils continuèrent à l'ouest de la rue Claire-Fontaine. Tout à l'heure, le couple devrait revenir sur ses pas.

— À cause de toutes les méchancetés jetées à ton visage ? suggéra Fernand.

— À cause de mes propres coups bas. Pour mettre fin à ses sous-entendus, j'ai évoqué son bel officier anglais.

— Oh !

Comme commentaire, l'interjection suffisait. Lui mettre le nez sur son propre péché réduisait habituellement Eugénie au silence.

— Je devine la suite. Soudainement, la pauvre s'est sentie très faible.

— … Au point de me demander de l'aider à regagner son lit.

Elle s'arrêta sur le trottoir pour l'interroger, les yeux dans les siens :

— Tu crois qu'elle joue la comédie, à propos de son état ?

— Le danger est bien réel. Mais elle repousse l'idée de passer de nouveaux examens.

Pour la malade, le cancer était encore un moyen de manipuler les autres. Mais comme les rayons X pouvaient en faire une inéluctable réalité, elle préférait retarder l'échéance.

— Nous allons rebrousser chemin, dit Élise. Je dois reprendre mon poste.

Pour cette dernière portion du trajet, elle accepta de prendre son bras.

Morne et froid, l'hiver tint la ville dans un étau pendant des semaines. Le passage du 21 mars n'apporta aucun signe avant-coureur du printemps. Pour Eugénie, cela parut un très mauvais présage. Attendre ne servait plus à rien. Profitant de l'absence de son mari de la maison, elle composa le numéro du cabinet du docteur Caron en posant un doigt sur le crochet du combiné. Si elle reconnaissait la voix d'Élise, elle couperait tout de suite la communication. Le timbre tout frêle à l'autre bout du fil la rassura.

— Mademoiselle, pouvez-vous me mettre en communication avec le docteur Picard ?

— Elle se trouve présentement avec une patiente.

— Je me nomme Eugénie Dupire. Demandez-lui de me rappeler dès que possible.

— Très bien, madame, je fais le nécessaire.

Elle resta près du téléphone, certaine que la gravité de son état lui vaudrait des égards. Cela se vérifia. À peine quelques minutes plus tard, la sonnerie la fit sursauter, elle décrocha très vite.

— Docteur?

— Madame Dupire, votre situation a-t-elle… évolué?

Le mot « empiré » lui paraissait trop cruel.

— Si vous voulez dire par là une respiration un peu plus haletante, une toux sèche, une lourdeur au côté droit, mon état a évolué.

La liste des symptômes parut tout de suite terrible à Thalie.

— Je peux passer chez vous tout à l'heure, à la fin de mes consultations.

— Mais après un examen sommaire, vous voudrez sans doute confirmer votre diagnostic avec des radiographies.

— … Sans doute.

— Dans ce cas, je souhaite me rendre directement au Jeffery Hale pour cette étape. Nous nous rencontrerons ensuite.

Quelques semaines plus tôt, Eugénie préférait encore ne pas affronter un verdict cruel. En ce Jeudi saint, sa détermination semblait inébranlable. Thalie imagina une motivation religieuse.

— Je serai à l'hôpital mardi prochain. Je vais m'arranger pour vous voir tout de suite après l'examen. Je m'occupe de prendre votre rendez-vous. Je vous donnerai l'heure exacte dès que possible.

— Merci, docteur.

— D'ici là, puis-je faire quelque chose pour vous?

— À moins d'être qualifiée pour les miracles, vous ne pouvez rien, n'est-ce pas?

Sans attendre la réponse, la femme pesa doucement sur la fourche pour interrompre la communication, puis posa le combiné. Elle se tenait dans le bureau de Fernand.

Celui-ci avait quitté la maison un peu après midi, aussi Élise n'avait pas pris la communication au cabinet du docteur Caron. La coïncidence ne la surprenait pas.

Les yeux clos, la respiration haletante, la tête appuyée contre le rembourrage du fauteuil, Eugénie resta sans bouger, tous les sens à l'affût, comme pour percevoir l'ombre noire devenue familière à l'hôpital. Pour les prochains mois, ce serait sans doute sa seule compagne. Deviendrait-elle une amie ?

Chapitre 22

Après avoir nié pendant quelques semaines l'apparition des symptômes, Eugénie passait à un nouvel état d'âme. Si son temps s'avérait compté, elle entendait régler certains comptes avec l'existence. Une brève conversation téléphonique lui avait permis de prendre un rendez-vous avec Élisabeth Trudel, devenue Picard par son mariage. L'autre accepta après une brève hésitation.

La belle-mère choisit de la recevoir le 29 mars, le Vendredi saint, en après-midi. La rencontre pouvait être orageuse. L'intérêt de fixer l'entretien ce jour-là tenait à la désertion de la maison de chambres. La majorité des notables logés rue Sainte-Geneviève et les étudiants de la rue Saint-Denis avaient rejoint leur famille pour le congé pascal.

La visiteuse agita le heurtoir un peu avant trois heures. Le hasard amena Jeanne à répondre. Elle passait juste à ce moment devant la réception ; laisser une autre employée venir de la cuisine pour ouvrir lui parut mesquin. Quand elles furent face à face, les deux femmes demeurèrent interdites.

L'ancienne domestique fut la première à reprendre sa contenance.

— Bonjour, madame Dupire.

— Bonjour… Jeanne.

Le recours au prénom servait à rappeler le rapport hiérarchique passé. Et de toute façon, la visiteuse ne connaissait pas le nom du nouvel époux de Jeanne.

— Je désire voir votre maîtresse, continua-t-elle.

— Il s'agit de mon employeur, ou alors de ma patronne, corrigea Jeanne. Je n'ai pas de maîtresse depuis plus de trois ans. Si vous voulez entrer.

Un instant plus tard, elle frappa à la porte des appartements privés d'Élisabeth. La propriétaire des lieux présenta un visage impassible.

— Merci, Jeanne. Eugénie, si tu veux entrer. J'ai demandé du thé, il nous sera apporté dans quelques minutes.

La visiteuse se raidit sous le tutoiement. Mais comment s'adresser à elle autrement ? Cette femme l'avait connue enfant. Elle entra dans le petit salon, occupa le fauteuil qu'on lui désignait.

— J'ai appris, au sujet de ta santé, continua l'hôtesse en fermant la porte. Je te souhaite la meilleure des chances. Sincèrement.

La visiteuse fixait des yeux cette femme toujours séduisante, plus maîtresse d'elle-même que jamais auparavant. Comme la préceptrice embauchée en 1896 se trouvait loin. Et pourtant, il s'agissait de la même personne, soucieuse de la bonne posture, de la bonne parole, de la bonne attitude.

— Je suppose que mon frère a répandu la nouvelle.

— Je ne pense pas qu'il ait clamé la chose sur les toits. Mais il m'a mise au courant, comme il convient pour une connaissance qui conserve une grande estime pour toi.

Cette fois, Eugénie pâlit en entendant ces mots. Trois coups contre la porte lui imposèrent le silence. Une jeune employée vint poser un plateau sur la table entre elles.

— Merci, dit l'hôtesse.

Elle versa la boisson chaude dans les tasses, prit la soucoupe dans sa main gauche, la tasse avec la droite. Elle ressemblait à une *lady* sur une peinture anglaise de la fin du siècle dernier. « Pourtant, songea la visiteuse, elle dirige une vulgaire maison de chambres. »

— J'espère que tu es complètement remise de ton opération, dit-elle encore.

— De l'opération, oui. Mais divers symptômes me font croire que je serai morte avant la fin de l'année. Le cancer.

Sa sensation d'épuisement allait croissant. La consultation avec le docteur Picard, pour un examen approfondi, viendrait dans quelques jours seulement. Pourtant, une absolue conviction, quant au dénouement, l'habitait. Élisabeth posa sa tasse, toute sa contenance disparue. Avec une autre personne, elle se serait levée pour la prendre dans ses bras.

— Édouard évoquait cette horrible maladie, mais je ne voulais pas le croire. Cela me rend si malheureuse, je t'assure.

Elle tendit la main au-dessus de la table pour prendre celle de sa belle-fille qui se raidit, s'écarta un peu pour éviter le contact. La réaction amena les larmes aux yeux de son interlocutrice.

— Si je peux aider, dis-moi de quelle manière.

— Si je dois partir, j'aimerais savoir auparavant ce qui s'est passé cette nuit-là. Et maintenant, toi seule peux me le dire.

Élisabeth fronça les sourcils, ne sachant que penser.

— Pendant la nuit du 8 au 9 mai 1897.

Le moment de la mort de la première épouse de Thomas, Alice. D'une voix blanche, elle répondit :

— Tu veux dire que tu te tortures encore avec cette histoire ?

— Je veux savoir ce qui s'est passé. Toi, tu le sais.

La voix changea de tonalité, rappela celle de la petite fille de huit ans, un peu hystérique.

— Tu te fais du mal.

— J'ai le droit de savoir. Tu ne me laisseras tout de même pas crever dans l'ignorance !

Élisabeth laissa échapper un long soupir, avant de convenir :

— Je suppose que tu as raison, tu as le droit de savoir. Peut-être aurais-je dû te parler il y a une dizaine d'années, pour te libérer de cette obsession morbide. Peut-être…

Elle n'osa pas continuer, formuler l'hypothèse que le soupçon la rongeait peut-être à la façon d'un cancer. L'un pouvait-il avoir entraîné l'autre ?

— Il y a dix ans ? murmura la visiteuse.

Son interlocutrice hocha la tête.

— D'abord, dit-elle, explique-moi quel scénario hante ton imagination.

Eugénie maîtrisa difficilement son envie de hurler. Elle prononça d'une voix blanche, haletante :

— Tu voulais l'épouser, ou au moins continuer de coucher avec lui. Mais comme je devais entrer au pensionnat, cela t'obligeait à quitter la maison.

Elle s'arrêta, comme si le reste demeurait difficile à formuler.

— Et alors ? insista l'hôtesse.

— … Tu es entrée dans sa chambre la nuit. Je t'ai vue ! Tu as mis l'oreiller sur son visage…

Elle mima le geste.

— Le lendemain matin, il traînait encore sur le plancher.

— Je vois.

Élisabeth demeura un long moment silencieuse, au risque de voir sa belle-fille sortir de ses gonds. Enfin, elle reprit la parole :

— Ton histoire est en partie exacte. Bien sûr, je voulais épouser ton père, l'idée de m'éloigner de lui me rendait malade. En plus, je ne savais pas du tout ce que j'allais devenir. Le curé refusait de me donner un certificat de moralité susceptible de me permettre d'enseigner, la supérieure des ursulines s'opposait à mon entrée dans la congrégation.

— Tu l'as tuée seulement pour t'assurer le gîte et le couvert.

Élisabeth leva la main droite pour lui imposer le silence.

— Tais-toi et écoute, ma grande. Tu veux savoir, alors écoute. Je suis entrée dans sa chambre, car j'avais entendu une plainte. Mais elle dormait, respirant doucement. Quand tu m'accusais, enfant, ou jeune adulte, je ne connaissais pas encore la suite des événements. Je pensais que ton esprit avait été perverti par cette femme à demi folle. Tu me faisais pitié.

L'autre grimaça, mais n'osa pas ouvrir la bouche.

— Alice a fait de toi une mauvaise espionne. Si tu avais continué ta surveillance, tu aurais vu ton père entrer dans la chambre un moment après moi. La suite, tu l'as bien devinée. Il a pris l'oreiller pour le lui mettre sur le visage.

— Papa?

La visiteuse resta interdite, puis murmura, incrédule:

— Jamais il n'aurait fait cela à maman.

— Pendant sa maladie, en 1919, il m'a tout avoué. Tu as bien résumé sa motivation, tout à l'heure. Il ne voulait pas me perdre, bien sûr. Mais je me demande s'il n'y en avait pas une autre, plus simple. Non seulement Alice paraissait résolue à ruiner la vie de son époux, mais elle vous détruisait lentement, vous, les enfants. Édouard tient peut-être de ses premières années d'existence ses relations si particulières avec les femmes. Toi, tu as répété son comportement. Je pense en particulier à ta façon de te couper des autres, terrée dans ta chambre.

— Tu mens. Tu l'as tuée, puis maintenant, tu tentes de me démolir.

Pourtant, sa voix devenait moins assurée, plus sourde. Ces révélations modifiaient peu à peu sa perception des événements. Comme sa belle-mère, elle commençait à concevoir qu'une personne aimée avait commis un geste aussi horrible.

— Cela ne se peut pas. Dis-moi que tu inventes pour me faire du mal.

— Pourquoi ternirais-je la mémoire d'un homme que j'ai tant aimé?

— Pour me faire du mal.

— Tu peux me nommer une seule situation où je t'ai fait du mal?

Elle ouvrit la bouche comme pour dire quelque chose, puis se tut finalement.

— Peut-être me suis-je trompée en ne te mettant pas dans la confidence à la mort de Thomas, poursuivit Élisabeth. Mais à l'époque, tu semblais fermement résolue à m'effacer de ton existence. Nous nous sommes parlé combien de fois, depuis les funérailles?

Leurs rencontres étaient fortuites, les paroles, réduites au minimum. N'en pouvant plus, Eugénie se leva pour marcher vers la porte. Son hôtesse la suivit et déclara encore:

— Je suis infiniment désolée pour ta maladie… et aussi pour toutes ces années malheureuses. Jusqu'à ce que Thomas se confie à moi peu de temps avant de mourir, je ne savais pas. Je me limitais à te répéter que ce n'était pas moi. Je t'offrais en même temps toute mon affection. Je comprends aujourd'hui que tu ne pouvais l'accepter.

Sur ces derniers mots, elle posa une main sur l'épaule de la jeune femme.

— Ne me touche pas, rugit-elle en se dégageant brutalement.

La visiteuse demeura un instant immobile, puis répéta presque doucement :

— Ne me touche pas.

— Si tu veux me parler de nouveau…

Eugénie sortit sans prononcer une parole, laissant Élisabeth bouleversée.

Ce dernier jour de mars 1929, il fallait une bonne dose d'optimisme pour étrenner un nouveau chapeau de paille et une robe aux couleurs de l'été, tellement le temps demeurait maussade. Ses moyens considérablement réduits depuis son veuvage, Thérèse Létourneau se réjouissait plutôt de pouvoir célébrer Pâques dans ses vêtements d'hiver habituels.

Fidèle à son habitude des derniers mois, Jacques échangea quelques mots avec Germaine à la sortie de la messe. Cela tenait bien sûr à ses beaux yeux, mais aussi à son désir de laisser sa mère prendre les devants en compagnie de son locataire.

— Ces deux-là semblent s'entendre très bien, murmura la jeune femme en jetant un regard amusé vers le couple improbable.

Thérèse avait alors abandonné son bras à son compagnon, et elle semblait s'appuyer un peu sur lui.

— Elle a commencé ce jeu cet hiver en évoquant la glace sur les trottoirs, grommela le garçon d'une voix excédée. La glace est fondue, maintenant je suppose que la précaution tient au vent de l'ouest !

— Tout de même, elle a de la chance de pouvoir compter sur une présence…

Germaine se tut en voyant les traits de son compagnon se durcir. Il ne servait à rien de tenter de lui expliquer que pour une femme de cet âge, la possibilité d'un tel compagnonnage était une bénédiction. Il fallut un moment à Jacques pour retrouver un semblant de sourire et proposer :

— Si tu veux, nous pourrions aller voir un film cet après-midi.

Dans l'incapacité de l'« inviter » vraiment, c'est-à-dire de payer pour elle, la suggestion lui mettait toujours un peu de rose aux joues.

— Bien sûr, avec plaisir. Tu viendras me chercher ?

Il hésita à peine avant de donner son assentiment d'un geste de la tête. Son amie réprima un sourire satisfait. Au lieu de faire le trajet séparément, par souci de tenir leur relation secrète, il venait maintenant sonner à sa porte. Si Jacques n'acceptait pas encore de s'asseoir au salon, au moins il se tenait dans l'entrée le chapeau à la main, forcé de converser avec ses proches.

— Maintenant, je vais y aller, commenta celui-ci, le repas sera sur la table dans quelques minutes. À tout à l'heure.

— Je t'attendrai vers deux heures.

D'un pas rapide, le garçon s'engagea dans la 6e Avenue. Loin devant, il distinguait la silhouette de sa mère, toujours pendue au bras de son compagnon. Non, c'était plutôt l'inverse, c'était lui qui s'accrochait. À voir la frêle stature de Charmin, dans l'éventualité d'une chute, ce serait sûrement elle qui l'aiderait à se remettre debout.

Le couple ne se pressait pas. Jacques arriva à la maison à sa suite. En ôtant son manteau, son chapeau et ses gants, Thérèse commenta :

— Vous sentez le jambon, dans le four ? Il sera juste à point. Le temps de faire cuire les patates, et je vais vous appeler.

Le pensionnaire murmura quelques mots d'appréciation sur les talents de cuisinière de son hôtesse, puis il se retira dans le salon afin de chercher une émission musicale sur son poste de radio.

À l'étage, le garçon retrouva ses livres. La précarité de sa situation financière le rendait soudainement bien studieux, et particulièrement docile devant les prêtres du séminaire. Une bonne recommandation de ses maîtres lui vaudrait peut-être de meilleures conditions pour le règlement des frais de scolarité à l'université. Toutefois, comme il n'avait nulle intention de devenir prêtre, il redoutait que cet espoir soit déçu.

Un peu passé midi, une voix au bas de l'escalier lui dit :

— Jacques, c'est prêt.

Dans le passé, sa mère aurait crié depuis la cuisine. La présence d'un étranger dans la maison la rendait plus discrète. Après des mois de cohabitation, elle en était encore à s'efforcer de faire bonne impression.

Jacques prit sa place habituelle. Après la mort de Fulgence, il n'avait pas osé s'installer au bout de la table, à la place du chef de famille. Lors de son arrivée dans la maison, Armel Charmin l'avait occupée sans soulever de protestation de la part de Thérèse. Des mois plus tard, l'initiative faisait toujours grincer des dents le garçon de la maison.

— Cela sent tellement bon, déclara le petit homme. Vous êtes vraiment une maîtresse de maison hors pair.

— Merci, répondit celle-ci avec un sourire satisfait. C'est un plaisir de cuisiner pour quelqu'un sachant l'apprécier.

Un peu plus et elle battait des cils comme une adolescente.

— Vous voudrez bien couper la viande, continua-t-elle sur le même ton mielleux. Pour cela, un homme sait toujours mieux y faire qu'une femme.

Déjà, elle lui tendait un long couteau bien effilé. Jacques réprima difficilement un mouvement d'humeur, prêt à réclamer ce privilège comme un héritage de son père. Il se retint, car s'arroger ce titre à haute voix signifiait s'engager à trouver un emploi pour assurer la subsistance de sa famille. L'un allait avec l'autre.

— Cet après-midi, j'irai au cinéma avec Germaine, dit-il plutôt, certain de contrarier un peu sa mère.

Celle-ci prit son assiette afin que Charmin y place une tranche de viande, elle ajouta une portion de pommes de terre avant de la lui mettre sous le nez.

— Tu as bien raison de te détendre un peu, tu mets tellement de sérieux dans tes études. Tout à l'heure, je te donnerai quelques sous pour l'entrée.

Mine de rien, la femme venait de remettre les pendules à l'heure au sujet du véritable détenteur de l'autorité dans la maison. De nouveau, Jacques dut faire un effort pour maîtriser sa frustration. Dans moins d'un mois, il aurait vingt ans. À cet âge, tous les jeunes gens de son milieu occupaient un emploi, ils ne quêtaient pas à leur mère le prix d'un billet de cinéma.

— Cette petite, la fille des Huot, continua Thérèse en se servant à son tour, je ne lui ai jamais parlé. Tu devrais lui demander d'arrêter ici, à votre retour. Je vais faire du sucre à la crème, tout à l'heure. Elle aura bien le temps d'échanger quelques mots avec nous avant de rentrer à la maison.

Cette jeune fille lui paraissait indigne de son fils quelques mois auparavant. Sa perception de la situation évoluait au fil du temps. Non seulement aujourd'hui souhaitait-elle la rencontrer, mais avec ce « nous », elle incluait son pensionnaire dans l'interrogatoire prévu pour elle.

— … Je verrai avec Germaine si c'est possible. Ses parents sont sévères, ils souhaitent la voir revenir à la maison très tôt.

— Voilà qui est tout à l'honneur du père et de la mère de cette jeune personne, commenta Charmin. De nos jours, avec ce que l'on voit dans les journaux, mieux vaut être prudent. Mais ils feront certainement exception pour votre mère.

Jacques comprit soudainement la nouvelle ouverture de Thérèse à l'égard de la jeune fille. Elle tenait à l'influence du pensionnaire. D'ailleurs, à l'autre bout de la table, il lui adressait un sourire entendu, « d'homme à homme ». Cet étranger voulait entrer dans les bonnes grâces de sa logeuse en favorisant les amours du fils !

— Je leur téléphonerai tout à l'heure, pour leur dire qu'elle arrêtera ici, renchérit Thérèse. Comme cela, ils ne s'inquiéteront pas.

Le garçon faillit s'étouffer avec une bouchée de jambon.

Eugénie décida de faire à pied le trajet jusqu'à l'hôpital. Malgré la distance modeste, l'effort lui mit tout de même une pellicule de sueur au creux des reins. Pourtant, tout le long du chemin, elle apprécia la fraîcheur de l'air sur ses joues, la vivacité des noirs, des gris et des blancs dans cet hiver agonisant. Plus que jamais auparavant, les silhouettes des arbres privés de feuilles lui rappelèrent de grands squelettes absorbés dans une prière muette.

Une fois rendue au Jeffery Hale, une peur panique lui tordit le ventre. Un bref instant, elle eut envie de tourner les talons et de prendre la fuite. Savoir revêtait-il la moindre importance ? Elle entra dans le grand bâtiment en brique rouge. Elle savait déjà. Se faire confirmer son état par un tiers ne lui apporterait rien de plus, sinon un aperçu du temps restant à sa disposition. Elle désirait tout de même obtenir cette information.

L'employée à la réception lui indiqua le chemin du service de radiologie, installé au sous-sol à cause du poids et de l'encombrement des appareils. Eugénie arriva exactement à l'heure indiquée pour le rendez-vous. À sa grande surprise, le docteur Picard se trouvait là aussi.

— Madame Dupire, j'ai pu me libérer un instant afin de vous dire un mot, commença Thalie en lui tendant la main.

— Vous allez me faire cet examen vous-même ?

— Les rayons X ? Non, je ne saurais pas. Dans une demi-heure, je vous verrai en haut, et nous regarderons cela ensemble.

— Voilà un rendez-vous qui ne me remplit guère de joie, je l'avoue. Je m'excuse à l'avance de ma mauvaise façon.

L'ironie grinçante avait le don de mettre l'omnipraticienne mal à l'aise. Un franc désespoir lui paraissait plus facile à affronter.

— Je comprends, murmura-t-elle pourtant. Je me sauve. Vous me trouverez à mon bureau tout à l'heure.

L'arrivée du radiologiste rendait cette retraite d'autant plus facile.

La bruyante machine ajouta un peu au désarroi de la malade, comme si la mise en œuvre de pareils moyens illustrait le sérieux de sa condition. Ensuite, Eugénie monta au rez-de-chaussée avec une grande enveloppe à la main, pour se rendre au bureau mis à la disposition du docteur Picard lors de ses présences à l'hôpital. Elle patienta parmi une demi-douzaine de femmes dans une minuscule salle d'attente. La moitié d'entre elles, enceintes, arboraient des ventres proéminents. Les autres tenaient un poupon braillard dans leurs bras.

Heureusement, les conversations se déroulaient en anglais. La nouvelle venue put ignorer les échanges sur les coliques et les difficultés liées à l'allaitement. À la sortie d'une patiente, Thalie murmura à l'intention des autres :

— Vous m'excuserez un moment, nous avons une situation urgente. Je serai à vous très bientôt.

Puis, à l'intention de la nouvelle venue, elle continua en français :

— Entrez, madame Dupire.

De nouveau, Eugénie fut tentée de prendre ses jambes à son cou. Pourtant, elle se leva pour pénétrer dans le petit cabinet, les regards de toutes les autres fixés dans son dos. Sa pâleur, ses traits tirés et l'évidente frayeur sur ses traits firent taire toutes les velléités de protestation.

Dans la pièce, le médecin récupéra la grande enveloppe, en sortit les films tout en disant :

— Voulez-vous voir ?

— Je ne saurais pas identifier ce que j'aurai sous les yeux.

— Alors, asseyez-vous. Je regarde cela tout de suite.

Sur un mur, un morceau de verre dépoli affectait la forme d'un curieux petit écran. Elle alluma la lampe située derrière et plaça un premier cliché contre sa surface. L'image des deux poumons apparut, des ombres dans des tons de blanc sur fond noir. Elle cligna des yeux un bref instant, puis aspira profondément avant de dire :

— Voilà ce que je craignais lors de notre dernière conversation téléphonique. Votre poumon gauche a commencé à se voiler…

Le constat fut accueilli par un silence. Elle poursuivit bientôt :

— Cela signifie que la maladie a continué à se propager. Je suis vraiment très peinée d'avoir à vous dire cela.

Comme l'autre ne répondait rien, elle plaça la seconde pellicule semi-transparente sur l'appareil, se pencha pour examiner de plus près une section de l'image.

— Le foie présente certaines lésions, mais cela peut tenir à des causes sans gravité…

— Tout comme il peut s'agir des progrès du cancer, commenta enfin Eugénie d'une voix éteinte.

— Bien sûr, c'est une possibilité que nous devons considérer.

Le troisième film ne présentait aucune anomalie dans la cavité abdominale. Thalie eut envie de prendre sa patiente dans ses bras, mais la mine butée de celle-ci la découragea de tenter un pareil rapprochement.

— Je suis vraiment désolée, dit-elle en prenant place sur son siège, de l'autre côté de son bureau.

Eugénie hocha la tête, assommée par la nouvelle. Voir ses craintes confirmées la laissait abasourdie.

— Combien de temps ? réussit-elle enfin à murmurer.

— Je ne peux le dire. Vous savez, la Providence demeure maîtresse de cela.

— … Vous le croyez vraiment ?

Une pointe d'ironie perçait dans la voix de la malade.

— Vous avez certainement quelques mois devant vous, peut-être plus. Mais deviner le rythme de la progression de cette maladie est bien incertain. Comme votre poumon droit demeure intact, une intervention chirurgicale vous donnerait peut-être un peu de temps.

— Vous me proposez en quelque sorte de m'enterrer petit à petit, un morceau l'automne dernier, un autre maintenant, les suivants un peu plus tard.

Cette façon de présenter les choses laissa le médecin muet.

— Cela ne changerait rien à l'issue fatale, n'est-ce pas ? reprit Eugénie après une pause. Puis retarder la progression du mal dans les poumons n'empêchera en rien son déve-loppement dans les autres organes. Ces petites cellules doivent s'être répandues dans tout mon corps.

— … Oui, vous avez sans doute raison. Je suis vraiment désolée, madame Dupire.

L'autre hocha la tête, un peu lasse de ces paroles conve-nues. Après un silence inconfortable, la patiente remarqua encore :

— Et comme les poumons sont attaqués, lentement j'étoufferai, un peu comme une personne qui se noie. C'est bien ça ? Sauf que ça durera des semaines. Déjà, je vois une différence : je me sens comme si j'avais couru.

Elle posa une main sur sa poitrine pour souligner ses mots.

— Les médicaments pourront limiter cet inconfort, dit Thalie. Je me ferai un devoir de passer vous voir régulière-ment pour m'en assurer.

— Cet inconfort… fit-elle en ricanant.

Le mot paraissait si anodin. En réalité, elle parlait d'une noyade étalée sur des semaines, des mois peut-être.

— Je sais combien tout cela vous bouleverse. Je n'ai pas de solution miracle. Tout ce que je vous propose, c'est d'essayer de rendre les choses supportables.

— Et quand ce ne le sera plus ?

La question contenait une demande implicite. Thalie refusa de s'engager sur ce terrain.

— Je ferai alors mon possible pour rendre les choses de nouveau tolérables.

Les deux femmes se turent. Puis, le médecin baissa les yeux et consulta le dossier.

— Vous avez évoqué une respiration plus difficile… Vous pouvez préciser d'autres symptômes ?

— La fatigue, un point de côté si je fais le moindre effort.

— Nous avons déjà convenu que le sentiment d'épuisement correspond à votre état normal. Je ne pense pas que les lésions observées sur votre foie puissent entraîner une douleur au flanc. Cela doit tenir à votre mauvaise forme physique. Aucun saignement ?

— Non, rien de ce côté-là. Pour le myome, vous m'avez guérie !

De nouveau, un ricanement cynique accompagna la répartie.

— Si vous voulez, je vais vous faire aussi un examen de routine, dit le médecin.

— Vous voulez dire écouter mon cœur et me regarder entre les jambes ? Non merci, j'ai eu ma part de mauvaises nouvelles aujourd'hui, alors vous me pardonnerez de ne pas partager avec vous ce moment d'intimité. Je préfère vous laisser retourner à toutes ces jeunes mères.

— Tout de même, je dois documenter votre état.

— Vous passerez à la maison dans quelques jours… Quand j'aurai digéré tout cela.

Thalie ferma le dossier après y avoir glissé les radiographies. Lorsqu'elle se leva pour conduire sa patiente à la porte, celle-ci intervint :

— Docteur, un instant encore. Je veux vous demander de garder le secret sur mon état.

— Mais cela va de soi. Jamais je ne révélerai des informations sur la situation de l'une de mes malades.

— Cette généralisation inclut-elle aussi mon mari ?

Thalie comprit immédiatement que Fernand avait évoqué sa visite rue Scott avec sa femme.

— Parfois, il convient de mettre les plus proches parents au courant de la situation.

Son interlocutrice serra les lèvres, plissa le front.

— Vous savez peut-être que dans mon ménage, nous cultivons les petits secrets. Je vous demande de ne rien lui confier.

— Vous ne pouvez pas dissimuler votre état.

— Oh ! Je n'en doute pas, bientôt tout le monde saura, je suppose. Mais je tiens à mettre mes proches au courant de la situation moi-même, quand je serai prête.

— Entendu, je ne dirai rien à votre mari.

Eugénie se mordit la lèvre inférieure, puis glissa dans un murmure :

— Pas seulement à Fernand. Ne révélez la gravité de mon état à personne. Les rumeurs circulent parfois très vite.

Elle hésita, puis se résolut à ne pas prononcer le nom d'Élise.

— Je vous laisse maintenant à ces jeunes mères, répéta-t-elle en se levant.

Le dépit marquait sa voix. La vie, et toutes ses expressions, lui tapaient sur les nerfs, maintenant. Debout, les deux femmes restaient immobiles. Encore une fois, Thalie se demanda si elle devait lui ouvrir les bras. Eugénie mit fin à son dilemme en tendant la main.

— Dans les circonstances, je me vois mal vous remercier pour cette consultation. Alors, bonne fin de journée.

— Je comprends. Je passerai vous voir vendredi prochain.

— Non, réflexion faite, je passerai au cabinet du docteur Caron.

Devant les yeux étonnés de son interlocutrice, elle précisa :

— Une visite à la maison attirerait l'attention de mon époux sur mon état. Je ne suis pas prête. Puis, si je veux profiter un peu du printemps, mieux vaut ne pas rater cette occasion de marcher dehors. Quelque chose me dit que cela ne se présentera pas l'an prochain.

Thalie hocha la tête, abandonnant la main de la patiente pour ouvrir la porte.

Douter, ce n'était pas savoir. Se dire tous les jours «Oui, c'est ça, le cancer me ronge le corps», ce n'était pas comme l'entendre de la bouche d'une autre. Pendant le repas, Eugénie garda le silence. Son regard se portait sur ses deux fils. Comme leur père, ceux-ci mangeaient de bon appétit, tout en commentant leur journée à l'école. Même si les décès d'enfants ne se révélaient pas si rares, eux ne se questionnaient pas sur le temps à leur disposition. Et s'ils le faisaient, ils évoquaient de nombreuses dizaines d'années.

Même Fernand ne devait pas se troubler avec ces considérations. Il animait la conversation, garantissait à chacun des garçons son temps de parole, corrigeait leur langage sans en avoir l'air. Avec régularité, il se tournait vers elle pour demander :

— Et toi, qu'en penses-tu ?

Fidèle à son attitude des derniers mois, la mère répondait brièvement, mais toujours avec un sourire bienveillant. Ce soir, le sourire était toutefois un peu contraint, et souvent ses pensées la conduisaient ailleurs que dans cette salle à manger un peu austère.

Après avoir quitté la table, l'époux demanda, dans le couloir :

— Aujourd'hui, tu avais bien des examens au Jeffery Hale ?

Comme il travaillait à la maison, impossible de lui dissimuler ses allées et venues, tout comme lui ne pouvait lui cacher les siennes.

— Oui. J'y ai rencontré le docteur Picard.

— Tu veux me dire comment tu te portes ?

— Oh ! En réalité, il n'y a rien à dire. La petite bête qui me rongeait l'été dernier paraît assoupie. Peut-être les cancers hibernent-ils comme les ours.

— J'en suis bien heureux. Cette menace deviendra sans doute un mauvais souvenir.

La femme lut une entière sincérité sur le visage de son interlocuteur.

— Je veux bien en rêver, mais je ne peux ignorer qu'au printemps, les bêtes sortent de leur torpeur.

Même dans ces circonstances, tromper son époux sur sa véritable situation lui demeurait facile.

— Tout de même, répondit Fernand, c'est une bonne nouvelle. Veux-tu célébrer avec un petit sherry ? Je vais te le servir.

Des yeux, il désignait le salon, de l'autre côté du couloir.

— Je te remercie, mais non, je vais monter tout de suite. La journée a été éprouvante. Bonne nuit.

— … Bonne nuit.

L'homme la regarda monter à pas lents, une main sur la rampe pour s'aider. Bien sûr, l'angoisse de l'examen pouvait épuiser quiconque, pensa-t-il.

Après avoir pénétré dans sa chambre, en réalité celle que son époux lui abandonnait depuis l'automne dernier, Eugénie s'appuya contre le bois de la porte pour respirer longuement. Maintenant qu'elle était seule, la réalité lui revenait avec toute sa cruauté.

Elle s'avança au milieu de la pièce et leva les bras pour défaire le bouton de la robe à l'arrière de son cou. En se tortillant, elle parvint à en détacher deux autres et à se glisser hors du vêtement. Il atterrit en corolle sur le plancher. Les souliers et les bas suivirent le même chemin. Après avoir terminé la vaisselle, Gloria viendrait tout ramasser.

Puis elle rejoignit son lit en camisole et en culotte, ramena les couvertures au-dessus de la tête.

— Peut-être les cancers hibernent-ils… grinça une voix dans la pièce.

Eugénie le savait bien, l'ombre de la mort ne la lâcherait plus, maintenant. Ce serait sa dernière compagne, la plus fidèle.

— Quelle mauvaise comédienne tu fais, continua la Faucheuse. Tu finiras par mourir de peur, pas de ta maladie.

— Et lui, quel genre de comédien fait-il ? "Veux-tu célébrer… ?"

La malade avait imité la voix de Fernand sur les derniers mots.

— Demain, il s'éloignera tout l'après-midi pour baiser une salope, pesta-t-elle.

— Tu préférerais le voir venir dans ton lit ?

L'ombre eut un ricanement bref, comme si elle contemplait déjà la scène grotesque, un corps adipeux s'agitant et grognant sur un autre, pâle et maigre.

— Va-t'en, laisse-moi tranquille.

Eugénie plaça ses mains sur ses oreilles, puis elle se recroquevilla en position fœtale. Si la Faucheuse se tint coite après cela, elle demeura tapie dans un coin de la pièce.

Chapitre 23

Pendant les jours suivants, les symptômes ne s'aggravèrent pas. Aux yeux de la maisonnée, Eugénie montrait des traits fatigués, elle n'avait pas repris le poids perdu à la suite de l'opération, mais son état paraissait stable. En entrant dans la cuisine habillée pour sortir, elle demanda :

— As-tu bien demandé à un taxi de venir me chercher, Gloria ?

— Oui, bien sûr, madame, voilà dix bonnes minutes. Voulez-vous que j'appelle de nouveau ?

— Non, je suppose que le chauffeur arrivera bientôt.

Elle regagna le vestibule, résolue à s'armer de patience. Son rendez-vous revêtait une trop grande importance pour risquer de le rater. Bientôt, une voiture Nash s'arrêta près du trottoir.

— Je veux aller au cimetière Saint-Charles, dit-elle en prenant place sur la banquette arrière.

— C'est loin.

— Si c'était tout près, j'irais à pied.

Quelque chose dans le ton de la répartie indiqua au chauffeur que cette cliente ne voudrait pas faire la conversation. Cela lui convenait tout aussi bien. Sans un mot, il se mit en route vers la Basse-Ville, puis s'engagea vers l'ouest. Vingt minutes plus tard, il se stationnait sous les arbres.

— Je viens voir une parente. Vous allez m'attendre ici ?

— Et si vous ne revenez pas ?

— D'après vous, où puis-je aller ?

Un instant perplexe, l'homme donna son accord d'un signe de la tête.

La jeune femme s'engagea dans une allée du grand cimetière situé près de la rivière. Même si ses visites avaient été très rares, les lieux demeuraient familiers. Elle arriva devant une pierre tombale à l'allure un peu démodée, tout de même encore majestueuse. Tout en haut, le nom PICARD s'imposait en grandes capitales.

— Pauvre maman, tu résides en bien mauvaise compagnie.

Le lot contenait déjà les corps de Théodule et d'Euphrosine. Celui d'Alice Picard s'était ajouté trente-deux ans plus tôt, presque jour pour jour.

— Tu savais que le corps de ton mari est enterré dans le cimetière Belmont ? Bien sûr, de là-haut tu dois tout savoir, et nous trouver absolument ridicules.

Eugénie tenait à croire à cette existence au-delà de la mort. Autrement, tout perdrait son sens.

— Remarque, l'éternité avec tes beaux-parents vaut mieux qu'avec ton assassin, n'est-ce pas ?

La pierre tombale portait les noms des fondateurs du grand magasin et celui d'Alice, avec les dates 1868-1897. En bas de ce dernier, elle distinguait encore très bien l'ombre des lettres formant le prénom « Thomas ». L'entrepreneur des pompes funèbres l'avait fait graver, pour l'effacer maladroitement après le remariage du marchand.

— Oui, je sais, la putain me l'a dit… J'ai d'abord douté de la véracité de la confidence. Mais même elle ne peut avoir inventé cela. Comment a-t-elle pu amener papa à te tuer ? Pour lui faire commettre un crime pareil, elle a dû l'ensorceler.

Eugénie réussissait tout de même à rendre Élisabeth coupable du meurtre. Tout au plus convenait-elle que son père avait commis le geste fatal. Mais la responsabilité en incombait certainement à la séductrice.

— Tu ne resteras plus bien longtemps seule, tu sais. Bientôt je dormirai près de toi.

Elle s'assit sur ses talons, le temps d'arracher quelques mauvaises herbes sur la tombe. Toute sa vie, Thomas avait veillé à l'entretien de ce petit rectangle de terre. Ce souci tenait moins à la piété filiale qu'au désir de faire bonne impression. Un lot mal entretenu au cimetière entacherait la réputation du plus important marchand de détail de la ville. Édouard ne montrait pas le même souci de son image.

— Je ne te l'avais pas dit ? déclara Eugénie comme à une question muette. Je pourris de l'intérieur, cela a commencé avec les "organes", maintenant ce sont les poumons, le foie. À chacune de mes visites, le docteur Picard se soucie de savoir si je saigne de l'anus. Elle insiste tellement, alors je suppose que la vie me réserve encore ce petit plaisir, avant d'en avoir fini avec moi.

Pendant quelques minutes, elle s'attacha à faire disparaître les mauvaises herbes. Finalement, comprenant l'ampleur de la tâche et un peu inquiète de voir le chauffeur de taxi se lasser d'attendre, elle se releva en murmurant encore :

— Je vais payer quelqu'un pour nettoyer tout cela. Je ne suis pas certaine de revenir à pareille date l'an prochain… Nous serons alors probablement de nouveau ensemble.

Un bref instant, elle se tint immobile, comme au moment de quitter un être aimé, les larmes à la commissure des yeux, puis elle tourna les talons. Le fatidique 2 mai 1897 lui semblait tellement proche, plus que toutes les années écoulées depuis.

Bien sûr, la démarche serait tout à fait inutile, Jacques ne se berçait pas d'illusions. Une curiosité malsaine l'avait incité à téléphoner plus tôt dans la semaine à la pension Sainte-Geneviève afin de prendre rendez-vous, sous prétexte de chercher un logis pour la prochaine année universitaire. À l'appareil, Élisabeth Picard s'était montrée charmante, prête à s'informer de ses projets de carrière.

Quand il se présenta à la porte le samedi suivant, une femme aux cheveux bruns, vêtue d'une robe toute simple, vint l'accueillir.

— Vous devez être monsieur Jacques, dit-elle en ouvrant la porte. Je suis désolée, ma patronne ne m'a pas dit votre nom.

En réalité, le jeune homme ne le lui avait pas donné. Le patronyme Létourneau risquait trop d'éveiller des souvenirs chez elle.

— Oui, c'est moi, répondit-il.

— Je suis responsable des logis des étudiants.

Il hocha la tête, comme si la chose allait de soi.

— Je vais vous demander de faire le tour pour frapper à la porte de la maison de la rue Saint-Denis, expliqua Jeanne. Je suis désolée, mais les chambres des étudiants se situent de ce côté-là.

Elle attendit qu'il acquiesce de la tête avant d'ajouter :

— Je vais aller vous ouvrir.

Les députés occupaient le salon, certains avec un verre à la main, dans l'attente du repas du soir. Elle ne voulait pas leur imposer la présence, même très brève, de cet écolier, ni lui faire traverser la belle salle à manger réservée à leur usage exclusif.

Quelques minutes plus tard, l'employée faisait entrer Jacques dans la grande bâtisse. Tout de suite, il reconnut un visage familier, un garçon ayant reçu son diplôme du Petit Séminaire l'année précédente. Il poursuivait maintenant ses études de médecine.

— Seules deux ou trois chambres se libèrent chaque année, précisa son hôtesse. Madame Picard m'a dit que vous commencerez cet automne à l'université.

— Oui. Présentement, j'habite chez des parents, mais je désire un peu plus d'intimité.

Son prétexte devait lui permettre de converser avec Élisabeth Picard, comme si la voir l'amènerait à conclure si Thomas avait eu envie de semer un bâtard dans la ville de Québec pendant l'été 1908. Même si son stratagème n'aboutissait pas, la curiosité poussait Jacques à poursuivre sa visite.

— Je vais vous montrer l'une des chambres à l'étage. Le pensionnaire se trouve actuellement dans sa famille. Celle-là ne se libérera pas en septembre, mais comme elles se ressemblent toutes…

Le garçon suivit son guide dans l'escalier. La femme frappa bientôt à une porte à l'étage. Comme aucune réponse ne lui parvint, elle ouvrit. Jacques fit semblant de s'intéresser à la petite pièce. Meublée très simplement, elle lui rappelait sa propre chambre, dans Limoilou.

— La salle de bain est au bout du couloir, comme pour tous les étages. Je vais maintenant vous montrer les pièces communes.

En redescendant, Jeanne lui indiqua le prix du loyer, à verser sans faute tous les premiers du mois.

— À ce sujet, ma patronne se montre inflexible, précisa-t-elle en le conduisant dans la nouvelle aile construite à l'arrière.

Ils arrivèrent devant une longue table de réfectoire. Une domestique plaçait déjà les couverts.

— Voilà la salle à manger des étudiants. Il n'y a pas vraiment de salon, mais une grande pièce commune en bas. Je peux vous la montrer aussi.

— Oui, j'aimerais bien la voir.

Venu sous un mauvais prétexte, le visiteur se prenait au jeu. Il découvrit la grande salle au sous-sol, où quelques étudiants s'agitaient autour d'une table de billard. Des fauteuils bien près du terme de leur carrière encombraient l'espace, des journaux traînaient sur le plancher.

— Messieurs, vous devriez tout de même vous ramasser un peu, dit Jeanne. Je suis certaine que vous ne faites pas cela à la maison.

— À votre place, je ne parierais pas là-dessus, madame Bernier, rétorqua l'un des jeunes hommes d'une voix gouailleuse en se tournant à demi vers elle.

— Alors, je plains votre mère. Tout de même, vous rangerez avant de monter, sinon le menu risque de vous décevoir au cours de la prochaine semaine.

— Ah! Jamais vous ne mettrez une pareille menace à exécution, rigola un autre. Vous êtes trop gentille.

L'employée jeta un regard amusé sur le petit groupe, puis répondit:

— Moi je suis peut-être trop gentille, mais ne comptez pas sur la complicité de Victoire. Elle sait se montrer cruelle.

Sur ces mots, toujours suivie de Jacques, elle revint dans le hall d'entrée.

— Alors, monsieur… Je ne sais toujours pas votre nom.

— Dupuis… Jacques Dupuis, improvisa le garçon.

— Monsieur Dupuis, souhaitez-vous toujours venir joindre ce petit groupe en septembre prochain?

— Je dois visiter une autre pension tout à l'heure, mais soyez assurée que j'aimerais beaucoup venir ici. Je vous remercie, madame.

Le visiteur tendit la main. Un instant plus tard, sur le trottoir, il croisait un homme en bleu de travail. Ce dernier entra dans la maison de chambres, embrassa Jeanne sur la joue en demandant :

— Un futur client, je suppose ?

— Plutôt un plaisantin. Je suis certaine qu'il m'a fait perdre ma salive. Tu as juste le temps de monter te débarbouiller. Le repas sera servi d'ici une demi-heure.

Peu après le mariage de Jeanne à Georges Bernier, Élisabeth Picard avait convenu de laisser le menuisier venir habiter dans la maison. Non seulement pouvait-il occuper une partie de ses loisirs à faire de menus travaux dans la bâtisse, mais une présence masculine, avec tous ces jeunes gens volontiers dissipés, servait parfois à calmer les esprits.

Pendant que le couple reprenait ses occupations habituelles, Jacques Létourneau marchait en direction de Limoilou. Une nouvelle rêverie s'ajoutait désormais à toutes les autres : passer les quatre prochaines années dans une pension comme celle-là, avec des jeunes gens de son âge. Combien cela vaudrait mieux que d'assister aux conciliabules complices de Thérèse et Armel.

Depuis plusieurs semaines, Eugénie faisait tous les soirs l'effort de descendre afin de se joindre au reste de la famille pour le souper. Si elle participait peu aux conversations, la présence de ses proches semblait la rassurer. Pareil changement d'attitude incitait la vieille madame

Dupire à quitter aussi sa retraite pour profiter d'un peu de compagnie.

À la fin du repas, alors que les enfants retournaient dans leur chambre pour faire leurs devoirs, Fernand offrit son bras à sa femme pour la conduire jusqu'au salon.

— Tu me parais bien fatiguée, remarqua-t-il en l'aidant à s'asseoir.

Si Thalie s'en était tenue à son engagement de garder secret le développement de la maladie, cela n'empêchait pas Fernand de le deviner.

— Voilà l'histoire de toute ma vie, n'est-ce pas ? Je suis comme ça depuis toujours.

L'homme contempla le visage très pâle, les traits tirés.

— S'il y avait du nouveau, me le dirais-tu ?

— Du nouveau… Voilà une drôle d'expression, qui rappelle les grossesses. Ce genre de nouveau ne risque guère d'arriver, encore moins depuis l'opération de l'automne dernier.

L'humour grinçant ne fit pas disparaître la sollicitude du visage de l'homme, aussi elle se reprit :

— Je récupère très lentement, c'est tout. Tu sais, on m'a enlevé tous les organes…

Fernand hocha la tête de haut en bas. Il lui semblait plutôt qu'elle ne récupérait pas du tout. Mais plus que la faiblesse affichée, le changement d'attitude lui faisait soupçonner un développement dramatique.

— Vas-tu écouter un peu de musique avec moi ? demanda Eugénie en se calant dans son fauteuil.

— Une minute seulement. Je dois recevoir quelqu'un tout à l'heure.

Il se pencha sur la radio posée sur la table afin de trouver la station que sa femme avait l'habitude d'écouter. Le son du piano envahit la pièce.

— Il s'agit d'un client que je connais ?

— Ce n'est pas un client, mais un écolier désireux de faire du droit. Il tente de me convaincre de l'embaucher pour divers travaux. À part copier des actes, je ne vois pas ce que je pourrais lui demander, et pour cela, une jeune personne diplômée du cours commercial ferait sans doute mieux l'affaire.

— D'un autre côté, tu évoques souvent le désir de t'adjoindre un jeune collègue. Tu espérais même retenir le jeune Picard dans ton étude. En lui donnant certaines tâches, tu pourras juger ce jeune homme.

— Tu as raison, mais dans ce cas, je ferais mieux de recruter quelqu'un en seconde année, ou même en troisième, à la faculté, pas un gamin tout juste sorti du cours classique… Veux-tu que je te serve quelque chose à boire avant son arrivée ?

Eugénie accepta un sherry. Quant à lui, Fernand préférait recevoir Jacques Létourneau sans une odeur de whisky dans la bouche.

— Je comprends que tu ne veuilles pas d'un néophyte. Comment cet écolier a-t-il trouvé le chemin de ton étude ?

— Ses parents ont été des clients. Tu le connais, il s'agit du fils de Fulgence, le fidèle employé des ateliers PICARD. Comme le garçon a perdu son père en septembre, il cherche le moyen de gagner trois sous. Il a pensé à moi.

Puisque sa femme risquait de l'apercevoir et de le reconnaître pour l'avoir croisé parfois lors des festivités offertes aux employés du commerçant, mieux valait expliquer sa présence.

— Le jeune Létourneau… La dernière fois que je l'ai vu, il devait avoir huit ou neuf ans, un très joli garçon. C'était un peu étrange, il ne leur ressemblait pas du tout. Tu as dit que son père est décédé ?

— À la fin de l'été dernier. J'ai vu cela dans le journal.

Eugénie hocha la tête. À ce moment, ses propres inquiétudes sur sa santé ne l'incitaient pas à lire la rubrique nécrologique.

— Dans les circonstances, commenta-t-elle, aller à l'université devient difficile pour lui.

— Exactement. Comme je suis sans doute le seul notaire dont il ait entendu parler au cours de sa vie, il a pensé me demander du travail.

Le heurtoir en bronze de la porte se fit entendre.

— Le voilà.

La domestique quitta la cuisine pour aller ouvrir, mais son patron l'arrêta dans le couloir en disant :

— Merci, Gloria, je vais m'en occuper.

Puis, l'homme se tourna vers le salon en disant :

— À tout à l'heure.

— Je crois que je vais monter tout de suite, dit Eugénie en se levant péniblement de son siège.

Son mari allait lui proposer de l'aider quand les coups reprirent à la porte. Il décida d'aller répondre sans attendre.

Encore une fois, Jacques Létourneau contempla l'élégance austère du bureau. Pour cette nouvelle visite, il portait un complet bon marché. Son uniforme scolaire aurait paru juvénile pour la recherche d'un emploi.

— Comme je vous le disais la dernière fois, j'ai demandé mon admission à la Faculté de droit. Cette semaine, une réponse positive m'est parvenue.

En disant ces mots, le garçon sortit une enveloppe de la poche intérieure de sa veste pour la tendre à son interlocuteur.

— Ce n'est pas nécessaire, je vous crois sur parole.

Le malaise du visiteur s'accentua. Son premier passage dans cette maison s'était révélé un peu orageux.

— Ces études s'avèrent très coûteuses. J'ai évoqué déjà mon désir de travailler pour vous. Vous me laissiez entendre que ce serait peut-être possible…

Fernand leva la main pour l'arrêter, puis il demanda :

— Votre mère pourra-t-elle payer la scolarité ?

— Ce sera juste. Elle reçoit des pensionnaires pour joindre les deux bouts. Si de mon côté, je touche un salaire, ce sera plus facile.

— Les derniers étés, avez-vous pu occuper un emploi ?

— Oui, j'ai travaillé au service de livraison chez PICARD.

Le notaire apprécia la carrure du jeune homme. Ce genre d'effort ne devait pas être au-dessus de ses forces.

— Pourquoi ne pas retourner là-bas ? Je suis sûr qu'Édouard vous fera de la place. Votre père a consacré sa vie au service de cette famille.

— Déplacer des meubles ne me rapproche pas de la pratique du droit.

— En réalité, transcrire des actes à la machine non plus.

— … Tout de même un peu.

Une pointe de déception perçait dans la voix. Fernand détaillait le visage de son interlocuteur, cherchant des ressemblances avec celui de sa femme. La couleur des cheveux s'imposait d'abord, puis certains traits. Convenait-il de permettre à ces deux-là de se rencontrer ? Jamais Eugénie n'abordait le sujet de cette naissance illégitime, même si dix ans plus tôt il lui avait révélé être au courant de l'affaire.

Dans son état présent, peut-être retrouver cet enfant lui apporterait-il un peu de sérénité. Elle paraissait soucieuse de se rapprocher des trois autres.

— Au moins, savez-vous taper à la machine ? questionna-t-il.

— Au Petit Séminaire, nous avons des cours.

— Voilà qui ne me rassure pas du tout. Vous savez, une seule erreur et il faut reprendre la page en entier. Des ratures sur un acte légal, cela demeure du plus mauvais effet.

Depuis des semaines, Jacques avait exhumé le vieux clavigraphe de son père afin de se délier un peu les doigts. Son désir d'entrer dans cette maison le mena à mentir :

— Je pourrai me tirer d'affaire, je vous assure.

Fernand poussa un soupir et annonça une rémunération hebdomadaire ridiculement modeste.

— Je faisais le double en livrant la marchandise de PICARD.

— Mais je vous le disais tout à l'heure, retourner là-bas serait la meilleure décision. Je peux en parler moi-même à Édouard. Nous sommes allés à l'école ensemble et il est un client.

Le notaire n'osait plus dire « un ami ». Tout au plus leurs rapports demeuraient cordiaux lors des visites du commerçant à sa sœur.

— … Non. Je désire vraiment me faire une meilleure idée de la carrière. Vous savez, dans le milieu où j'ai été élevé, les professionnels étaient très rares.

La remarque sonnait un peu comme un reproche. Jacques souffrait toujours d'avoir été privé des privilèges que lui conférait sa naissance. Il restait convaincu d'avoir des parents naturels à la Haute-Ville.

— Dans ce cas, je vous ai dit combien je peux vous verser. Cela comprend les repas du midi à ma table. Si jamais vous vous révélez un as de la machine à écrire, je serai heureux d'ajuster ce montant à la hausse.

Le jeune homme hocha la tête en guise d'assentiment.

— Dans ce cas, comme désormais le 24 juin est une journée fériée dans la province, je vous attendrai ici le 25, à neuf heures. Évidemment, cette collaboration se poursuivra tout l'été dans la mesure où nous serons mutuellement satisfaits l'un de l'autre.

Autrement dit, le notaire se donnait la liberté de mettre fin à cette entente quand bon lui semblerait.

— Entendu, dit Jacques en se levant. Je vous remercie, monsieur Dupire. Je ne prendrai pas plus de votre temps.

Son hôte n'entendait pas le retenir. Il le conduisit à la porte et le quitta sur une poignée de main.

Juin arriva avec sa promesse de beau temps. Le 3, jour de la fête de la reine Victoria, décédée une génération plus tôt, de nombreux citadins profitaient d'une journée de congé. Le notaire Dupire faisait partie de ceux-là. Il se présenta un peu tard pour le déjeuner, étala un journal devant lui, bien décidé à tout lire, y compris les petites annonces.

— Nous arrivons en bas, madame, entendit-il depuis l'escalier.

Une quinte de toux répondit à la voix de la domestique.

— Si j'ai du mal à ce point à descendre, la remontée ne sera pas de tout repos, remarqua Eugénie.

— Tout à l'heure, vous vous sentirez un peu plus forte, après avoir mangé.

La femme entra dans la salle à manger, toujours appuyée sur le bras de Gloria. Le notaire replia bien vite *Le Soleil*.

— Je vais ranger cela, dit-il. D'habitude, le matin tu ne descends pas.

— J'ai beau me plaire dans ta grande pièce, aujourd'hui j'espère aller m'étendre dans la cour arrière afin de profiter un peu du soleil.

Fernand regardait les traits tirés, le visage émacié.

— Tu parais particulièrement fatiguée. Si les choses se… compliquaient, tu me le dirais, n'est-ce pas ?

Eugénie se tut, le temps que la bonne revienne poser devant elle une tasse de chocolat chaud et des rôties.

— Bien sûr, je te le dirais.

— Tu as encore perdu du poids, je pense.

— C'est un mauvais jour, comme tu en as aussi parfois. Je visite le docteur Picard deux fois par mois. Elle ne constate rien qui sorte du prévisible.

L'ambiguïté de la réponse troubla l'homme, mais il préféra ne pas insister. Sa compagne évoqua la belle saison, puis confia d'une voix douce :

— Tu sais, cet été, je préfère rester à Québec. Bien sûr, toi et les enfants, vous irez à la campagne comme d'habitude, avec les domestiques. J'embaucherai quelqu'un pour prendre soin de moi pendant ces quelques semaines.

Fernand demeura un moment songeur. Lui aussi, à voir la convalescence de son épouse s'éterniser, commençait à remettre en cause l'expédition annuelle à Saint-Michel.

— Je comprends. Mais comme je ne peux pas quitter mon étude plus d'une dizaine de jours, autant séjourner tous ici.

— … Je ne voudrais pas que mon état prive les enfants de leurs vacances.

— Nous inventerons bien une façon de leur permettre de profiter de l'été. Charles se passionne depuis septembre pour les activités des scouts, Béatrice évoque les camps où l'on peut apprendre l'anglais. Tu l'as entendue hier.

La veille, un dimanche, le couple était allé en visite au couvent de Sillery. Les fillettes se passaient l'une à l'autre la publicité d'un camp d'anglais et d'équitation. Les documents laissaient entendre que la seconde activité primait sur la première.

— Antoine sera plus difficile à satisfaire.

— Je lui parlerai. Au pire, je demanderai à la famille de cultivateurs de le recevoir seul. Il pourra satisfaire son amour des vaches laitières.

— Tu les paierais pour faire travailler ton garçon?

Fernand haussa les épaules. Le bonheur de ses enfants valait ces investissements. Sans avoir mangé beaucoup, Eugénie s'appuya des deux mains au bord de la table pour se lever.

— Si tu veux m'aider à rejoindre la chaise longue dans le jardin, ensuite, tu pourras profiter de ta journée à ta guise.

L'homme chercha une trace d'ironie dans la voix, mais n'en trouva pas.

Le malaise de se rencontrer là s'estompait; le couple prenait ses aises dans l'appartement de Thalie. Cette fois, Élise avait préparé un dîner. L'initiative donnait une allure un peu plus normale à leur rendez-vous. Se voir deux heures par semaine pour les passer dans un lit conférait une allure étrange à leur relation. Cette fois, ils se donnaient l'impression de ressembler à tous les amoureux de leur connaissance.

La banalité de l'expérience favorisait une conversation plus innocente. La bonne performance de l'appareil de cuisson électrique laissait Élise admirative.

— Tu imagines, disait-elle en servant son compagnon, peut-être qu'un jour tout le monde pourra faire cuire son repas sans au préalable devoir manipuler du bois de chauffage ou du charbon.

— Si tu as raison, je devrais m'acheter des actions de la Quebec Power. Mais cela me semble bien loin pour le commun des mortels, un peu comme les voyages en avion. Bien peu de gens en profitent, finalement.

La répartie manquait d'entrain, l'homme semblait avoir la tête ailleurs.

— Mais il y a huit ans, ou même cinq, tout le monde disait cela des appareils de radio. Mon garçon vient de s'en bricoler un avec un morceau de cristal, une pile et du fil de cuivre. Seuls les écouteurs lui ont coûté un peu d'argent. Au bout du compte, il a dépensé deux dollars.

Toutes les publications pour la jeunesse évoquaient ces « radios à galène ». Avec les plus rustiques, il fallait déplacer la pointe d'une épingle de nourrice reliée à un fil sur une petite pierre en espérant entendre autre chose que de faibles grincements.

— Je devrais le présenter à Antoine. Lui aussi rêve de fabriquer un appareil comme celui de ton fils, mais il ne sait pas trop comment s'y prendre.

Élise contempla Fernand, puis remarqua d'une voix changée, déçue de revenir sur ce sujet :

— Tu me parais bien déprimé aujourd'hui. C'est à cause d'elle ?

— Si au moins elle demeurait méchante, mesquine. Mais non, plus elle dépérit, plus elle se montre gentille. Elle se plaint rarement, et quand elle le fait, une pointe d'autodérision indique qu'il ne faut pas trop la prendre au sérieux.

— Je sais. Lors de sa dernière visite au cabinet, elle m'a vanté la douceur du temps, le chant des oiseaux, la taille des bourgeons aux branches des arbres. On aurait dit une enfant toute fière de pouvoir mettre des mots sur les choses qu'elle découvrait. En même temps, pour pouvoir tenir debout, elle posait une main bien à plat sur mon bureau.

— Pas une enfant, mais plutôt une vieille dame faisant l'inventaire de ce qu'elle sait devoir quitter bientôt. Elle parle comme une condamnée à mort.

La femme hocha la tête. Cette appréciation lui parut aussi plus proche de la réalité.

— Tu as une idée de son état ? demanda le notaire.

— En réalité, non. Thalie ne me livre pas vraiment d'informations sur ses clientes. En tout cas, pas sur des personnes que je connais, sauf parfois pour m'annoncer une naissance prochaine. Et dans ces cas-là, je devine toute seule. Les futures mères sont soit rayonnantes, soit catastrophées.

— Eugénie faisait partie de ce dernier groupe… Aujourd'hui, elle se montre toujours très malhabile avec les enfants, mais ses efforts pour se rapprocher d'eux paraissent sincères.

Le passé hantait toutes les relations, y compris celle de cette mère avec ses enfants. Faire table rase s'avérait impossible.

— Elle souhaite mériter leur amour, murmura Élise.

— Faire une dernière bonne impression, puisque la première a été mauvaise… Même si ton amie ne te dit rien, tu as une réelle expérience de ce genre de choses. Qu'en penses-tu ?

— La même chose que toi. Eugénie paraît s'étioler.

Le mot décrivait bien la situation. Cela rappelait le cinéma, un fondu sur blanc.

— Ce matin, elle m'a annoncé ne pas être en mesure de venir à la campagne cet été, tout en m'offrant de partir seul avec les enfants et les domestiques.

— Tu le feras ?

— Non, j'ai plaidé la nécessité de faire du notariat.

Élise se figea en tenant sa fourchette, soudainement sans appétit, même un peu inquiète.

— Bien sûr, c'est un prétexte : je pourrais fermer mon étude, quitte à m'occuper depuis Saint-Michel de quelques questions urgentes. En réalité, je ne survivrais pas deux mois sans te voir.

Leurs mains se rejoignirent sur la table, leurs yeux se dirent mille gentillesses. Elle formula bientôt d'une voix hésitante :

— Tout à l'heure, quand tu as évoqué sa nouvelle attitude, je me suis demandé si tu entendais aussi... te rapprocher d'elle.

— Mes sentiments pour elle évoluent. Mais ce rapprochement, car il y en a un, ne te menace en rien. Je suis passé de la haine à la compassion. Elle a ton âge, mais elle n'a jamais été vraiment heureuse. Ni avec sa mère malade, ni dans la maison où se trouvait Élisabeth, ni chez moi. Comprendre la pauvreté de cette existence, ressentir de la pitié et souhaiter adoucir les derniers mois d'Eugénie, ce n'est pas de l'amour.

— Cette humanité chez toi te rend si aimable...

De nouveau, chacun se plongea dans le regard de l'autre. Puis ils consentirent à s'intéresser enfin au repas.

Lorsqu'il se retira dans le salon avec un verre de vin à la main, l'homme dit encore :

— J'ai une autre raison de vouloir rester dans mon étude, cet été. Mon nouvel employé serait très déçu si je partais.

— Tu as un nouveau stagiaire ?

La visite de Jacques Létourneau datait d'un mois environ, mais le notaire abordait le sujet avec elle pour la première fois.

— Oui, en quelque sorte.

Sa compagne arqua les sourcils, incertaine du sens à donner à ces paroles.

— Plus exactement, je fais une obole. Donner simplement en cadeau une part du coût des droits de scolarité de ce garçon aurait été tout aussi rentable pour moi, et beaucoup plus pour lui. Au lieu de perdre des semaines dans mon étude, il pourrait trouver une rémunération conséquente ailleurs…

— Si tu te crois plus explicite, ce n'est pas du tout le cas, dit sa compagne avec le sourire.

L'homme se perdit dans la contemplation de son verre de vin.

— Dans ce cas, je vais commencer au tout début de cette histoire, si tu me promets de ne jamais en répéter le moindre mot.

Intriguée, Élise donna son assentiment d'un signe de la tête.

— Tu sais qu'Eugénie a eu un enfant avant notre mariage.

— Je sais sans le savoir, ces choses-là ne se disent pas à voix haute. Mais quand une jeune fille quitte sa famille pendant quelques mois, pour revenir ensuite déprimée…

— Elle a eu un garçon, il y a exactement vingt ans. Son père, Thomas, s'est arrangé pour que l'un de ses employés l'adopte. Il a payé pour son entretien, et ensuite Édouard a continué jusqu'en 1927.

— Doux Jésus…

Bouche bée, sa compagne ouvrait sur lui ses grands yeux bruns.

— Tu as déjà rencontré le père ? demanda Fernand.

— … Oui, je crois. À l'été 1908, elle était très entichée d'un officier anglais.

— Elle venait tout juste de me refuser la permission de la visiter. Parle-moi de lui.

— Fernand, tu vas te faire du mal.

Les allusions à ses amours déçues rendaient toujours son amant bien mélancolique.

— Ne crains rien. Peux-tu me le décrire?

— Un grand blond, mince, arrogant. Très beau.

— Tout pour lui plaire. Cela correspond aussi au portrait du fils. Ce sera lui, mon stagiaire inutile.

— … Mais pourquoi donc?

La question le laissa un moment silencieux. Lui-même comprenait mal sa décision.

— Le garçon a débarqué dans mon bureau un soir, peu après la mort de son père adoptif, en clamant son droit de connaître ses origines. Il avait dans la poche une de mes lettres. Tu comprends, l'étude acheminait les sommes promises au moment de l'adoption. Les gens ont la sottise de laisser traîner de tels documents.

— Tu crois qu'il se doute de l'identité de ses parents?

La question hantait aussi le notaire. Le désir de Létourneau de travailler dans son étude tenait certainement à son espoir d'y découvrir la vérité.

— Va donc savoir. Peut-être s'imagine-t-il que j'ai fricoté avec sa mère adoptive, et que tout le reste de l'histoire a été inventé. Comme j'ai rencontré cette matrone, je t'assure que cela ne pouvait être le cas. Elle ne m'aurait pas le moins du monde intéressé.

La remarque l'amusa, car en jetant son dévolu sur Eugénie, il avait sans nul doute choisi le pire des deux maux.

— … Et tu as décidé de permettre à la mère et au fils de se rencontrer.

L'initiative paraissait si étrange à Élise que l'incrédulité marquait sa voix.

— Exactement. Je suis sans doute idiot, mais je l'ai fait. Tu ne trouves pas que ce garçon dit vrai? On a tous le droit de savoir qui nous a jeté dans ce monde étrange.

— Les parents naturels ne voulaient pas se faire connaître de lui. De leur côté, ils ont droit à la discrétion.

— Tu crois vraiment qu'Eugénie et son Anglais tenaient au secret ?

La question laissa Élise perplexe. Cet homme avait-il seulement su qu'une naissance avait résulté de ses amours de passage ?

— Quant au père adoptif, continua le notaire, il voulait certainement que son fils le sache. Laisser ces lettres traîner, c'était une invitation. On ne fait rien pour rien. Et pour Eugénie, on lui a enlevé son premier enfant. Crois-tu qu'elle a eu son mot à dire ?

Élise fit signe que non de la tête. Dans cette maison, Thomas Picard prenait les décisions importantes.

— Par la suite, continua le notaire, elle a pratiquement abandonné ses autres rejetons, jusqu'à tout récemment. Là, elle semble les découvrir. Mais si elle avait gardé ce blondinet, quelle aurait été la suite de son existence ?

Fernand présentait l'allure d'un gros homme débonnaire épargné par les passions, sauf peut-être les plaisirs de la table. Élise découvrait un être complexe, étonnant à plusieurs égards.

— Tu veux donc la voir découvrir cet enfant.

— Pour ce que tu m'en as dit, le gamin ressemble à son père. Il porte aussi sur le visage des traces d'Eugénie. Si tous les deux le désirent, ils se reconnaîtront. Dans le cas contraire, j'aurai au moins permis à un gamin de se familiariser avec le vocabulaire du droit.

Le couple vida la bouteille en silence. À se perdre dans leurs pensées, ils risquaient de voir Thalie les trouver encore là à son retour. Au moins, ce serait dans une tenue convenable.

Chapitre 24

Même si l'appartement de Mathieu Picard était de bonne dimension, l'affluence le rendait un peu exigu.

— Les garçons, modérez un peu vos transports, sinon tante Flavie ne voudra plus nous recevoir chez elle.

Françoise s'exprimait d'une voix douce. Ses enfants suspendirent leur course d'une pièce à l'autre pour l'écouter. Le cadet assura en souriant :

— Non, ce n'est pas vrai, elle nous laissera venir encore.

Puis il reprit son jeu, son frère derrière lui.

— Ils sont incorrigibles, dit la mère, un peu gênée.

— Tous les deux sont surtout en bonne santé, protesta Flavie. S'ils ne s'agitaient pas un peu, nous aurions de vraies raisons de nous inquiéter.

L'hôtesse se déplaça vers le salon, où conversaient une partie de ses invités. Mathieu se tenait près d'un fauteuil, penché sur une jolie blonde.

— Amélie, tu prends des allures de reine, avec un ventre de la forme du globe terrestre.

Marie plissa le front. Ses enfants continuaient d'évoquer des questions intimes avec la plus grande liberté. La principale intéressée ne paraissait pas s'en formaliser.

— Voyons, avec ce poids à porter, je crains toujours de tomber vers l'avant.

— Mais non, intervint Flavie en riant. Tu es superbe.

La jolie blonde affichait son enfant à venir comme un trophée, la tête haute et un sourire permanent sur les lèvres.

— Pas autant que toi. Je me souviens, il y a quatre ans…

— Les filles, conclut Mathieu, nous allons régler cela bientôt. Je vais chercher mon appareil photo pour croquer ton portrait, dans six mois je ferai pareil avec ma femme, et à Noël nous comparerons.

— Tu veux dire que…

Marie s'interrompit, fixa les yeux sur la taille de sa bru. Elle ne distinguait rien encore.

— Alfred commence à se lasser de ses jouets, déclara son fils d'une voix enjouée. Nous avons pensé lui tricoter un compagnon de jeu.

— Ou une compagne, renchérit la future mère.

— … Mais je ne peux pas partir dans ces conditions.

La marchande ouvrit de grands yeux, déjà prête à sacrifier son beau voyage.

— Je ne veux pas vous faire de peine, belle-maman, dit Flavie, mais que vous soyez ici ou en France, cela ne changera pas grand-chose au calendrier de mon bébé. De toute façon, vous serez de retour longtemps avant l'accouchement. Si je crois les prévisions de mon médecin, je risque d'avoir un petit Noël.

— Ou une Noëlla, compléta Mathieu.

La petite réunion se déroulait sous les meilleurs auspices. Tous les membres de la famille étaient présents, heureux de renouer les liens. Les repas hebdomadaires réunissaient rarement à la fois les Picard et les Dubuc. Le départ prochain des parents pour l'Europe justifiait ce rassemblement.

— Mais je vais tout manquer. Deux filles enceintes, le magasin… Amélie ne pourra travailler bien longtemps.

La blonde laissa échapper un rire joyeux, puis elle se mêla à la conversation :

— Je ferai comme toi, Marie. Il semble que tu aies accouché de Mathieu près des étalages de jupons, avec l'aide d'un grossiste.

— Absolument, renchérit le fils. Elle serrait une paire de bas de soie entre les dents pour mieux endurer la douleur. Papa a attaché le cordon avec un ruban de velours à huit sous la verge. Maman est taillée comme nos ancêtres. En Nouvelle-France, elle aurait tenu une louche dans une main, un fusil dans l'autre, tout en peuplant la colonie à elle seule. Cela sans compter la lutte contre les Iroquois.

Marie ne savait quoi répondre à ces assauts. À ce moment, un trio masculin entra dans le salon.

— Paul, se plaignit la pauvre femme, ta fille se moque de moi.

— Selon ce que j'ai entendu, ton fils est le plus grand fautif.

— Je ne peux pas laisser le magasin à une personne sur le point d'accoucher.

— Tu ne le laisses pas à Flavie, mais plutôt à Françoise. À moins que mon aînée nous réserve une surprise ?

Autant le voyage l'avait fait rêver les derniers mois, autant la proximité du départ ravivait toutes les craintes de Marie.

— Mais elle n'y arrivera pas toute seule.

— Et cette grande brunette, la fille du docteur Hamelin ? demanda le politicien en mettant un bras autour des épaules de sa femme.

— Elle n'a pas assez d'expérience.

Chacun choisissait de s'amuser de la petite crise d'angoisse de Marie. Puis, Mathieu se résolut à jouer son rôle d'aîné pour la ramener à la raison :

— Maman, si tu ne fais pas ce magnifique voyage, Alfred ne te parlera plus jamais.

— … Que veux-tu dire ?

— Il a raconté à tous ses petits voisins que tu ferais le tour du monde en bateau. Si tu ne montes pas dans ce navire demain, il perdra la face auprès de tous les habitants de la Haute-Ville.

— Alors, nous serons obligés de le faire scolariser à Montréal, ajouta Flavie. Nous-mêmes, nous serons privés de sa présence. Noël grandira sans lui.

Le rouge commençait à monter aux joues de la marchande. À la moue un peu boudeuse succéda pourtant très vite un sourire.

— Je veux bien embarquer demain, mais seulement à une condition.

— Dites toujours, dit sa belle-fille.

— Jamais vous n'appellerez un enfant Noël, encore moins Noëlla. Aucun bébé ne mérite un prénom pareil.

— Si tu retrouves ton enthousiasme pour ce voyage, je te le promets, conclut Mathieu.

Thalie arriva dans la pièce avec dans les mains un plateau chargé de coupes de vin blanc et de deux verres de jus. Derrière elle, Gertrude suivait en répétant :

— Fais attention de ne rien renverser.

L'insistance ne rendait pas les mains de la jeune femme plus sûres, tout en lui tombant un peu sur les nerfs. Elle s'arrêta d'abord devant Flavie.

— Tu prends l'un des plus grands, sans alcool.

— Oui, docteur.

La même recommandation s'adressa à Amélie, qui l'accueillit avec la même réponse docile. Quand tout le monde eut un verre à la main, Thalie prit le dernier, le leva à la hauteur de ses yeux pour dire :

— Bon voyage d'amoureux à nos parents, et des tonnes de souvenirs pour meubler leurs rêves pendant les cinquante prochaines années.

— Au moins cinquante ans, ajouta Amélie depuis son fauteuil.

Chacun trempa les lèvres dans la boisson, puis ajouta une dimension personnelle à ces souhaits. Le médecin en était à évoquer la question des cadeaux à rapporter d'Europe quand une petite main tira sur sa jupe.

— Tathalie, moi je n'ai rien à boire, déclara le petit Alfred.

— Ah! Mais c'est vrai. Tout à l'heure, j'ai vu des Coca-Cola dans la glacière. Qu'en penses-tu?

— Oh, oui!

Ses deux cousins se tenaient derrière lui, trop timides pour formuler la même demande mais résolus à profiter eux aussi de l'aubaine.

— Si vous voulez bien m'excuser, mon devoir de tante gâteau m'appelle.

Visiblement, ce rôle ne la rebutait guère. Chacun des garçons reçut sa dose de liquide sucré et une abondance d'avertissements de ne rien renverser. Un témoin aurait pu lui faire remarquer qu'elle répétait à leur intention les «Fais attention de ne rien renverser» de Gertrude. Elle avait la prétention de moins en avoir besoin que des enfants âgés de trois à sept ans, du haut de ses vingt-neuf ans tout juste.

À son retour dans le salon, elle entendit Paul Dubuc demander à David O'Neill:

— Les Price finiront-ils par obtenir le droit de construire leur petit gratte-ciel?

— Si les personnes opposées à la modernité cessent de s'entêter, nous pourrons nous mettre au travail cet été.

La société papetière voulait se donner des bureaux dignes de sa grande prospérité. Bien sûr, ce gratte-ciel ne se comparerait pas à ceux de Chicago ou New York. Tout de même, les amoureux du visage historique de la vieille capitale voyaient ce doigt de poutrelles et de pierres dirigé vers le ciel comme un vilain bouton dans un beau visage.

— Je ne pense pas être plus réfractaire au progrès qu'une autre, intervint Marie, mais avoir ce grand machin juste sous mes fenêtres…

— Mais belle-maman, je vous ai montré les plans. Vous verrez de magnifiques portes en laiton.

— David sera responsable des travaux, souligna Amélie. Ce sera très bien, j'en suis sûre.

Pour elle, l'identité du chef de chantier devait lever toutes les hésitations. David esquissa une caresse dans ses cheveux, leurs regards se croisèrent. Tous les deux demeuraient toujours aussi entichés l'un de l'autre. L'ingénieur gardait des cheveux roux un peu ébouriffés, mais les chemises et les vestons usés à la trame s'avéraient chose du passé. Il avait remporté son pari sur la vie.

— Maman, dans ta publicité, intervint Mathieu, tu pourras mettre «en face de l'édifice Price». Ce sera mieux qu'«à côté du magasin Simon's».

— Je n'ai jamais publié une annonce comme ça, protesta-t-elle.

La marchande disait vrai, mais toutes les clientes utilisaient ce point de repère. La conversation porta sur le commerce, les carrières, les enfants à naître comme sur ceux qui s'activaient déjà dans l'appartement. Le futur apparaissait sans nuages.

Quand tout le monde fut parti, Thalie s'attarda pour aider sa belle-sœur à remettre de l'ordre dans la maison.

— Tu peux rentrer, tu sais, remarqua Flavie. Mon état n'exige pas encore que je me ménage.

Juste à ce moment, un «Maman» strident parvint de la cour arrière, suivi de pleurs.

— Je pense que celui-là devrait faire une petite sieste, continua la mère. L'après-midi a été mouvementé.

— Va avec lui. Même la meilleure marraine ne viendrait pas à bout de tels sanglots.

Un instant plus tard, placé sur la hanche maternelle, le gamin saluait sa Tathalie tout en laissant de grosses larmes couler sur ses joues. Sur le chemin de la chambre d'enfant, l'hôtesse prit le temps de dire un mot à son mari. Très vite après cela, l'homme entra dans la cuisine en murmurant :

— Laisser sa petite sœur ranger seule notre désordre ne se fait pas, semble-t-il.

— Ta femme a bien raison, dit-elle, moqueuse.

— En plus, nous ne nous sommes pas parlé en tête-à-tête depuis un moment.

Un sourire passa sur les lèvres de Thalie. Elle devinait sans mal la suite de la conversation.

— Tu as changé, continua-t-il. Il se passe quelque chose dans ta vie.

— Je suis contente de ne pas entendre une remarque sur la vieille fille devenue moins revêche.

— Tu sembles plus heureuse, tout simplement.

La jeune femme fut touchée plus qu'elle ne le voulait par ces mots. Elle s'accorda le temps de laver la table à grands gestes avant de dire dans un souffle :

— Il y a quelqu'un dans ma vie.

— C'est nouveau ?

— Depuis l'automne dernier.

Mathieu joua la surprise, puis reprit après une pause :

— Tout ce temps sans nous le montrer. Si je te connais-sais moins bien, je penserais que tu as un peu honte de notre tribu.

— Et si tu pensais cela, ce serait tout à fait ridicule. Et avant que tu ne le dises, je tiens à cette précision : je n'ai pas honte de lui non plus. Enfin, c'est plus compliqué que cela.

Prononcée calmement, l'affirmation devait être prise au pied de la lettre.

— Alors ?

— C'est un mauvais garçon. Toi, Paul, maman, même Amélie seriez inquiets pour moi. Françoise et même Flavie ne diraient rien, mais elles songeraient que j'ai bien mal tourné. Je ne souhaite pas créer une pareille commotion.

— … Si un homme te fait du mal, je vais m'en occuper. Crois-moi, je suis très sérieux.

Parfois, sous le calme de surface, le vétéran du 22e Bataillon réapparaissait. Thalie s'approcha pour lui poser une bise sur la joue.

— Mon grand frère, ce n'est pas un mauvais garçon comme ça. Crois-moi, mes journées dans mon cabinet m'ont permis d'apprendre que des hommes très respectables sous certains aspects battent toutefois leur femme. Oui, je parle de certains de tes honorables voisins. Mon mauvais garçon se montre très gentil avec moi. Son plus gros défaut est de ne pas m'aider à faire la vaisselle.

L'homme afficha son scepticisme. Comme la suite ne venait pas, il insista :

— En quoi est-il mauvais ?

— Il transporte de l'alcool.

D'abord, Mathieu parut ne pas comprendre. Puis son visage s'éclaira.

— Oh ! Tout le monde feint de trouver ce commerce bien naturel, au point de finir par oublier que la loi l'interdit. Tu as raison, cela ferait jaser.

Ils se regardèrent un long moment.

— Tu fais attention à toi ? dit-il.

— Je fais attention à moi. Comme tu l'as remarqué, je suis plus heureuse. Et là, je vais te laisser le soin de ranger la vaisselle, au cas où le Al Capone du quartier Saint-Sauveur donnerait signe de vie.

Si cette pointe d'humour le faisait grincer des dents, Mathieu ne le laissa pas voir. Il l'accompagna jusqu'à la porte. Après l'échange des bises, elle dit encore :

— Une autre chose me rend heureuse. J'ai un grand frère disposé à déclencher une nouvelle guerre mondiale pour me protéger.

— C'est bien vrai. Et maintenant, ouste, va-t'en.

— Sur la table du salon, j'ai vu des cernes humides laissés par les verres. Tu devras recommencer le nettoyage.

Sur ces mots, la jeune femme marcha vers le trottoir en riant.

Le lendemain, tous les hommes du clan Dubuc-Picard travaillaient, et même quelques-unes des femmes. La plupart rateraient le grand départ. Aussi Marie et Paul descendirent-ils du taxi près de l'embarcadère du Canadien Pacifique avec Flavie et Françoise pour toute compagnie. Des porteurs vinrent chercher les deux grosses malles. Le couple marcha vers l'édifice de la société en essayant de maîtriser sa fébrilité.

Devant le comptoir, la marchande se tourna vers les jeunes femmes pour leur dire :

— Je me sens tout à fait ridicule. Aucun des événements de ma vie ne m'a aussi profondément troublée.

Jamais elle ne le formulerait à haute voix devant Paul, mais la mort de son premier époux hantait son esprit depuis des semaines. Il s'était embarqué vers l'Europe avec un tel enthousiasme, pour disparaître avant la fin de la première nuit.

— Tu vas t'occuper du commerce, n'est-ce pas ? continua-t-elle pour Françoise. Comme tu le faisais si bien, il y a toutes ces années.

— Tout se passera bien.

— La petite Hamelin ne me paraît pas bien expérimentée.

— Estelle est à la fois charmante et compétente.

La jeune femme entendait ces manifestations d'inquiétude pour la dixième fois peut-être, avec le même calme.

— Gertrude aura peut-être du mal avec les garçons. Ils sont très bien élevés, bien sûr, mais elle se fait vieille.

— Je la visiterai très souvent, intervint Flavie, et si elle paraît débordée, je les prendrai chez moi.

En se mêlant à la conversation, la brunette s'attira aussi sa part de recommandations.

— Tu veilleras sur Thalie, n'est-ce pas ? Je me demande si elle mange toujours bien, dans son petit appartement. Je sais qu'elle vous visite souvent.

— Elle a pris du poids ici, ricana sa nouvelle interlocutrice tout en portant la main à l'une de ses hanches. Je vais plutôt la priver de dessert.

Près du trio féminin, Paul commençait à désespérer. Il tendit les billets à un commis en lui adressant un appel au secours muet.

— Madame, intervint celui-ci en s'approchant de Marie, vous allez bien à Liverpool ?

— … Oui.

— Le mieux serait de vous rendre à votre cabine. Ces dames peuvent vous accompagner. Elles devront toutefois descendre au premier coup de sifflet, ou bien le capitaine les mettra aux cuisines. Même aussi charmantes, les passagères clandestines doivent payer leur passage.

— Elles peuvent venir à bord?

L'employé hocha la tête en souriant. Ces baptêmes de la mer créaient toujours des émotions contradictoires. L'expérience n'entraînait toutefois que de très rares déceptions. Il regarda le quatuor s'engager sur la passerelle, puis accorda son attention à d'autres passagers tout aussi intimidés.

Pour un garçon devant s'absenter plusieurs semaines, Antoine voyageait avec peu de bagages. Quand il descendit dans le hall d'entrée avec une seule valise à la main, son père s'en inquiéta un peu.

— Tu penses avoir tout ce qu'il te faut, là-dedans?

— J'ai pris trois gros romans, dont *Les Trois Mousquetaires*.

— Je pensais à des choses utiles, comme des sous-vêtements, des chemises, des pantalons.

— Mon patron m'a dit qu'il me fournirait des vêtements de travail… ceux des garçons de la maison.

Deux jours plus tôt, une longue conversation téléphonique avec le cultivateur de Saint-Michel-de-Bellechasse lui avait permis de s'entendre sur les aspects pratiques de son séjour. L'adolescent apporterait avec lui une tenue convenable pour les dimanches. Les autres jours, les vêtements maintes fois reprisés des fils de la maison lui suffiraient pour être digne des vaches laitières, des quelques porcs et des volailles de la basse-cour.

— Cela leur fera tout drôle de ne pas passer l'été dans la grange, commenta l'apprenti paysan.

— Je pense que ces dernières années, nos hôtes continuaient de nous louer leur maison par gentillesse, pour ne pas nous décevoir. Quand je lui ai dit que nous n'irions pas cet été, il n'a pas du tout paru désappointé.

— L'argent servait à payer les études du benjamin au collège de Lévis.

Moins robuste que les autres membres de la fratrie, celui-ci deviendrait curé. Cela ajouterait au prestige de la famille et lui procurerait une avalanche de bénédictions venues du ciel.

— Je suis content de savoir que nos étés à la campagne ont permis de faire instruire quelqu'un. Mais as-tu une idée des motifs qui retardent les filles ? Elles vont finir par te faire manquer ton train.

— Béatrice n'arrive pas à choisir ses vêtements.

— Elle devra faire une sélection, pourtant. Avec tout ce monde dans la voiture, nous ne pourrons pas transporter de grosses malles.

L'homme se tourna vers l'escalier pour dire en élevant la voix :

— Béa, nous devons nous mettre en route.

— J'arrive tout de suite.

Le « tout de suite » bien féminin se transforma en dix bonnes minutes. Puis elle descendit une valise à la main, son frère Charles la suivait en en portant une autre.

— Elle doit peser cent livres, commenta le cadet. Elle a mis tout le contenu de la commode dedans, on a dû s'asseoir dessus pour la fermer.

— Pourras-tu te rendre jusqu'à l'auto ?

— Bien sûr, je suis fort.

Tout de même, il devait tenir la poignée de ses deux mains.

— Dans ce cas, je vais me dévouer pour notre invitée.

Claire fermait la petite procession. Fernand tendit la main en disant :

— Donne, je vais transporter ça dans la voiture.

La fillette s'avérait trop timide pour repousser la délicate attention. Heureusement, sa peau de brune ne rougissait pas facilement, sinon elle aurait passé les dernières quarante-huit heures les joues cramoisies. Comme, le samedi précédent, son père n'avait pas pu venir la chercher au couvent pour les grandes vacances d'été, les Dupire l'avaient hébergée. L'homme la conduirait chez elle au cours de la journée. Il s'agissait de son premier séjour chez des étrangers.

— Les enfants, vous êtes allés saluer votre mère ?

Antoine et Béatrice dirent oui de la tête. Le petit défilé dans la chambre de la convalescente leur laissait un mauvais souvenir. Le malaise, les paroles hésitantes, l'étreinte un peu fébrile les avaient troublés.

— Moi, je n'y suis pas allé, commenta Charles. Je reste ici cet été.

La remarque contenait un lourd reproche.

— Tu as de la chance, dit son père. Tu pourras jouer au fils unique pendant quelques semaines.

Cette façon de mettre les choses en perspective ramena un franc sourire sur son visage.

— Bon, maintenant, allons-y, sinon Antoine fera tout le trajet à pied.

Bientôt, l'homme démarrait la voiture afin de se rendre à la gare. Son aîné, dans le siège du passager, devait tenir sa valise sur ses genoux. Les trois autres enfants logeaient plutôt confortablement à l'arrière. Arrivés à destination, tout le monde voulut se rendre près du quai. La lenteur à quitter la maison réduisit le temps d'attente. Quand le contrôleur lança le *All Aboard*, Fernand tendit la main à Antoine en disant :

— Tu sais, tu peux revenir à n'importe quel moment. Tu ne dois rien à ce cultivateur.

— Je sais, si je ne m'amuse plus, je reviens.

— Exactement. Garde ce sentiment en tête. Tu n'as rien à prouver, à personne.

Après une poignée de main bien virile, le garçon répéta le rituel avec son cadet, mais sa sœur eut droit à une bise. Il se montra bien embarrassé devant Claire. Il limita les épanchements à leur strict minimum :

— Salut.

— Bon été.

— Tu reviendras nous voir.

— Peut-être.

Un peu plus, et ils se parlaient en morse. Malgré les apparences, ils s'entendaient fort bien tous les deux. Puis, l'aîné monta dans le wagon.

— N'oublie pas de descendre au bon endroit, recommanda le père, sinon tu vas te retrouver à Moncton.

— Dans ce cas, j'irai voir la mer. Je ne serai pas bien loin.

L'homme se réjouit de le voir si assuré. Si son trajet dans la vie devait être un peu mouvementé, au moins il l'accomplirait avec une certaine sérénité. Revenu près de la voiture, Charles déclara vouloir s'asseoir devant, pour mieux voir. Les deux filles ne protestèrent pas : seules à l'arrière, elles prendraient leurs aises sur la banquette pour un long trajet.

Couvrir une distance d'un peu plus de soixante milles les occupa tout le reste de la matinée. Le gouvernement provincial poursuivait une politique de « bons chemins » afin de favoriser les échanges et le tourisme. Aussi, la route longeant le fleuve était en bon état, bien que très poussiéreuse. La voiture soulevait un nuage brunâtre derrière elle.

Puis, ils arrivèrent à Trois-Rivières.

— Ça sent mauvais, remarqua Charles à haute voix.

Si Claire reçut le commentaire comme une attaque personnelle, elle n'en laissa rien paraître.

— Ce sont les usines à papier, proposa-t-elle en guise d'explication.

— Le papier ne pue pas autant.

L'atmosphère empestait vraiment, comme si la ville se dressait sur une colline d'œufs pourris. La chaleur ambiante empêchait toutefois de relever les glaces de l'automobile.

— Pour réduire le bois en pâte, expliqua Fernand, ils utilisent de l'acide. Le procédé apporte ce petit désagrément.

— On finit par s'y habituer, plaida enfin Claire, soudainement inquiète de voir son amie rebrousser chemin.

Ensuite, elle guida le conducteur dans les rues de la petite ville, pour l'amener au sommet d'un petit plateau où se regroupaient une partie des élites de la ville. Les Tétreault habitaient une jolie maison en brique. Les roues de la voiture ne s'étaient pas encore immobilisées quand une femme sortit sur la galerie en s'essuyant les mains sur son tablier.

— Voilà maman ! s'écria la gamine.

Sauter de la voiture pour s'élancer dans ses bras prit une seconde. En descendant, Fernand suivit le regard de sa fille, y découvrit une certaine envie. Ce genre d'élan, sans aucune retenue, lui demeurait inconnu.

L'homme se pencha sur le coffre du véhicule pour prendre les plus grosses des trois valises et remettre la dernière à Charles. Lorsqu'il rejoignit la maîtresse des lieux, il les posa pour tendre la main en disant :

— Je suis heureux de vous revoir, et je tiens à vous remercier encore pour votre générosité.

— Oh ! Mais cela nous fait vraiment plaisir de recevoir votre fille.

Béatrice s'avançait, un peu rougissante. La femme prit son visage entre ses deux mains pour continuer :

— Alors, ma belle, tu seras ici chez toi.

Des bises soulignèrent cet accueil, puis elle s'intéressa à Charles. Une fois les salutations terminées, l'hôtesse continua à l'intention de Fernand :

— Entrez tous. Je finissais de préparer le dîner. Nous passons à table tout de suite.

— Je ne veux pas m'attarder. La route du retour sera longue.

La petite femme au teint mat se tourna vers lui pour le fixer avec ses yeux noirs, un sourire ironique sur les lèvres.

— Vous ne me condamnerez pas à manger des restes pour le souper, tout de même.

Le regard intense, les sourcils mobiles, les lèvres pleines lui conféraient une beauté un peu fantasque.

— Maintenant que vous le dites, je conviens que ce serait cruel de ma part.

— Alors, venez vous asseoir à table avec ce grand garçon. Mon mari m'a même promis de s'arracher à son hôpital, le temps de partager notre repas. Ne vous formalisez pas s'il arrive le dernier et part le premier. Son horaire est un peu inhumain, ces temps-ci.

Dans les minutes suivantes, le visiteur découvrait une Claire animée, bavarde même, après l'avoir connue si silencieuse au cours des deux jours précédents. De retour dans son milieu, elle retrouvait son naturel, alors que Charles, au contraire, perdait de sa pétulance.

Comme prévu, le docteur Tétreault se manifesta après le premier service, passa une heure à animer la conversation et à multiplier les mots gentils à l'intention de sa fille. L'exil de cette dernière au couvent lui avait paru long. Puis, un regard à l'horloge posée sur le buffet l'amena à s'essuyer la bouche en disant :

— Je dois y retourner. La maladie ne profite pas du congé de la Saint-Jean. Je vous remercie encore d'être venu me rendre ma princesse, et de me prêter la vôtre quelques semaines par la même occasion. Nous allons en prendre bien soin.

Fernand fit mine de se lever, l'autre l'arrêta du geste, lui serra la main. Il fit le tour de la table pour distribuer les bises. Même Charles eut droit à la sienne. Puis il s'esquiva. Devant le regard intrigué du visiteur, l'hôtesse lui adressa un sourire crispé.

— Non, ce n'est pas son rythme habituel. Nous avons une épidémie de variole dans la ville. Littéralement, l'hôpital Saint-Joseph déborde.

— C'est la même chose à Québec. C'est une maladie assez sérieuse, je pense.

— Nous sommes vaccinés. Mais pour ceux qui ne le sont pas, cela peut devenir grave.

— Nous le sommes aussi.

La précision visait surtout à rassurer les enfants, qui suivaient la conversation avec de grands yeux inquiets. Bientôt, la femme et les deux jeunes filles desservirent la table. Fernand offrit d'apporter son aide, sans succès. Il se tint debout dans la cuisine, un peu emprunté.

— Les enfants, déclara madame Tétreault en le toisant d'un regard, allez jouer un moment dans le jardin. Nous allons parler un peu entre grandes personnes.

Une fois en tête-à-tête, Fernand commença :

— Je vous remercie encore de recevoir ma fille chez vous, puis ensuite de la conduire dans ce camp de vacances. L'atmosphère de la maison…

— Votre femme ne va pas mieux ?

— Son état ne connaîtra jamais d'amélioration. Il s'agit d'un cancer.

L'autre hocha la tête. Le mot signifiait une condamnation à mort.

— Béatrice a beaucoup de mal à faire face à la situation, précisa le père.

— Elle et Claire s'entendent bien. Dans ses lettres, elle ne parlait que de son amie, pendant l'année scolaire. Elles vont s'amuser, et moi, je les garderai à l'œil. Ne craignez rien.

— Je vous remercie.

Quelques minutes plus tard, l'homme reprenait le chemin de Québec avec Charles. Ce dernier eut la larme à l'œil jusqu'à Champlain. La vie de fils unique ne revêtait pas que de bons côtés.

En soirée, Fernand attendit que sa femme et son fils regagnent leur chambre pour aller rejoindre sa mère dans l'appendice construit à l'arrière de la maison.

— Comme cela, tu as passé la journée à disperser tes enfants dans la province, commenta-t-elle, le reproche dans la voix.

— Tu présentes cela d'une façon bien noire. Comme il le désirait, Antoine est arrivé à Saint-Michel sans mal. Il a téléphoné pour me rassurer un peu avant le souper.

— Béatrice sera chez des étrangers…

Cette absence pèserait surtout à la vieille femme. Elle s'était imaginé profiter de sa compagnie jusqu'en septembre.

— Tu aimerais madame Tétreault. Elle a quelque chose de pétillant.

— Le Coca-Cola aussi est pétillant…

Elle n'osa pas ajouter « … et il ne me prive pas de ma petite fille ». L'homme resta coi. Au-delà de sa mauvaise humeur, l'aïeule comprenait ses choix. La suite de la conversation en donna la preuve.

— Eugénie, dit-elle… La voir comme cela tous les jours… Elle dépérit sans cesse.

Fernand hocha la tête. Sa femme se promenait dans la maison comme une ombre blanche, sa robe flottant sur son corps amaigri. Pour avancer, elle posait une main sur les meubles, sur les murs.

— La maladie a envahi sa poitrine, continua la vieille dame.

— Cela paraît évident, avec sa respiration laborieuse. Mais elle ne m'a jamais fait part de son état de santé.

— Mais la jeune Picard n'est-elle pas venue te mettre au courant de la situation, l'automne dernier ?

— Ce printemps, ce fut le silence complet.

Ils ne trouvèrent rien de plus à se dire. Tous les deux se réfugièrent dans le silence, heureux tout de même de pouvoir profiter d'une présence, même muette.

Chapitre 25

Le lendemain matin, un peu avant neuf heures, Jacques Létourneau agita le heurtoir de bronze contre le bois de la porte.

— Vous savez être ponctuel, je vous en félicite, complimenta Fernand en lui ouvrant.

D'un coup d'œil de haut en bas, il apprécia l'allure de son stagiaire. Il portait le même complet que lors de sa dernière visite. Ce serait sa tenue quotidienne pendant les prochaines semaines. Il ressemblait à un commis de banque, mais sa prestance laissait croire que la vie lui réservait un meilleur sort.

— … J'ai déjà une certaine expérience du travail.

— Chez PICARD, je sais. Vous me l'avez dit déjà. Entrez.

— Alors, je commençais avant l'heure, et je terminais après.

— Ah! Un employé zélé.

La pointe de dérision heurta un peu le jeune homme. Il se raidit pour dire:

— Le salaire plus généreux alimentait mes efforts.

Le notaire lui retourna son regard hautain.

— Nous verrons très vite la valeur de votre travail dans une étude de notaire. Peut-être découvrirez-vous que vous êtes taillé pour le déplacement de meubles.

Jacques serra les dents, tenté d'envoyer à tous les diables ce gros professionnel. Il avait bien du mal à incarner l'humilité. Son employeur le conduisit dans la petite pièce servant parfois de salle d'attente. Il n'y restait plus qu'une table et une chaise. D'un côté de la machine à écrire, il aperçut plusieurs feuillets couverts d'une grande écriture ronde, de l'autre, une rame de papier blanc.

— Alors voilà. Ces pages doivent ressembler à ceci grâce à votre intervention.

Il lui tendait un document de format légal, un contrat de vente.

— Pas une faute, pas une rature, une mise en pages identique : les jeunes filles de l'Académie commerciale y arrivent. Nous verrons avec vous.

De nouveau, le jeune homme se cambra sous le camouflet, mais sans un mot, il prit sa place, inséra une feuille sous le rouleau de la machine.

— Nous dînons à midi, conclut Fernand en lui tournant le dos. Vous trouverez sans mal la salle à manger.

Le bruit de la machine à écrire ressemblait à une averse de grêle sur une tôle en fer-blanc, tout en offrant moins de régularité. Le stagiaire ne maîtrisait pas tout à fait son outil de travail. Fernand aurait pu fermer sa porte pour travailler dans le calme, mais il préférait surveiller de l'oreille son nouvel employé.

Un peu avant midi, un bruit léger le força à lever la tête d'un document. Eugénie se tenait devant lui, appuyée d'une main au cadre de la porte.

— Je peux te déranger un instant ?

— Bien sûr, je vais t'aider à venir t'asseoir.

— Non, laisse, je vais y arriver.

Au lieu de se diriger vers les fauteuils placés dans un coin de la pièce, elle vint occuper la chaise en face de son bureau.

De nouveau, il constata la frêle silhouette flottant dans la robe, la pâleur du teint.

— Voudrais-tu demander à garde Murphy de revenir? demanda-t-elle dans un souffle. Je n'y arrive plus toute seule, et malgré sa bonne volonté, Gloria n'a pas de compétences particulières.

— … Je vais m'en occuper tout de suite.

L'esquisse d'un sourire de satisfaction passa sur les lèvres de la femme. Après un silence inconfortable, le mari demanda:

— La maladie est revenue?

— Comme tu as pu le voir au fil des semaines. En réalité, elle ne m'a jamais quittée. Tu te souviens de ma comparaison? Ce cancer, c'est comme une bête qui me ronge à l'intérieur du corps. Visiblement, elle se régale de mes poumons.

Eugénie arrivait à conserver sa contenance en évoquant son état. La résignation accomplissait son œuvre. Ou alors, elle tenait à présenter cette image sereine devant l'inéluctable, à la façon d'une bonne chrétienne. Elle avait affiché sa rigueur morale depuis vingt ans. Déjà enfant, elle avait vu sa mère s'absorber dans des lectures sur la «bonne mort». Comment ne pas s'en inspirer?

Fernand n'arrivait pas à cerner exactement son attitude.

— Je suis profondément désolé, dit-il, les deux mains ouvertes devant lui, les paumes tournées vers le haut.

— Pour une fois, je partage absolument ton avis. Je me désole sur mon sort au moins autant que toi.

Elle retrouvait son ironie grinçante. Puis la douceur, la résignation revinrent sur son visage pour demander encore:

— Tu vas t'adresser à l'ordre de Victoria? J'aurais beaucoup de mal à me faire à une autre infirmière. Nous avons établi une certaine… intimité, l'automne dernier.

— Oui, je m'en occuperai. Mais il se peut bien que mademoiselle Murphy ait un autre engagement en ce moment.

— Tu dois insister pour qu'elle se rende disponible. Je pourrai payer moi-même, tu sais. Je dispose de certains moyens.

Cette fois, l'ancienne Eugénie, celle qui exigeait, parfois en écorchant les sentiments des autres, revenait à la surface.

— Je m'en occuperai, répéta son mari.

Puis, elle abandonna le sujet, soucieuse de retrouver sa douceur des derniers mois, attentive de nouveau à l'existence de ses semblables.

— Ce bruit de machine à écrire que j'entends… Il s'agit de ton nouveau stagiaire ?

— Oui, le jeune Létourneau. Je me demande si tu le reconnaîtras. Tu me disais ne pas l'avoir vu depuis plus de dix ans.

— Je vais m'arrêter en passant devant son petit réduit. Tu demanderas à Gloria de me monter quelque chose de léger, à midi. Je n'ai aucun appétit, aujourd'hui.

Pour se lever, elle s'appuya sur la table. De son pas hésitant et silencieux, elle se dirigea vers la petite pièce située près de la porte d'entrée. Elle resta un moment dans l'embrasure avant qu'il ne réalise sa présence dans un sursaut.

— Oh ! Je ne vous avais pas entendue, madame. Bonjour.

— Je me déplace comme une souris, monsieur Létourneau.

Elle le contemplait de ses grands yeux bleus. Ces traits lui paraissaient familiers. Bien sûr, elle l'avait croisé une bonne vingtaine de fois, mais c'était des années plus tôt.

— Je suis enchanté de vous rencontrer, dit-il en se levant pour venir lui serrer la main.

— Vous ne me reconnaissez pas, je pense.

— Vous êtes madame Dupire… La fille de Thomas Picard.

— Vous savez qui je suis, mais vous ne me reconnaissez pas. Ce n'est pas un reproche, vous savez. Comme je me vois tous les jours dans un miroir, je ne mesure pas exactement combien j'ai changé. Mais pour les autres…

La remarque ne s'adressait pas vraiment à son interlocuteur. Elle se parlait à elle-même, une habitude cultivée au cours des derniers mois.

— Je vais vous laisser à votre travail, se reprit-elle, mais nous nous reverrons certainement au cours des prochains jours.

Dans son bureau, Fernand s'était approché de la porte pour entendre la conversation. Alors qu'Eugénie montait l'escalier, il revint à sa place pour décrocher le téléphone. Une longue tractation avec l'ordre de Victoria l'attendait.

Après deux jours passés dans sa chambre sans en sortir, le 27 juin, Eugénie trouva la force de descendre pour le repas de midi. Le notaire avait finalement réussi à détourner Gladys Murphy de son affectation première pour la ramener rue Scott. Elle suivait maintenant sa patronne comme une ombre, attentive à ses besoins. Au premier coup d'œil à la jeune femme, elle avait compris la portée de son mandat : l'accompagner jusqu'à la tombe.

À l'arrivée des deux nouvelles venues dans la salle à manger, Jacques Létourneau se leva pour les saluer.

— Mon mari ne vous fait pas travailler trop fort, j'espère.

— Non, pas du tout, répondit le garçon en jetant un œil vers le notaire. J'ai surtout l'occasion d'apprendre beaucoup.

Le premier contact avec son employeur avait été un peu difficile. Il essayait de faire amende honorable.

— Fernand est né dans le notariat, littéralement. Son premier mot a sans doute été "contrat".

Si l'homme se sentit égratigné par la remarque, il n'en laissa rien paraître. Jacques y vit une autre dimension de la profonde injustice de ses origines. Rien, dans un milieu ouvrier comme Limoilou, ne l'avait préparé au vocabulaire du droit. Cela le mettait dans une position d'infériorité vis-à-vis des autres étudiants.

Les convives reprirent leur place. À un bout de la table, le petit Charles portait des culottes courtes et une chemise kaki. Son cou s'ornait d'un grand foulard jaune et bleu. Convaincu que cet uniforme lui donnait un air martial, il ne le retirait qu'avec regret au moment de se coucher.

— Tu vas retourner à l'école cet après-midi ? lui demanda sa mère.

— Oui. Nous allons encore apprendre à faire des nœuds.

Cela aussi tenait du mystère. S'il honnissait l'école des Frères des écoles chrétiennes pendant l'année scolaire, l'endroit prenait un air tout différent quand il se trouvait avec des camarades assis en cercle à même le sol, autour d'un aumônier voué à un curieux sacerdoce : procurer des loisirs irréprochables au niveau moral à tous les garçons. Dans sa version québécoise, le scoutisme s'accompagnait d'une épaisse couche de bondieuseries.

— Je veux bien que tu te passionnes pour les nœuds, intervint son père, mais tu ne devrais pas te faire la main sur les cordons des rideaux de la maison.

Charles leva des yeux pleins de reproches vers Gloria, occupée à faire le premier service. Cette trahison lui paraissait bien cruelle. La domestique afficha un air coupable, mais elle ne regrettait rien. Elle avait passé une heure le matin à défaire des nœuds « en huit ».

— Comme je veux te permettre d'obtenir ton badge de champion faiseur de nœuds, continua le père, je t'ai déniché une grosse pelote de corde. Elle doit faire vingt bonnes verges.

— Merci, papa !

La dénonciation pardonnée, le garçon se réconcilia avec la bonne d'un sourire, puis il s'attaqua au potage avec appétit. Parmi ces étrangers, Jacques observait discrètement ses voisins, soucieux de choisir toujours les bons ustensiles, de les tenir de la façon convenable. Les usages de la belle société continuaient d'être un mystère pour lui. Silencieux, il n'ouvrait la bouche que pour répondre brièvement aux questions. Ce jour-là, la présence d'Eugénie juste en face de lui le troublait particulièrement. La malade détaillait ses traits, un air interrogateur sur le visage.

— Vous vous souvenez finalement de m'avoir rencontrée ? demanda-t-elle.

— Oui, je crois. Au pique-nique offert aux employés par votre père.

— Je n'y ai plus participé après mon mariage.

— Si je me souviens bien, c'était en 1914. Je n'allais pas encore à l'école.

La femme posa sa cuillère un instant pour s'essuyer la bouche, des yeux presque fiévreux rivés sur lui.

— Mais alors vous aviez…

— Cinq ans et demi. À l'époque, la demie comptait beaucoup.

Mine de rien, Fernand suivait l'échange. « Réalise-t-elle que ce garçon lui confie être né au moment de son accouchement clandestin ? », se dit-il. À tout le moins, elle se passionnait pour cet intrus dans la maison.

— Tout de même, vous souvenir de cette rencontre, c'est remarquable après toutes ces années. Pour quelles raisons ce jour est-il demeuré mémorable ? Certainement pas à cause du repas.

— De la viande refroidie dans un étang de sauce figée.

Pour la première fois, le garçon lui adressa un véritable sourire. Eugénie le trouva très beau, presque troublant.

— Vous ne vous rappelez pas du menu après quinze ans. C'est impossible.

— Vous avez raison. Mais votre père proposait toujours la même chose, n'est-ce pas ?

Cette fois, son interlocutrice s'esclaffa.

— Oui, tous les ans, la même viande froide, la même sauce. Mais alors, comment pouvez-vous vous rappeler de moi ?

— Vous faisiez le service avec tous les autres membres de votre famille, de même que mon père et ma mère. Cela semblait tellement vous ennuyer… Puis je vous trouvais très jolie.

Eugénie se troubla. Oui, à ce moment de sa vie, vêtue de ses belles robes en mousseline battant les chevilles, elle attirait les regards. Surtout, elle devinait comment ce garçon savait se montrer charmeur. Pour se donner une contenance, elle se tourna vers son infirmière, assise à sa gauche, pour dire :

— Le croiriez-vous, ce garçon qui vante ma beauté aujourd'hui ne me reconnaissait pas il y a deux jours.

— Vous avez changé, en quinze ans.

— J'ai surtout vieilli de cinquante ans depuis décembre dernier, ne trouvez-vous pas ?

La répartie mit fin à l'échange un peu enjoué. Tout le reste du repas, la malade se contenta de jeter des regards discrets sur son vis-à-vis. De son côté, Fernand se demandait encore s'il avait bien fait.

Après une semaine à reproduire des actes légaux dans la grande maison des Dupire, Jacques saisissait un peu mieux la dynamique de l'étrange couple. Les échanges demeuraient toujours courtois, le ton retenu. Toutefois, il comprenait qu'au-delà des mots, ces deux-là exprimaient des réalités complexes, peut-être insupportables. Si un sentiment très fort les unissait, ce n'était certes pas l'amour.

Il découvrait aussi autre chose. Son employeur s'absentait régulièrement pendant la journée, pour ensuite passer de longues soirées à sa table de travail. La première fois, le garçon imagina une visite chez un client. Quand l'homme vint se planter pour la seconde fois dans l'embrasure de sa petite pièce de travail, il en vint à reconsidérer cette hypothèse.

— Alors, Jacques, vous vous faites au secrétariat?

L'allusion au premier emploi de son père l'amena à se raidir.

— Je pense vous l'avoir démontré, répondit-il d'une voix mal contrôlée.

— C'est vrai, vous avez fait du bon travail. Si la qualité semble assurée, vos efforts devraient porter sur la quantité.

Bien que justifié, le reproche écorcha l'orgueil de Jacques. Le souci de ne commettre aucune erreur le retardait beaucoup.

— Je vous souhaite donc une bonne fin de journée. Je ne serai sans doute pas de retour avant votre départ.

— Dans ce cas, je vous retourne le même souhait.

L'homme se dirigea vers la porte. Le garçon regarda par une petite fenêtre, pour le voir atteindre le trottoir en mettant son chapeau de paille sur sa tête.

— Personne ne va voir des clients sans se munir de son porte-documents, dit-il à mi-voix.

Le notaire préférait s'accorder des loisirs en après-midi, pour redoubler d'efforts en soirée. De toute façon, comme Eugénie passait presque tout son temps dans sa chambre, le couple ne pouvait consacrer ces heures à bavarder devant la radio.

Jacques sortit dans le corridor. Des bruits venaient de la cuisine. La cuisinière et la bonne devaient s'occuper de la vaisselle. Cette dernière passait la matinée à faire le ménage du rez-de-chaussée. Elle se rendrait bientôt à l'étage pour continuer l'entretien. L'aïeule se tenait dans son appartement, au fond de la maison. Le petit Charles ne reviendrait pas avant des heures d'une expédition organisée par les scouts.

«Si je ne le fais pas maintenant, toutes ces journées derrière une machine à écrire ne serviront à rien», pensa-t-il.

Il prit quelques pages fraîchement dactylographiées pour se donner un alibi si quelqu'un survenait, puis se dirigea vers la pièce de travail de son employeur. Il ferma la porte à demi derrière lui et posa les feuillets sur le bureau, près d'une copie du *Soleil*. La page titre rappelait que l'on célébrait ce jour-là le soixante-deuxième anniversaire de la fédération canadienne.

— Maintenant, où dois-je commencer? souffla-t-il entre ses dents.

Tout le long du mur situé sur sa gauche, de grands classeurs en chêne s'alignaient. Sur chacun des tiroirs, un petit carton portait des lettres. Au premier coup d'œil, il comprit que les actes se suivaient selon un ordre alphabétique de patronymes.

Trouver celui portant les lettres «Le» lui prit quelques secondes. Si trois chemises faisaient référence à des Létourneau, aucune ne portait le prénom de Fulgence. Il tenta ensuite sa chance sous le nom de sa mère. Puisque la correspondance du notaire s'adressait à son père adoptif, sans surprise, il ne trouva rien. Le contrat n'avait pas été fait à son nom.

Le stagiaire demeura longtemps appuyé contre le bureau de son patron, pensif. Les lettres conservées par Fulgence faisaient état d'un contrat en bonne et due forme. Son père adoptif y avait certainement apposé sa signature. S'il ne se trouvait pas classé à son nom, on avait utilisé celui du mystérieux donateur, celui qui versait l'argent... ou alors celui de Thomas Picard, l'intermédiaire, en admettant que celui-là ne soit pas le père naturel.

Chercher le tiroir contenant les actes notariés du marchand prit un instant. Jacques émit un petit sifflement admiratif en découvrant des dizaines de chemises. Machinalement, il prit la première et trouva des actes datés des années 1890.

— Non, cela ne va pas. Le contrat a été signé après ma conception, au plus tard quelques mois après ma naissance.

Cela réduisait les paramètres de sa recherche à des dimensions raisonnables. Il chercha les documents relatifs à l'été 1908. Parcourir la première page suffisait, l'objet du contrat figurait dans l'amorce du texte. Dans les minutes suivantes, le garçon prit connaissance avec un intérêt croissant de toutes les affaires du marchand : achat de produits, contrats de construction ou de rénovation de ses édifices, achat et vente de terrains. Certains concernaient les ateliers de confection.

— J'appartiens à ce monde-là, songea-t-il avec frustration, celui des notables de cette ville.

Il en arriva à six mois après sa naissance, sans rien découvrir en lien avec une adoption. À l'époque, les Létourneau avaient reçu deux chèques pour couvrir les frais d'entretien d'un enfant. L'entente existait donc déjà.

— Dans ce cas, mon père naturel a signé le document, grommela-t-il en rangeant les chemises à leur place.

Jacques venait tout juste de refermer le tiroir et de se relever, pensif, quand trois petits coups contre la porte se firent entendre. Pendant un instant, son visage montra des signes de panique.

— Oui, qu'est-ce que c'est? réussit-il à articuler d'une voix blanche.

Une main féminine ouvrit la porte complètement, Gladys Murphy apparut.

— Je pensais trouver monsieur Dupire.

— … Je suis désolé de vous décevoir, ce n'est que moi.

Naturellement, il retrouvait son sourire charmeur avec une jolie femme. L'infirmière rit franchement.

— Cela ne vous ressemble pas, cette réponse: "Ce n'est que moi"! Jamais je ne vous aurais cru si modeste, monsieur Létourneau.

— Et pourtant, le patron vient de me rappeler mon statut de secrétaire.

— Ah! C'est certainement un état bien misérable.

Ses cheveux roux, ses taches de rousseur sur le nez et ses yeux verts la rendaient séduisante. Le garçon comprit toutefois que toutes ses armes de Casanova de banlieue se briseraient contre elle. Il cessa son jeu et expliqua:

— Monsieur Dupire est sorti. J'ai profité de l'occasion pour venir consulter des documents.

— Alors, je tenterai de lui parler un peu plus tard.

Elle tourna simplement les talons pour se diriger vers la cuisine.

Dans le tramway, pour rentrer à la maison, Jacques Létourneau réfléchissait. Comme il ne possédait aucun indice sur l'identité de son père naturel, il lui restait un seul choix : ouvrir chacun des tiroirs et voir le sujet de chacun des actes signés en 1908-1909.

— Mais il y en aura des centaines !

L'ouvrier en bleu de travail debout près de lui le dévisagea avec curiosité. Le stagiaire se renfrogna un peu pendant le reste du trajet. À la maison, il trouva sa mère debout devant le gros poêle Bélanger.

— Nous mangerons dans une demi-heure environ, dit-elle.

Le garçon hocha la tête. Il s'apprêtait à monter dans sa chambre quand elle ajouta :

— Ce travail chez le notaire, cela en vaut la peine ?

— Je me familiarise avec mon futur métier.

— L'été dernier, tu gagnais plus.

— Veux-tu me voir jouer au déménageur toute ma vie ? Dans ce cas, me faire apprendre le latin ne servait à rien. Tu aurais pu me retirer de l'école à douze ans et me placer dans un atelier.

L'impatience dans le ton heurta la grosse femme.

— Nous avons tout fait pour te permettre de faire des études. Mais là, chaque sou compte.

— De mon côté, j'essaie de me donner les meilleures chances de réussir, plaida-t-il, cette fois plus conciliant.

Thérèse ne pouvait mesurer la pertinence de sa présence dans une étude de notaire pour cette carrière future. Pourtant, le voir dans la maison de Dupire semblait si étrange, compte tenu du rôle du père du notaire dans le processus d'adoption.

— Après le souper, j'aimerais te parler seule à seul.

— Ce sera difficile, avec un pensionnaire dans le salon, et un autre qui semble passer ses soirées dans le couloir du haut pour m'empêcher de lire…

La mère se priva de lui rappeler pourquoi ces étrangers vivaient dans la maison. Elle devait toutefois convenir que leur intimité en souffrait.

— Après le souper, nous irons marcher un peu.

— … D'accord.

Jacques se rendit dans sa chambre pour se changer « en tous les jours ». Avec un seul complet à sa taille, il se devait de le préserver.

Après le repas, faire la vaisselle incombait à la seule maîtresse de maison. Aussi, elle fut prête à sortir à huit heures seulement. Avant de partir, elle s'arrêta dans l'entrée du salon.

— Je vais marcher un peu avec mon fils, Armel.

— Quelle bonne idée, la soirée semble très douce.

Un instant, Jacques craignit que le petit homme ne se joigne à eux. La suite le rassura.

— Tâchez de revenir avant neuf heures, ou vous raterez votre émission préférée.

— Nous ne serons pas longs.

Sur le trottoir, machinalement, la grosse femme se dirigea vers la 6e Avenue, puis s'engagea vers le nord. « Elle veut m'emmener à l'église », songea Jacques. Machinalement, il se mit à inventorier ses mauvaises actions. Cela ne pouvait être au sujet de Germaine Huot. Cette dernière le soumettait à un véritable rationnement : jamais ses mains ne devaient s'aventurer sous la ceinture.

Près du temple, un Christ en croix se dressait au milieu d'un espace vert. Quelques bancs permettaient de se recueillir sans pour autant s'érafler les genoux.

— Nous allons nous arrêter ici. Mes jambes me font un peu souffrir.

Ils s'installèrent côte à côte. Heureusement, personne ne pouvait espionner leur conversation. Pourtant, la femme parut hésiter. Comme elle ne mâchait habituellement pas ses mots, cela laissait présager un échange difficile.

— J'espère me marier bientôt, jeta-t-elle à la fin en bafouillant.

Jacques ouvrit la bouche, mais aucun son ne sortit. Il parvint enfin à articuler :

— Qu'est-ce que tu racontes ?

Un peu plus, il déclarait : « Tu es déjà mariée. »

— Je souhaite me remarier.

— … Avec ce type ?

— Avec Armel.

Même en son absence, elle n'utilisait plus le « monsieur Charmin ». Le prénom s'imposait en toutes circonstances.

— Papa vient de mourir.

La protestation véhémente amena un peu de rouge aux joues de la matrone.

— Tiens, tu ne l'appelles plus Fulgence, maintenant ?

La répartie laissa son fils bouche bée. Dans l'adversité, Thérèse retrouvait bien vite sa vigueur habituelle.

— Il est mort il y a dix mois, convint-elle ensuite. Bien sûr, nous attendrons encore, peut-être à Noël.

« Quel joli présent ! », songea le garçon. À haute voix, il commenta :

— Vous êtes trop vieux.

— Tu veux devenir avocat ? Alors quelle loi interdit aux gens de mon âge de se marier ?

Maintenant, elle affectait un air de défi. Jacques préféra taire ses objections.

— Je fais ça pour toi, continua-t-elle, un ton plus bas.

— Comment ça ?

— Dans quatre ans, nous aurons vidé le compte de banque. Il ne restera rien, après avoir payé tes études, tes sorties… Je ne prends rien pour moi, sauf la nourriture. Tout le reste va pour les taxes, l'électricité, les assurances…

La crainte noua de nouveau les tripes du garçon. Lui aussi se livrait parfois à des calculs bien angoissants.

— Même avec les contributions des pensionnaires ?

— Pour y arriver, il en faudrait quatre au moins. Là, ils nous permettent juste de faire durer les économies un peu plus longtemps.

Thérèse devinait avoir neutralisé les protestations. Elle décida de porter le coup de grâce :

— Bien sûr, si tu me promets de rester à la maison au terme de tes études, si ta femme vient vivre avec nous après ton mariage, cela pourrait aller. Tu me promets de demeurer avec moi jusqu'à ma mort, de me servir de bâton de vieillesse ? Nous pourrions même nous entendre devant notaire, je pense.

La femme le défiait de dire oui. Le garçon se déroba.

— Aucun besoin d'un contrat de ce genre. Je croyais que tu avais compris que cela allait de soi.

La prudence de son interlocuteur amena un sourire ironique sur les lèvres de Thérèse. Il refusait de s'engager formellement. Abandonner totalement sa sécurité à ce beau jeune homme lui semblait un peu périlleux.

— Aujourd'hui tu parais résolu à respecter cette entente, prononça-t-elle avec une pointe d'ironie dans la voix, mais s'il t'arrivait quelque chose ?

— J'ai vingt ans.

Un peu plus, et il semblait vouloir clamer : «Je suis éternel.»

— Tu ne lis pas la rubrique nécrologique, n'est-ce pas ? Des gars de ton âge meurent toutes les semaines. Puis, il n'y a pas que la mort. Une maladie, ou un accident qui coûte cher en soins et en médicaments, et tous nos plans tomberaient à l'eau.

L'image fantomatique d'Eugénie passa dans l'esprit du jeune homme. Sa mère ne voulait pas se fier à ses promesses pour assurer son futur. En même temps, elle lui offrait une nouvelle liberté. Si elle se remariait, elle ne deviendrait pas un boulet quand il entreprendrait sa carrière.

— Je comprends, admit-il, tu as raison. Quand allez-vous vous marier, précisément ?

— Oh ! Armel ne m'a pas encore demandée.

Comme il ouvrait de grands yeux surpris, elle eut un rire bref, puis affirma :

— Il ne le sait peut-être pas encore, mais il fera bientôt la grande demande. Je l'imagine alors prendre ses gants blancs, timide devant toi.

Elle ne réprima pas son fou rire. La scène amusait beaucoup moins le fils, mais il donna le change. Thérèse achèterait un nouveau corset, multiplierait les œillades et elle arriverait finalement à ses fins. En rentrant chez lui à ses côtés, Jacques se disait qu'avoir hérité un peu du caractère de cette femme serait bien. Elle savait s'adapter aux situations et en tirer le meilleur parti.

Cela lui donnait une raison de plus pour maudire son statut de bâtard.

Chapitre 26

L'objectif de fouiller tout le bureau du notaire semblait d'autant plus ambitieux que Jacques ne pouvait s'y consacrer qu'en l'absence de son employeur. Deux fois, au cours de la semaine précédente, il avait vu son patron quitter les lieux pour revenir bien vite à la maison.

Le 8 juillet, le gros homme vint encore une fois dans l'embrasure de la porte pour lui souhaiter une bonne soirée. Cela lui donnait quelques heures pour commencer son incursion dans la vie privée d'inconnus, depuis la lettre A jusqu'à Z. Passer à travers le premier tiroir lui prit une bonne heure. À ce rythme, il lui en faudrait une trentaine pour compléter la tâche. Alors qu'il tirait sur la poignée du second, une voix très douce dit derrière lui :

— Monsieur Létourneau, je suis certaine que mon mari ne vous a pas demandé de fouiller dans ses dossiers.

Dans un sursaut, Jacques referma le tiroir avec un bruit sec.

— Je... je cherchais un document... Pour m'aider à dactylographier un contrat.

— Vous semblez l'avoir égaré très loin, ce papier. Voilà bien dix minutes que je vous observe. Vous avez regardé tous les actes, un par un.

Enfant, Eugénie apprenait sous la tutelle de sa mère comment espionner les autres. Cette habitude ne se perdait pas facilement.

— Non, je...

Puis le stagiaire comprit que protester ne servirait à rien.

— Prenez ce siège, là, ordonna la malade.

Eugénie se dirigea derrière le bureau, pour s'installer dans le fauteuil grand format, bien rembourré, de son mari. Elle paraissait si petite, à cet endroit. Son interlocuteur occupa la place réservée aux visiteurs.

— Alors, que cherchiez-vous dans les dossiers de votre employeur ?

— Une simple curiosité professionnelle. Je voulais regarder divers types de contrats : testament, acte de vente, promesse de mariage.

— Et cela, sans en lire un seul. Vous regardiez les premières pages, à la recherche d'un texte très précis. Lequel ?

Jacques songea à protester contre cette accusation, puis jugea préférable de garder le silence.

— Votre curiosité heurte une exigence essentielle du notariat, continua-t-elle, le secret. Si mon mari vous avait surpris, vous seriez déjà sur le trottoir avec les oreilles bien rouges.

« Donc, elle ne songe pas à me dénoncer », pensa le garçon. Cette femme avait vraisemblablement autre chose en tête. Mieux valait attendre la suite en silence.

— Cette petite recherche semble vous prendre bien du temps. Déjà, la semaine passée, votre machine à écrire s'est tue exactement au moment où mon mari a fermé la porte derrière lui. Vous avez fait la même chose aujourd'hui.

Si ses déplacements devenaient difficiles, tous les sens d'Eugénie demeuraient en alerte. En laissant ouverte la porte du refuge de son mari à l'étage, l'escalier circulaire lui permettait d'entendre les conversations dans la cuisine, et l'autre, les échanges dans le salon ou le bureau.

— Le pauvre homme paraît souvent avoir besoin de prendre l'air pendant la journée, et cela pendant plusieurs heures. Cela vous a laissé bien du temps pour mener vos fouilles. Vous n'avez vraiment pas découvert ce qui vous intéresse ?

Jacques la regarda en silence. Un moment, il pensa lui expliquer ses raisons. L'histoire d'un orphelin soucieux de retrouver ses origines pouvait la toucher, l'inciter à ne pas le dénoncer. Il se résolut toutefois à utiliser cet aveu en dernier recours, si elle lui faisait une menace explicite.

— Vous voulez donc garder votre secret. Vous savez que votre curiosité peut non seulement vous coûter cet emploi, mais aussi miner votre future carrière. Fernand connaît tout le monde dans le milieu juridique.

Il allait ouvrir la bouche quand elle continua :

— Taisez-vous. Je vous comprends un peu. Voyez-vous, moi aussi, je suis curieuse. Malheureusement, dans mon état, je ne peux plus aller cueillir les informations moi-même.

— ... Vous semblez très malade.

Eugénie laissa échapper un ricanement grinçant.

— Comme vous êtes observateur !

L'ironie le troubla.

— Plus exactement, je vais mourir bientôt.

Il ne put faire autrement que d'admirer son sang-froid. Ce qui effrayait tout le monde, elle paraissait le regarder bien en face.

— Avant de partir, moi aussi j'aimerais percer de petits secrets. Si vous acceptez de me prêter vos jambes, je ne vous dénoncerai pas.

Voilà pourquoi elle tournait autour du pot. Jacques conclut avoir eu raison de se taire.

— Si je peux vous rendre service, dit-il, cela me fera plaisir.

La répartie amusa son interlocutrice.

— Vous êtes un gentilhomme. J'aimerais savoir où mon mari va passer certains après-midi avec une si belle régularité, et avec qui.

Le garçon hocha la tête. Voilà qu'il se trouvait plongé dans les péripéties d'un roman français immoral. Une femme jalouse faisait de lui son enquêteur privé. D'un autre côté, imaginer ce gros notaire engagé dans des amours illicites lui paraissait ridicule. Il le soupçonnait plutôt de fréquenter une pâtisserie.

— Lors de sa prochaine sortie, vous allez le suivre, insista-t-elle.

— Je ne sais pas si je saurais.

La dimension éthique ne le préoccupait guère.

— Vous devrez donc apprendre bien vite, si vous tenez à votre salaire.

— Si je m'absente de cette façon, je ferai moins de pages. Il contrôle mon travail tous les matins.

— Et tout à l'heure, étiez-vous à votre machine à écrire ?

Comme le garçon ne répondait pas, elle ajouta :

— Mon mari s'amuse l'après-midi pour se remettre au travail le soir. Vous apporterez des textes à la maison.

Le silence dura un bon moment. Puis, la femme déclara avec impatience :

— Je commence à me fatiguer. Le ferez-vous ?

— Oui, pour vous rendre service.

Eugénie lui adressa une grimace pouvant passer pour un sourire.

— Pour tout de suite, allez faire cliqueter votre machine à écrire.

Un moment, le garçon pensa lui offrir de l'aider à remonter dans sa chambre. Il s'abstint toutefois. Tenir son bras maigre lui inspirait un certain dégoût.

Le nouvel enquêteur privé n'eut pas à attendre toute une semaine avant de se livrer à sa première mission. Dès le vendredi suivant, Fernand le saluait avant de sortir. Après une brève hésitation, le garçon le suivit.

Quand il mit le pied sur le trottoir, l'homme atteignait tout juste l'intersection de la Grande Allée, pour tourner vers la droite. Jacques hâta le pas, craignant de perdre sa trace. Il le repéra en arrivant au coin de la rue. La forte silhouette était bien là. En restant à cent verges derrière lui, il se dirigea aussi vers l'ouest.

Un peu plus loin, le notaire s'engagea sous les arbres du grand parc des Champs-de-Bataille. Le stagiaire le vit ensuite déambuler dans une allée.

«Bon, voilà que la patronne m'engage à faire moi aussi une promenade pour faire passer le dîner», pensa-t-il.

Heureusement, la cible ne se retourna pas pendant la filature. La silhouette de l'employé s'avérait tout aussi facile à reconnaître que celle de son patron. S'il se faisait prendre, cela lui vaudrait un renvoi.

Bientôt, le rythme du pas du notaire s'accéléra. Il souleva son chapeau pour serrer la main d'une promeneuse venant en sens inverse. Face à face, ils échangèrent quelques mots. Puis l'homme replaça son panama sur son crâne un peu dégarni. Le couple continua à marcher, tournant toujours le dos au poursuivant.

— Tiens, tiens. Elle avait raison. Ce gros monsieur… murmura-t-il.

Mais quelque chose ne cadrait pas. Des amants ne se contentaient pas de se serrer la main, ils s'embrassaient. Puis, ils se tenaient le bras en se promenant. Même

Germaine et lui le faisaient lors de toutes leurs sorties… et pourtant, ils n'en étaient qu'aux touchers furtifs.

« Une voisine, sans doute », songea-t-il.

Jacques constata que l'homme conservait toujours une bonne distance avec la femme. La conversation les forçait tout au plus à ralentir un peu le pas. Quand ils s'arrêtèrent tout à fait pour se faire face, le garçon s'esquiva vers la gauche pour se réfugier dans un bosquet. À travers les feuilles, il les vit faire demi-tour.

Continuer deviendrait trop dangereux. Il décida de couper à travers l'espace gazonné pour rentrer tout de suite rue Scott.

Étendue dans son lit, Eugénie avait entendu la porte d'entrée s'ouvrir et se fermer une première fois, puis une seconde. Son espion s'était mis en chasse. Les yeux au plafond, elle leva doucement un bras pour regarder sa montre, puis le reposa le long de son corps. Elle essayait de faire le vide dans son esprit, pour que son cinéma intime ne lui projette pas un film insupportable.

De vieilles lectures d'adolescence lui revenaient en mémoire, des histoires glauques de personnes enterrées vivantes. Ces réminiscences tenaient à l'encombrement de ses poumons. Il lui semblait être dans un espace clos, à l'air raréfié. Si elle tentait d'inspirer de toutes ses forces, cela n'y changeait rien. Elle devait tâcher de ne pas bouger, d'économiser ses énergies, de respirer lentement, de vider son esprit, de se concentrer sur une petite craquelure dans le plâtre du plafond.

De nouveau, le bruit de la porte d'entrée se fit entendre. Elle regarda sa montre une autre fois.

— Je peux faire quelque chose pour vous, madame Dupire ?

Garde Murphy se tenait assise dans l'un des fauteuils et lisait. Ses journées se passaient à parcourir des revues et à offrir son aide. Bientôt, elle paierait un peu plus de sa personne, quand sa patiente ne pourrait plus se rendre aux toilettes, se laver ou encore tenir une cuillère.

— Non, pas vraiment, Gladys. Mon mari vient de revenir, je pense.

— Sa promenade n'a pas été bien longue. Il fait pourtant si beau. N'aimeriez-vous pas que je vous aide à descendre dans le jardin ? Vous avez une jolie chaise longue.

L'infirmière s'imaginait dehors. L'air devenait chargé dans la maison. L'odeur de la maladie… ou plutôt de la mort, déjà.

— Non, peut-être demain. Je me sens toujours plus forte le matin.

Un peu plus tard, la porte se referma encore. Jacques avait pris soin de revenir avant Fernand.

Le vendredi précédent, Jacques n'avait pu rendre compte de sa filature à la malade. Monter dans sa chambre ne se faisait pas, et de toute la journée du samedi, le notaire ne bougea pas de son bureau.

Le lundi, au dîner, la pauvre femme se présenta à la salle à manger, appuyée sur le bras de l'infirmière. Fernand se leva pour tirer la chaise de son épouse.

— Je suis heureux que tu puisses te joindre à nous, murmura-t-il en l'aidant à s'asseoir.

— Sans cet escalier, les choses seraient plus faciles.

L'homme la contempla, curieux de voir si elle réclamerait de s'installer dans les quartiers de la vieille madame Dupire.

Il devenait difficile de savoir laquelle des deux pouvait affronter la vingtaine de marches en souffrant le moins.

— Je pourrais aussi t'aider, proposa-t-il.

— Tu me porterais pour remonter ?

Eugénie fixait sur lui ses grands yeux bleus surpris.

— Pourquoi pas ?

— … Remarque, c'est vrai que je ne dois plus être très lourde.

Au gré des dernières semaines, son cou était devenu plus maigre, ses mains plus fines avec des doigts comme les pattes d'un insecte. Ses ongles prenaient une teinte un peu bleutée. La robe en mousseline blanche tombait sur son corps amaigri. Lentement, elle devenait l'ombre d'elle-même.

— Alors, si tu souhaites te livrer à cet exercice tout à l'heure, ce sera bienvenu, conclut-elle.

Gloria prit ces mots comme le signal de servir la soupe. Tout le monde remarqua une place toujours inoccupée, même si un couvert attendait.

— Je ne pense pas que Charles se joigne à nous à midi, dit Fernand. Si j'ai bien compris, il participe à un jeu de piste sur les plaines d'Abraham. Il s'agit de découvrir un trésor…

Le scoutisme continuait de séduire le cadet de la famille. Il envisageait maintenant avec enthousiasme le projet de passer la semaine suivante dans un petit village de tentes dressées sur une terre en friche à Sainte-Brigitte-de-Laval.

— Madame votre mère souhaite se joindre à nous. Elle sera un peu en retard.

Depuis quelques semaines, elle s'était faite rare, préférant partager ses repas avec sa vieille domestique. La chaleur de juillet devait mieux convenir à ses articulations ce jour-là. Un instant plus tard, elle apparut dans l'embrasure de la porte, appuyée sur une canne.

— Je vais t'aider, maman, dit Fernand en se levant.

Il commença par tirer la chaise, puis la poussa sous elle. L'aïeule plaça sa canne contre le dossier, pour l'avoir à portée de main.

— Tu n'as pas encore eu l'occasion de rencontrer mon nouveau stagiaire, je pense, dit le notaire en reprenant sa place.

Jacques se demanda s'il devait se lever pour lui tendre la main. Il murmura d'une voix hésitante :

— Madame, je suis enchanté…

— Oh ! Moi aussi, je vous assure. Je n'ai pas souvent l'occasion de voir un aussi beau jeune homme que vous.

Le garçon resta un peu interloqué par sa candeur.

— Vos parents vous ont donné un nom, je suppose.

— Jacques… Jacques Létourneau.

— Le nom d'un vilain oiseau noir pour un enfant aux jolis cheveux blonds. La vie a toujours de ces caprices… Vous voyez, j'ai épousé un Dupire, et pourtant il m'a toujours donné le meilleur.

En prenant sa cuillère, la vieille dame gardait sur lui ses yeux bleus acérés, au point de le rendre mal à l'aise. Elle qui ne se déplaçait guère aimait les rares occasions de se frotter à des étrangers. Comme elle mangeait peu, un repas lui laissait le loisir de satisfaire sa curiosité.

— Ce monsieur Létourneau, votre père, que fait-il dans la vie ?

— Il est mort… madame.

— Ah ! Voilà qui est bien regrettable. Il y a longtemps ?

— Un peu moins d'un an.

La vieille dame hocha la tête, comme si elle se désolait encore, à son âge, de découvrir que ses semblables, tout comme elle, étaient mortels.

— Mais il a bien fait quelque chose, avant ?

— Il dirigeait les ateliers de confection de Thomas Picard.

— Ah! Voilà pourquoi votre nom me semblait familier. Je l'ai déjà entendu prononcer par ce voisin. C'est curieux, n'est-ce pas? À Québec, devant n'importe quel étranger, nous découvrons très vite des liens. Entre vous et moi, Thomas représente ce lien. Toutes nos histoires personnelles se recoupent.

Un instant, Fernand craignit que dans sa candeur, sa mère n'évoque l'adoption. Son mari lui avait raconté toute l'histoire, bien avant qu'Eugénie ne vienne habiter la maison. Sentant son inquiétude, la vieille dame lui adressa un sourire entendu.

— Vous envisagez de faire du notariat? Cela me surprend un peu, pour quelqu'un avec votre allure. Les jeunes gens comme vous aiment d'habitude se montrer à la cour, se permettre des envolées oratoires pour quêter l'admiration des spectateurs.

Au moins, elle n'avait pas dit des spectatrices. Si le garçon saisit son ironie, il n'en laissa rien paraître.

— Je ne connais rien des professions. Là, je me familiarise avec le notariat. Il me faudra peut-être chercher dans un cabinet d'avocat l'an prochain. Là où j'ai grandi, on n'a pas l'occasion de se faire une idée.

— Heureusement, vous n'avez pas commencé cette exploration avec le travail d'arpenteur. Ça me donne la chance de vous poser toutes ces questions.

La remarque s'accompagna d'un sourire qui accentua les plis à la commissure des yeux de l'aïeule.

— À mon âge, je ne peux plus aller au-devant de nouvelles personnes. Je livre donc celles qui se mettent à ma portée par hasard à un interrogatoire en règle.

— … Cela me fera toujours plaisir de converser avec vous, déclara son interlocuteur.

— Ah ! Comme vous êtes charmant… Mais bien imprudent, car je pourrais vous prendre au mot et vous faire perdre votre temps.

Par la suite, madame Dupire s'intéressa à la nourriture devant elle. Depuis le bout de la table, discrètement, elle porta les yeux en alternance sur Jacques et Eugénie. Le notaire fit de son mieux pour alimenter la conversation.

Pendant le reste du repas, le stagiaire put se taire. Il s'en réjouit, soulever l'intérêt de la vieille dame lui avait pesé.

Sa tranquillité serait bien vite troublée de nouveau.

— Jacques, vous allez m'aider à sortir, dit Eugénie en essuyant ses lèvres avec sa serviette. Il fait beau, j'aimerais profiter de ma chaise longue. Nous pourrons discuter un peu des pique-niques que mon père offrait à ses employés. Vous voyez, je suis comme une vieille dame, je revisite mon passé.

En disant cela, elle adressa un petit sourire amusé à sa belle-mère. Celle-ci ne jugea pas nécessaire de répondre. Après un « Bonne journée » adressé à la ronde, elle récupéra sa canne et retourna dans sa chambre.

Mal à l'aise, Jacques se tint près de la malade et lui saisit le bras juste au-dessus du coude avec deux doigts, un peu troublé de la maigreur du membre.

— Non, pas comme ça, dit-elle. Mettez votre bras comme ceci, je vais m'appuyer dessus.

Elle lui montra, puis posa sa main sur son avant-bras. Gladys n'allait pas renoncer à ses prérogatives pour autant.

Elle se mit de l'autre côté de sa patiente. Ainsi escortée, celle-ci atteignit sans mal le jardin à l'arrière de la maison. Une chaise longue en bois rendue grise par les intempéries lui permit de s'étendre. La femme offrit son visage à la caresse du soleil.

— Gladys, dit-elle bientôt, vous allez me préparer un thé glacé, avec beaucoup de sucre. Prenez votre temps, je profiterai de la compagnie de ce beau jeune homme.

Autrement dit, mieux valait pour elle attendre la fin de leur conversation pour la servir. Quand Gladys fut dans la maison, Eugénie s'exclama avec impatience :

— Je commençais à croire que nous n'aurions jamais une minute. Où est-il allé ?

— Dans le parc à côté, pour faire une petite marche. Il est revenu moins d'une heure plus tard.

Le visage de la femme afficha sa déception.

— Il était seul ?

— Oui.

Cette fois, elle se mordit la lèvre inférieure, comme si la précision la troublait.

— Enfin, il a bien rencontré une voisine, précisa le garçon.

— À quoi ressemble-t-elle ?

— Une femme d'à peu près son âge, assez jolie, les cheveux bruns…

— C'est elle.

Jacques comprit que son interlocutrice soupçonnait un adultère.

— Ils se sont à peine serré la main en se rencontrant, puis ils ont marché un peu en se tenant à bonne distance. Ce n'est pas ce que vous pensez.

La colère durcit les traits d'Eugénie. Bien sûr, tous les hommes du quartier échangeaient quelques mots avec une connaissance sans que personne pense à mal. Une rencontre fortuite ne voulait rien dire.

— Vous allez le suivre encore. Je veux savoir qui il rencontre comme cela, deux ou trois après-midi par semaine.

— C'est dangereux, il peut me surprendre. J'ai dû me cacher dans les buissons pour revenir à la maison avant lui, vendredi dernier.

— Si je lui parle de vos petites fouilles dans ses dossiers…

La jeune femme laissa la menace en suspens. Son interlocuteur savait qu'il risquait gros.

— Que vous lui disiez ça, ou qu'il me surprenne à ses trousses, ce sera le même résultat pour moi. Je vais perdre mon gagne-pain.

Eugénie le jaugea du regard. Il disait vrai, pour lui ces deux éventualités entraîneraient les mêmes conséquences. Bien plus, il réussirait peut-être à convaincre Fernand qu'il avait fouillé les tiroirs pour un motif légitime.

— Si jamais il vous voit derrière lui, vous expliquerez que je vous ai demandé de faire des courses pour moi à la pharmacie. Je vais vous donner une liste de produits médicaux à rapporter, et même quelques dollars, pour faire plus vraisemblable.

— Cela ne suffira pas à le convaincre.

— Si jamais cela se termine mal pour vous, je vous paierai le double de votre salaire de l'été.

Jacques la contempla, fasciné.

— Vous ne me croyez pas ? fit-elle, excédée.

— Oui, je vous crois. Les femmes comme vous ont sans doute plus que mon salaire de l'été rien que pour acheter des dentelles.

Le garçon voulait dire les femmes de la Haute-Ville, ces bourgeoises qui avaient des domestiques pour les aider à se dévêtir et faire leur toilette.

— Alors, c'est promis, deux fois votre salaire de l'été si vous me dites ce que je veux savoir, que vous poursuiviez ou non votre travail jusqu'au début des classes.

— Entendu, murmura le garçon en additionnant dans sa tête.

Il se mettait à rêver d'amasser assez d'argent avec cette histoire pour pouvoir passer l'année universitaire à la pension de la rue Sainte-Geneviève. S'immiscer dans les secrets des autres pouvait devenir rentable.

— Maintenant sauvez-vous. Mon infirmière doit commencer à s'inquiéter de ne pas me tenir à l'œil.

Le garçon obéit sans demander son reste.

Debout près de la fenêtre de son bureau, Fernand surveillait le conciliabule. Une voix lui parvint depuis la porte.

— Madame semble apprécier la compagnie de ce jeune homme.

Le notaire se tourna vers elle, esquissa un sourire avant de convenir :

— Vous avez raison, garde Murphy. Il s'est assis tout près d'elle pour converser.

— Tout à l'heure, elle disait vrai. Un peu comme les vieilles personnes, les gens dans son état revisitent leur existence, pour dresser un bilan.

— Comment va-t-elle ?

Son interlocutrice haussa les épaules, comme si la situation la déprimait.

— Sa respiration devient plus laborieuse, elle se vide de ses forces.

— Cela durera combien de temps ?

— Impossible de savoir vraiment.

Effectuer ce genre de prévision déplaisait à tous les professionnels de la santé.

— Mais encore ?

— La maladie peut s'attaquer à un autre organe et tout ira très vite. Ou elle s'affaiblira progressivement pendant quelques mois.

L'homme hocha la tête, puis il reporta son attention à la fenêtre.

— Mon employé revient. Vous pourrez bientôt rejoindre votre malade.

L'infirmière le salua d'un signe de la tête, puis retourna à son devoir. Un instant plus tard, Jacques passa devant la porte du bureau. Il adressa un regard un peu penaud à son patron, l'air de dire : « Ce n'est pas ma faute, je n'ai pas osé dire non. » Puis il accéléra le pas pour reprendre son poste.

Chapitre 27

Au sixième étage du Château Saint-Louis, un bruit venait de la chambre à coucher, quelqu'un ouvrait et fermait des tiroirs les uns après les autres.

— Tu crois que j'aurai assez de trois robes? demanda Thalie suffisamment fort pour être entendue dans la pièce voisine.

— Ça, je ne sais pas, rétorqua Louis Boisvert. De mon côté, je n'en apporterai aucune. Tu peux toujours faire comme moi.

— Très, très drôle. Tu m'aides beaucoup.

Dans le salon, Élise pouffa de rire. À voix basse, elle glissa au cavalier de son amie :

— Je ne l'ai jamais vue dans cet état.

— C'est curieux, elle peut pincer une artère du bout des doigts pour arrêter le sang de couler, mais elle panique à l'idée de réunir de quoi se vêtir pendant une semaine.

La jolie brune se priva de préciser les motifs de la nervosité de son amie. Cela avait peu à voir avec son bagage. Élise était assise dans l'un des fauteuils, le jeune homme près d'elle. Enfin, le médecin vint dans la pièce, une valise à la main.

— Mes amis ne devraient pas parler contre moi dans mon dos, commenta-t-elle, un peu sévère.

— Nous évoquions la douceur du temps, plaida Louis.

— Ce n'est pas tout à fait vrai, corrigea Élise. Nous avons aussi conclu que si vous ne vous décidiez pas à partir bientôt, vous ne seriez pas plus loin que Sainte-Marie-de-Beauce à la tombée de la nuit.

— Mais je suis prête, protesta Thalie.

— Tu en es certaine? As-tu bien pensé à prendre ton maillot de bain?

L'incertitude passa sur le petit visage, elle tourna les talons pour retourner dans la chambre. Son amie quitta son siège pour la suivre. La prenant aux épaules, elle la poussa vers la porte en disant:

— Je t'ai vue le mettre dans ta valise tout à l'heure. Maintenant, va-t'en avant de prendre racine.

Louis Boisvert les rejoignit près de la porte. Avant de sortir, Thalie dit encore:

— Je te confie l'appartement.

— Tout sera impeccable à ton retour.

— En comptant les bouteilles de vin dans mes armoires, je saurai si tu en as bien profité.

— Dehors!

Élise la poussa dans le couloir. Son salut au jeune homme respecta mieux les usages de la Haute-Ville de Québec.

Le lundi suivant, tout juste après être sorti de table, Fernand s'arrêta devant la toute petite pièce de travail de son stagiaire.

— Vous devrez reprendre cette page, dit-il en posant le document sur la table.

Le garçon posa les yeux sur le feuillet et vit immédiatement un mot souligné de rouge: « héirtier » plutôt que « héritier ».

— Je suis désolé, je la refais tout de suite. C'est la difficulté, si je tente de faire vite, je commets des erreurs. Si je me montre plus prudent, vous me trouvez trop lent.

— Ne désespérez pas, votre performance s'améliore.

Cela ressemblait presque à un compliment. Jacques attendit la suite.

— Vous êtes ici depuis combien de temps?

— Comme j'ai commencé un mardi, j'amorcerai la cinquième semaine demain.

— C'est bon. Je vous souhaite tout de suite bonne soirée. Je ne pense pas revenir avant votre départ.

— Bonne fin d'après-midi.

Le garçon demeura quelques instants sur sa chaise, pour donner au notaire le temps de prendre une petite avance. Quand il sortit, son patron approchait de la Grande Allée, pour se diriger vers l'ouest.

— Le voilà encore en route pour une petite marche de santé, grommela-t-il.

Si cela lui permettait de prendre un peu l'air, Jacques savait qu'il devrait compenser en s'attelant en soirée à la vieille machine à écrire de Fulgence. Le lendemain, il apporterait son sac d'école pour transporter des documents.

En arrivant au coin de la rue, le stagiaire vit son patron traverser l'élégante artère avec empressement, entre les voitures. Puis il disparut dans une allée.

« Du nouveau au programme », pensa le garçon en s'engageant aussi sur la chaussée.

Il dut attendre le passage d'un tramway avant de s'élancer au pas de course. En multipliant les « Excusez-moi » à l'intention des élégantes que sa vitesse troublait un peu, il put rejoindre l'allée juste à temps pour voir le gros homme entrer dans un édifice haut de plusieurs étages.

— Que va-t-il faire là-dedans?

Jacques se souvenait d'avoir jeté un regard envieux sur le Château Saint-Louis et ses locataires, lors d'une livraison de meubles au cours de l'été précédent. Son premier mouvement fut de s'asseoir sur un banc, le long de l'allée, puis il se releva tout de suite. Fernand pourrait l'apercevoir d'une fenêtre, ou alors le surprendre en sortant.

Il regarda autour de lui pour trouver le meilleur point d'observation. Le mieux était de se flanquer sous le mur est de l'édifice, de façon à ne pas être repéré d'en haut. Appuyé contre le revêtement en brique, les yeux fixés sur la sortie, il se prépara à une longue attente. Les nouveaux venus et les gens quittant la bâtisse paraissaient trop occupés pour remarquer sa présence.

Après une heure à faire passer son poids d'une jambe à l'autre pour se dégourdir un peu, Jacques commençait à trouver le métier de détective privé bien monotone. Pour tromper son ennui, il sortit de nouveau la note d'Eugénie, et les trois dollars l'accompagnant. Elle demandait des médicaments à la fois pour la diarrhée et la constipation, et pour le mal de tête. Cela laissait deviner tout l'inconfort de sa situation.

— Le bonhomme doit bien s'amuser dans cet édifice, s'il ne se décide pas à sortir, grogna-t-il en rangeant la liste.

Quand Fernand entra dans l'appartement du sixième étage, Élise l'attendait avec une bonne bouteille de vin blanc dans un seau posé sur le plancher de la chambre.

— Thalie ne reviendra pas avant le début d'août, commenta-t-elle d'entrée de jeu. Nous pourrons en profiter tout notre saoul…

Une ombre passa sur son visage, son enthousiasme un peu diminué.

— Enfin, dans la mesure où notre culpabilité et nos devoirs respectifs nous le permettront. Je me sens mal à chaque fois que je déserte le cabinet de papa. Comme Estelle est employée à la boutique de Marie Picard, personne ne prend plus le relais.

— Je suis sûr qu'il ne te fait pas de reproche.

— Papa a une conception des convenances différente de celle des voisins. Il préfère ignorer les fautes de ses semblables, si elles ne blessent personne. Il joue à l'aveugle avec moi.

La femme évitait d'évoquer les regards réprobateurs de sa mère, les reproches parfois formulés à haute voix. Elle préféra prendre la main de son compagnon pour le conduire dans la chambre. Ils passèrent plus d'une heure à s'exprimer autrement qu'avec des mots. Quand ils firent honneur à la bouteille de vin maintenant un peu moins fraîche, l'évocation de la vie quotidienne prit le dessus.

— Tu dois regretter l'absence de Béatrice, murmura Élise. Voilà plus d'un mois qu'elle a quitté la maison.

— Les années précédentes, je ne voyais pas si souvent les enfants, mais au moins je m'arrangeais pour aller à la campagne tous les samedis. Elle me manque, et ses lettres très régulières ne compensent pas vraiment.

— C'est une bonne correspondante ?

— Elle prend le temps d'écrire tous les jours, et elle respecte une rotation de ses destinataires. Une fois c'est moi, le lendemain sa grand-mère et ainsi de suite…

Élise hésita avant de demander encore :

— Et Eugénie ?

— Elle reçoit sa part de lettres. Ma fille a un grand sens du devoir.

La remarque s'accompagnait d'une sympathie évidente.

— Elle reviendra bientôt, ne t'en fais pas.

— Pas si tôt en fait, dans près de deux semaines. Là, elle découvre les Anglaises et les chevaux. Les seconds lui font meilleure impression que les premières.

Tout de même, en lisant entre les lignes, Fernand concluait que les choses se déroulaient très bien.

— Et ton aîné ?

— Loin de ses proches, les travaux agricoles lui paraissent moins séduisants. Après avoir participé à la fenaison, il m'annonçait hier au téléphone son désir de rentrer en même temps que sa sœur.

Élise posa son verre sur le plancher pour se lover contre son compagnon.

— De ton côté, les enfants vont bien ? demanda-t-il.

— Pierre s'ennuie. Nous n'avons pas les moyens de lui permettre de participer à de longs voyages en train, avec les garçons de son âge. Si au moins les journaux se montraient moins bavards sur le sujet.

Les compagnies ferroviaires multipliaient les publicités pleine page pour vanter aux étudiants des collèges et des universités des voyages «instructifs, gages d'une réussite future». Les moins nantis devaient se contenter de rêver.

— Et Estelle ?

— Un passage dans un magasin devrait être recommandé à toutes les jeunes femmes timides. Elle gagne en assurance. Puis, les filles du député Dubuc sont charmantes avec elle. Elle aura du mal à revenir à la maison.

— Pourquoi le ferait-elle ?

— Mes parents ne paraissent pas entichés de l'idée d'avoir une vendeuse dans la famille.

Fernand se priva de dire que l'ouverture d'esprit du docteur Caron avait ses limites. Mais l'homme abandonna

le sujet. Le joli visage posé au creux de son épaule demandait toute son attention.

Fernand s'était assez attardé avec sa maîtresse pour ne
sortir de l'édifice qu'un peu avant six heures. Jacques avait
étendu sur le sol un mouchoir pris dans sa poche pour y
poser les fesses. Thérèse pesterait ce soir en essayant de
faire disparaître les taches d'herbe de son pantalon. Elle se
demanderait bien comment il avait attrapé cela derrière une
machine à écrire.

L'objet de sa filature apparut sous ses yeux quand il eut
parcouru au moins la moitié de l'accès conduisant vers la
Grande Allée. Un peu plus, et l'espion ne le remarquait pas.

« Toi, mon cochon, tu as bien pris ton temps. »

Le notaire marchait d'un pas léger, presque dansant. Ces
quelques heures agissaient visiblement au mieux sur son
moral. Le garçon consulta sa montre. Inutile de s'inquiéter
de reprendre son poste, sa journée de travail était terminée.
Immobile, Jacques songea à la teneur de son prochain
rapport à Eugénie.

La malade avait raison, son époux se consolait de son
futur veuvage avec une inconnue. Même s'il en était
convaincu, il n'en avait pas la preuve. Son employeur plai-
derait peut-être sa défense en évoquant un vieil ami d'université avec qui il jouait parfois aux dominos. Rapporter des
informations incomplètes sur cette triste histoire conjugale
susciterait la colère des deux membres du couple, l'un pour
avoir été surveillé, l'autre parce qu'il ne détenait pas de
preuve de l'infidélité du mari.

Ce questionnement le retint suffisamment longuement
pour lui permettre de voir une nouvelle silhouette familière
sortir du Château Saint-Louis.

— La femme de l'autre jour, murmura Jacques en se relevant prestement.

Élise, soucieuse d'arriver à la maison à temps pour le souper, pressait le pas sans rien remarquer derrière elle. Son poursuivant ne se donna même pas la peine de se faire discret. À tout au plus trente pas derrière elle, il l'accompagna jusqu'à la rue Claire-Fontaine pour la voir pénétrer dans une maison. Un instant plus tard, le garçon s'approcha pour lire les noms sur les trois plaques en laiton.

— Le docteur Caron. Sa femme va faire des galipettes avec mon gros patron.

Une petite recherche en soirée l'amena à une autre conclusion. Il s'agissait plus vraisemblablement de la fille de la maison, une veuve, et non de l'épouse.

Comme à son habitude, pendant des heures, Eugénie avait épié les bruits de la maison depuis son lit. L'absence de son mari libérait toujours son imagination morbide, elle mettait en scène les amants. La porte refermée, à six heures, annonça son retour.

Machinalement, la malade consulta sa montre. Depuis son fauteuil, Gladys demanda :

— Je peux faire quelque chose pour vous, madame ?

— Oui. Je ne me sens pas la force de descendre, ce soir. Auriez-vous la gentillesse de m'apporter un repas léger ?

— Bien sûr, je m'en occupe tout de suite.

Après tout ce temps dans la chambre de la malade, l'infirmière voyait comme une détente l'occasion d'échanger quelques mots avec la cuisinière et la bonne.

— Avec qui passe-t-il des après-midi complets ? murmura Eugénie à haute voix quand elle fut seule. Il doit se sentir bien fringant. Je ne suis pas morte encore, et il vit une lune de miel avec une putain.

Au moins, elle comptait bien pouvoir mettre un nom sur cette femme. Douter ne lui suffisait plus.

Finalement, la petite auto verte avait traversé le village de Sainte-Marie-de-Beauce au milieu de l'après-midi, et avant le souper, le couple approchait des États-Unis. La petite bâtisse des douanes américaines se dressa à un tournant de la route.

— Cela me fait tout drôle de m'arrêter là, déclara Louis. Tu ne préférerais pas faire un petit détour par un chemin de traverse, loin de ces représentants du gouvernement? Nous pourrions même nous arrêter juste sur la ligne pour nous embrasser.

— Cesse de dire des choses comme ça. Tu sais que je m'inquiète de ta situation.

Ces «choses comme ça» couvraient toute une gamme de possibilités, parmi lesquelles une arrestation de son amant figurait au premier rang. En robe bleue, Thalie portait un chapeau de paille retenu sur sa tête avec une écharpe en soie. Elle incarnait très joliment une nouvelle espèce humaine: les touristes. En s'arrêtant devant le petit poste de douane, Louis récupéra son portefeuille dans sa veste pour en sortir son permis de conduire.

— Bonjour, officier, dit-il en le tendant au planton.

Il s'exprimait dans un anglais lourdement accentué.

— Monsieur… Greenwood. Et madame?

— Madame Greenwood, évidemment.

Le préposé voulut ensuite savoir ce que le couple entendait faire aux États-Unis. Puis il leur fit signe de continuer leur route.

— Monsieur Greenwood ? ricana la jeune femme quand elle fut certaine que tous les douaniers du monde étaient hors de portée de voix.

— Quoi, tu me vois en train de leur expliquer comment prononcer Boisvert ?

— Préfères-tu expliquer aux policiers de chez nous comment prononcer un nom anglais ?

— Mais j'ai un autre document pour nos amis de la province de Québec.

Cet homme se promenait avec deux permis de conduire, sans doute tout aussi faux l'un que l'autre. Elle ne pouvait même pas être certaine de la véracité du patronyme Boisvert. Résolue à profiter du beau temps et de la dizaine de jours de congé devant elle, Thalie choisit de continuer, gouailleuse :

— Tu ne m'as jamais parlé de cette madame Greenwood.

— Elle est charmante. Une petite brune. Elle ne fera pas sourciller les propriétaires d'auberges et d'hôtels, comme ce serait le cas avec une demoiselle Picard. *Miss Picard*, répéta-t-il en affectant un accent américain.

Son compagnon avait raison. N'en déplaise aux curés québécois, les Américains demeuraient assez moraux pour sourciller devant des jeunes célibataires partageant la même chambre. Avec ostentation, elle tourna la bague de son auriculaire pour mettre la pierre à l'intérieur de sa main.

— Toi, tu n'as rien prévu pour donner le change.

— Comme tu ne me fais pas confiance !

Tout en tenant le volant d'une main, Louis fouilla un instant la poche intérieure de sa veste, en exhuma un petit anneau en fer-blanc.

« Combien de fois l'a-t-il utilisé ? », songea-t-elle. De nouveau, d'un mouvement vif de la tête, elle chassa cette pensée. Elle tenait à cette parenthèse de dix jours dans sa vie.

Le lendemain, pendant tout le repas, Eugénie posa des yeux fiévreux sur le stagiaire. Heureusement, le petit Charles attira toute l'attention sur lui en donnant libre cours à son excitation. Dans quelques jours, il vivrait une première nuit avec un toit en toile au-dessus de la tête. Dans son esprit, l'exploit se confondait avec l'expérience des premiers colons de la Nouvelle-France.

En quittant la table, une seconde fois, la malade demanda :

— Monsieur Létourneau, vous voudrez bien m'accompagner dans le jardin. J'aimerais comparer encore mes souvenirs de jeunesse avec les vôtres.

— … Si vous voulez, répondit-il après une hésitation.

— Et vous, Gladys, enchaîna-t-elle sans se soucier des états d'âme du garçon, vous ferez comme d'habitude ?

— Je vous apporterai un peu de thé glacé.

Fernand se demanda encore si ce conciliabule tenait au réveil de l'instinct maternel de sa femme. Peut-être reconnaissait-elle dans les traits du stagiaire un peu des siens… Cela lui semblait toutefois peu probable. Qu'elle retrouve ceux de son amant de l'été 1908 lui paraissait plus plausible.

Cette fois, le garçon présenta son bras de la bonne façon, l'infirmière fit de même de l'autre côté. Le trio marcha lentement jusqu'à la chaise longue.

— Je vous laisse ensemble, dit l'employée après avoir aidé la malade à s'étendre.

Jacques déplaça une chaise pour s'asseoir près d'elle de manière à tourner le dos à la maison. Il craignait d'être observé.

— Alors, s'impatienta-t-elle, où est-il allé hier ?

— … Au parc, comme la première fois.

Elle vrilla son regard dans celui de son espion et rétorqua d'une voix blanche :

— Voyons, il n'a pas marché pendant cinq heures.

— Je ne les ai pas comptées, mais ce fut très long. Je devrai me trouver un chapeau, pour ne pas risquer une insolation.

Après des heures de réflexion, le garçon se demandait toujours quel profit il tirerait de provoquer une guerre conjugale entre son patron et cette grabataire. Son rôle serait mis à jour. Dans ce cas, même si Eugénie lui versait le dédommagement promis, le jeu en valait-il la chandelle ? Cette femme serait bientôt morte, mais le gros notaire pourrait lui nuire pendant un long moment.

— Il a marché avec elle pendant des heures ? questionna-t-elle en fronçant les sourcils.

— Qui, elle ?

— La brune de l'autre fois.

— Non... Il a bien croisé des connaissances, avec qui il a parlé un peu. Mais pas celle-là.

Eugénie ferma les yeux en appuyant sa nuque contre la chaise longue. Cela n'avait aucun sens. Si en plein été, son mari se passionnait pour la marche à pied, il s'absentait tout aussi longuement en plein hiver. Après cinq heures passées au froid de février dernier, Fernand y aurait perdu ses oreilles.

— Vous allez le suivre encore, dit-elle d'une voix cassante.

— Je perds mon temps, et je risque de me faire prendre.

— Vous le suivrez tout de même, insista-t-elle en crispant les mains sur les accoudoirs. Rappelez-vous, mon mari n'aimera pas apprendre que vous mettez le nez dans ses dossiers. Et dans ce cas, ne comptez pas sur une petite prime de ma part.

Bien sûr, elle gardait cette arme entre les mains. Jacques se sentait dans une position intenable.

— J'essaierai encore une fois, consentit-il, mais cela ne sert à rien.

Il se leva sur ces mots, pour rentrer dans la maison. Lorsqu'il traversa la cuisine, Gladys Murphy cherchait un pichet de thé dans la glacière.

— Vous revenez bien vite. L'évocation de votre jeunesse a cessé de lui plaire ?

— Elle est d'une humeur massacrante, aujourd'hui. Doublez la portion de sucre pour l'adoucir.

L'infirmière se troubla, puis elle expliqua en englobant les domestiques dans la conversation d'un regard :

— Sa condition devient très difficile. Elle sent ses forces la quitter.

— Elle va mourir ? questionna la cuisinière.

Voir la maîtresse de maison s'étioler lentement affectait tout le monde. Chacun se surprenait à prier le ciel en secret pour connaître une mort rapide, quand son propre tour viendrait.

— Mesdames, vous m'excuserez, dit Jacques, je vais retrouver ma machine à écrire.

Il s'esquiva sur ces mots, peu désireux d'entendre la réponse de l'infirmière.

Chapitre 28

La liste des produits de pharmacie toujours dans la poche de sa veste, Jacques eut l'occasion de réfléchir plusieurs jours à la façon de se dépêtrer du guêpier où le hasard l'avait fourré. Le hasard, mais aussi son besoin de connaître ses origines.

Quand, le vendredi suivant, le notaire s'arrêta devant la porte de sa pièce de travail, il leva les yeux de la machine à écrire.

— Je dois encore m'absenter un bon moment. Je vous souhaite donc bon congé. Ne rentrez pas demain, vous avez bien travaillé ces derniers jours.

— … Merci, et bonne soirée.

Alors que Fernand faisait mine de partir, le garçon se leva à demi pour lancer tout à trac, dans un murmure :

— Monsieur ? Cette fois, irez-vous marcher dans le parc ou vous réfugier dans un appartement du Château Saint-Louis ?

Son interlocuteur s'arrêta pour revenir dans l'embrasure de la porte, intrigué.

— Si vous connaissez si bien mes habitudes, vous devinez ma destination, je pense. Mieux vaudrait en discuter dans un endroit plus discret, n'est-ce pas ?

Les yeux du notaire se portèrent sur l'escalier, derrière lui.

— Venez dans mon bureau, ce sera plus simple.

Machinalement, dans la grande pièce, il alla s'asseoir derrière sa table de travail. Occuper le siège lié à ses fonctions professionnelles rassurait Fernand. Le stagiaire prit tout aussi naturellement la chaise réservée aux visiteurs.

— Alors, expliquez-moi cette histoire. Mes allées et venues semblent vous passionner.

— Personnellement, le sujet m'indiffère. Mais votre femme m'a demandé de vous suivre.

Le maître de maison demeura silencieux, perdu dans ses pensées. Ainsi, sous des dehors apaisés, Eugénie se souciait encore de connaître les secrets de sa vie.

— Je résume les événements, railla-t-il finalement. Vous étiez tranquillement occupé à copier des actes légaux quand elle est descendue et vous a demandé de jouer au détective. Toujours bon garçon, vous avez dit : "Oui, bien sûr madame. Je rêvais justement d'espionner mon patron."

La déclaration s'accompagnait d'un sourire ironique.

— … Non, pas tout à fait. Elle m'a surpris en train de fouiller dans vos tiroirs. Elle a menacé de me dénoncer si je ne faisais pas cette enquête. Je ne voulais pas perdre cet emploi.

— Vous m'avez donc suivi pour demeurer près de moi. Je suis touché.

Il marqua une pause avant de hausser le ton :

— Mais qu'est-ce que tu faisais dans mes dossiers ?

Le vouvoiement ne convenait plus entre eux. En posant la question, il devina la réponse.

— Je cherchais le contrat… entre le mystérieux bienfaiteur et Fulgence. Car ce personnage doit être mon père, ou mon grand-père.

— Tu as bien joué ton coup. Cette idée de travailler pour moi cet été, c'était seulement pour cela ?

— Oui, admit Jacques, un peu rougissant, mais tout de même avec un air de défi.

— Là, je suis vexé.

Fernand affecta la déception, puis continua :

— Tu n'as pas pensé que je devinerais dès le premier jour ?

L'autre le regarda, interloqué.

— Pauvre gamin, enchaîna-t-il, tu me prends vraiment pour un imbécile. Je l'ai déjà été, remarque, mais c'est passé avec mes dernières illusions.

L'homme se leva vivement. Jacques se recroquevilla sur sa chaise, comme s'il craignait sa violence physique. Son patron marcha plutôt vers un meuble bas, de l'autre côté de la pièce.

— Je ne bois pas au point d'avoir besoin d'un si grand cabinet. D'un côté, il y a des bouteilles, et de l'autre, ça.

En ouvrant la porte, il révéla un coffre en fer. Du bout du pied, il frappa dessus pour produire un son de cloche.

— C'est solide : de l'autre côté, il est boulonné au mur. Je me demande si un obus de canon réussirait à l'ouvrir. Le contrat dont tu rêves existe, il se trouve là. Il porte la signature de ton grand-père.

Le garçon pâlit. La vérité se cachait tout près et en même temps était inaccessible. De son côté, le notaire réfléchissait à toute vitesse. La dernière entreprise d'Eugénie le sidérait. À l'approche de la mort, elle se souciait encore de gâcher sa vie.

— Si tu veux absolument savoir, tu sauras. Mais cela changera définitivement ton existence, pas nécessairement pour le mieux. Tu es prêt à prendre le risque ?

— Je veux tout savoir.

L'homme secoua la tête, dépité par ce choix, alors que son interlocuteur s'imaginait déjà forçant une porte de la Haute-Ville pour réclamer sa part d'héritage, ou au moins un « dédommagement ».

— À ta place, je réfléchirais un peu. Les surprises ne sont pas toutes bonnes. Il y en a une grande moitié de mauvaises.

— Je tiens à savoir.

— Tu l'auras voulu. Mais je vais poser une condition.

Le visage du garçon pâlit un peu, dans l'attente d'une demande impossible.

— Tu vas monter dans la chambre de ma femme avec moi, et tu vas respecter ton contrat avec elle. Devant moi, tu vas lui dire ce que tu as vu. Je vais t'apprendre un peu l'éthique du travail.

— Voyons, je ne pourrai pas.

— Oh ! Tu n'as pas le choix. Ou tu fais ce que je te dis, et dans la minute suivante tu connaîtras l'identité de ton grand-père et tu devineras en conséquence celle de ta mère, ou tu refuses, et le secret restera à jamais dans ma boîte en fer.

Du doigt, Fernand désigna le coffre de l'autre côté de la pièce.

Dans l'appartement du sixième, debout devant la fenêtre du salon, Élise surveillait l'allée conduisant au Château Saint-Louis. Son amant était en retard de vingt bonnes minutes, maintenant. C'était le plus difficile, dans leur situation. Des événements de diverses natures pouvaient retarder l'un ou l'autre, et aucun des deux n'oserait prendre le téléphone pour se décommander.

— Peut-être Eugénie se porte-t-elle moins bien.

Dépitée, elle songea à appeler chez lui, quitte à raccrocher si une autre personne répondait. La main sur l'appareil, elle changea d'idée. Elle avait le choix de rentrer à la maison, ou de chercher une émission musicale à la radio, le temps de se réconcilier un peu avec sa déception.

Enfin, Jacques se résolut à monter à l'étage, suivi de son patron. Avant de frapper à la porte, l'homme demanda encore :

— Tu es certain ? Si tu descends maintenant, ton monde restera intact. Là-dedans, ta vie changera, tu ne pourras plus reculer.

— J'ai le droit de savoir.

— Comme si posséder un droit était une bénédiction...

Il frappa doucement contre le bois. Tout de suite, l'infirmière vint ouvrir.

— Oh ! Monsieur Dupire, commença-t-elle dans un murmure.

— Nous aimerions parler à ma femme.

— ... Je ne sais pas si c'est possible, elle se repose.

— Gladys, qu'est-ce que c'est ? demanda une voix depuis le fond de la pièce.

L'employée se retourna pour expliquer :

— Votre mari et monsieur Létourneau veulent vous voir. Souhaitez-vous les recevoir ?

Il y eut d'abord un silence, puis une réponse hésitante :

— ... Oui.

Elle laissa entrer les deux hommes.

— Mademoiselle Murphy, vous allez nous laisser seuls. Nous allons discuter d'une affaire de famille.

L'infirmière posa un regard soupçonneux sur Jacques, puis elle sortit en hochant la tête. Déjà, la malade s'était redressée sur sa couche.

— Eugénie, intervint Fernand, tu peux rester couchée. Je n'en ai pas pour longtemps. Je suis déjà en retard. Je vais relever le dossier de ton lit. Tu seras plus à l'aise.

L'homme s'exécuta d'un bras robuste. Quand son épouse fut en position assise, il posa une main sur l'épaule du garçon pour le faire avancer jusqu'au pied de la couche.

— Je t'ai souvent entendue critiquer notre personnel, commença Fernand. Tu as bien raison. Ton espion a trahi ta confiance. En fait, il a voulu me forcer la main en te mentant. Je le regrette, mais il paraît être une âme sale.

Si cela avait été possible, Eugénie aurait pâli un peu plus.

— Allez, toi, dis-lui la vérité, maintenant.

— Vendredi dernier…

Jacques s'arrêta, hésitant, comme si l'insulte venait tout juste de l'atteindre.

— Tu ne peux plus reculer. Si tu veux ta récompense, parle.

— Vendredi dernier, votre mari s'est rendu au Château Saint-Louis. Il est resté là pendant cinq heures environ.

Le notaire le toisa, convaincu que ce récit avait une suite.

— Je suis resté un moment près de l'édifice, après son départ. Assez longtemps pour voir une femme sortir. La même que j'ai vue avec lui dans le parc.

— Pourquoi ne pas me l'avoir dit, mardi dernier ? glapit-elle.

Sous l'effort, les nerfs de son cou se raidirent comme des cordes de piano.

— En échange de son silence, expliqua le notaire, il souhaitait me voir révéler un secret. Celui qu'il cherchait dans mon tiroir. Nous avons un maître chanteur sur les bras.

Pour en finir au plus vite, le garçon continua :

— J'ai aussi suivi cette femme. Elle est entrée dans la maison du docteur Caron.

Eugénie laissa sa tête retomber sur le lit, les yeux fermés. Sa respiration se fit laborieuse, comme si elle allait défaillir. Le doute se faisait certitude. Elle n'en éprouvait aucun soulagement.

— Ma meilleure amie. Vous vous êtes aménagé un petit nid d'amour à deux pas de la maison.

Si elle en venait à deviner que son médecin traitant prêtait gentiment son appartement à cette fin, sa colère ne connaîtrait plus de bornes. Son époux tenterait encore de le lui cacher.

— Vous êtes là à attendre ma mort pour vous vautrer dans le vice, cria-t-elle dans un croassement.

— En réalité, ce n'est plus ton amie depuis ton mystérieux voyage en Europe, à l'automne 1908, n'est-ce pas ? Peut-être ne l'a-t-elle jamais été.

L'allusion à la naissance illégitime lui fit ouvrir de grands yeux. « Il ne va pas évoquer cela devant un étranger, tout de même ! » pensa-t-elle.

L'homme posa le regard successivement sur l'un et sur l'autre.

— Jacques, je te présente ta mère. Tu devines maintenant qui a signé le contrat que tu as cherché en vain. C'était ton grand-père.

Jacques ouvrit la bouche, mais aucun son n'en sortit. Le regard de Fernand se posa ensuite sur sa femme hébétée.

— Eugénie, voilà ton fils. Il voudra peut-être connaître le nom de son père. Tu lui répondras ou non. Cela ne me regarde pas.

La malade fixait maintenant ses grands yeux bleus sur le jeune homme. La vérité lui vint comme une révélation. Dans ses traits, elle voyait un peu d'elle, et beaucoup de Richard Harris. La beauté qui la fascinait tellement exactement vingt et un ans plus tôt, elle la contemplait de nouveau devant elle.

— Maintenant, intervint encore le notaire, je suppose que vous avez des choses à vous dire. Moi, je vous quitte, on m'attend.

Il se dirigea vers la porte. Avant de sortir, il déclara encore :

— Jacques, tu n'es plus à mon emploi. Tu pourras néanmoins revenir visiter ta mère, si elle le souhaite.

Il sortit. Gladys Murphy devait se tenir à l'affût, car elle quitta aussitôt la chambre de Béatrice, qu'elle occupait en l'absence de celle-ci.

— Monsieur, pouvez-vous me dire ce qui se passe ? Vous semblez si grave. Comprenez-moi bien, ce n'est pas de la curiosité, mais pour le bien de ma patiente…

— Mademoiselle, votre dévouement fait honneur à votre profession. Madame sera un peu bouleversée sans doute, tout à l'heure. Mais il lui appartient de vous dire ou non pourquoi.

— Si vous croyez cela préférable…

Elle fit mine de se diriger vers la chambre.

— Non, fit l'homme en lui saisissant le bras. Ce n'est vraiment pas le moment d'entrer. Quand le gamin sortira, attendez qu'elle appelle. Elle voudra du temps pour retrouver sa contenance.

Après une hésitation, l'infirmière hocha la tête. Son employeur dévala les escaliers pour aller à son rendez-vous.

Ils restèrent tous les deux, la mère et le fils, d'abord sans dire un mot. Les yeux se détaillaient mutuellement, cherchaient des ressemblances, quitte à les imaginer. Jacques s'était un peu approché pour poser les mains au pied du lit.

— Tu ne veux pas t'asseoir ? lui demanda bientôt Eugénie. Pour elle aussi, le tutoiement devenait naturel.

— Non, j'aime mieux rester debout.

De nouveau, le silence s'imposa entre eux. Au fond, les questions étaient trop nombreuses, aucun ne savait où commencer.

— Quand l'autre jour tu m'as caché ce que tu cherchais, commença la femme, jamais je ne me suis doutée…

Pourtant, avec l'évocation du moment de la naissance quelque temps plus tôt, l'étincelle aurait dû jaillir. Mais Eugénie repoussait l'événement aux confins de sa mémoire, au point de passer des mois sans jamais se le remémorer.

— Toi, as-tu imaginé cette possibilité ? voulut-elle savoir.

— … Non. En fait, j'ai pensé au début que Thomas Picard avait fait un enfant quelque part.

— Impossible. Cette femme l'avait ensorcelé. Tu te souviens d'elle ?

La malade ne souhaitait pas prononcer le nom d'Élisabeth. Le garçon hocha la tête.

— J'en étais venu à la même conclusion. Elle est trop belle.

— Alors, après cela, qui ?

— Je me suis demandé si un Dupire, le père ou le fils, n'avait pas fricoté avec ma mère.

Cette fois, malgré les circonstances, Eugénie ne put retenir un grand éclat de rire. Elle se souvenait de la grosse matrone. Peu de gens devaient en avoir fait l'objet de leurs fantasmes. Très curieusement, Jacques se vexa de la voir juger une idylle impossible entre Thérèse et l'un de ces bourgeois.

— Et Édouard ? Tu n'as pas pensé que mon frère pouvait avoir semé un bâtard quelque part ?

Le mot fit l'effet d'un coup de fouet au jeune homme. La répartie vint comme un grincement.

— Il était trop jeune à l'époque.

— Tu crois ? Le mystère, pour moi, est que cela ne lui soit jamais arrivé.

Tout de même, intérieurement, elle devait convenir que son cadet était encore un novice des aventures, en 1908.

— C'était moi, résuma-t-elle. Rien que moi.

— Toute cette magouille, demanda Jacques, soucieux de prendre l'initiative de la conversation, tu l'ignorais ? Je veux dire un contrat, une famille adoptive, tout ça.

Lui aussi ne souhaitait plus s'en tenir au vouvoiement. Une fois au courant de la situation, la filiation entre eux lui paraissait évidente.

— Oui et non. À cette époque, mon père a tout pris en main. J'ai accouché aux États-Unis, cette femme était avec moi, elle m'assurait qu'une bonne famille s'occuperait du bébé… Je veux dire de toi. Je ne me suis jamais posé la question en fait. Dans mon esprit, tu te trouvais de l'autre côté de la frontière.

Dans le plus grand secret, « cette femme », c'est-à-dire Élisabeth, s'était arrangée pour que l'enfant revienne à Québec. Pendant toutes les années où sa fille essayait d'oublier même l'existence de cet épisode de sa vie, Thomas s'arrangeait pour garder un œil sur son petit-fils.

— En réalité, pendant dix ans, je n'ai rien soupçonné. Puis, en 1919, Fernand m'a parlé d'une adoption par un employé de mon père…

Les mains de Jacques se crispèrent sur le pied métallique du lit.

— Tu m'as laissé là pendant dix ans de plus ! cria-t-il. Tu savais, et tu m'as abandonné dans cette famille.

La colère lui donnait des envies de violence. Dans son esprit enfiévré, la petite maison de Limoilou prenait des allures de cachot, et jamais cette femme n'avait essayé de l'en sortir. Mais en réalité, il avait vécu mieux que les neuf dixièmes de ses voisins !

— Je ne savais pas quel employé, se défendit-elle. Mon père devait en avoir près de deux cents, alors.

Le garçon arriva très difficilement à se maîtriser. Picard embauchait surtout des femmes. Tout au plus, trente hommes figuraient sur la liste du personnel. Trouver celui qui avait adopté un enfant en 1909 ne posait aucune difficulté. Et en plus, elle avait vu le blondinet des Létourneau à plusieurs reprises.

— Tu ne voulais pas savoir, c'est tout, lui reprocha-t-il.

Tous les deux se livraient un duel avec les yeux.

— Avoir abandonné un enfant ne te troublait pas, continua Jacques au bord de l'explosion. Tu profitais de ta petite vie confortable dans ce château…

Il se retint d'évoquer sa propre existence de misère. Personne n'avalerait l'histoire du pauvre orphelin dans sa bouche.

— Profiter de la vie ! rétorqua la malade, le feu dans les yeux. Tu n'as aucune idée de ma situation. Un enfer…

— Dans cette grosse maison ?

Tous les deux se complaisaient à présenter leur passé comme une torture continuelle. Maintenant, ils se défiaient avec des yeux chargés de haine.

Même en pressant le pas, Fernand arriva au Château Saint-Louis plusieurs minutes après l'heure convenue. Il passa en coup de vent devant le bureau du gardien. Comme chaque fois, celui-ci lui adressa un « Bonjour, monsieur » un peu gouailleur. Cet après-midi-là, il ne reçut aucune réponse.

Lorsqu'il fut rendu au sixième étage, la porte s'ouvrit après quelques coups impatients.

— Dieu merci, tu es encore là ! s'exclama-t-il.

— Je m'apprêtais à mettre mes gants pour partir…

Élise s'interrompit devant le visage catastrophé, puis demanda :

— Un malheur est arrivé ?

— Oui… Non… En réalité, je ne sais pas. Je viens tout juste de présenter son fils à Eugénie.

Une fois la stupeur passée, la femme s'écarta de la porte pour le laisser entrer.

— Viens t'asseoir avec moi.

Dans les moments de crise, Élise s'accrochait à son bras, tenait son corps près du sien. Sa proximité semblait l'apaiser. L'homme prit place dans l'un des fauteuils.

— Veux-tu boire quelque chose ? Thalie doit bien avoir du cognac ou du whisky.

— Non, du moins, pas tout de suite.

— Alors, tu peux me raconter ? demanda-t-elle en prenant place dans le fauteuil en face de lui, penchée dans sa direction.

Fernand ne savait pas par quel bout commencer. Il plongea :

— Eugénie a demandé au jeune Létourneau de me suivre. Il m'a filé jusqu'ici la semaine dernière, puis il s'est attaché à tes pas jusqu'à ta porte.

— Tu veux dire que…

— Eugénie connaît enfin les réponses à ses questions.

Jamais le notaire n'avouerait à sa maîtresse avoir provoqué les confidences. Sa colère contre Eugénie l'avait amené à faire une succession de gestes douteux. Maintenant, Élise imaginait sans doute que son ancienne compagne de couvent la dénoncerait sur le parvis de l'église Saint-Dominique. La malade trouverait certainement en elle la force de le faire.

Fernand essaya de la rassurer :

— Elle ne peut pas faire d'esclandre. Impossible pour elle de jouer à l'oie blanche. Évoquer la faute des autres l'exposerait à voir la sienne révélée.

— Mais toi, dénoncerais-tu cette naissance illégitime sur la place publique pour te défendre d'une accusation d'adultère ?

La femme ouvrit de grands yeux inquiets. Au-delà de sa réputation perdue, elle ne souhaitait pas voir son amant se livrer à de pareilles bassesses. Celui-ci comprit très bien son trouble.

— Non, je ne ferais jamais cela. Mais elle se taira, je pense. Cet enfant disparu fut la cause de son mariage avec moi. Cette union était une façon de sortir de sa demeure et, peut-être, de se venger sur moi du mal qu'on lui avait fait. Je ne peux croire que maintenant elle voudra encore me détruire.

Le notaire avait l'habitude des personnes confrontées à une mort prochaine. Celles-ci misaient sur des papiers en règle pour préserver au mieux leur descendance des mauvais coups du sort. La plupart souhaitaient faire la paix avec leurs semblables et partir en toute sérénité.

Son épouse comptait-elle parmi ces sages ? Élise exprima son scepticisme :

— Dans son état, elle nous a fait espionner. Crois-tu qu'elle souhaitait ensuite nous adresser ses vœux de bonheur ?

Son amant secoua la tête de droite à gauche. Lui-même venait de repousser cette possibilité.

— Alors pourquoi présenter le fils à sa mère ? insista-t-elle.

— Je suis un éternel sentimental. Je m'imaginais que si je permettais à ces deux-là de se côtoyer, l'instinct maternel ferait le reste.

— Tu as plus d'instinct maternel que dix Eugénie, et un instinct paternel au moins aussi grand.

La remarque lui tira un sourire reconnaissant.

— Mais tu ne m'as pas expliqué, continua-t-elle.

— J'étais tellement en colère contre elle, et contre ce trou-du-cul qui tentait de me faire chanter. Puis, toutes les remarques mesquines encaissées au cours des ans… Je ne suis pas un saint, tu sais.

Après une hésitation, Fernand précisa :

— Même en train de mourir, son désir de nous blesser l'a aveuglée au point de ne pas reconnaître son fils. Et ce gamin qui a eu un bon père adoptif paraît résolu à trouver la cane aux œufs d'or dans une maison de la Haute-Ville. Un bref instant, leur mettre le nez dans leur fange m'a fait du bien.

Élise hocha la tête. Cet homme vivait sous une tension continuelle. C'était sa façon de sortir de ses gonds.

— Maintenant, confessa-t-il, je réalise avoir commis une gaffe. J'ai trahi le secret professionnel pour une satisfaction si fugace… À présent, qui sait combien de portes Létourneau voudra défoncer ?

Le garçon, tenaillé par le sentiment d'avoir subi un préjudice, pouvait bien faire le tour de la Haute-Ville pour réclamer réparation. Édouard Picard recevrait sans doute le premier la visite du jeune homme en colère.

Élise quitta son fauteuil pour lui tendre la main.

— Viens.

— Je ne sais pas…

— Nous avons déjà trop perdu de temps avec eux.

— Qui ?

La question suivait un très long silence. Jacques demeurait toujours debout au pied du lit. Eugénie, la tête posée sur le matelas, gardait les yeux fermés.

— Cela ne te donnera rien de le savoir.

— J'en ai le droit.

Cette incantation revenait sans cesse dans sa bouche.

— … L'été de 1908, les rues de Québec débordaient de marins britanniques. Toute la flotte de l'Atlantique Nord séjournait dans la rade. Cette année-là, tu sais, c'était le tricentenaire.

— Je sais, fit le garçon d'une voix excédée.

Il ne souhaitait pas entendre un long exposé sur ces célébrations. La génération précédente ne tarissait pas de bons mots en se remémorant cet été.

— J'ai fait la connaissance d'un officier.

Silencieusement, Jacques se réjouit que ce ne soit pas un simple matelot. Même dans ces circonstances, sa prétention trouvait à s'exprimer.

— Je n'ai pas besoin de t'expliquer le reste, j'espère.

— Il…

Pour la première fois, un malaise profond s'empara de lui. Comment aborder le sujet de sa propre conception avec sa mère ?

— Il y a eu de la violence ?

Eugénie demeura interdite. Si elle disait non, même ce bellâtre arrogant se permettrait de la juger.

— Toi, utilises-tu la violence avec tes conquêtes ?

Le garçon se troubla, l'image d'une petite fille au minois de souris lui passa en mémoire, sa fierté rabattue.

— Tiens-tu à connaître sa méthode ? insista-t-elle. C'était ton père. Ces comportements-là sont héréditaires, non ? Comme la couleur des cheveux et les traits du visage.

La voix s'était faite tranchante comme une lame. Après un silence, la malade ajouta :

— Tout ce qu'il faut à un homme comme ça, c'est une petite oie imbécile. J'étais imbécile à un point que tu ne peux pas concevoir. Romantique et sotte, la cible idéale pour un homme comme lui.

Elle voulait dire « un homme comme toi », son interlocuteur ne s'y trompa pas.

— Et ensuite, dit-il d'une voix blanche, que s'est-il passé ?

Elle ouvrit les yeux cette fois, souleva même un peu la tête pour mieux le voir.

— Que veux-tu dire ?

— Quand il a su… pour moi ?

— C'est inouï ! Tu es aussi imbécile que je l'étais alors. Il a fait comme tous les hommes après avoir obtenu ce qu'il voulait. Comme tu ferais, ou que tu as déjà fait dans les mêmes circonstances. Il a remis son pantalon, puis il est parti dans son grand cuirassé en fer.

— Comme ça ? Sans se soucier de moi, ou de toi ?

Eugénie trouva la force de rire, un bruit de crécelle métallique.

— Crois-tu vraiment qu'il a attendu six semaines pour savoir s'il avait semé un bâtard derrière lui ?

— Donc, il n'a jamais su, répondit Jacques en se contrôlant pour ne pas réagir au mot cinglant.

— Il n'a jamais souhaité savoir. Tu es un homme, tu dois comprendre cela.

— Tu n'as jamais tenté de le contacter ?

— Ce salaud ? Pourquoi l'aurais-je fait ?

« Pour lui faire savoir qu'il avait laissé un fils au Canada », songea le garçon. Il ne valait pas la peine de le dire à voix haute. Deviner comment cet homme aurait reçu cette information s'avérait facile.

— Tu n'as plus jamais entendu parler de lui ?

— Jamais. De 1914 à 1918, j'ai espéré qu'un obus lui arrache les jambes. Je dois avoir été exaucée, son navire a été coulé par les Allemands.

Eugénie regrettait encore de ne pouvoir en obtenir la certitude. Il était trop tard pour écrire à l'état-major britannique pour s'enquérir du sort de Richard Harris. Jacques se tut longuement, les mains crispées sur le pied du lit. Savoir ne lui apportait aucun soulagement. Tout à l'heure, avant de monter à l'étage, le notaire avait peut-être eu raison. Un lot de nouvelles questions se bousculaient dans sa tête, peut-être pires que les précédentes.

— Je vais te laisser te reposer, ma…

Le « madame » ne cadrait plus avec le tutoiement, alors que le « maman » lui semblait tellement incongru. Eugénie ferma les yeux, sans lui répondre. Il tourna les talons pour se diriger vers la porte. Quand il mit la main sur la poignée, un murmure lui parvint :

— Jacques…

— Oui ? dit-il en se retournant.

— … Tu pourras revenir. J'aimerais que tu reviennes.

— Je reviendrai.

Sur ces mots, le garçon quitta la chambre étouffante. Il allait s'engager dans l'escalier quand l'infirmière apparut au bout du couloir.

— Comment est-elle ?

— Fatiguée… et bouleversée.

Puis, littéralement, le garçon prit la fuite. Garde Murphy n'hésita qu'une seconde. De la jointure de l'index, elle frappa contre la porte et ouvrit sans attendre de réponse. La tête posée au milieu de l'oreiller, les yeux fermés, la malade était totalement immobile. Des larmes coulaient sur ses joues.

— Madame, me permettez-vous de rester dans la pièce ?

— … Si vous ne dites pas un mot. Absolument aucun.

Elle hocha la tête, puis alla dans la salle de bain humecter une petite serviette pour venir lui laver doucement le visage.

Chapitre 29

Pour la première fois, les amants avaient profité de toute une nuit ensemble. Et pour la première fois aussi, Élise avait raccroché le téléphone au nez de sa mère. La pauvre dame n'en finissait pas de s'inquiéter des qu'en-dira-t-on. Très troublée, sa grande fille décida de faire la sourde oreille.

Le matin venu, ils vidèrent la glacière pour trouver de quoi déjeuner. Un peu après neuf heures, Fernand se tenait près de la porte, légèrement embarrassé.

— Maintenant, je vais aller voir les résultats de la commotion semée hier, dit-il.

— Cela ira, tu as agi pour le mieux, répondit Élise pendant qu'elle replaçait le col de sa chemise et ajustait sa cravate.

— Et pour toi, cela ira ?

— Si tu ne me vois pas pendant un mois, ce sera que ma mère m'a enfermée dans ma chambre au pain et à l'eau pour avoir découché.

— Dans ce cas, j'irai camper sous ta fenêtre. Charles me prêtera bien son équipement.

Ils se quittèrent sur un baiser.

La maison était silencieuse. Seule la présence de Charles aurait permis de revenir à la normalité. Quand il était là, chaque adulte incarnait sans sourciller son rôle dans cette mauvaise comédie. Mais le gamin renouait avec l'expérience séculaire de ses compatriotes : se faire dévorer par les moustiques à l'orée d'un bois.

À midi, personne ne se donna la peine de se rendre à la salle à manger. Gloria dut traverser la maison avec un plateau, afin de permettre à chacun de se sustenter dans la solitude. Fernand avala son repas en parcourant le dossier de l'adoption du fils d'Eugénie. Puis, dans un grand soupir, il se résolut à bafouer pour la seconde fois les règles de sa profession.

La chemise cartonnée sous le bras, il monta à l'étage et frappa doucement à la porte. Gladys Murphy vint ouvrir. En le voyant, elle sortit dans le couloir en fermant derrière elle.

— Monsieur Dupire, la bonne m'a dit tout à l'heure que vous étiez revenu. Je m'apprêtais à descendre vous parler. Ce matin, madame a émis le souhait de vous voir.

— Comment va-t-elle ?

— Elle est bouleversée, bien sûr. Mais à part cela, elle ne se trouve pas plus mal qu'hier.

— Elle vous a dit ce qui se passait ?

L'infirmière lui adressa un sourire attristé. Beaucoup de ses clients mettaient un peu d'ordre dans leur vie, au moment de la quitter. Les secrets de famille ne faisaient pas mystère pour elle.

— Elle m'a donné l'ordre de ne jamais aborder le sujet, mais je devine. Ce grand jeune homme attaché à vos pas n'était pas dans la maison pour dactylographier des textes.

Elle aussi avait entendu le bruit d'une porte se fermant deux fois d'affilée. L'un espionnait l'autre.

— Je peux la voir ?

— Certainement. Je vais aller rejoindre les domestiques. Parler un peu ne me fera pas de mal.

Elle souhaitait passer un moment avec les vivants, discuter du temps qu'il faisait sans arrière-pensée. Fernand hocha la tête, puis frappa encore à la porte, entra sans attendre de réponse.

Eugénie reposait dans son lit. Elle leva la tête et murmura :

— Merci d'être venu. Je ne me sens pas la force de descendre aujourd'hui.

— C'est naturel. Veux-tu que je redresse un peu le lit ?

Elle donna son assentiment de la tête. Après l'avoir installée dans une position assise, l'homme déplaça la table montée sur roulettes pour la mettre devant elle, puis posa le dossier au milieu.

— Voilà donc l'objet de la quête de Jacques.

La femme ouvrit la chemise, parcourut l'entente des yeux. Elle tenait sur moins d'une page.

— Comme cela a été rédigé prudemment !

Le texte évoquait un mystérieux bienfaiteur désireux de subvenir aux besoins d'un garçon adopté par le couple Létourneau, jusqu'à ce que l'enfant atteigne ses dix-huit ans. Le rôle de Thomas Picard se limitait à transmettre l'argent au notaire Dupire, qui ferait les paiements avec régularité.

— Le but était de préserver l'anonymat. Rendu public, le document n'aurait pas révélé l'identité des parents de l'enfant.

— Tout de même, on peut la deviner.

— Soupçonner, pas plus.

— Mais la preuve existe, commenta Eugénie. L'adoption elle-même a laissé des traces légales.

— Tu sais, dans ces histoires, tout le monde participe de bonne grâce au secret, car chaque famille peut vivre la même situation un jour. Tu as dû être admise dans une clinique de l'État de New York sous un faux nom…

— Je revenais de France, mes malles portaient les auto-collants de la compagnie maritime, je parlais anglais avec un horrible accent. Pour le médecin, j'étais une gamine de Bordeaux.

— Tu vois. Là-bas, ils ont requis les services d'un avocat pour régler l'adoption d'un petit Français par une bonne famille catholique de la province de Québec.

Dans ces histoires, la honte du péché se combinait au désir de respecter les convenances. Les jeunes filles devaient se marier vierges, les enfants naître dans les liens sacrés du mariage. Alors, dans les milieux bourgeois, les bâtards disparaissaient. On les retrouvait dans des orphelinats, jusqu'à ce que de bonnes âmes les prennent chez eux. Les précautions de Thomas Picard avaient évité ce purgatoire à Jacques.

— Mais toi, tu savais, dit la malade.

— Mon père m'a mis au courant avant le mariage, pour me dissuader. Je te l'ai déjà dit.

Eugénie gardait un souvenir cuisant de cette conversation, dix ans plus tôt, peu après la mort de son père.

— Cela ne te dérangeait pas ?

— Je t'aimais. Tu ne te souviens pas ?

Dans un meilleur état de santé, la jeune femme aurait rougi, de honte ou de colère.

— J'ai abandonné un enfant, souffla-t-elle. Quand je te vois avec les tiens…

Elle n'osait pas dire « les nôtres ».

— As-tu eu le moindre choix ? J'ai connu ton père. Il ne tolérait aucun obstacle à sa volonté.

— … Élisabeth aurait aimé le garder pour l'élever elle-même. Il n'a pas voulu.

— À la voir se comporter avec les enfants des autres, elle a souffert de ne pas avoir les siens. Mais si Thomas avait accepté, tu n'aurais pas supporté la situation. De son côté, ton père ne voulait pas salir sa réputation.

Eugénie ferma le dossier posé devant elle et murmura d'une voix basse :

— Ah ça ! Je suis le déshonneur de la famille. Fais disparaître ces papiers.

— C'est bien mon intention. Les conserver ne sert plus à rien.

L'homme récupéra les documents. Il allait partir quand elle demanda :

— Pourquoi as-tu fait entrer ce garçon dans la maison ?

— Thomas te l'a enlevé. C'était injuste.

— Tu pensais que nous nous reconnaîtrions ?

— Je suis un romantique.

À l'évocation de ce constat, l'homme esquissa un sourire contraint. Le qualificatif semblait lui convenir tout à fait.

— D'après toi, ce fut une erreur ? demanda-t-il.

— Je ne sais pas. Maintenant, je n'ai plus aucune opinion sur rien.

— Repose-toi bien. Je vais dire à Gladys de monter. Veux-tu que je redescende le lit ?

De la tête, la malade fit signe que non. L'homme approchait de la porte quand elle dit encore :

— Fernand… ce ne sera plus très long maintenant. Bientôt, tu seras libre.

— Tu sais, tu n'as pas besoin de mourir pour cela. Quand j'ai cessé de t'aimer, j'ai retrouvé ma liberté. J'ai juste été long à recouvrer mes esprits.

Cette fois, il se sauva, heureux de détourner les yeux d'un pareil gâchis.

Pendant une semaine, Eugénie se terra dans sa chambre. La maladie lui fournissait le motif parfait pour s'isoler et lécher ses plaies. Tous les jours, Fernand accompagnait Charles lors de ses courtes visites. Elle recevait l'un et l'autre avec un sourire un peu intimidé, accueillait leur départ avec un soulagement que chacun choisissait d'attribuer à la fatigue.

Le 3 août, la famille fut de nouveau réunie, les enfants se trouvaient tous à la maison. Pour l'occasion, même la vieille madame Dupire sortit de sa retraite à l'heure du souper. Un peu avant sept heures, tout le monde occupait sa place dans la salle à manger.

— Merci, Gladys, fit une voix éraillée dans le couloir, j'aimerais entrer par mes propres moyens.

Un instant plus tard, Eugénie se dressait dans l'embrasure de la porte, une silhouette un peu fantomatique dans une vieille robe en mousseline blanche. Une écharpe de même couleur couvrait ses épaules, comme si elle craignait d'avoir froid.

— Je suis un peu étonnée d'entrer encore dans cette tenue, déclara-t-elle en guise de salutation. Elle doit bien dater du début de la guerre.

En réalité, le vêtement flottait sur elle. Antoine et Béatrice se levèrent, intimidés.

— Maman, je suis très heureuse de te revoir, réussit à articuler l'adolescente.

— Moi aussi, répondit la malade. Viens…

La voix se brisa quand elle ouvrit les bras. Plus embarrassée que jamais auparavant dans sa courte existence, l'enfant s'exécuta avec maladresse, hésitant à toucher l'ombre d'être humain devant elle. Le garçon fit la même chose ensuite, guère plus sûr de lui, pour reprendre sa place, un air contrit sur le visage.

— Moi, ce n'est pas nécessaire, plaida Charles depuis sa chaise. Je t'ai vue tous les jours.

— C'est vrai, reconnut la mère en s'asseyant avec l'aide de son infirmière, tu as été régulier comme une horloge.

Le cadet ne cacha pas son soulagement. Aller poser ses lèvres sur ces joues pâles ne lui disait rien. Quand Gloria commença le service, elle murmura :

— Hortense et moi sommes bien heureuses de vous revoir…

La domestique n'osa pas dire « parmi nous ».

— Je vous remercie, répondit la malade. Tout à l'heure, j'irai parler un peu avec vous deux, à la cuisine.

Après tant d'émotions, les convives s'attardèrent à leur potage. Ce fut d'une voix à peine audible que madame Dupire ajouta finalement sa contribution.

— Moi aussi, Eugénie, je suis heureuse que ta santé te permette de te joindre à nous de nouveau.

Pourtant, la vieille dame lui abandonnait la place au bout de la table avec regret. Cela lui faisait l'impression de redescendre d'un cran dans la hiérarchie familiale.

— Je dois être quelque chose comme un diamant, rétorqua sa belle-fille. En me faisant rare, je prends de la valeur.

La boutade amena un sourire sur les lèvres de Fernand. Avec ce sens de la répartie, elle n'était pas prête à pousser son dernier soupir.

— Béatrice, demanda-t-il, Antoine m'a entretenu des vaches laitières cet après-midi, mais tu ne m'as pas encore dit un mot au sujet des chevaux.

— Ils étaient très beaux.

— Tu es montée dessus ? demanda Charles, les yeux soupçonneux.

— Bien sûr, c'était un camp d'équitation.

Le garçon ne cacha pas son admiration. Non seulement sa sœur avait aussi dormi sous la tente, mais elle était montée sur ces bêtes.

— Mais tu leur parlais quelle langue ? voulut savoir la grand-mère.

— … Français, la plupart du temps. Je crois qu'ils étaient plus bilingues que moi.

— Tu veux dire trilingues, précisa la vieille dame. Ils devaient aussi parler cheval. Cela fait deux langues de plus que nos concitoyens de langue anglaise, dans cette ville. Bien sûr, en disant ça, je fais une exception pour nos amis irlandais.

Gladys Murphy inclina la tête pour prendre acte de la précision. Même s'ils représentaient la majeure partie de sa clientèle, entendre parler en mal des Anglais ne la troublait guère.

— Maman, demanda Fernand, lirais-tu *Le Devoir* en cachette ?

— Depuis la disparition de *L'Événement*, je n'ai guère le choix. Il ne reste plus de journal conservateur dans la ville.

Si Eugénie ne participa guère à la conversation, elle eut suffisamment d'occasions de sourire pour trouver l'expérience agréable. Vers neuf heures, ce fut portée dans les bras de son mari qu'elle réintégra sa chambre.

— Grand-maman, tu n'as pas le droit de changer une carte dans ton jeu, déclara Béatrice en fronçant les sourcils.

On était dimanche, la vie reprenait son cours.

— Tu es sérieuse ? Il me semble que quand j'étais petite, on avait le droit.

— Peut-être, mais nous jouons avec les règles de ce siècle-ci.

La vieille dame laissa échapper un grand soupir, mais remit le morceau de carton dans l'éventail de son jeu. Fernand se tenait dans un coin de la pièce réservée à l'usage de sa mère, un journal dans les mains. Les dernières semaines semblaient avoir donné un surcroît de confiance à sa princesse. Il projetait d'écrire une longue lettre de reconnaissance aux Tétreault, et peut-être une autre aux chevaux du camp de vacances.

Le bruit du heurtoir contre la porte avant de la maison le détourna de ses projets épistolaires. Il se leva avec empressement et déclara en traversant la cuisine :

— Laissez, Gloria, je vais m'en occuper.

En ouvrant, il se trouva face à face avec Jacques.

— … Monsieur, j'ai téléphoné.

— Je sais. Monte, elle t'attend.

Le garçon passa près de lui en longeant le mur, comme s'il craignait de recevoir un coup. À l'étage, il trouva Eugénie vêtue d'une robe, assise dans un fauteuil près de la fenêtre.

— Je vais vous laisser, dit Gladys en se retirant.

Un moment, la mère et le fils se regardèrent en silence.

— Tu devrais t'asseoir. Je vais me lasser de lever le menton comme cela.

— Oui, bien sûr.

Se trouver à la même hauteur ne les rendit pas plus bavards. Après une attente embarrassée, Eugénie s'impatienta :

— Tu as voulu me rencontrer, alors tu dois dire quelque chose.

— Je veux t'entendre me parler de lui.

— … Tu en es certain ? Je n'aurai pas beaucoup de paroles gentilles à son sujet.

— Ça, je l'ai déjà deviné.

Son désir de savoir l'obsédait.

Gladys Murphy descendit dans la cuisine et trouva les domestiques en train de se préparer à une sortie au cinéma. Cela lui fit penser que son dernier jour de congé datait d'une éternité. Finalement, ces patients la privaient de toute son existence. Elle salua les deux femmes avec une pointe de jalousie. Une voix vint du refuge de la vieille dame :

— Mademoiselle Gladys, c'est vous ?

Elle se déplaça dans l'embrasure de la porte pour répondre :

— Oui, madame Dupire, c'est moi.

— Cela vous dit de jouer aux cartes selon les règles de mon enfance ?

— Je connais vos règles.

L'infirmière échangea un regard avec Béatrice, esquissa un sourire.

— Je préfère celles de votre petite-fille. Elles me paraissent moins changeantes.

— Bon, venez tout de même.

Dans son coin, Fernand n'essayait plus de lire. Il tentait de deviner la teneur du conciliabule à l'étage.

Les paquebots prenaient des allures de murailles de fer, quand on s'approchait de la coque. À l'amarrage, Mathieu contempla les tôles rivetées, puis au terme de la manœuvre, il se dirigea vers l'édifice du Canadien Pacifique. Une petite foule se massait pour recevoir des voyageurs, il joua un peu des coudes pour se faire une place.

Un premier passager descendit la passerelle, suivi par plusieurs autres. Une fois dans la salle, chacun attirait une grappe humaine autour de lui. Avant de voir les siens, il entendit :

— Mathieu !

La voix haut perchée attira l'attention de tout le monde. Marie accéléra le pas, bouscula deux Anglais pour arriver plus vite à son niveau. Paul Dubuc suivait derrière en multipliant les excuses auprès des passagers un peu outrés de cet empressement.

Lorsque sa mère se précipita contre lui, le garçon eut le souffle coupé.

— Mon petit, je suis si contente de te revoir !

— Moi aussi, mais si tu ne relâches pas ton étreinte tout de suite, les gens vont croire que nous avons été séparés à la naissance.

— Ne dis pas de sottises.

Tout de même, elle recula un peu, assez pour pouvoir lui faire la bise. Le jeune homme serra ensuite la main de son beau-père.

— Tu es venu seul ? demanda-t-elle.

— On a tiré à la courte paille, le sort est tombé sur moi. Mais seuls Gérard et David ont participé. Les femmes préparent une petite réception… surprise.

Afin de dégager le passage, le jeune homme prit la valise de sa mère et entraîna le couple avec lui.

— Une réception ? Où ça ? questionna-t-elle.

— Chez Françoise.

— Mais nous devons rentrer à la maison. Ils vont livrer les malles.

— Estelle va les attendre…

Comme on était en fin d'après-midi, le magasin ferme-rait les portes bientôt. Elle se tiendrait au rez-de-chaussée pour accueillir les livreurs.

— Vous ne l'avez pas laissée toute seule ? Elle est trop jeune pour s'occuper de la boutique.

— Paul, avez-vous fait un bon voyage ? demanda Mathieu en lui tournant le dos, feignant d'ignorer totale-ment la question.

— Merveilleux. Le dépaysement total.

— Vous n'avez pas changé, vous êtes exactement comme la veille de votre départ. Surtout maman.

Marie affecta d'être fâchée en montant dans le taxi, mais dès les portières closes, elle commença à demander des nouvelles des membres de sa tribu. Elle ne cessa pas avant d'arriver devant la porte de la maison de Gérard Poitras, dans Limoilou.

En entrant dans le petit hall, elle s'écria :

— Où êtes-vous tous ? Ne vous cachez pas, Mathieu m'a dit, pour la surprise.

Elle lui adressa un clin d'œil, heureuse de lui faire payer son attitude moqueuse de tout à l'heure.

— Quel bavard, remarqua Thalie en venant les rejoindre la première.

— Elle a recommencé à parler de la jeunesse d'Estelle, répondit-il pour faire taire les reproches.

— Ah ! Les Anglais ne nous l'ont pas changée.

Les bises les occupèrent un moment. Plus rondes, Amélie et Flavie bénéficièrent de longues accolades. Marie accepta les mots de bienvenue de ses gendres. Mais tout de suite après, son attention se porta encore sur le ventre de la jolie blonde.

— Je peux ?

Sans attendre de réponse, elle tendit les mains ouvertes pour les poser sur l'abdomen rebondi.

— Heureusement, tu m'as attendue pour accoucher.

— Mais si vous aviez voyagé deux semaines de plus, vous auriez raté l'événement. Il me semble très pressé de nous connaître, depuis quelques jours.

— Oui, tu as raison, je le sens bouger.

Elle sembla se recueillir, puis se tourna vers Flavie pour reprendre la même caresse sur elle.

— Dans ton cas, c'est encore trop tôt pour se rendre compte de ses mouvements.

— Heureusement ! Je ne voudrais pas le voir frapper à la porte avant décembre.

Le groupe se déplaça vers le salon et Amélie reprit son fauteuil avec un soupir de soulagement.

— Mais je ne vois pas les garçons… s'inquiéta de nouveau la grand-mère.

— Ils sont en pleine répétition.

— Et Françoise ?

— Ah ! répondit Gérard avec un air mystérieux, c'est le metteur en scène.

Un moment plus tard, le trio de gamins rougissants se présenta, blazer bleu et pantalon gris, un nœud papillon au cou. Les deux plus âgés tenaient un bout de papier à la main.

— Chère grand-maman, commença le plus vieux.

— Cher grand-papa, enchaîna le second.

La lecture hésitante se poursuivit pendant deux petites minutes. Comme le troisième enfant ne savait pas lire, il tenait un bouquet dans l'un de ses bras, fouillant en même temps consciencieusement l'une de ses narines de son index. Pourtant, sa mère le faisait « souffler » au moins vingt fois par jour. Marie versa une larme avant la fin du compliment, tandis que Paul dissimula mal un picotement des yeux. Le petit Alfred put donner ses fleurs avec la conviction d'avoir été la vedette de la présentation.

— Avant de nous mettre tous à pleurer, nous allons porter un toast aux voyageurs, déclara Thalie en allant chercher les verres.

Cela lui donna l'occasion de s'essuyer les yeux en toute discrétion.

Même si la confrontation avec la mort terrorisait Édouard depuis toujours, toutes les semaines depuis la fin juin, il venait passer une heure avec Eugénie. Au début, il se donnait la peine de conter fleurette à Gladys Murphy en arrivant. Très vite, il avait compris l'inutilité de ses efforts.

Fin août, il se présenta avec des bonbons, des fleurs et un sourire hésitant.

— Tu sais, je n'ai jamais eu beaucoup de goût pour les sucreries, commença la malade en guise de mot de bienvenue. Cela ne va pas en s'améliorant.

Elle était assise dans l'un des fauteuils près de la fenêtre. Lors de ses premières visites, l'homme avait fait des commentaires gouailleurs sur le repaire de son beau-frère. L'état d'Eugénie la privait maintenant de tout sens de l'humour. Il se pencha pour l'embrasser en murmurant :

— Tu aimerais lire ? Dis-moi ce qui te fait envie.

— Un peu plus de temps. Mais personne ne peut m'accorder cela. Assieds-toi, j'ai une histoire qui va te faire tomber à la renverse.

Édouard crut d'abord qu'elle l'entretiendrait des infidélités de Fernand. Le sujet l'avait préoccupé longuement, au cours de l'été. Elle le prit tout à fait au dépourvu en évoquant Jacques Létourneau pendant de longues minutes.

— Le petit salaud, grommela l'homme. Il s'est arrangé pour te retrouver.

— Surveille ton vocabulaire, tout de même. Il s'agit de mon fils, ricana-t-elle.

Il la regarda un moment avec des yeux un peu surpris.

— Tu n'es pas en colère contre lui?

— Pourquoi? Dans sa situation, j'aurais fait la même chose. Pas toi?

Pour toute réponse, l'homme lui adressa une grimace. Elle eut un rire bref avant de reprendre:

— Je sais ce qui te tracasse. Tu as peur qu'il te soutire de l'argent.

Il la fixa dans les yeux. Tant de perspicacité le troubla. Il connaissait assez Jacques Létourneau pour ne lui prêter aucun motif romantique. Cette recherche de ses parents naturels sentait le chantage.

— À sa place, continua-t-elle, te contenterais-tu des ressources de Thérèse Létourneau, si tu savais que ton grand-père se présentait comme le roi du commerce de détail à Québec?

De nouveau, le regard acéré de sa sœur le mit mal à l'aise.

— Je ne lui dois rien.

— Fernand partage ton avis. Selon lui, n'importe quel tribunal jugera que papa a expié le péché de sa fille en subvenant aux besoins de Jacques jusqu'à dix-huit ans. Cesse de t'inquiéter, ton héritage est en sécurité. Comme je suis la pécheresse dans cette affaire, j'utiliserai une petite part du mien pour l'aider.

Édouard se sentit soulagé. Trop de personnes avaient profité de ses ressources, récemment.

— Que veux-tu dire?

— Pendant des années, j'ai retiré ma part des profits du magasin, sans en dépenser plus du cinquième. Mes économies serviront à lui payer une jolie chambre dans une pension confortable, une toute petite allocation mensuelle pour ses dépenses, et ses frais de scolarité.

— Toi non plus, tu ne lui dois rien. Il n'a qu'à aller au Royaume-Uni chercher son père.

La colère lui avait fait élever la voix. Eugénie plissa le front. Dernièrement, elle n'aimait que les murmures.

— Tu sais, je pense qu'il le fera un jour. Et ça aussi, je le comprends. Mais tu ignores la meilleure. Il a jeté son dévolu sur la pension d'Élisabeth. Je dois bien être le seul être humain sur cette terre à ne pas succomber au charme de notre préceptrice.

— Chez Élisabeth?

Sa sœur le contempla un moment, un sourire ironique sur les lèvres. Édouard paraissait jaloux, tout d'un coup, comme si la présence de ce bellâtre dans la maison de sa belle-mère risquait de lui faire perdre un peu de son amour.

— Rien ne t'oblige à faire cela, répéta-t-il.

— Je sais, c'est la beauté de l'affaire, tu ne trouves pas? J'ai été forcée de l'abandonner, et maintenant la vie m'offre le luxe de choisir de l'aider. Une toute petite revanche dont je compte profiter.

Elle marqua une pause, puis demanda abruptement:

— Tu ne manques pas de voir ton fils régulièrement, j'espère?

Ces derniers jours, elle se passionnait pour le sort des enfants abandonnés.

Chapitre 30

Depuis juin, Thalie se rendait chez les Dupire une fois toutes les deux semaines. Elle s'en tenait à sa promesse, essayer de rendre supportable l'inconfort croissant causé par un corps en pleine débandade. Début septembre, la médication devait aussi limiter la douleur.

— Arrivez-vous toujours à descendre pour vous joindre aux repas de la famille? demanda-t-elle en serrant une main de la malade dans les deux siennes.

— Quand ma fille est retournée au pensionnat, j'ai cessé. D'un côté, l'effort me laisse totalement épuisée, de l'autre, imposer aux garçons de passer une heure à me contempler les déprime.

Pour exprimer sa compassion, Thalie esquissa une caresse du poignet. La malade ne se dérobait plus à ces contacts. Au contraire, par de légères pressions des doigts, elle exprimait sa reconnaissance.

— Remarquez, continua-t-elle, je ne peux pas dire que je les blâme pour cela. J'ai demandé à Gladys de masquer le miroir de la salle de bain.

La peau du visage paraissait se tendre sur un crâne petit, délicat. Les cheveux perdaient tout leur éclat, pour ressembler à une filasse d'un jaune malsain. Du bout des doigts, Thalie avait repéré sans mal une masse à la hauteur du foie. Le cancer se généralisait à tout l'organisme.

— La douleur demeure-t-elle supportable?

— C'est là tout mon dilemme. Un peu plus de morphine calme le mal, mais dans ce cas, je ne réalise même plus que je suis encore vivante.

Le sourire était pitoyable. Le temps lui était compté, le passer dans un état de semi-conscience ressemblait au vol de la denrée la plus rare à sa disposition.

— Quand vous serez prête, n'hésitez pas à demander à Gladys, dit le médecin. Elle pourra augmenter le nombre d'injections.

La phrase se révélait ambiguë à souhait. Une plus grande dose de morphine, c'était le moyen de s'éteindre en douceur. Eugénie cligna des yeux pour dégager les larmes à leur commissure.

— Je sais. Elle a la main très légère.

— Je viendrai vous voir au début de la semaine prochaine.

— Vous viendrez plus souvent. J'en déduis qu'il me reste peu de temps.

— Votre corps s'épuise.

La pauvre femme ferma les yeux, hocha lentement la tête.

— Mon voyage a été si court, et j'en ai gaspillé la majeure partie.

De pareils moments rappelaient à Thalie l'importance de mener son existence sans accumuler un bagage de regrets.

— Je dois vous laisser, maintenant.

— C'est vrai, vous devez avoir tout un peloton de femmes enceintes dans votre salle d'attente.

— Aujourd'hui, ce seront plutôt de jeunes mères avec leur poupon.

L'image d'Amélie lui vint en mémoire. Pour la première fois, elle passerait au cabinet avec sa petite fille.

— Partez tout de suite, murmura Eugénie en refoulant un sanglot.

Elle gardait suffisamment de fierté pour s'isoler dans ses moments de plus grand désespoir. Après une dernière caresse sur l'avant-bras de la malade, le médecin récupéra son petit sac en cuir, puis elle s'enfuit. Dans le couloir, tout de suite, elle fut face à face avec garde Murphy.

— Combien de temps encore? demanda-t-elle d'emblée.

— Vous en savez plus que moi. Cela peut aller de quelques jours à quelques mois.

— Elle s'accroche désespérément.

Thalie hocha la tête. Durer un peu plus, allonger une existence qui n'offrait que souffrance et désespoir, tout cela lui paraissait navrant.

— Malgré la douleur, elle refuse parfois les injections, précisa l'infirmière.

— Je sais, elle me l'a dit. Quand elle sera prête, elle vous demandera.

L'autre hocha la tête, fit mine de se diriger vers la chambre.

— Je reviendrai dans quelques jours.

Sur ces mots, le médecin s'engagea dans l'escalier, reprit sa contenance en arrivant au rez-de-chaussée. Sans façon, elle se rendit dans le bureau du notaire et s'installa sur la chaise des visiteurs.

— Comment vas-tu? demanda-t-elle d'entrée de jeu.

Ils avaient convenu de se tutoyer au cours de l'été, tellement ses visites étaient régulières.

— C'est une consultation?

— Oui, mais gratuite.

— Ça peut aller. Il n'y a pas de bonne façon de mourir, mais je suis prêt à choisir la même que mon père. As-tu un formulaire où je peux signer pour en faire la demande?

Le vieux notaire avait tout simplement oublié de se lever, un matin d'été.

— Non, malheureusement. Je signerais aussi. Comment les garçons vivent-ils la situation ?

— Heureusement, ils ont repris l'école depuis trois semaines. Tous les soirs, ils acceptent de passer quelques minutes avec elle. Ils sortent de la chambre tout chavirés.

— Tu sais, je pourrais leur parler. Dans cette situation, le pire serait de les laisser seuls pour démêler leurs émotions.

— Je sais.

Thalie éclata de rire, puis convint en s'apprêtant à se lever :

— Je deviens prétentieuse. Tu pourrais me faire la leçon sur la façon d'élever des enfants.

— Tu manques juste d'entraînement. Mais tu saurais.

Il la raccompagna jusqu'à la porte pour l'aider à mettre son imperméable.

— Prends soin de toi, dit-elle en sortant.

D'un pas alerte, elle se dirigea vers le cabinet, attendue par une douzaine de poupons de moins de trois mois, et leurs mères.

Octobre avait déjà arraché les feuilles des arbres. De son lit, en inclinant la tête vers la droite, Eugénie voyait le sommet des branches dénudées s'agiter au vent. Maintenant, sa respiration rapide émettait un petit chuintement. Une sueur froide mouillait son visage en permanence. Elle ne pouvait plus se lever pour se rendre aux toilettes ; même la position semi-assise, avec le haut du lit un peu relevé, l'épuisait.

Une ombre noire se plaça entre ses yeux et le carreau, puis une voix douce murmura :

— Maintenant, Eugénie, tu ferais mieux de venir avec moi.

Le stoïcisme du combat solitaire paraissait même émouvoir la Faucheuse.

— Je peux avoir encore un peu de temps ?

Gladys Murphy leva la tête de son livre, intriguée par la question murmurée.

— Pourquoi ? Tout est déjà fini, n'est-ce pas ? Tu le sais toi aussi. Seul ton cœur paraît l'ignorer en s'entêtant encore à battre.

— Mais ce fut si court !

Cette fois, l'infirmière ne saisit pas vraiment les mots, mais ils sonnèrent comme un appel à ses oreilles. Elle quitta sa place pour venir poser une fesse sur le bord de la couche, prenant la serviette humide dans un bassin pour lui essuyer doucement le visage. Sa présence éloigna un peu l'ombre noire. Eugénie distingua d'abord l'uniforme bleu, puis le visage agréable.

— Si vous avez mal, prononça la jolie bouche, je peux vous donner tout de suite votre injection. Il est presque l'heure, de toute façon.

Dans son coin, la Faucheuse fit un signe affirmatif de la tête, un sourire compatissant sur ses lèvres.

— Oui, Gladys, cela me soulagera.

Quand l'aiguille pénétra dans son bras, Eugénie avait réussi à se tourner un peu sur le côté et à poser sa main sur les doigts de l'infirmière.

— Reste avec moi, le temps que je m'endorme.

— Bien sûr.

Pendant un moment, elle parcourut de la paume le dos amaigri.

Le 30 octobre, Thalie rentra au Château Saint-Louis la mine basse. Même vingt-quatre heures plus tard, avoir signé le certificat de décès d'Eugénie la laissait déprimée. Elle avait tout juste dix ans de plus qu'elle. Un court et, pour autant qu'elle le sache, malheureux voyage.

Lorsqu'elle pénétra dans l'édifice, le gardien jugea préférable de s'abstenir de faire la moindre remarque sur la journée maussade.

— Bonsoir, docteur Picard, risqua-t-il toutefois.

Elle le salua d'une inclinaison de la tête et s'arrêta devant les casiers postaux pour récupérer deux journaux et quelques enveloppes, contenant des comptes pour la plupart. Au passage, elle remarqua le grand titre en première page du *Canada* : AFFOLEMENT INJUSTIFIABLE À LA BOURSE. Tous les médecins ne parlaient que de cela au Jeffery Hale. En soirée, elle téléphonerait à Mathieu afin d'entendre son opinion sur le sujet.

Dans son appartement, elle chercha un fond de bouteille de vin blanc dans la glacière, espérant ne pas le trouver déjà passé. Assise à son bureau, le verre à portée de la main, elle ouvrit le journal au hasard. Le titre d'un entrefilet en bas de page attira son attention : ÉCHANGE DE COUPS DE FEU À LA FRONTIÈRE.

Un « Non » pitoyable sortit de sa bouche. Les traits de plus en plus défaits, elle parcourut l'histoire de l'interception d'un convoi d'alcool du côté de l'État de New York. Le journaliste avait simplement traduit le texte d'une agence de presse. Une telle nouvelle passait habituellement inaperçue. L'intérêt de l'entrefilet tenait à une simple phrase, presque à la fin du texte : « Parmi les personnes arrêtées figure un certain Lewis Greenwood. Malgré le patronyme, la police croit qu'il s'agit d'un Canadien français. » Son accent ne pouvait tromper personne.

— Mon beau voyou, tu tenais tellement à ta liberté, murmura-t-elle.

Thalie posa la tête contre le dossier de sa chaise, laissa les larmes couler librement sur ses joues. Les cours de la Bourse la laissaient maintenant totalement indifférente.

LA PANIQUE ENVAHIT LE MARCHÉ LOCAL – LA DÉBÂCLE EST VERTIGINEUSE – NEW YORK CHUTE ENCORE PLUS LOURDEMENT.

Quelques étages plus haut, le ruban couronnant les pages dix et onze du *Canada* laissait Édouard frappé de stupeur.

— C'est impossible. Ces gens qui vendent à perte sont des idiots, grommela-t-il.

Il en faisait partie. Ce matin-là, après une nuit d'insomnie, il avait demandé à son courtier de liquider ses titres les plus faibles. Il porta le verre de cognac à sa bouche, l'avala d'un coup.

Eugénie s'était montrée fidèle à son engagement envers sa mère défunte. Un petit groupe se tenait près de la fosse creusée au cimetière Saint-Charles. Sur le mausolée familial, un employé de l'entreprise des pompes funèbres avait déjà eu le temps de graver son nom juste sous celui d'Alice.

— Les voies du Seigneur sont impénétrables, disait le dominicain, sa robe battue par le vent d'automne. Notre sœur laisse trois enfants derrière elle…

Vêtu de noir, Fernand se tenait près de la blessure dans la terre. Son bras gauche encerclait les épaules de Béatrice. Le nez et les yeux rougis, l'adolescente se pressait contre lui. De l'autre côté, Charles faisait de même. Plus âgé, Antoine posait un regard stoïque sur le cercueil de chêne.

Un peu à l'écart d'une assemblée surtout composée de notaires et de vieux clients de l'étude Dupire, Élise fixait le quatuor de ses yeux humides. Déjà, elle ressentait le désir de serrer ces enfants contre sa poitrine. Les siens avaient fait le deuil d'un père aimé. Combien les émotions de ceux-là devaient être ambiguës.

Édouard se tenait aussi à proximité, Élisabeth à ses côtés. Belle-mère détestée, elle pleurait sans pudeur sur le gâchis d'une vie. Les yeux du beau-fils, secs, se posaient avec hostilité sur un jeune homme blond, très beau. Si Jacques avait décidé d'assister à la cérémonie, au moins il avait le bon goût de ne pas se mêler aux autres. À ses côtés, le marchand reconnut l'une de ses employées, une vendeuse. Germaine Huot ne pouvait effacer une intense satisfaction de ses traits. Sa seule présence représentait une victoire.

À ses quatre enfants, Eugénie avait laissé une lettre soigneusement cachetée. Trente lignes à chacun permettraient-elles une reconstruction posthume des ponts brisés ?

Le religieux eut la bonne idée de se faire bref. En accompagnant ses enfants vers la voiture mise à sa disposition par le directeur des funérailles, Fernand regarda sa maîtresse marcher vers un taxi. Elle lui adressa un petit signe de la main avant de partir.

Les orphelins s'entassèrent sur la banquette arrière, pressés de se dissimuler aux regards. L'homme allait monter devant quand son beau-frère s'approcha. Le malaise entre eux était allé grandissant au cours des derniers mois. Édouard qui affichait sa désapprobation pour l'aventure amoureuse de son parent! Le pécheur se faisait vertueux devant les fautes des autres.

— As-tu vu les journaux, depuis mardi? commença-t-il.

— Comme tout le monde. Mais tu comprendras que je n'y ai pas mis toute mon attention.

— Les affaires reviendront à la normale, n'est-ce pas? Nous avons connu quelques corrections boursières, ces derniers mois. Mais tout rentrait dans l'ordre ensuite.

— Cette fois, cela paraît plus sérieux.

Le veuf baissa les yeux pour regarder ses enfants dans la voiture. Il convenait de les ramener à la maison bien vite et de former avec eux un bloc compact.

— Les banques se sont concertées pour enrayer la chute, continua le marchand. Hier, cela semblait efficace.

— Si le marché regagne les points perdus, seuls ceux qui ont vendu au cours des dernières quarante-huit heures encaisseront des pertes.

Édouard ne put réprimer une grimace.

— Tu m'excuseras, je dois rentrer, dit Fernand.

— Et si les efforts des banques ne fonctionnent pas?

— Dans ce cas, les plus malheureux seront ceux qui ont emprunté pour acheter des actions. Beaucoup se sont engagés bien imprudemment, ces derniers temps. Non seulement ils perdront leur patrimoine, mais ils devront rembourser leurs dettes. Mais maintenant, je dois y aller.

Résolu à ne plus rien entendre, l'homme s'assit sur la banquette avant et fit claquer la portière. Édouard regarda partir la grosse voiture noire. À peu de distance, Élisabeth lut l'inquiétude sur le visage de son fils.

Tout comme le cancer qui avait grugé Eugénie, la Grande Crise rongeait déjà tous les organes de l'économie. Bientôt, non seulement le Québec, mais le monde entier mesurerait l'ampleur du désastre.

Quelques mots

Voilà ! Après huit tomes, le voile est levé, ceux qui devaient savoir ont su.

Mais tout le monde n'est pas mort, loin s'en faut. Comment abandonner Élisabeth et Marie, dont la cinquantaine promet d'être heureuse et sereine, ou la jeune génération, Thalie, Mathieu, Édouard, et bien sûr Fernand et Élise, devenus familiers ? Je ne le peux pas, surtout à un moment où la Grande Crise pointe ses cornes.

Après une pause, je les convierai à une nouvelle rencontre, dans une série intitulée *Les Années de plomb*. Elle nous conduira jusqu'à la fin de la Seconde Guerre mondiale.

FIN

Suivez-nous

ACHEVÉ D'IMPRIMER EN MAI 2013
SUR LES PRESSES DE L'IMPRIMERIE LEBONFON
VAL-D'OR, QUÉBEC